Martha Grimes

Martha Grimes est née à Pittsburgh (Ohio). Après des études de lettres à l'université du Maryland, État où elle a vécu toute son enfance, elle suit les cours du très réputé atelier d'écriture de l'université d'Iowa, dont elle sort avec le titre de docteur ès lettres. Elle a longtemps enseigné l'anglais avant de se consacrer pleinement à l'écriture. Dès son premier roman, *L'énigme de Rackmoor* (1991), ses enquêtes policières (toutes parues aux Presses de la Cité), qui se situent en Angleterre où elle effectue les nombreux séjours nécessaires à ses repérages, portent la griffe du commissaire Richard Jury et de son complice Melrose Plant. Seuls *La jetée sous la lune* (1994), *Le meurtre du lac* (1999), *Le crime de Ben Queen* (2003), *Un monde impitoyable* (2006) et *Les fantômes du palace* (2008) ne comportent aucun de ces deux personnages. Son sens très fin de la psychologie et son habileté à recréer l'atmosphère propre aux romans policiers britanniques « classiques » lui ont valu de trouver une place de choix parmi les auteurs contemporains de littérature policière. Son dernier roman, *La maison du Maître*, a paru en janvier 2010.

Retrouvez l'actualité de l'auteur sur
www.marthagrimes.com

Albert Camus

[illegible]

[illegible]

LA MAISON DU MAÎTRE

DU MÊME AUTEUR

CHEZ POCKET

LA JETÉE SOUS LA LUNE
UN MONDE IMPITOYABLE

LES ENQUÊTES D'EMMA GRAHAM

LE MEURTRE DU LAC
LE CRIME DE BEN QUEEN
LES FANTÔMES DU PALACE

LES ENQUÊTES DE RICHARD JURY & MALROSE PLANT

LE MAUVAIS SUJET
L'ÉNIGME DE RACKMOOR
LE COLLIER MIRACULEUX
LE VILAIN PETIT CANARD
L'AUBERGE DE JÉRUSALEM
LA NUIT DES CHASSEURS
LE FANTÔME DE LA LANDE
LE CRIME DE MAYFAIR
LES CLOCHES DE WHITECHAPEL
MEURTRE SUR LA LANDE
LE MYSTÈRE DE TARN HOUSE
LES MOTS QUI TUENT
L'AFFAIRE DE SALISBURY
UNE HAINE AVEUGLE
L'ÉNIGME DU PARC
L'INCONNUE DE LA CRIQUE
LE JEU DE LA VÉRITÉ
DISPARITION
LE SANG DES INNOCENTS
LE PARADOXE DU MENTEUR
LA MAISON DU MAÎTRE

MARTHA GRIMES

LA MAISON DU MAÎTRE

Traduit de l'anglais (Etats-Unis)
par Dominique Wattwiller

PRESSES DE LA CITÉ

Titre original :
DUST

ISBN 978-2-266-20889-5

A la mémoire de mon père,
de ma mère et de mon frère

C'est seulement de l'amour.
Cela n'a rien à voir avec la tempête.

Clive JAMES, « Après la tempête »

LE MOTIF DANS LE TAPIS

1

Benny Keegan avançait en sifflotant dans le couloir du cinquième étage du Zetter, son petit chien Sparky trottant sagement sur ses talons. Benny tenait le plateau en équilibre sur sa paume, imitant de son mieux Gilbert. La cafetière à piston glissa, les tasses s'entrechoquèrent ; il prit son plateau à deux mains. Il manquait de pratique.

Non que l'hôtel eût jamais songé à l'engager comme serveur. Un gamin de seize ans ne pouvait prétendre exercer cette fonction, le métier exigeant, au dire des types qui l'avaient embauché, « un temps de préparation relativement long ». « Préparation, comme en cuisine, pigé ? » avaient-ils plaisanté. Très drôle ! Benny avait d'autant mieux pigé qu'il les avait proprement enrhumés en trichant sur son âge. Il n'avait que treize ans. Et non seize. Je vous ai entubés, pigé ?

Treize ans. Mais les centimètres et l'expérience professionnelle qui lui manquaient étaient largement compensés par la profondeur de son regard, sa sobriété d'expression, son sérieux dans l'allure et sa débrouillardise.

Ils avaient poursuivi : « Comme vous serez en cuisine, à la plonge, le soir tard… »

Et voilà qu'il était là, qui plus est avec son chien, remplaçant le vieux Gilbert Snow, apportant du café sur un plateau.

Il frappa à la porte. Pas de réponse. Frappa de nouveau. Quelle était la marche à suivre ? Le vieux Gilbert ne s'était pas étendu. Le client avait commandé du café une fois son dîner terminé ; le client devait donc être là. Il frappa de nouveau. Il avait la carte magnétique de Gilbert. (« Fais gaffe à mon passe, Benny. Personne doit être au courant. Je m'absente juste un instant. Faut qu'j'aille me rincer la dalle. ») Sur un rire graillonnant, il avait enfilé son manteau.

La porte s'étant entrebâillée au dernier coup sur le battant, Benny la poussa délicatement et s'annonça :

— Service d'étage.

Pas de réponse. Pourvu qu'il ne se soit pas trompé de chambre. Sparky et lui, parvenus au centre de cet espace peu éclairé, balayaient la pièce des yeux. Plutôt chicos – moderne, en fait, ou à la mode ; peut-être pas du chicos à trois cents livres la nuit, non, mais cela ne lui aurait pas déplu d'y dormir –, draps d'une blancheur de banquise, serviettes amidonnées au point qu'on aurait pu monter une tente avec, parquet luisant. Très chouette.

Sur une tablette qui courait tout le long du mur de gauche et pouvait servir de bureau ou de table se trouvait le dîner que Gilbert avait servi une heure plus tôt. Couverts et porcelaine de qualité. Des restes de hamburger, des frites ; des petits pots de moutarde, de ketchup et de cornichons, dont le contenu était étalé sur les frites et le hamburger à demi consommé. Où était donc passé le client ? Descendu dans le hall afin de dire un mot au réceptionniste, ou un truc dans ce goût-là ? Aucune raison qu'il soit au restaurant puisqu'il avait fait appel au service d'étage. La baie vitrée coulissante donnant sur le balcon – appelé ici terrasse – était ouverte et Sparky était sorti fureter. Toutes les suites du dernier étage étaient pourvues de terrasses et celle-ci était vraiment vaste. Le client était peut-être dehors, à profiter de la nuit d'avril.

Sparky se mit à aboyer. Portant toujours son plateau, Benny sortit à son tour. Deux chaises métalliques et une table. Des plantes de belle taille dans de gros pots. C'est alors qu'il le vit, et, près de lui, Sparky. L'homme était allongé, visage tourné vers le plafond, dans une position assez inconfortable, à côté de la table.

Benny se cramponna au plateau, la cafetière bringuebala, les petites tasses s'entrechoquèrent. Le plateau semblait collé à ses mains. Il inspira un grand coup, s'efforçant de recouvrer ses esprits. Il continua de s'agripper au plateau et baissa la tête vers le visage de l'inconnu, du moins vers ce qu'il pouvait en voir. Plutôt jeune. Un mec de la haute, probablement : il portait une veste classe. Quoique nettement moins classe, maintenant, avec la grosse tache de sang qui la maculait.

Benny finit par réussir à déposer le plateau. Il poussa le chien, se pencha pour mieux voir. Le problème, c'est que pour mieux voir, il lui faudrait retourner le corps ; et ça, la police n'aimait pas. Il allait devoir appeler le directeur de l'hôtel ou quelqu'un d'autre, mais pas tout de suite. Fatigué de se faire traiter comme un minus à la cuisine, il avait envie pour une fois d'être aux commandes, ne serait-ce que quelques minutes.

Il regarda l'homme, qui lui sembla plutôt jeune. Il était mort, sûr et certain. Des morts, il en avait déjà vu ;

rien de commun avec des types dans le coma ou dans les pommes. (Des mecs dans les vapes, il en avait vu des tas sous le pont de Waterloo.) Celui-là avait l'air d'être définitivement ailleurs. Loin, très loin. Malgré tout, Benny se dit que ce serait bien de vérifier les signes – les signes vitaux, qu'ils appelaient ça, à la télé. Une artère, peut-être ? La carotide ? C'était le meilleur endroit. Il s'agenouilla, posa les doigts dessus. Rien, pas le moindre frémissement.

Son cœur à lui, en revanche, battait à grands coups.

L'homme était bel et bien mort. Benny se redressa et examina la terrasse à la recherche d'un indice quelconque. N'était-ce pas ce que faisaient les enquêteurs ?

C'était comme ça qu'on avait des chances de repérer un truc qui clochait. Mains sur les hanches, Benny tourna lentement la tête, scrutant les lieux. Le balcon était d'une propreté absolue.

Benny siffla pour ordonner à Sparky de le suivre et réintégra la pièce. Apparemment, le mec n'avait pas terminé son dîner. Le tireur l'avait-il interrompu au beau milieu de son repas ? Ou n'avait-il pas eu si faim que ça, finalement ? Hamburger et frites arrosés de ketchup, salade. Lorsque Gilbert lui avait monté son dîner, le type lui avait demandé d'apporter du café pour deux un peu plus tard dans la soirée.

Pour deux. Clair comme de l'eau de roche : l'homme entend frapper, va ouvrir, dit bonsoir, son pote entre. Le « mort » retourne peut-être s'asseoir afin de terminer son repas et... bras tendu, Benny fit feu avec son pistolet imaginaire. Pan !

Sparky donnait de la truffe dans un angle près de la télé. Ce chien était capable de repérer des trucs qui échapperaient aux techniciens de la police. Pas con, l'animal.

S'armant de la serviette de table blanche du plateau en guise de gant, Benny fouilla les poches du type. Il était censé ne toucher à rien mais, bon Dieu de merde, il fallait qu'il sache comment il s'appelait. Un portefeuille dans la poche arrière... il le prit, l'ouvrit. Ah, voilà.

Benny sortit son petit carnet d'adresses perso. Il avait appartenu à une grande poupée de chiffon qui avait décoré la vitrine de la librairie Moonraker, où il bossait l'après-midi. Baptisée Globe-Trotter, vêtue d'un manteau et d'un chapeau, ladite poupée était en outre munie d'une valise et d'un petit répertoire. Lorsque la propriétaire, persuadée que Globe-Trotter avait fait son temps, lui avait fait part de son intention d'en faire cadeau à Oxfam, Benny avait demandé s'il pouvait récupérer le répertoire. Il ne voulait pas de la poupée. De quoi aurait-il eu l'air, un grand garçon comme lui, trimballant dans la rue une poupée munie d'une valise ?

Il avait noté deux numéros dans le carnet. (Il les connaissait par cœur mais il aimait consulter son carnet.) L'un était celui de Moonraker, la librairie. L'autre, il s'approcha du téléphone pour le composer.

Richard Jury, pas encore tout à fait rhabillé, était assis, dans un état proche de la béatitude, dans le canapé de son appartement d'Islington. Il écoutait l'eau de la douche ruisseler sur les épaules les plus appétissantes du Grand Londres.

Dans le même temps, il espérait que les pas dévalant avec bruit l'escalier depuis l'appartement du troisième ne se dirigeaient pas vers sa porte.

Ne t'arrête pas devant chez moi, Carole-Anne. Ne frappe pas. N'entre pas en me demandant : « Si tu es sur le canapé, qui est sous la douche ? »

Contrairement à la majorité des prières qu'il lui arrivait de formuler, celle-ci fut exaucée. Les sabots poursuivirent leur boucan jusqu'à la porte d'entrée de l'immeuble, qui s'ouvrit, se ferma…

(Merci, mon Dieu !)

… puis, se ravisant, ils rebroussèrent chemin.

(De rien… Ou plutôt, merci de m'avoir donné de faux espoirs. Sympa, vraiment !)

Clop clop clop, semelles claquant sur le sol.

Toc toc toc, coups à la porte.

Les mains en porte-voix, Jury hurla :

— Je prends une douche ! Reviens plus tard !

Silence, les pas s'éloignèrent. Jury replongea dans son contentement béat et saisit sa tasse de thé.

De nouveau, à la porte, des pas, mais différents. Feutrés, ceux-là. *Ffffrt, ffffrt, ffffrt* : des pantoufles. Qui s'arrêtèrent devant chez lui.

Sans doute la locataire de l'appartement en demi-sous-sol. Une vieille dame qui se risquait rarement jusque chez lui. Mme Wasserman. Petits coups frappés par des jointures douloureuses d'arthritique.

Cette fois, Jury se leva précipitamment et fila dans la cuisine pour mettre de la distance entre sa visiteuse et lui, avant de lancer, très fort :

— Je suis dans la salle de bains !

Où l'eau coulait en crépitant.

Des mots étouffés lui parvinrent du couloir. Il regagna le canapé sur la pointe des pieds. Entendit les pantoufles s'éloigner dans un frottement chuinté, la porte de l'immeuble s'ouvrir et se fermer.

Poussant un profond soupir, il reprit son mug.

Soudain, un grattement lui parvint de l'escalier. Le grattement cessa devant sa porte. Puis le silence. Suivi d'un bruit sourd.

Juste ciel ! N'avait-il donc pas le droit d'avoir une vie privée ? Etait-il voué à jouer le rôle principal dans *Interruptions à gogo* ? Son enfer personnel allait-il prendre les couleurs d'une porte derrière laquelle résonneraient sans cesse les pas de gens qu'il ne pourrait voir ?

Bon sang ! Il se leva, ouvrit violemment.

— Entrez, entrez, tant pis si vous tombez mal ! C'est ma copine, sous la douche, qui se pomponne. Quand elle sortira vous pourrez la cuisiner tout votre saoul, lui demander son nom, ce qu'elle fabrique là. Notre vie amoureuse est l'affaire de tous. Entrez. Entrez donc. Je vous apporte quelque chose ? Des haricots sur toast ? Du gin ?

Jury s'écarta et d'un moulinet du bras désigna le séjour.

Le chien entra.

S'affala par terre, bâilla.

— Quoi ? On s'ennuie déjà ? Désolé, on aurait dû penser à rapporter du restaurant un doggy bag avec nos restes de caviar. Tu veux peut-être que je te prépare une petite crème brûlée vite fait ? Que dirais-tu d'une barre de Cadbury ? Ou d'un os ?

Jury plongea la main sous un pouf et en retira un jouet abondamment rongé qu'il fit glisser vers le chien.

— A qui parles-tu ?

Jury ne s'était pas aperçu que l'eau avait cessé de couler.

— A Stone. Le chien de l'étage au-dessus.

Phyllis passa sa tête mouillée par la porte entrebâillée.

Il distingua le haut d'une serviette dans laquelle elle s'était enveloppé la poitrine. Elle réintégra la salle de bains.

— J'en ai pour une minute.

— Prends ton temps. Mets le paquet, tout Islington va défiler.

Mais la porte de la salle de bains s'était déjà refermée.

Il se mit alors à parler à Stone. Rien de bouleversant, les banalités habituelles, tandis qu'ils s'installaient confortablement l'un et l'autre.

Le téléphone sonna. Evidemment ! Il n'était que dix heures et demie du soir. Pourquoi les gens se seraient-ils gênés ?

Benny Keegan au bout du fil.

— Benny, c'est toi ? fit Jury, interloqué. Où es-tu ? Qu'est-ce qui se passe ?

Il était entendu que Benny pouvait l'appeler à n'importe quel moment du jour ou de la nuit. Là, c'était une première.

— Je suis au Zetter, un hôtel chicos de Clerkenwell Road. Je me suis dégoté un petit boulot aux cuisines, le soir, comme plongeur…

Benny baissa la voix :

— Ce soir, y z'étaient à court de personnel pour le service d'étage. Y m'ont demandé de monter un plateau à un client…

Jury eut un sourire. La dernière fois qu'il avait vérifié, Benny avait treize ans. L'hôtel avait dû s'asseoir sur les lois relatives au travail des enfants. Mais ce n'était pas le moment d'aborder le sujet.

— Continue.

— Je monte cette cafetière – une cafetière à piston, qu'ils appellent ça, les mecs ; tous des snobinards, dans cette boîte – sur mon plateau au cinquième étage. Je frappe. La porte s'ouvre comme qui dirait toute seule. Je refrappe mais personne répond. J'entre. Personne dans la pièce. Je vais sur la terrasse. A cet étage, toutes les chambres en ont une, de terrasse. Et là, j'le vois : rectifié, le mec.

Ces derniers mots proférés dans un souffle.

Jury se redressa.

— Benny, tu es sûr que ça va ?

— Moi ? Ouais, monsieur Jury. Mais j'en dirais pas autant du gus de la chambre 523. Où c'est que j'suis, en ce moment.

— Tu n'as appelé personne ?

— Si, lâcha Benny dans un soupir. Vous, monsieur Jury. Vous m'aviez dit qu'en cas de problème…

— Exact. Content que tu l'aies fait. Maintenant…

Benny baissa de nouveau la voix, comme s'il avait peur que le mort tende l'oreille :

— Le problème, c'est que j'ai raconté au mec qui m'a engagé que j'avais seize ans. Pas grand pour mon âge. L'hôtel, ça les a pas gênés, vu que j'étais là seulement pour faire la plonge. La plonge, j'ai rien contre ; mais découvrir des cadavres, c'est…

— L'adresse, Benny.

— 86-88 Clerkenwell Road. EC 1.

Jury nota sur un bloc, arracha la feuille.

— Ecoute-moi bien. Il faut que tu préviennes l'hôtel tout de suite. Le type qui t'a envoyé là-haut, par exemple. Explique-lui sur quoi tu es tombé. Qu'il annonce la nouvelle à la direction et que les patrons appellent la police. La police d'Islington. Comme ça, tu resteras en dehors du coup. Momentanément, du moins. Tu fais comme ça, Benny ?

— Si vous le dites. Le type s'appelle Maples, au fait. C'est marqué sur son permis.

— Quoi ?

— Le mort. Son nom, c'est Billy Maples.

Jury remisa le stylo dans sa poche.

— Benny, tu sais qu'il ne faut toucher à rien.

Soupir d'exaspération à l'autre bout du fil.

— Bien sûr, j'suis pas débile. Le portefeuille, je l'ai sorti de la poche du gars avec une serviette de table.

— Demande à la direction de rappliquer, Benny.

— Mais c'est moi que j'suis arrivé le premier sur la scène de crime, monsieur Jury. Y vont me poser des tas de questions.

— Ne t'inquiète pas. Je suis là dans vingt minutes.

— J'appelle pas un docteur ?

— J'en amène un. Ne bouge pas.

Il raccrocha.

Alla frappa à la porte de la salle de bains.

— Phyllis ?

Il sourit. L'air de la salle de bains devait napper ses somptueuses épaules d'une buée légère.

La porte s'ouvrit d'un centimètre, puis d'un autre. Elle était toujours enveloppée dans le drap de bain.

— Dr Nancy. On nous demande.

— Encore un épisode de *Chapeau melon et bottes de cuir* ? Que dois-je enfiler ? Ma combinaison de plongée à la Emma Peel ? Ou mon dos-nu noir ?

Le « dos-nu » noir, c'était le vêtement de soie qu'elle portait ce soir-là lorsqu'ils étaient allés dîner dans le West End. La robe couvrait entièrement le devant mais lui dénudait le dos de la nuque à la taille.

Jury avait fait des commentaires sur le tombé de cette création, véritable défi aux lois de la physique.

« Ce n'est pas exactement, avait reconnu Phyllis en se dépouillant de cette tenue, l'uniforme qui sied à un médecin légiste de Scotland Yard… »

La robe noire avait glissé à terre.

Alors qu'elle ouvrait plus grand la porte, il attrapa la serviette, la dénoua. Et la regarda glisser à terre, elle aussi.

— Habille-toi. Billy Maples a besoin de nous.

— Qui est Billy Maples ?

Sur le point de lui passer les bras autour de la taille, Jury songea à Benny, tout seul avec le cadavre, et repoussa la tentation.

— Notre prochaine affaire.

2

Le Zetter, qui à en croire sa pub était un « restaurant avec chambres », se trouvait dans Clerkenwell Road. L'immeuble présentait les lignes sobres et tout en angles d'un ancien entrepôt, la sobriété étant devenue épure et le style angulaire minimalisme. Question de vocabulaire.

Jury se demanda si le Zetter était révélateur d'une tendance. C'était probable, compte tenu du nombre faramineux de restaurants haut de gamme qui s'étaient ouverts à Londres ces dernières années. Vingt ans plus tôt, jamais on n'aurait imaginé que cette ville se vanterait un jour de posséder un hôtel tablant sur son restaurant pour attirer les foules.

Ne parvenant pas à se garer dans Clerkenwell Road, où même à cette heure la circulation était dense, Jury finit par trouver une place non loin de Saint James's Green.

Phyllis n'avait pas de manteau mais soutenait que son châle de cachemire noir était capable de la protéger de toutes les intempéries : ouragans, cyclones, raz-de-marée. La pluie tombait dru depuis un moment, aussi traversèrent-ils en vitesse le carrefour avant de s'engouffrer dans Jerusalem Passage.

Venant de l'autre extrémité dudit passage, une silhouette vêtue de sombre qui courait tête baissée heurta Phyllis de plein fouet.

— Hé ! protesta Jury.

L'homme leur lança un mot d'excuse par-dessus son épaule. Jury l'aurait intercepté sans autre forme de procès s'il n'avait remarqué les vêtements noirs et le col blanc trahissant l'homme d'Eglise. Un pasteur fuyant un dieu en colère ? Possible, à en croire l'expression sur le visage qu'ils avaient fugitivement aperçu. Phyllis éclata de rire, et ils poursuivirent leur chemin.

Tandis qu'ils attendaient à la réception, Jury constata que le décès n'avait eu aucun impact sur le restaurant, qui, à près de onze heures du soir, était encore en pleine effervescence.

Il tendit sa carte à la jolie nana de la réception. Vivante image de la coolitude – mais quoi de plus normal dans une maison aussi trendy –, elle décrocha un téléphone, susurra quelques mots feutrés avant de leur donner le feu vert :

— Vous pouvez monter. C'est au cinquième. Chambre 523.

Elle adressa un signe de tête à Jury, suivi d'un coup d'œil interrogateur à la robe noire de Phyllis. Laquelle lui montra sa carte à son tour.

Ils pénétrèrent dans une chambre où les techniciens s'affairaient déjà à relever d'éventuels indices. Une jeune personne, une femme de chambre sans doute, était interrogée par le policier dépêché sur les lieux. Avec son anglais approximatif, la pauvre petite suait sang et eau.

Jury crut trouver au dos de l'enquêteur quelque chose de familier.

— Ron Chilten ! dit-il lorsque l'autre se retourna.

Ron dégaina un sourire de sphinx qui semblait promettre un monde de révélations. Sourire d'autant plus trompeur que, Jury le savait, Chilten ne révélait jamais rien. C'était d'ailleurs là ce qui faisait sa force.

— Richard, quelle surprise ! fit-il, genre « Je tombe des nues ». J'ai beau me triturer les méninges, je ne me souviens pas de vous avoir lancé un SOS…

— Inutile de crâner. Vous savez bien que vous ne pouvez pas vous passer de moi. Qu'est-ce que vous fabriquez, si loin de Fulham ?

— Dans votre bouche, ça sonne comme Dartmoor.

Ron n'était pas du genre rancunier. D'ailleurs, il ne s'agissait ici que d'une question de territorialité. La police d'Islington s'en sortirait très bien sans que la Met vienne fourrer son nez dans cette affaire.

— Je vous repose la question, Ron, qu'est-ce qui vous amène ici ?

— Votre témoin vedette.

Jury jeta un coup d'œil à Benny Keegan, pour l'heure en conversation avec un type d'un certain âge ; tous deux semblaient dans leurs petits souliers.

— Je connais Benny. Et je doute qu'il soit en relations suivies avec la police d'Islington.

Ils étaient passés de la chambre à une terrasse dallée de teck, plus vaste que la chambre elle-même. A une extrémité de la terrasse, une table, deux chaises, un corps ; et le Dr Nancy.

— Qui est cette personne ? demanda Chilten en voyant Phyllis.

Cette dernière était déjà agenouillée près du corps, qu'elle commençait à examiner. Elle releva la tête.

— Dr Phyllis Nancy. Le commissaire Jury m'a demandé de l'accompagner.

— Nous avons un médecin, lui fit remarquer le sergent Chilten, moins agacé qu'hésitant.

De toute façon, la victime, étalée dans une flaque de sang, un trou dans la poitrine, ne semblait pas en avoir besoin dans l'immédiat.

— Bien sûr, concéda Phyllis. Je me trouvais dans le coin, je suis montée. C'est plus fort que moi : même pendant mes loisirs il faut que je travaille.

Elle enfila d'un mouvement sec les gants de latex empruntés à un technicien et se tourna de nouveau vers le corps. Il y avait si peu d'arrogance dans sa façon de se comporter qu'il était impossible de voir en elle une quelconque menace.

— Je peux le retourner ?

Froncement de sourcils de Chilten, qui approuva néanmoins d'un signe de tête.

Un seul mouvement fluide suffit à Phyllis pour exécuter la manœuvre. Question de prise. C'est la prise qui compte, pas le poids à soulever, songea Jury, se disant que cela s'appliquait sans doute à pas mal de choses. Il y avait là matière à réflexion.

— On s'en va dans une minute ; c'est votre bébé, Ron.

Chilten claqua des doigts pour demander à l'un des techniciens de lui apporter un sac plastique, y laissa tomber quelque chose et tendit le sac au technicien. Après quoi, il se fourra une puis deux tablettes de chewing-gum dans la bouche et se mit à mastiquer lentement, les yeux dans le vide, comme un accro des jeux vidéo contraint d'attendre que son disque dur veuille bien finir de se défragmenter pour pouvoir reprendre ses activités.

— Pas exactement, lâcha-t-il enfin.

Haussement de sourcils de Jury.

— Comment ça ?

— Ce n'est pas exactement mon bébé.

— C'est du ressort de la police d'Islington.

— Ouais. C'est du ressort de Lu.

Comme il s'en tenait là, Jury se dit qu'il allait avoir droit à une nuit de mystères à la Chilten, avec écrans de fumée et jeux de miroirs.

— Qui diable est Lou ?

— Aguilar… Vous ne connaissez pas l'inspecteur Aguilar ?

— Je devrais ? Eclairez ma lanterne au lieu de me laisser patauger.

Mais Chilten semblait bien décidé à laisser Jury patauger. Il considéra les deux plateaux apportés par le service d'étage, puis se tourna vers les serveurs, Benny et le vieil homme.

— Est-ce le plateau du dîner que vous avez monté ? dit-il, s'adressant au plus âgé des deux hommes.

— Celui-là même. Sauf qu'il a pas été mangé en entier, le dîner.

— Vous n'avez rien subtilisé sur ce plateau, Benny ? poursuivit Chilten en se tournant vers le plus jeune.

— Quoi ? fit Benny, sidéré. Piquer quelque chose sur une scène de crime ? Je ferais jamais un truc pareil.

— Vous ignoriez qu'il s'agissait d'une scène de crime, Benny. Je me trompe ?

Chilten usait du ton condescendant que les adultes adoptent avec les enfants : « Comment peux-tu distinguer ce qui est important de ce qui ne l'est pas alors que tu n'es qu'un môme ? » Et on s'étonnera que les gosses la bouclent, songea Jury.

— Si c'était pas une scène de crime, le gars qui joue le macchabée est un sacré comédien, rétorqua Benny.

Un technicien passa la tête par la porte de la salle de bains.

— Excusez-moi, chef, mais y a un chien dans la douche.

— La victime avait un chien ? s'exclama Chilten. Pourquoi diable n'a-t-il pas aboyé ? Pourquoi était-il dans… Le meurtrier voulait sans doute avoir le champ libre…

— M'en a tout l'air, patron.

Chilten se dirigea à grandes enjambées vers la salle de bains.

— Sparky ? questionna Jury.

Benny parut se recroqueviller, fit oui de la tête.

— Normalement, Sparky m'attend dans la ruelle. Mais j'étais en retard à cause du café à monter, et il tombait des cordes. Je me suis dit que le mieux, c'était qu'il m'accompagne. Je l'ai emmené avec moi jusqu'ici.

— Est-ce le Sparky qui a sauvé la vie du commissaire Jury ? s'enquit Phyllis Nancy.

Benny bomba légèrement le torse, tout fier qu'on se souvienne du rôle joué par son chien.

— Exact.

Chilten revint, suivi du technicien et du chien.

Sparky, un petit fox-terrier blanc, se mit à japper et à se trémousser en apercevant Jury.

— Ce clebs était là quand vous avez monté le café ? demanda Chilten.

Benny comprit en voyant la tête de Jury qu'il valait mieux dire la vérité.

— Sparky, c'est mon chien, m'sieur.

— Votre chien ? Il a apporté le plateau ou quoi ?

Le technicien y alla d'un début de gloussement. Chilten lui coupa le sifflet d'un regard.

— Qu'est-ce que c'est que ces craques, mon petit bonhomme ?

Vexé de s'entendre apostropher de la sorte, Benny répondit néanmoins :

— Y m'a accompagné ici, c'est tout. Après, on rentrait chez nous.

— Et, bien entendu, la direction ne voit aucun inconvénient à ce que votre clébard batifole sur une scène de crime…

— On savait pas que c'était une scène de crime, vous vous rappelez ?

Jury se détourna. Benny poussait peut-être le bouchon un peu loin.

— Très drôle, dit Chilten en considérant Sparky. Un cadavre et un chien par-dessus le marché. Manquait plus que ça.

Jury n'était pas de cet avis : pour lui, il n'y aurait jamais assez de chiens au monde : Arnold. Stone. Sparky. Mungo.

— Quand j'ai vu ce mec mort, poursuivit Benny, j'ai enfermé Sparky dans la salle de bains. Je voulais pas qu'y risque de détruire des indices.

Bien vu, se dit Jury en tapotant gentiment l'épaule de Benny. Ils semblaient tous avoir zappé l'effet traumatisant que cette découverte macabre était susceptible d'avoir eu sur un gamin de cet âge.

Chilten jeta un coup d'œil en direction de la porte de la chambre qu'un homme venait de franchir.

— Monsieur Lewis ?

— En effet. Je remplace le directeur, qui est absent ce soir. Vous vouliez des détails sur le… la victime ? Son nom est Maples. Billy Maples.

M. Lewis n'avait pas spécialement l'air ravi. Il se serait bien passé de la découverte d'un cadavre pendant qu'il était aux commandes.

— Tout ce que je peux vous dire, c'est qu'il est arrivé chez nous cet après-midi vers deux heures. J'ai effectué une recherche rapide sur l'ordinateur dès que j'ai su qu'il était arrivé quelque chose de grave, voyez-vous.

— Poursuivez, dit Chilten.

— M. Maples avait donné Chelsea comme adresse. Tenez. J'ai noté l'adresse et le numéro de téléphone.

Lewis tendit un bout de papier arraché à un bloc à l'en-tête du Zetter. Il y en avait un semblable près du téléphone. Perplexe, son regard passait de Chilten à Jury, car il ignorait qui était en charge de l'enquête.

Jury désigna Chilten de la tête.

Chilten prit le bout de papier.

— Une chose, monsieur Lewis. Les chambres à cet étage… vous appelez ça des studios, je crois ? Elles doivent être chères, non ?

— Oui, je suppose que oui, fit Lewis avec un haussement d'épaules. Celui-ci est un studio de catégorie supérieure. Nous avons aussi des studios catégorie luxe, un peu plus chers encore. Mais la vue sur Londres est exceptionnelle. Comme vous pouvez d'ailleurs le constater.

Du bras, il leur désigna la terrasse. Ils s'y transportèrent et admirèrent la vue depuis le Zetter.

Cadavre avec vue, se dit Jury. Assurément magnifique, en effet, avec la flèche de Saint Paul d'un côté, celle de la grande poste de l'autre. Londres la nuit, du cinquième étage, c'était proprement renversant. Il sourit. A la vue grandiose, à Londres.

— Ce n'est pas moi qui étais à la réception quand il s'est inscrit, mais je peux me renseigner…

— Ce serait très aimable à vous. Je suppose qu'il pouvait s'offrir ça, à en juger par son costume.

Chilten fixa le corps, dans l'espoir peut-être de le ramener à la vie pour lui demander l'adresse de son fournisseur.

— J'en ai vu un semblable dans une vitrine de Sloane Street. Tâchez de recueillir toutes les infos que vous pourrez. Y compris les appels téléphoniques. Ceux qu'il a passés et ceux qu'il a reçus. Nous n'avons pas encore trouvé de portable. Mais il devait sûrement en avoir un, un type chic comme ça.

« Un type chic »… L'expression arracha un sourire à Jury. D'ordinaire, on parlait plutôt de « chic type ».

Chilten adressa un signe de tête au sous-directeur.

— Ce sera tout pour l'instant. Merci.

M. Lewis prit congé.

Phyllis se releva, se débarrassa des gants, frissonna dans l'air nocturne.

— Je dirais que ça remonte à un peu plus d'une heure. Deux, ça me paraît trop. On sait à quoi s'en tenir sur les allées et venues du service d'étage, non ?

— Le dîner a été monté vers neuf heures d'après ce serveur…

— Gilbert Snow, monsieur. Neuf heures, c'est exact.

— Et le café vers dix heures, ajouta Benny.

Ron opina et feuilleta son calepin.

Combien de pages avait-il réussi à noircir s'il n'avait précédé Jury que de quinze minutes ?

— Bon. Le serveur, Snow, monte le dîner à neuf heures. Le jeune Benny monte le café à…

Nouvel examen des notes.

— Dix heures ou dix heures dix. Il n'est pas tout à fait sûr, mais c'est à peu près ça…

— Excusez-moi, monsieur.

Benny se tenait près de Jury, ainsi que le vieux serveur.

— Gil, ici présent, pense que vous avez raté quelque chose d'important, annonça Benny en détachant soigneusement les syllabes pour bien faire sentir à Chilten et Jury toute l'importance de la chose. Dis-leur, Gil.

Gilbert Snow paraissait avoir largement dépassé la soixantaine. Il avait l'œil triste, le teint légèrement cireux ; bien qu'on ne pût aller jusqu'à le qualifier de corpulent, il semblait avoir largement profité des dîners du Zetter.

— Je vous explique : ce gentleman demande qu'on lui monte son dîner, ce que j'ai fait. Ensuite, il m'a dit qu'il voulait du café, mais qu'on le lui apporte vers dix heures. Du café pour deux. Il a bien insisté là-dessus.

— C'est donc qu'il attendait quelqu'un, remarqua Jury.

Benny hocha la tête. Imité par Gil.

— On pourrait le penser, hein ?

Jury se demanda pourquoi Snow n'avait pas apporté le café lui-même mais s'abstint de poser la question. On verrait plus tard. A moins que Chilten ne la pose. Mais il s'abstint, lui aussi. Peut-être l'avait-il déjà fait. Gilbert Snow semblait parfaitement conscient du fait qu'en dehors de l'invité mystère il avait de fortes chances d'être le dernier à avoir vu la victime en vie. Chose dont il se serait bien passé !

— Disons que le décès a eu lieu il y a une heure et demie.

— Phyllis ? s'enquit Jury. Tu dirais combien en plus ou en moins ?

— Impossible de préciser davantage. Il n'est pas fréquent qu'on dispose d'un témoin juste avant et juste après un décès…

Froncement de sourcils.

— Vous en saurez peut-être plus quand l'autopsie aura été pratiquée… Mais ça ne fera pas une grosse différence.

— Rappelez-vous Sherlock Holmes, Jury, intervint Chilten.

— Il n'est jamais très loin de mes pensées. Pourquoi ?

— La théorie la plus simple est généralement la bonne.

— Ce n'est pas Holmes. C'est le rasoir d'Occam.

Phyllis écrasa le pied de Jury, le sommant du regard de se taire. Puis elle ajouta :

— Je file. Je raccompagne Benny, il doit avoir son content d'émotions pour la journée.

— Prends la voiture.

Jury plongea la main dans sa poche pour y prendre ses clés.

— Non, je vais appeler la réception et demander un taxi.

— Benny ferait mieux d'attendre le patron, intervint Ron.

Jury poussa un soupir.

— Où diable est-il passé, votre inspecteur… Aguilar ? Il n'est pas pressé, celui-là…

— Juste derrière vous.

3

Jury, qui se trouvait dos à la porte, se retourna. Cela lui permit de constater que le « Lou » de Chilten n'était pas du sexe masculin. Loin de là, même. L'inspecteur Aguilar était une femme. Aucun doute possible. Et cette femme parut absorber tout l'oxygène de l'air en entrant. Une grande liane aux cheveux noirs, aux yeux presque noirs, au teint légèrement doré. Aguilar, cela sonnait latino, espagnol, sud-américain, voire indien. Quant à Lou, ou Lu après tout, c'était peut-être le diminutif de Louise, Lucille ou Louella. C'était peut-être aussi celui de Lucrèce Borgia, pour ce qu'il en avait à foutre. Elle semblait descendre d'un podium de la Fashion Week de Paris avec cette silhouette élancée de mannequin, ces pommettes accusées et cet air hautain, et non venir du commissariat de police d'Islington. Son arrivée produisait-elle toujours cet effet sur son équipe ? Ils étaient tous statufiés et pantelants. A l'exception de Ron Chilten, qui n'était pas du genre à panteler.

Au lieu de demander à Jury qui il était, l'inspecteur Aguilar se contenta de hausser les sourcils d'un air de dédain.

— Richard Jury, se présenta Jury, réprimant un rire.

Les sourcils restèrent perchés : Aguilar n'était pas satisfaite.

— Commissaire, Criminelle de New Scotland Yard, précisa alors Jury.

— Comment se fait-il que vous vous trouviez sur notre scène de crime, commissaire ?

Chilten – que cette petite passe d'armes semblait amuser – crut bon de mettre son grain de sel :

— Benny Keegan, le gamin. Il a appelé le commissaire. C'est Benny qui a découvert le corps.

— Comment s'appelle notre client ? voulut savoir Aguilar.

L'un des techniciens lui tendit un portefeuille.

— Billy Maples, chef.

Elle examina le contenu du portefeuille – permis de conduire, cartes de crédit, documents divers et variés – puis s'empara du permis et rendit le portefeuille à Ron.

Aguilar se tourna ensuite vers Benny qui, avec Sparky, était resté près de Phyllis.

— C'est toi, Benny ?

— Oui, monsieur… euh… madame.

Puis elle s'adressa à Sparky :

— Et toi ?

— Lui, c'est Sparky, intervint Phyllis. Et je suis le Dr Phyllis Nancy. Médecin légiste.

« Activons un peu », crut l'entendre murmurer Jury.

Benny répéta ce qu'il avait déjà dit à Jury et Ron Chilten.

Lu Aguilar le remercia avec simplicité :

— Tu peux filer, Benny. Mais j'aurai peut-être besoin de te reparler plus tard. En attendant, motus et bouche cousue.

Compte là-dessus et bois de l'eau fraîche, se dit

aussitôt Jury. Dès que Benny aurait retrouvé les copains sous le pont de Waterloo, il n'aurait rien de plus pressé que d'oublier la consigne. Bouche cousue, mon œil ! Le gamin n'en hocha pas moins la tête.

— En route, Benny, trancha alors Phyllis. Je vous raccompagne, Sparky et toi.

Elle pivota vers Aguilar. Le ton de Phyllis avait beau être glacial, sa chevelure semblait cracher des flammes.

— Vous devez avoir votre propre médecin légiste. J'ai communiqué mes conclusions au sergent Chilten.

Jury avait déjà vu des étincelles crépiter dans ses cheveux. Mais jamais encore ceux-ci s'enflammer. Phyllis n'attendit pas qu'on lui donne le feu vert pour prendre congé.

Se tournant vers Jury, elle dit :

— On se voit demain, je suppose.

— Je suppose, oui.

Il se sentit un peu gêné par cette allusion à sa vie privée. Mais il s'en voulut immédiatement. S'il y avait quelqu'un qui respectait la vie privée d'autrui et savait combien il était nécessaire de ne pas tout mélanger, c'était Phyllis.

Phyllis sortit, accompagnée de Benny et de Sparky.

Ron briefa Aguilar, lui répercutant les découvertes faites en son absence.

— Où était son invité pendant le dîner ?

— Pendant le café, plutôt, et ça pourrait bien être le meurtrier.

Chilten désigna d'un signe de tête Snow, assis un peu à l'écart.

— Voilà Gilbert Snow, qui a monté le dîner. Après ça, Benny a monté le café à dix heures dix.

— Allez me le chercher, dit-elle en toisant le serveur.

Ron s'exécuta.

Jury songea qu'elle aurait pu faire l'effort de s'approcher de Snow.

Le vieux serveur répéta à Aguilar ce qu'il avait dit à Jury. Puis il demanda s'il pouvait s'en aller.

— La journée a été longue. Et j'ai passé l'âge pour ce genre d'émotions, ajouta-t-il en se tapotant la poitrine. J'ai le cœur fragile.

Elle lui sourit, lui fit signe de partir. Il ne se le fit pas dire deux fois.

— Je me demande, dit Ron, à supposer que Maples ait été assassiné entre le dîner et le café, où était le meurtrier quand Benny s'est pointé ici ? Est-il possible qu'il ait encore été sur les lieux ?

— A supposer qu'ils disent tous la vérité, dit Aguilar avant de s'adresser aux deux techniciens : Trouvé quelque chose ?

— Des choses, oui. Mais rien d'exploitable, patron. On en a terminé, nous deux. Y a plus que Connie. Il remet la bonde en place dans la salle de bains.

Aguilar les regarda s'en aller. Ils se déplaçaient à pas feutrés, de peur de déranger l'air autour d'elle ; pour le cas, sans doute, où il leur faudrait l'examiner ultérieurement. Puis elle pivota vers Jury et Chilten.

— « Ils » ? reprit Ron.

— Les deux employés du service d'étage et le réceptionniste, dit Aguilar. Bon, on résume…

Chilten parcourut ses notes, ce qui parut durer une éternité.

— Voilà… Snow monte le dîner à neuf heures.

Ron désigna les reliefs du repas. Hamburger, frites, salade.

— Salade maison, précisa Aguilar.

Elle s'était emparée de la carte du service d'étage, l'avait ouverte à la rubrique « Salades ».

Jury sourit, amusé par ce petit côté « femme pratique ».

— Disons, poursuivit Chilten, que Gilbert Snow est sorti d'ici à neuf heures. Cela laissait quinze minutes à Maples pour manger, ou peut-être davantage, quand la personne qu'il attendait se pointe. Vraisemblablement le meurtrier. Benny débarque à dix heures, et découvre le corps. D'après le réceptionniste, Maples serait rentré à huit heures trente. Ça colle. Je ne crois pas qu'ils mentent.

— Il faudrait que le chef mente, lui aussi, dit Jury. Ou celui qui s'est chargé de préparer le dîner. Ce n'est qu'un hamburger, mais la présentation est soignée. Regardez tous ces jolis petits pots. Moutarde, ketchup…

Aguilar sourit. Sarcastique.

— N'importe qui aurait pu faire ça. Même Snow. Ce n'est qu'un banal hamburger avec des frites.

Jury fit résolument non de la tête.

— Voyez avec les cuisines, alors, Ron, capitula Aguilar. Le restaurant est hyperbranché, le commissaire a peut-être raison. Et mettez-moi ça dans un plastique.

— Les restes ? s'étonna Ron. Pourquoi ?

— Pourquoi pas ? On ne sait jamais.

Elle se tourna vers Jury.

— Vous pensez que le tueur aurait pu se trouver sur les lieux quand le gamin a apporté le café ?

— C'est une possibilité.

— Mais ce gosse n'est pas resté dans la chambre. Quand il a vu le corps, il a dû prendre la fuite dans la seconde…

— Détrompez-vous. Il m'a passé un coup de fil.

D'ici. Benny n'est pas du genre à se carapater. Le tueur, s'il était encore là, s'est peut-être dit que Benny avait vu ou remarqué quelque chose… Mais trêve de spéculations vaseuses.

— J'ai terminé, chef, annonça le troisième homme, qui devait être Connie, en sortant de la salle de bains.

— Si vous n'avez plus besoin de moi, dit Chilten, je m'en vais.

Il se fourra une cigarette dans la bouche, mais ne l'alluma pas.

— Je vous ramène, commissaire ?

— Non, merci, Ron, déclina Jury. Je vais marcher un peu. Ça m'aide à réfléchir.

— Je vous raccompagne, décréta Aguilar sans tenir compte de la réponse de Jury.

Il ne restait plus que les deux techniciens qui devaient mettre le corps dans la housse à cadavre.

Ron Chilten salua Jury et s'éclipsa en compagnie de Connie. Conrad, sans doute.

Aguilar contemplait la nourriture demeurée sur la table. De la pointe d'un stylo bille, elle souleva le reste du hamburger, le laissa retomber. Elle examina les frites, embrocha une feuille de salade luisante de sauce.

— Je parie que cette mayonnaise est faite maison.

Les techniciens attendaient toujours un signal de sa part, mais c'était à la nourriture qu'elle accordait toute son attention.

— Ça m'étonne qu'on lui ait monté un hamburger et des frites. Ça m'étonne drôlement qu'on ait consenti à lui en préparer un. Compte tenu de tout ce qui figure au menu. Il n'a mangé que la moitié de son dîner…

— Ça ne m'a pas échappé, glissa Jury.

Elle lui jeta un long regard. Pensif, pas hostile.

— Vous ne trouvez pas ça bizarre ?

— Non. Il a dû être interrompu.

— Mais…

Fronçant les sourcils, elle plongea de nouveau son stylo dans les restes. Puis ils repassèrent sur la terrasse. Elle considéra le corps. Les deux techniciens quêtant son feu vert du regard, elle leur fit signe d'y aller. Ils zippèrent la fermeture éclair de la housse et chargèrent celle-ci sur un brancard, qu'ils emportèrent.

— Billy, dit-elle, comme savourant le nom pour la première fois. C'est ce qu'il a marqué sur sa fiche en bas. Pas William ni Bill.

Dans un cendrier où traînaient de la monnaie, des allumettes et une clé de chambre magnétique, elle repêcha du bout de son Bic une pochette d'allumettes et l'approcha de ses yeux.

— « Dust »… Le club qui est de l'autre côté de la rue.

Mouvement de menton vers le trottoir opposé.

— Il y était, selon le réceptionniste.

— Ce soir ?

— Au sortir d'un vernissage et avant de regagner sa suite pour dîner.

Ah… Seconde raison de la détester : elle était plus efficace que lui. La première étant sa beauté.

Lu Aguilar entreprit de faire le tour de la pièce, laissant traîner ses doigts effilés sur les dossiers des fauteuils, inspectant les livres défraîchis fournis par l'hôtel, examinant les tableaux. Moins comme un enquêteur à la recherche d'indices que comme une femme qui visite un appartement pour voir si ça lui plaît. Puis elle revint près de lui.

— Il a retrouvé quelqu'un ici, ou il devait retrouver quelqu'un, qui n'était pas forcément son meurtrier.

— Et moi, dit Jury, je crois que c'est exactement ça qu'il a rencontré : quelqu'un dont il a pensé, à tort, que c'était son invité. Il avait commandé du café pour deux. Qu'est-ce qui vous fait croire qu'il y avait un troisième larron ?

Sans répondre, elle reprit la pochette d'allumettes dans le cendrier et l'empocha.

— Allons-y.

— Où ça ?

— Au Dust. Venez.

4

Jury ne se risqua pas à lui proposer de prendre un verre. Voilà une femme qui devait être à cheval sur le règlement. Si on l'y avait autorisée en haut lieu, elle l'aurait sûrement foutu dehors à coups de pied dans le cul après l'affaire de Hester Street.

— Whisky on the rocks, commanda-t-elle à l'Adonis du bar avant de se tourner vers Jury : Et pour vous ?

Pas si à cheval que ça, finalement.

— La même chose. Sans glaçons. Vous mettez des glaçons dans votre whisky ? Je croyais que c'était une perversion américaine.

— J'en mets, oui. D'où sortez-vous ? C'est « in », les glaçons.

Il plongea les doigts dans un bol de cacahuètes, s'en fourra une poignée dans la bouche. Le barman fit glisser deux verres dans leur direction. Voyant Aguilar s'apprêter à attraper son sac accroché à son tabouret, Jury l'arrêta d'un geste.

— Permettez-moi de vous l'offrir.

Il sortit son portefeuille. Le barman annonça la somme d'un air dégagé. De quoi réaménager les combles de Buckingham Palace, à vue de nez, pour en faire des appartements. D'un geste sec, Jury posa une grosse coupure sur le bar.

Elle leva son verre.

— Un vrai rencard, dites-moi. Merci.

Le ton était sarcastique ; il sourit malgré tout.

Elle prit le permis de conduire de Billy Maples dans la poche de son manteau.

— Vous l'avez aperçu ici ?

Après y avoir jeté un œil, le barman fit signe que non.

— Je crois pas.

— Vous avez été là toute la soirée ?

— Oui. Je suis arrivé à six heures.

Pour ce qu'en savait Jury, dans la confrérie des barmen, mentir à la police était quasiment inscrit dans les gènes.

— Comment vous vous appelez ?

— Matt.

Jury s'empara du permis et le lui fourra sous le nez.

— Il vient souvent ici. Vous devriez rejeter un œil.

— Vous êtes de la police ? s'enquit Matt, son regard passant de Jury à Aguilar et retour.

Comme Jury acquiesçait, Matt enchaîna :

— Qu'est-ce qu'il a fait ? Qu'est-ce que vous lui voulez ?

— A lui, rien, laissa tomber Aguilar. Il est mort.

— Il a été assassiné ? fit le barman d'un ton vif.

— Qu'est-ce qui vous le fait croire ?

Là, il retrouva un peu de son insouciance du début :

— Vous êtes de la police, non ? Vous feriez pas tout ça pour un mec qui s'est payé une crise cardiaque.

— Au Zetter, en face, vous connaissez sûrement… Au Zetter, donc, on nous a dit qu'il était passé chez vous en début de soirée. Qui d'autre travaillait au club en dehors de vous et de ces… fêlés, hier soir ? lâcha-t-elle en désignant de la tête le groupe – guitares, clavier, batterie – occupé à produire un boucan auquel il était impossible de donner un nom.

— Interrogez Ty Haigh. Au bout du bar, là-bas. Il le connaît peut-être.

Aguilar descendit en souplesse de son tabouret.

Visage de marbre, Jury dit :

— Envie de danser ?

Il récolta un regard qu'il n'était pas près d'oublier. Il écarta les mains comme pour s'excuser.

— C'est vous qui avez parlé de rencard.

— Ouais, c'est Billy Maples, confirma le dénommé Ty Haigh, dont le marcel dévoilait des biceps d'adepte de la gonflette. C'est un ami. Je le connais depuis un an environ.

Il était occupé à déboucher une bouteille de champagne qui lui donnait du fil à retordre.

— Pourquoi ?

Un grand sourire embellit encore ses traits.

Jury se dit que le physique devait constituer l'un des principaux critères d'embauche dans ce rade.

— Il n'a pas d'ennuis, j'espère ? poursuivit le barman.

Aguilar rempocha le permis.

— Plus maintenant.

— Comment ça ? dit vivement Ty, son sourire se figeant.

Jury détestait ces brusques changements d'expression. Inutile de faire traîner les choses en longueur :

— Il est mort. Désolé.

— Nom de Dieu, souffla Ty.

— Vous le connaissiez bien ? questionna Jury.

Ty eut un vague hochement de tête qu'il parut regretter ; mais c'était peut-être aussi qu'il ne savait pas bien en quels termes ils se trouvaient, Maples et lui.

— Je suis peintre. Au Dust, je gagne de quoi me payer de la peinture et des toiles. La galerie près de Smithfield Market, la galerie Melville, c'est là que j'expose. C'était le vernissage aujourd'hui. C'est comme ça que j'ai fait la connaissance de Billy. Il leur file du fric. Il est… était… très généreux. On pouvait toujours compter sur Billy. Merde.

Il s'accouda au bar, appuya sa tête sur ses mains.

— J'arrive pas à le croire.

Jury crut un instant qu'il allait fondre en larmes, mais quand il releva la tête il avait les yeux secs.

— Il avait de l'argent, alors ? s'enquit Aguilar.

— Sa famille, oui. Il avait l'air friqué. Il ne bossait pas.

Aguilar avait sorti son calepin et décapuchonné son stylo. Un authentique stylo à plume. Des années que Jury n'en avait vu.

— Où vit sa famille ?

— Dans… le Kent ? Non, dans l'East Sussex, je crois. Pas très loin de la côte.

— Que savez-vous de ses parents, en dehors du fait qu'ils sont riches ?

— Pratiquement rien. Il n'en parlait jamais, il n'avait pas l'air de les aimer beaucoup. A l'exception de son grand-père, pour qui il paraissait avoir une réelle affection. Et d'une grand-mère. Le grand-père, du côté de son père. La grand-mère, une grand-mère maternelle.

— Ils habitent le Sussex ?

— Non. Londres. Le grand-père réside à Chelsea. Billy aussi y résidait. Près de Sloane Square. Il ne parlait guère de lui-même. On parlait surtout d'art. Mais il était pas si calé que ça.

— D'après nos sources, il avait un appartement dans Sloane Street.

— C'est exact. La guerre.

— Pardon ? dit Jury.

— La Seconde Guerre mondiale. Cette période fascinait Billy. Il passait son temps au musée de la Guerre, près de Lambeth. Ça avait un rapport avec son grand-père – la guerre, je veux dire. C'était un expert en matière de code…

— Attendez, dit Jury, le dévisageant. Son grand-père, ce n'était pas sir Oswald Maples, par hasard ?

— Je me souviens pas du nom. Il disait toujours « grand-père » en parlant de lui. Il occupait un poste important pendant la guerre au service du chiffre.

— De qui parlez-vous ? intervint Aguilar.

— De sir Oswald Maples. Il a joué un rôle de premier plan durant la dernière guerre. Il travaillait sur les codes et les chiffres. A Bletchley.

— C'est quoi, Bletchley ? lâcha Ty, perplexe.

Ah, ces jeunes… songea Jury.

— Bletchley Park, c'est là que les experts « craquaient » les codes, non ? fit Aguilar. Un boulot top secret ?

Jury acquiesça.

— Et cet Oswald Maples, vous le connaissez ?

Nouveau hochement de tête de Jury.

— Bien, conclut Aguilar.

Puis, s'adressant au barman :

— Nous aurons peut-être besoin de vous reparler. Donnez-moi votre numéro de téléphone.

Il s'exécuta, y ajoutant une adresse dans Clerkenwell.

— Ça devient hors de prix pour moi, cet endroit.

Elle recapuchonna son stylo, le rangea ainsi que le carnet dans son sac. Sourit.

— Essayez Wandsworth. Au sud de la Tamise. C'est nettement plus abordable.

Ty rit, s'arrêta net.

Aguilar et Jury sortirent de l'établissement.

— Ma voiture est par là, dit-elle. Dans Saint John.

Ils longèrent Clerkenwell Road.

De fait, l'endroit était de plus en plus branché, de plus en plus huppé ; il s'y pressait de plus en plus de yuppies et de bobos. Le quartier jouxtait la City, où Jury avait passé pas mal de temps dernièrement. C'était également une partie d'Islington, où il avait passé beaucoup moins de temps, bien que ce fût là qu'il résidait.

— Il faudra qu'on aille voir son appartement demain.

— L'appartement de Maples ? « On » ? J'avais l'impression que vous me considériez comme un gêneur…

— C'est juste. Mais vous connaissez tout le monde. Alors je n'ai guère le choix.

Essayait-elle de réprimer un sourire ?

— Crénom, dit Jury, ça doit être rudement pénible de devoir demander de l'aide à Scotland Yard, non ?

— Je n'ai pas dit que j'avais besoin d'aide. J'ai seulement dit que vous connaissiez tout le monde. On gagnera du temps si vous interrogez le grand-père.

Elle s'était arrêtée devant une Fiat grise. Une de ces petites cylindrées que Jury n'avait jamais réussi à prendre au sérieux.

— Vous habitez bien à Islington, commissaire ?

Etonnement de Jury.

— Comment le savez-vous ?

— Je sais un tas de choses vous concernant. Vous avez fait la une de tous les journaux il n'y a pas si longtemps. Montez.

Ils prirent Saint John Street jusqu'à Islington High Street puis Islington Upper Street, et, après quelques virages à droite, se retrouvèrent dans sa rue.

— C'est ici.

Elle se gara et, sans laisser à Jury le temps de lui dire merci ou bonsoir, descendit de voiture.

Il la regarda prendre pied sur le trottoir, rester un moment plantée devant lui à le regarder. Comme il ne sortait toujours pas du véhicule, elle agita les bras en signe d'impatience.

Mystifié, Jury s'extirpa de la Fiat.

— Quoi ?

— Les clés. C'est vous qui avez les clés.

Pivotant, elle gravit les marches du perron.

Lorsqu'il consentit à cesser de jouer le mec scié, il lui emboîta le pas et glissa sa clé dans la serrure de la porte d'entrée.

— Quel étage ?

— Premier.

— Tant mieux. Je suis trop crevée pour me taper plus d'un étage.

Jury sourit tandis qu'ils s'engageaient dans l'escalier. Il ne pouvait s'empêcher de penser qu'elle serait montée jusqu'au dernier étage si ç'avait été nécessaire.

Il ouvrit sa porte, s'écarta, lui fit signe d'entrer. Il tâcha de se persuader qu'il ne savait toujours pas ce qu'elle fabriquait ici ni ce qu'elle voulait.

Elle laissa choir son manteau sur le vieux canapé défraîchi et dit :

— Je boirais volontiers quelque chose.

Il resta planté là – comme s'il était l'invité, et elle la maîtresse des lieux – et la considéra un long moment.

Elle le regardait avec insistance. Comme si son visage était une carte sur laquelle elle cherchait à lire une destination.

— Vous pouvez m'offrir un verre. Et compte tenu des circonstances, vous pouvez m'appeler Lu.

— Très bien. Seulement je n'ai pas de glaçons, Lu.

— Merde. Va falloir trouver une autre occupation.

Elle fit un pas dans sa direction, ses yeux de braise toujours dardés sur lui.

Pourquoi faire l'étonné ? Il n'était pas étonné ; il avait fait semblant. Dès l'instant où elle était entrée dans la chambre 523, il avait su dans un coin reculé de sa tête que cela arriverait.

Il la plaqua contre lui. Leurs lèvres se joignirent en un baiser fondant. Un baiser sans fin. Un baiser sans fond. Une étreinte pour laquelle il aurait fallu inventer un autre nom. Etait-ce lui qui l'avait fait s'agenouiller sur le tapis, ou bien elle ? Etait-ce lui qui l'avait poussée par terre, ou bien elle ? Collés, serrés, ils roulaient, se retournaient, tirant sur leurs vêtements qu'ils essayaient de s'arracher mutuellement, prisonniers d'un cocon, mais ne parvenant qu'à s'emmêler davantage.

Puis il la souleva, l'emporta, la déposa sur le lit.

Ils finirent par se séparer. Restèrent là, souffle coupé, respiration haletante.

Au bout d'un moment, il dit :

— Comment on va faire pour bosser ensemble maintenant ?

— On ne bosse pas ensemble. Tu n'es pas sur l'affaire.

— C'est exact. Tu as seulement besoin de moi.

— Oui. Mais comme ça.

Elle l'enfourcha et ensemble ils replongèrent comme on plonge dans la mer.

Collés, serrés de nouveau, se contorsionnant, ils dégringolèrent du lit. Lui se cognant la tête contre la table de chevet sans même s'en rendre compte. Elle se prenant le pied dans la couverture. Se relevant comme par miracle et les voies de la lévitation étant impénétrables, ils se retrouvèrent allongés sur le lit. Membres enchevêtrés. Tumulte. Chaos.

— C'est dingue, dit-elle. Je croyais qu'on en avait fini.

— On n'en aura jamais fini.

Il tenta de l'attraper, mais elle lui échappa.

— Je file. Immédiatement. Inutile de me raccompagner.

Elle ramassa ses vêtements, qu'elle avait semés en route. Soutien-gorge, culotte, jupe, pull, manteau. S'habilla. Franchit le seuil.

Il entendit la porte se fermer.

Il resta allongé, incapable de bouger. S'il lui avait fallu partir, il se dit qu'il n'en aurait peut-être pas été capable. C'était quoi, cette histoire ? Pas de l'amour. Quelque chose d'autre. Il songea aux ouragans qui dévastent la Floride, l'été.

Ce n'était pas la lumière violette d'une nuit estivale en Espagne. C'était un ouragan.

5

La police scientifique était déjà passée, mais Jury tenait à voir de ses yeux l'appartement de Billy Maples. Il s'y trouvait, outre les indices recueillis par les experts, des détails susceptibles de lui permettre de comprendre la vie menée par Billy.

L'appartement était situé dans un petit immeuble avec ascenseur. Le bâtiment était beau, certainement très cher. Dans ce quartier huppé, Chelsea, Knightsbridge, Belgravia, pour s'offrir un appart de ce genre, il devait falloir allonger autour du demi-million de livres. Il comportait deux chambres avec salle de bains, l'une dotée d'un petit salon et l'autre d'un bureau.

— Je me charge de cette chambre, décida Ron. Vous, de l'autre.

Jury sourit. Ron, qui était sous les ordres de l'inspecteur Aguilar, dirigeait ici les opérations.

Le bureau était vaste, avec tout un mur d'étagères croulant sous les livres, dont le surplus s'empilait en piles bien ordonnées devant l'étagère du bas.

Les livres n'étaient pas là pour faire joli. Jury en examina plusieurs ; ils avaient été abondamment feuilletés et annotés. Billy Maples aimait lire. Cette pièce aurait fait les délices de tout amateur de lecture : fauteuils profonds à coussins pansus, dont un en cuir foncé moelleux avec repose-pieds assorti. Lampadaire, petite table à plateau de verre.

Apparemment, Billy avait une préférence pour le dix-neuvième siècle, américain surtout – Melville, Hawthorne, et un nombre étonnant de romans de Henry James.

Une étagère entière était consacrée à des ouvrages sur la Seconde Guerre mondiale, trahissant l'intérêt qu'il portait à sir Oswald Maples. A supposer qu'Oswald Maples fût bien son grand-père.

Il y avait deux toiles torturées, très influencées par Francis Bacon. Un homme aux contours flous enfermé dans une caisse, sur fond de forêt épaisse. Dans le style torturé, Jury préférait Munch.

Il y avait un bureau de taille modeste avec un fauteuil pivotant en cuir. Il s'en approcha, entreprit de tirer les tiroirs. Il s'assit, regarda une photo de Billy et d'un autre homme dans un cadre d'argent. Ils semblaient revenir de skier, ou de pratiquer quelque autre sport d'hiver. De la neige à gogo. Une montagne.

Ron entra, des lettres à la main.

— Je dirais que le mien est allemand.

— A-t-il un nom ? Allemand ou autre ?

Pas une mince affaire, de lui tirer les vers du nez, à Ron.

— Kurt Brunner. Du moins c'est le nom qui figure là-dessus.

Il considéra les enveloppes.

— Berlin. Kurt Brunner. Le compagnon de Maples, comme on dit ?

Jury fit pivoter la photo vers Ron.

— Peut-être que oui. Peut-être que non. Ce type est nettement plus âgé que Billy Maples. Dans les soixante ans, je dirais.

Ron haussa les épaules.

— Oui, et alors ? Une figure paternelle ? Ça peut devenir chaud, sexuellement, ces relations-là.

— Il arrive qu'une figure paternelle ne soit que cela, fit valoir Jury.

Quoique… « paternelle » ? Kurt Brunner n'avait pas la gueule de l'emploi. S'il était plus vieux, il semblait en excellente forme, et séduisant.

— Possible.

— Parlez-moi de l'arme.

— On ne l'a pas retrouvée. Probablement un .38. Un Luger. Un calibre allemand ?

Haussements de sourcils à répétition de Ron.

Jury se laissa aller contre le dossier du fauteuil de cuir, pivota à droite, à gauche, à gauche, à droite, et ainsi de suite tout en réfléchissant.

— Pourquoi Billy Maples a-t-il pris une chambre au Zetter, qui se trouve à… à quelle distance d'ici ?

Ron se gratta la nuque, qu'il avait rouge et enflammée.

— Aux heures de pointe, il faudrait compter une demi-heure. La galerie n'est pas loin de Smithfield Market, et le marché n'est pas loin du Zetter. Une demi-heure, pas plus.

— Pourquoi prendre une chambre au Zetter, alors ?

— Parce qu'il pouvait se la payer, pardi ! Trois cents livres. Il avait du fric, ce type, un fidéicommis sûrement. Peut-être qu'il est descendu au Zetter parce qu'il voulait être près du club ? Le Dust.

— Il y est passé, au club. Pourquoi vouloir séjourner

à proximité ? Il était censé rencontrer quelqu'un. Si tel est le cas, on peut conclure qu'il ne tenait pas à ce que la rencontre ait lieu à son domicile.

Ron secoua la tête.

— C'est pas la conclusion que je tirerais, moi. Il a un programme chargé : la galerie, Dust, un rendez-vous à l'hôtel. Il prend une chambre dans le coin. Au Zetter. La meilleure solution, dit-il en découvrant – avec parcimonie – ses dents, c'est la plus simple.

— On prend sa revanche, Ron ? grogna Jury. Vous avez peut-être raison.

Le commissaire se leva.

— Il faut que je file, Ron. Je dois annoncer la nouvelle à son grand-père avant qu'il ne l'apprenne par le *Telegraph*. Tenez-moi au courant si vous dénichez du nouveau par ici.

6

Jury se tenait devant la maison, d'anciennes écuries (ou *mews*) transformées en résidence haut de gamme, à deux pas du très chic Cadogan Square, le doigt sur la sonnette. Tout en espérant se tromper, il était néanmoins certain d'être à la bonne adresse. Non grâce à ses pouvoirs de déduction mais parce qu'il avait la réponse à une question très simple : combien existait-il d'hommes du nom de Maples ayant « travaillé au chiffre » à Bletchley Park ?

Un seul.

Jury se prit à souhaiter tomber nez à nez avec une domestique quelconque. Tout était bon pour différer le moment d'annoncer la triste nouvelle à Oswald Maples. Dommage que Lu Aguilar ne l'ait pas prié de laisser tomber. Si Aguilar et lui avaient eu une once de jugeote, il n'aurait dû en aucun cas être mêlé à l'enquête, ni rester dans les pattes de la police d'Islington. Une soirée romantique avec l'inspecteur chargé de l'affaire… Ah bon ? C'était ainsi qu'il qualifiait la chose, ce matin ? Comment un truc aussi torride, aussi physique, aussi hot, pouvait-il être platement qualifié de « romantique » ?

Là-dessus, il songea à Phyllis et il en eut la gorge sèche.

— Commissaire !

Sourire aux lèvres, sir Oswald Maples avait ouvert la porte lui-même, s'aidant d'une seule canne. Les trois quarts du temps, il lui en fallait deux. D'où sans doute son sourire : c'était une bonne journée.

Ça n'allait pas durer.

— Quelque chose qui cloche, monsieur Jury ?

Oui, songea Jury. Je suis en train de foutre le bordel dans ma vie et votre petit-fils a été assassiné la nuit dernière.

— Sir Oswald... commença-t-il en s'efforçant de rassembler ses esprits.

Il avait la mine sombre, il le savait, et, conscient que cette triste figure lui venait de ses préoccupations personnelles, il se sentit honteux.

— Il faut que je vous parle.

Encore une curieuse façon de formuler les choses.

— Mais bien sûr. Entrez donc.

Oswald Maples s'écarta non sans difficulté pour laisser Jury pénétrer dans le minuscule vestibule.

— Cela ne peut pas être aussi grave que ça, commissaire, remarqua Oswald avec un rire bref.

Jury, qui ouvrait la bouche pour répondre, se ravisa. Ils passèrent dans le séjour. Jury s'assit, Oswald prit place sur un canapé bleu face à lui. Sous leurs pieds, un fort beau tapis turc dans des tons de bleu, de rouge et de vert rompus.

— Un jeune homme a été assassiné dans Clerkenwell la nuit dernière, attaqua Jury. Je pense – nous pensons – qu'il avait des liens de parenté avec vous. Que c'était votre petit-fils.

Il se tut, incapable de dire un mot de plus.

Le vieil homme avait saisi sa canne, la tenant devant lui, les deux mains sur le pommeau. Il se pencha, appuya la tête sur ses mains. Sans mot dire.

— Il s'appelait Billy Maples.

Dans le profond silence qui accompagne parfois les mauvaises nouvelles, sir Oswald attendit, comme si une autre nouvelle pouvait effacer la première. Rien ne vint.

— Servez-nous un verre, mon vieux.

Cramponné à sa canne, tête baissée, il fixait le tapis.

Jury versa hâtivement du cognac dans un verre ballon qu'il lui tendit.

— Je suis désolé. Vraiment désolé.

Il se sentait complètement dépassé. Pas à la hauteur. Il s'assit en face d'Oswald dans un fauteuil recouvert du même bleu que le canapé.

Maples resta quelques instants sans prononcer une parole, étudiant son verre d'alcool, puis finalement il fit cul sec. Après quoi, il posa le verre avec soin sur la petite table ancienne, comme si c'était le meuble et non lui qui nécessitait des soins.

— Racontez-moi tout, dit-il en s'éclaircissant la gorge.

Jury s'exécuta. N'omettant aucun détail.

Oswald se laissa aller contre le dossier du canapé.

— Je vais vous éviter de poser certaines questions, si vous voulez bien, commissaire. Pour commencer, je ne vois pas qui pourrait faire une chose pareille. Cela dit, je ne connaissais pas les amis de Billy. Ses ennemis non plus. Même si j'ai du mal à lui en imaginer. Mais je connais... je connaissais Billy. Il avait un tempérament à la don Quichotte, il prenait tout très au sérieux ; et il était sujet à des sautes d'humeur. Son sérieux avait été la cause de nombreuses difficultés avec ses parents qui en sont, pour leur part, dépourvus.

Jury eut un léger sourire.

— Vous me comprenez sûrement : vous êtes de la race des gens sérieux, vous aussi. Inutile de me regarder ainsi, c'est l'évidence. Vous devez savoir ce que c'est que d'avoir affaire à des êtres superficiels. Ce que je veux dire, c'est qu'ils ne comprenaient pas Billy. Et moi non plus. Mais un peu mieux qu'eux, tout de même. Le problème, c'est qu'il était complètement imprévisible. Comme sa mère.

Oswald eut un sourire douloureux.

— Votre fille ?

— Non, non. La première femme de mon fils Roderick. Mary. Elle est morte.

Le sourire disparut.

— Je l'aimais beaucoup. Et Billy aussi. Il n'était encore qu'un petit garçon quand elle est décédée. Elle lui avait constitué un fidéicommis. C'est de ça qu'il vit... qu'il vivait. Le mère de Mary, la grand-mère maternelle de Billy, habite Londres également, mais je la vois rarement.

Il agita sa canne en guise d'explication.

— Elle s'appelle Rose Ames, et elle me rend parfois visite. Une femme charmante. Mon épouse est décédée il y a sept ans. Le mari de Rose – l'autre grand-père de Billy – aussi. Il est mort, lui aussi, je veux dire.

Il s'arrêta un instant, enchaîna :

— Roderick, mon fils, est un type bien mais assez coincé. Et sa seconde épouse, Olivia, est nettement plus jeune que lui. Une petite cinquantaine, je crois. Elle est belle mais comme est belle la porcelaine ; et c'est une femme qui n'a pas son pareil pour vous épuiser nerveusement. Je crois qu'elle a essayé de « laminer » Billy. Pas Roderick. Roderick, la maltraitance psychologique, ça ne prend pas avec lui. Peut-être a-t-il été victime de maltraitance quand il était petit ; peut-être son entourage manquait-il de chaleur, notamment son père. Je ne sais pas.

Sir Oswald semblait fatigué. Jury se dit qu'il ferait bien de prendre congé, mais quelque chose lui échappait. Il voulut en avoir le cœur net :

— Son père ? Je ne comprends pas. Roderick n'était pas votre fils ?

— Adoptif. Je l'ai adopté après la guerre. Lui avez-vous parlé, ainsi qu'à Olivia ? Et Kurt Brunner, vous l'avez rencontré ? Vous devriez, commissaire. Billy et Kurt étaient très proches. Il est toujours à Rye, il me semble.

— Rye ?

— Oui. C'est là qu'ils ont résidé, ces huit ou neuf derniers mois. En partie à Lamb House. Et le reste du temps dans l'appartement de Billy, à Chelsea.

— Lamb House ? Mais c'est la demeure de Henry James, propriété des Monuments historiques…

— Oui. Billy avait repris le bail. Il avait une passion pour James. Tel que je le connais, il a dû se dire que ce serait amusant d'habiter là-bas. Il avait appris que les Monuments historiques cherchaient quelqu'un pour occuper les lieux. Il a posé sa candidature. Il s'est trouvé qu'il remplissait les conditions de ces très pointilleux gentlemen.

Oswald Maples contempla le tapis, ajouta :

— Mais Billy aurait rempli les conditions de n'importe qui.

— Des enquêteurs d'Islington vont aller voir votre

fils et sa femme aujourd'hui. Dans l'East Sussex. Quant à Kurt Brunner…

— L'assistant de Billy, son secrétaire, son ami. Allez lui parler. Ce n'est pas vous qui êtes chargé de l'affaire ?

Pointe de déception.

— Je donne un coup de main. Un gros coup de main, fit Jury en souriant.

— Merci d'être venu, commissaire. J'apprécie.

— Je vous en prie.

Jury se leva.

— Je m'en vais. Je devrai sans doute vous revoir ultérieurement. Ne vous levez pas. Je connais le chemin.

Oswald Maples parut satisfait. Parce qu'il n'allait pas être obligé de s'extraire du canapé ? Parce que Jury allait revenir ?

— Vous avez lu James ? ajouta-t-il sans paraître attendre de réponse.

Assis sur le canapé, il suivait du bout de sa canne un dessin compliqué du tapis.

— Parmi ses nouvelles, il y en a une qui est intitulée « Le motif dans le tapis ». C'est l'histoire d'un écrivain qui constate, avec amertume, qu'aucun des critiques qui se sont penchés sur ses livres n'a perçu ce qu'il y avait glissé de plus important, à savoir son « petit truc ». Un motif dans un tapis persan. Ce motif se fond si admirablement dans l'ensemble qu'il en devient invisible alors qu'il est parfaitement possible de le distinguer. A condition de savoir regarder.

Sir Oswald leva la tête, regarda Jury.

— J'espère que vous n'aurez pas le même problème avec le meurtre de Billy, commissaire. Vous devez vous y heurter assez souvent, dans votre métier.

7

— Vous couvez un truc, c'est sûr, décréta Wiggins le lendemain matin après avoir mis la bouilloire sur le réchaud.

— Non, renvoya Jury, qui avait surtout l'impression de couver toute une flopée de trucs. Je n'ai pas beaucoup dormi, la nuit dernière, dit-il en se carrant dans son fauteuil de bureau.

— Dites plutôt que vous n'avez pas dormi de toute l'année. Vos yeux ont l'air d'avoir été repêchés au fond de l'océan. Une tasse de thé vous requinquera. L'affaire d'une minute… Oh, le patron veut vous voir, à propos.

Wiggins, très concentré, pelait une espèce de racine. A moins qu'il ne s'agît d'une branchelette de ginkgomachinchose ?

Jury se mordit la lèvre, s'interdisant de lui poser la question.

La bouilloire se mit à siffler. Wiggins ôta la prise et versa de l'eau dans les deux mugs, provoquant aussitôt la remontée en surface des sachets de thé. Les mugs et la racine exceptés, le plateau du bureau du sergent Wiggins offrait aux regards une nudité de banquise.

— Fiona a appelé à huit heures et demie. Il veut vous

voir à la minute où vous arriverez, ajouta Wiggins, attendant que les sachets teintent correctement l'eau.

— C'est râpé, pour la minute.

Wiggins pouffa.

— Il a dit pourquoi il était si pressé de me voir ?

— Non.

Huit heures et demie. Etonnant que Racer fût déjà au bureau. A moins qu'il n'ait dormi dehors au sortir d'une rave party et n'ait pas réussi à regagner son logis. S'entretenir avec Racer, drôle de façon d'entamer une journée. Jury décrocha le téléphone et appela Fiona Clingmore, secrétaire de Racer depuis des années, et qui n'avait malgré tout pas pris une ride.

— Je suis là, Fiona. Dites au boss que la partie peut commencer.

— Vous avez mis le temps, dit-elle en raccrochant.

— J'imagine, glissa Wiggins, que c'est au sujet du fiasco de l'affaire Harry Johnson. Ça n'en finira jamais, on dirait.

Il versa dans son mug un interminable filet de sucre en poudre.

— Fiasco ? Le mot est mal choisi. De toute façon, ce n'est pas moi qui étais chargé de l'affaire, mais la police du Surrey. L'inspecteur Dryer. Et ça ne remonte pas à des siècles : tout juste à deux semaines.

— Sans vous, les deux gosses y passaient.

— Faux. C'est Mungo qui les a sauvés.

Jury se saisit de sa veste accrochée au dossier de son fauteuil et se leva.

— Mungo est un chien.

— Comme si je ne le savais pas, soupira Jury en attrapant son mug de thé.

— L'adjoint au préfet de police veut savoir pourquoi vous refusez de lâcher la grappe à Harry Johnson comme il vous l'a demandé, attaqua Racer, le patron.

— J'ignore de quoi vous parlez, contra Jury. Harry se serait-il plaint ?

Racer resta coi, sans doute parce qu'il n'en savait rien.

— Pourquoi l'adjoint ne dit-il pas à l'inspecteur Dryer de lâcher la grappe à Johnson ? Cette affaire est du ressort de la police du Surrey. Pas du mien.

— C'est exactement ça, Jury. Pas du vôtre.

Jury but une gorgée de thé, s'efforçant d'afficher un visage vide de toute expression. Dans ce lieu où le vide régnait en maître, cette manœuvre lui sembla d'une facilité déconcertante.

— Il n'y a pas l'ombre d'un commencement de preuve indiquant que Harry Johnson est coupable d'avoir kidnappé ces enfants, reprit Racer.

Jury garda le silence, se contentant d'observer le chat Cyril qui s'était matérialisé hors d'une de ses mystérieuses cachettes et rôdait maintenant sur la moquette derrière Racer, en direction du placard servant de bar. Sûrement pas en quête d'un drink, songea Jury.

— Et maintenant, poursuivit Racer, se léchant presque les babines, j'apprends que vous vous êtes remis à travailler au noir.

— Travailler au noir, moi ?

— Vous enquêtez sur un meurtre qui est du ressort de la police d'Islington.

— Si je suis allé là-bas, c'est parce que le gamin qui a découvert le corps est un ami à moi.

— Il aurait dû appeler Islington…

— Vous croyez que le citoyen lambda connaît les rouages de la Metropolitan Police ?

Avec un soupir, il poursuivit :

— Je lui ai dit d'appeler la direction de l'hôtel, qu'ils se chargeraient d'appeler le commissariat.

— Alors que fabriquiez-vous au Zetter ?

— Je vous l'ai dit. Ce gamin, Benny Keegan, a douze, non treize ans. Il me connaît. Il avait la trouille.

Les deux premiers énoncés étaient exacts. Concernant le troisième, Jury avait des doutes. Il regarda Cyril étudier les portes du bas du bar. Le vit tendre une patte, la glisser entre les portes et tirer légèrement. Tandis que Cyril enfonçait sa patte à l'intérieur, un léger bruit de bouteilles entrechoquées se fit entendre. Racer ne parut pas s'en apercevoir. Trop occupé à sermonner Jury. La patte, de l'intérieur cette fois, repoussa la porte. Qui se referma, mais pas complètement.

— Eh bien, Jury, remuez-vous, et filez jusqu'à cet hôtel de Clerkenwell résoudre cette saloperie de meurtre.

Il ajouta, d'un air rêveur :

— J'en ai entendu parler.

— De Clerkenwell ? glissa Jury innocemment.

— Non ! Du Zetter. Excellent restaurant. J'ai reçu un appel d'un…

Racer consulta le bloc sur lequel il prenait des notes.

— D'un inspecteur Algar…

— Aguilar.

— Oui. Ils aimeraient que vous leur prêtiez main-forte vu que vous connaissez ce gamin. Finissez-en avec l'affaire Harry Johnson, pour l'amour du ciel.

— Ce n'est pas mon enquête.

Racer abattit son poing sur la table. Les bouteilles de

whisky dans leur placard se mirent à tinter tels des carillons éoliens.

— Si vous avez le malheur de dire ça encore une fois, je vous envoie bosser dans le Surrey !

— C'est le secteur de Tom Dryer. Le corps a été retrouvé dans le Surrey…

— C'est peut-être le secteur de Dryer, mais en attendant c'est vous qui récoltez toute la publicité ! Ça ne vous a pas suffi de mettre la presse dans le coup lors de l'affaire de Hester Street ? Il faut maintenant qu'à cause de vous les médias nous mettent la pression à propos de cette maison de Belgravia où, là encore, des mineurs sont impliqués ! Il n'y a rien qui irrite davantage le public que les histoires de mômes sexuellement agressés.

— Ils n'ont pas été sexuellement agressés. Kidnappés, mais pas agressés sexuellement.

— Je ne vois pas où est la différence. Les gens sont déchaînés, ils prennent le mors aux dents dès qu'il y a de la maltraitance d'enfants dans l'air.

Jury se pencha en avant.

— Ecoutez, je me suis tué à le répéter à cette saloperie de torchon, à ce Dailymachin de mes deux : ce n'est pas moi qui ai sauvé les gamins. C'est le chien.

Racer passa les doigts sur sa tonsure.

— Vous n'allez pas remettre ça avec ce putain de clebs ! Des conneries sentimentales ! Evidemment que le chien ne les a pas sauvés ! Vous faites le modeste, comme ça les médias vous encensent : un policier héroïque qui refuse les félicitations. Vous auriez dû faire de la politique ; à l'heure qu'il est, vous seriez Premier ministre !

— Vous n'allez pas laisser les élucubrations du

Daily Express vous taper sur les nerfs ? Buvez plutôt un verre. Ce sera tout ?

Jury se leva.

— C'est cela, oui, sortez.

En quittant le bureau, le commissaire laissa la porte ouverte. Avec un sourire à Fiona, il resta planté là un instant. Il entendit Racer se lever. Trois secondes plus tard, un cri affreux retentit. Poussé par qui ? Racer ? Cyril ? Les deux à la fois ?

— On s'amuse bien, dit-il à Fiona, tandis que Cyril se ruait hors du bureau de Racer.

Alors qu'il regagnait son poste, il lui apparut soudain que Cyril et lui possédaient à fond l'art de garder profil bas.

Bon Dieu, se ravisa-t-il après réflexion. Tu te goures. Cyril te bat à tous les coups dans ce domaine.

Wiggins leva les yeux des quelques papiers qu'il consultait lorsque Jury revint.

« Quelques », le qualificatif était faible. Car son bureau disparaissait maintenant sous un monceau de documents : chemises, enveloppes, mémos, consignes, prospectus de la Metropolitan Police. Wiggins aurait pu postuler au poste d'attaché de presse de la Met.

— Wiggins, il n'y a pas vingt minutes, votre bureau était un désert. Une zone interdite à la paperasse. D'où diable sortez-vous tout ça ?

— Ça arrive par coursier. Tous les matins à onze heures. Ne vous bilez pas : j'en ai pour une minute à les trier.

Figé par une terreur admirative, Jury suivit des yeux les doigts de Wiggins, plus agiles que ceux d'un donneur de cartes de Vegas, rafler puis dispatcher dans la poubelle et les tiroirs alentour tout ce qui traînait sur le bureau.

— Incroyable ! Vous avez raté votre vocation : vous auriez dû être pickpocket.

Wiggins le gratifia d'un sourire un peu voyou à la Humphrey Bogart.

— Merci, ma jolie. Oh, j'allais oublier : le doc a appelé. Elle a dit que vous seriez content de la voir. Et le sergent Chilten a appelé, lui aussi. Les messages sont sur votre bureau.

Jury jeta un coup d'œil aux messages : Ron, Phyllis. « Aguilar vous veut. »

C'était une façon de dire les choses.

— Je serai à la morgue, dit Jury.

C'en était une autre.

8

Toute de vert vêtue – combinaison verte, tablier vert –, elle était penchée au-dessus d'un corpulent cadavre entre deux âges. Ses gants luisaient de sang.

— Richard ! Tu as une mine affreuse. Comme mon client.

Du doigt, elle désigna le corps sur lequel elle œuvrait, et sa poitrine béante. Elle sourit.

Jury lui rendit tant bien que mal son sourire. Ne souffla mot.

Phyllis s'approcha d'une autre table d'autopsie, se dépouilla de ses gants, souleva le drap qui recouvrait le corps de Billy Maples.

— C'est pour Billy que tu es venu.

C'est pour toi que je suis là. Pas à dire, il était mal !

— Qu'est-ce que ça donne ?

Pas très amicale, la question. Est-ce ainsi qu'il allait se comporter avec elle, désormais ? Adoptant une attitude dont elle ne serait vraisemblablement pas dupe ?

Il la vit l'observer. L'espace d'une poignée de secondes qui lui parurent durer une heure.

— Billy, dit-elle pour réveiller son attention défaillante. La première balle a été mortelle ; elle est entrée dans la poitrine, touchant les poumons après avoir brisé les côtes, elle a transpercé l'œsophage avant de ressortir. La seconde a causé des dégâts supplémentaires : foie, vertèbres. Mais c'est la première qui l'a tué. Aucun doute.

— Je ne suis pas sur ce coup, Phyllis.

Il avait décidé de dire ça à l'instant où il l'avait vue, et il savait qu'il changerait d'avis quand il verrait Aguilar. Une chose idiote à dire, donc. Alors pourquoi l'avoir dite ? Pour qu'elle lui pardonne ? Mais il ignorait si elle savait qu'il avait quelque chose à se faire pardonner. Oh, elle devait le savoir ; mais en gros seulement, pas dans les détails. Il ferma les yeux. Les rouvrit.

Bras croisés, tête inclinée, elle le regardait fixement, n'en revenant pas de ce qu'il venait de dire, qu'elle avait compris de travers.

— Les imbéciles ! Jamais vu autant d'ego frustrés que dans cette chambre d'hôtel !

Puis, désignant le corps :

— Ils vont m'enlever mon Billy ?

Jury, en l'entendant, sentit les larmes lui monter aux yeux.

— Non. Il est à toi.

— Cette policière, cet inspecteur… quel est son nom, déjà ?

Jury s'éclaircit la gorge, se demandant comment il allait réussir à le prononcer.

— Aguilar. Commissariat d'Islington. C'est elle qui dirige l'enquête.

Hochement de tête de Phyllis. Sa main de nouveau gantée effleura le torse de Billy.

— Quinze ans que je suis dans le métier et je m'étonne toujours de votre manie de vous piquer des enquêtes, tout ça pour faire mousser votre ego. Des stars de cinéma, voilà ce que vous êtes tous.

Elle lui adressa un sourire en coin.

— Enfin, pas tous.

Elle se débarrassa de sa seconde paire de gants, qu'elle laissa tomber dans le même réceptacle métallique que la première.

— On déjeune ?

Danny Wu était le plus cool des hommes que Jury ait jamais rencontrés. Rien ne le troublait ni ne le décontenançait. Pas même la présence d'un cadavre devant son restaurant. Jury ne le considérait pas comme suspect dans cette affaire. Non qu'il fût incapable d'abattre un individu en plein Soho – le quartier chinois de Londres. Mais parce que Danny, obsédé de l'ordre, n'aurait jamais toléré ce genre de chose devant le Ruiyi. Danny savait peut-être qui avait commis le meurtre, mais si cela avait un rapport avec lui, il se chargerait lui-même de faire le nécessaire. Selon toute probabilité, ni la Triade ni les autres gangs ne seraient impliqués dans cet assassinat – contrairement à ce que pensait Racer. Ce que Racer n'arrivait pas à se mettre dans la tête, c'était que Danny n'avait besoin de personne. La seule organisation à laquelle il appartenait était l'Association des restaurateurs.

Danny se porta à leur rencontre, arborant l'un de ses costumes chic, lainage anthracite et soie, cravate que Van Gogh aurait pu peindre (s'il avait travaillé dans la mode), dans des tons éclatants. Il portait une chemise lavande sans avoir l'air ridicule, ce qui n'était pas donné à tout le monde.

— Ah, commissaire, inspecteur, docteur !

Il s'inclina vers Phyllis, salua Wiggins, se tourna vers Jury.

— Comment imaginer que vous allez réussir à éradiquer le crime alors que vous passez votre temps à vous goberger chez moi ? Non que je ne sois pas content de vous avoir, notez bien.

Il claqua dans ses mains et l'une des petites vieilles parcheminées qui faisaient ici office de serveuses s'approcha en traînant les pieds, apportant une théière et de minuscules tasses en argile qu'elle déposa devant eux.

— Vous allez bientôt agrafer mon tueur ? dit Danny avec un sourire digne d'une pub pour dentifrice.

Il parlait du meurtre de l'homme qu'on avait retrouvé affalé sur le pas de sa porte.

Comme Jury ne répondait pas et que Wiggins continuait d'étudier le menu, Danny poursuivit :

— Non ? Vous ne pensez tout de même pas que c'est moi qui ai fait le coup ?

— Loin de nous cette idée, Danny. Vous ne tuez pas les gens à Soho. Quand ça vous prend, c'est à Limehouse.

— Vraiment ? Vous pensez à quelqu'un en particulier ? Ou croyez-vous que j'aie plombé toute la population des Docks ? Il paraît que les friqués qui occupent les appartements chicos de Butler's Wharf vivent au-dessus de fumeries d'opium…

— Dites plutôt, rectifia Wiggins avec un ricanement, que c'est dans ces fumeries d'opium qu'ils crèchent. Je prendrai le poisson frit.

— Vous prenez toujours le poisson frit, remarqua Jury.

Wiggins semblait heureux comme un roi au milieu des lumières tamisées et du bruit étouffé du Ruiyi. Jury s'étonnait toujours de ce qu'une salle aussi bondée fût aussi peu bruyante. A la porte, c'était la queue habituelle ; les têtes qui se tournaient de-ci, de-là, en quête d'une table.

— Il a peut-être fini par mourir de faim, dit Wiggins, parlant du cadavre, à attendre qu'une table se libère.

Avec un petit rire, Phyllis se mit à lire le menu.

— Puis-je vous recommander le plat du jour ? Crevettes, sauce à l'ail.

— Je prends le poisson frit, rappela Wiggins.

— Vous l'avez déjà dit, le tança Jury.

— Ou, poursuivit Danny, le canard pékinois aux abricots ?

— J'opte pour les crevettes, décida Phyllis en se servant du thé.

— Pour moi, ce sera le canard, dit Jury. Voyez-vous, Danny, je suis pratiquement certain que vous connaissiez la victime et peut-être même son meurtrier.

— C'était un Blanc, dit Danny en rajustant la manche de sa chemise lavande.

— Vous voulez dire que vous ne connaissez pas de Blancs ?

— En dehors de Scotland Yard, non.

— Je vois.

Jury but le thé que Phyllis lui avait servi. La tasse était grande comme un dé à coudre.

Danny sourit et s'éloigna pour passer leur commande, s'arrêtant à diverses tables en chemin.

Ils dégustaient la banane caramélisée lorsque la sonnerie de son téléphone portable fit se crisper Jury.

— Et merde !

Il sortit l'appareil de sa poche.

— Oui ?

L'inspecteur Lu Aguilar :

— Je suis au Dust.

Fin de la conversation.

Jury fronça les sourcils, referma sèchement le portable.

— Un problème ? voulut savoir Phyllis.

— Chef, risqua Wiggins, si je puis me permettre, vous devriez changer de sonnerie. La vôtre est un peu ringarde.

— Je ne sais pas, dit Phyllis. Je trouve que ça lui va bien.

Et mordant dans le caramel de son dessert, elle lui sourit.

Jury la fusilla du regard.

9

En plein jour, le Dust ne différait guère de ce qu'il était le soir. Mêmes clients, bien que moins nombreux, et même boucan ; en plus caverneux, toutefois, faisant davantage chambre d'écho. Se dirigeant vers le bar, Jury avait l'impression de devoir écarter de la main les décibels qui s'accrochaient à lui telles des toiles d'araignée.

Elle était au bar. Jury s'assit.

— Qu'est-ce que tu fais là ?

Aguilar alluma une cigarette à l'aide d'un splendide briquet ultraplat qui aurait été plus à sa place dans la vitrine d'un antiquaire des Silver Vaults. Elle ne devait pas vivre uniquement de son salaire de policier. Mais ce n'étaient pas ses affaires.

— C'est un cadeau, dit-elle, soufflant un filet de fumée.

Encore une télépathe, songea Jury, agacé.

— De qui ?

— On est grincheux, aujourd'hui ?

— Et demain ce sera pire.

— D'un oncle. Rodrigo. Il habite Buenos Aires. Riche à millions.

— Tu es originaire d'Argentine ?

— Du Brésil.

— Tu veux m'en parler ?

— Non.

Elle lâcha un rond de fumée assez réussi.

— Pas de détails sur ton enfance malheureuse, ton adolescence difficile, la drogue ?

— Tu n'as pas besoin de détails.

— Très juste.

Jury commanda une pinte de Foster's au barman.

— Qu'est-ce que tu fiches ici ?

— Et pas au Brésil ? Tu as la mémoire qui flanche ? Je dirige une enquête et tu me donnes un coup de main. Je suis venue parler à Ty.

— Je ne suis pas…

Il ne put aller au bout de ce qu'il avait voulu dire. Il la détestait. Ou plutôt, il se détestait. Et puis non, finalement. Ce n'était la faute de personne. C'était une rencontre qui avait eu lieu, alors qu'elle n'aurait pas dû se produire.

— N'en avions-nous pas fini avec Ty ? Ou avec nous deux ?

Le barman fit glisser une Foster's vers lui et, pouce levé, lui fit signe que ça baignait. Qu'est-ce qui baignait ? s'interrogea Jury. Le fait qu'il soit tombé sur cette femme ?

— Non, ce n'est pas fini. Ce type est pédé comme un phoque.

— Et alors ? Ce n'est pas pour autant que Billy l'était.

Elle darda sur lui l'eau sombre de ses grands yeux. Jury eut l'impression de s'y noyer.

— Quel naïf tu fais.

Naïf, lui ? Ça, alors !

— Je ne suis pas sûr de te trouver sympathique, Lu.

— Je ne suis pas sûre que ça me chagrine.

Ty fit son apparition avec deux magnums de champagne extraits sans doute des tréfonds du Dust.

Aguilar balaya la salle des yeux.

— Je croyais que c'était ici, la cave.

Ty sourit, mais pas ses yeux.

— Du nouveau, concernant Billy ? demanda-t-il à Jury.

Parce que Lu, il commençait à en avoir sa claque.

Mais ce fut elle qui répondit :

— C'est pour ça que nous sommes là, Ty. Comme je vous l'ai déjà dit.

Le front de Ty se plissa, prenant l'aspect d'un parchemin racorni.

— Je vous ai raconté tout ce que je savais. Ecoutez, je veux vous aider…

— Alors commencez par arrêter de jouer au con.

Sourire faux d'Aguilar.

Le teint caramel du barman tourna au cendreux.

— Je comprends pas…

Il s'était encore adressé à Jury. Ce fut de nouveau Aguilar qui lui répondit :

— Allons, Ty. On est au courant de tout.

Soupir aussi faux que le sourire. Elle sortit un petit calepin en cuir de son fourre-tout. Du moins, Jury avait cru que c'était un calepin avant de lire sur la couverture le mot « Adresses » en italien. C'était son carnet d'adresses. Fasciné, il la regarda le feuilleter, page après page, son doigt fuselé courant le long d'un feuillet vierge.

— Nous avons interrogé sept, non, huit personnes, y compris la dernière femme de Billy, qui vous connaissent et connaissaient Billy. Alors, déballez-nous tout, Ty. Je vous offre un verre.

Ce n'est pas le verre qui le fit capituler, mais sa ténacité.

— Ecoutez…

Ty s'accouda au bar, baissa la voix :

— Je ne suis pas une tapette ; lui non plus ne l'était pas…

S'approchant du barman au point qu'il ne pouvait manquer de sentir son haleine lui balayer le visage, Aguilar dit :

— Je me fous de savoir s'il vous la mettait dans le cul, dans l'oreille ou ailleurs. Tout ce que je veux savoir, c'est ce qui est arrivé à Billy Maples.

— Moi aussi, bordel, dit-il, haussant le ton.

Jury crut entendre des larmes dans sa voix.

— Alors dites-moi la vérité, nom de Dieu !

Elle aurait dû s'en tenir là, ne pas lui mettre la pression. Mais elle poursuivit :

— C'est vous qui aviez rendez-vous avec lui au Zetter ? Vous deviez le retrouver là-bas pour prendre le café, entre autres choses…

— Non. Bon, d'accord, il y avait quelque chose entre nous… ou plutôt non : je m'étais imaginé qu'il y avait quelque chose entre nous. Mais il a rompu.

— Quand ? Quand vous a-t-il dit qu'avec vous c'était fini ?

Bon sang, qu'est-ce qu'elle fabriquait ? Elle se l'aliénait. Non. Elle s'efforçait de le foutre en pétard afin de lui faire dire sous le coup de la colère ce qu'il n'aurait jamais lâché autrement. Jury n'était pas pour le harcèlement des suspects. Pour lui, les infos qu'on obtenait d'un témoin rétif n'étaient pas fiables. Certains étaient capables de faire ou de dire n'importe quoi pour qu'on leur fiche la paix.

— Ce n'est pas exactement comme ça qu'il a formulé le truc, dit Ty.

— Il était ici hier soir. Il en est parti pour se rendre à un rendez-vous au Zetter, où il avait pris une chambre. Et vous dites que ce n'est pas vous qu'il attendait. Mais il vous a dit, n'est-ce pas, qu'il avait un rencard au Zetter ?

— Il ne m'a rien dit du tout. Seulement qu'il avait pris une chambre à l'hôtel, qu'il était fatigué. J'ai trouvé ça bizarre, vu qu'il aurait très bien pu se payer un taxi pour rentrer à Chelsea.

— Cela a éveillé vos soupçons ? Alors vous vous êtes rendu au Zetter pour tirer ça au clair, hein ? Nous savons que vous n'étiez plus au club après neuf heures et demie.

Ty ne moufta pas.

— Inspecteur Aguilar, dit Jury.

Fumasse d'être interrompue, elle tourna vers lui un regard de braise.

— Quoi ?

De la tête, Jury lui désigna la porte.

Par curiosité ou faute de questions supplémentaires à poser à Ty, elle descendit de son tabouret et termina son verre.

— Je vous reverrai plus tard.

Ty se mit à astiquer le bar.

Lu Aguilar considéra Jury avant de détourner les yeux.

— Merci de votre aide, Ty, dit Jury. Bonsoir.

— Je n'ai pas ma voiture.

— J'ai la mienne.

Ils évitèrent un camion, une Mini Cooper et une Morris

qui se disputaient la chaussée dans Clerkenwell Road et s'engouffrèrent dans l'obscurité de Jerusalem Passage. Jury remarqua alors :

— Tu n'es pas commode quand tu t'y mets, Lu. Je n'aimerais pas être un de tes suspects.

Le rire un peu forcé qui allait lui échapper se mua en colère. Il était d'autant plus furieux qu'il se rendait compte que c'était elle qui le mettait dans cet état.

— Je me demande pourquoi tu m'as fait venir.

Lu s'immobilisa, pivota vers lui, le plaqua contre le mur.

— Vraiment ?

Sa bouche était dangereusement près de celle de Jury.

— Tu n'es pas si futé, dis donc. Comment as-tu fait pour passer commissaire ?

— Je peux toujours redescendre au bas de l'échelle.

Un coup de vent dispersa des feuilles à leurs pieds, des papiers, et les longs cheveux d'Aguilar s'envolèrent.

— Il faut qu'on discute de tout ça. Chez toi ou chez moi ? Je t'avais dit qu'il mentait.

— Non, qu'il déconnait.

Mots chuchotés. Ils étaient presque bouche contre bouche, si près qu'ils semblaient respirer d'une même haleine. Il éprouva la même sensation que lorsqu'elle était entrée dans la chambre de Billy, au Zetter.

— On va chez toi ou chez moi ? murmura-t-elle.

— Chez moi, trancha Jury, sa main sur ses cheveux, avec l'impression qu'il allait étouffer.

Nue, le drap remonté sous le menton, elle fumait et l'observait à travers la fumée de sa cigarette.

— Tu comptes aller quelque part ?

Il avait renfilé pantalon et tee-shirt. Assis au bord du lit, il reboutonnait sa chemise.

— Figure-toi que j'ai une enquête sur le feu dont je suis censé m'occu…

D'une tape bien sentie, Lu l'arracha à son boutonnage, l'attrapa par le col et l'attira vers elle.

— Possible, mais rien ne t'oblige à fermer les boutons.

Elle l'embrassa.

— Alors, c'est de l'amour ? fit-il.

— L'amour ? C'est ça que tu veux ?

Avec un sourire, il approcha de nouveau son visage du sien.

— Ce que je veux…

Il se contorsionna, tendant le bras vers sa main.

— C'est ça !

Et lui arrachant la cigarette des doigts, il se la fourra dans la bouche.

Elle le frappa avec son oreiller, riant.

— C'est tout ce que je suis pour toi ? Une pourvoyeuse de tabac ?

— Ouais.

Cigarette toujours au bec, il se leva, boutonna sa chemise.

— Lève-toi. Il faut que je monte voir ce que fabrique Stone.

— Stone ?

— Un chien. Son maître est en Europe. Il est musicien. Il a formé un groupe. Il joue de la guitare. J'en ai pour une minute.

Il se pencha, l'embrassa, s'éclipsa.

Elle était partie lorsqu'il redescendit, sans laisser la moindre trace de son passage derrière elle. Les vêtements éparpillés sur le sol, le sac à bandoulière, les chaussures, ses saloperies de cigarettes, elle avait tout embarqué. Aucune trace, aucun indice, mais l'appartement était sens dessus dessous.

Jury ne put s'empêcher de sourire. Le séjour semblait avoir été retourné de fond en comble par les flics de la brigade des mœurs. Il alla jusqu'à la cuisine, remplit la bouilloire, la posa avec soin sur le brûleur.

Il ouvrit le placard, y prit un mug, claqua avec violence la pauvre porte qui ne lui avait rien fait. Il y appuya son front. Puis il pivota, se prenant la tête à deux mains.

Tu es dingue, merde, ou quoi ?

L'espace d'une folle seconde, il crut que la porte allait lui répondre. Les objets inanimés qui l'entouraient semblaient, comme lui, palpiter, frémir, vibrer d'un reste de rage qui ne demandait qu'à exploser. Cette violence, était-ce l'amour qui en était cause ? Mais ce n'était pas de l'amour. L'amour, il en avait peur.

Ils n'allaient pas pouvoir continuer comme ça.

Il ne pourrait y résister.

Un coup frappé à la porte l'arracha à ses réflexions. Pourvu que ce ne soit pas une personne de connaissance ; il se sentait capable de flanquer son poing dans la première mâchoire qui se présenterait. Il se hâta de terminer son boutonnage, et, tout en gagnant la porte, parvint à redresser la table basse. Il n'avait pas le temps de remettre d'aplomb le fauteuil et la petite table. Comme ils n'étaient pas visibles de la porte, c'était sans importance. Il ouvrit.

— Monsieur Jury.

Elle se triturait les mains.

Mme Wasserman, sa voisine du dessous.

— Vous avez entendu ?

— Bonjour, madame Wasserman. Entendu quoi ? dit-il en s'efforçant de prendre un air innocent.

Elle se mit à chuchoter de nervosité :

— Ce vacarme effroyable, la nuit dernière.

Comme Jury, planté devant l'huis, barrait résolument le passage à son antique voisine, l'empêchant ainsi d'apercevoir son salon, elle leva les yeux vers les appartements supérieurs en femme dont le regard est capable de percer les plafonds.

— Est-ce que Carole-Anne aurait reçu des amis chez elle ? Donné une réception ? Le bruit était tel… Vous n'avez pas pu ne pas l'entendre.

Jury contempla le plafond de l'appartement du deuxième dans lequel Stone allait et venait à grand renfort de *clic clic*.

— Stone ?

— Un chien, faire un raffut pareil ? Vous me faites marcher. Ce qui m'inquiète, voyez-vous, c'est qu'un intrus…

Jury comprit aussitôt où elle voulait en venir.

— Stan a dû rentrer.

Dans le genre ridicule, difficile de trouver mieux, se dit aussitôt Jury. Il s'éclaircit la gorge.

— C'est ça que vous avez entendu.

— Mais… je ne l'ai pas vu.

La voix chevrotait. Mme Wasserman aurait tout donné pour que ce soit Stan, mais elle ne semblait pas y croire.

— Une seule personne, faire un boucan pareil ?

Elle secoua lentement la tête.

— Son groupe était avec lui. Vous les avez déjà entendus jouer, non ? Des jazzmen, de vrais dingues.

Le doute et l'inquiétude creusant de minuscules sillons sur son front chenu, Mme Wasserman protesta :

— Le jazz, c'est de la musique, monsieur Jury. Et ce que j'ai entendu, ça n'en était pas.

— De la musique ? Quand ils y vont à fond, ça déménage ! C'est comme si des meubles dégringolaient par terre…

Et Jury d'éclater d'un rire forcé.

— Il va falloir que j'en touche un mot à Carole-Anne.

Elle ne lâchait pas facilement le morceau. Carole-Anne et ses amis, elle n'en démordait pas. Il fallait qu'il la dissuade de poursuivre dans cette voie. Si elle parlait du bruit à Carole-Anne, cette dernière ne mettrait pas cinq secondes à percuter et elle deviendrait verte de rage. Verte ! Elle ne supportait pas l'idée que Jury puisse seulement regarder d'autres femmes. Le cœur brisé, elle ne lui adresserait plus jamais la parole.

— Ecoutez, madame Wasserman, ne dites rien à Carole-Anne. Laissez-moi m'en charger. Je suis policier, après tout. Je sais m'y prendre pour obtenir des infos.

Il lui adressa un clin d'œil. Auquel elle répondit par un embryon de sourire.

— Mais je suis sûr que ce n'est pas un intrus. Je crois plutôt que Stan est rentré et qu'il a chahuté avec Stone. Vous savez combien il aime ce chien.

Mme Wasserman parut rassérénée.

— Eh bien… vous avez probablement raison, monsieur Jury. Si vous le croisez, dites-lui donc de descendre me dire bonjour.

— Je n'y manquerai pas.

— Navrée de vous avoir dérangé, dit-elle, pivotant vers l'escalier.

— Nullement, madame Wasserman.

Jury se détourna et ferma la porte, se félicitant de la façon dont il avait mené l'affaire et surtout de sa brillante trouvaille, et il retourna en sifflotant dans la cuisine s'occuper de la bouilloire.

Au passage il embrassa du regard le séjour dévasté, le fauteuil et la petite table, les journaux et les magazines délogés de la table basse qui gisaient sur le tapis, le tapis lui-même jonché d'oreillers, de livres… Et les tiroirs du bureau… Pourquoi ces foutus tiroirs avaient-ils été arrachés à leurs logements ?

Merde, tu perds la boule ou quoi ?

10

Dans l'église Saint James, une femme arrangeait des fleurs, pivoines roses et hortensias bleus, dans un grand vase près de l'autel. Il remonta la nef et la rejoignit au moment où, une pivoine à la main, elle hésitait, paraissant se demander où la placer.

— Très joli, dit-il sans savoir pourquoi il se sentait obligé de faire un commentaire et la faisant sursauter du même coup.

— Oh !

— Désolé, je cherchais le responsable. Je ne connais pas ce prêtre, mais…

Et de décrire l'homme qui lui était rentré dedans la veille.

— Jeune, un peu plus petit que moi. La trentaine.

— Vous avez frappé à la mauvaise porte, dit-elle en riant. Allez plutôt voir du côté du Très Saint Rédempteur. Mais je ne connais pas le nom du prêtre de cette paroisse. Il me semble qu'il est là à titre temporaire… Quoi qu'il en soit, c'est à Exmouth Market qu'il vous faut aller.

— Je ne sais pas où c'est.

— Vous retournez à Clerkenwell Close, vous

dépassez Northampton Road, puis vous continuez jusqu'à Exmouth Market. Un coin très animé. Impossible de le rater.

Jury s'en alla après l'avoir remerciée.

Exmouth Market était une véritable éruption de restaurants, de coffee houses et de cafés, probablement sortis de terre en l'espace d'une nuit tels des champignons après la pluie. Encore un quartier en vogue.

L'église du Très Saint Rédempteur voisinait avec tous ces commerces agités. Surprenante dans ce contexte, son architecture flirtait avec la Renaissance italienne. Du moins est-ce l'impression qu'en eut Jury – malgré ses connaissances sommaires en la matière – devant sa façade rappelant celle d'une basilique.

L'intérieur était encore plus italianisant. L'élégant plafond voûté notamment, presque identique à celui figurant sur l'une des cartes postales que Marshall Trueblood avait rapportées de Florence. Inutile d'interroger Melrose Plant à ce sujet pour en apprendre davantage ; ledit Plant ne rapportait de Florence que des gants. Ne s'intéressait qu'à ce délicieux magasin de gants. Perplexe, Jury fixait le plafond. Comment s'appelait le célébrissime architecte, concepteur de ces dômes ?

— Brunelleschi, souffla près de lui la voix d'un télépathe.

Jury pivota vivement et se retrouva nez à nez avec le personnage qui l'avait bousculé dans Jerusalem Passage. Il ne l'avait qu'entrevu sous l'éclairage sourd de la ruelle, mais c'était bien l'homme qui avait télescopé Phyllis la veille au soir.

— Oh… Le dôme de Brunelleschi ; ça me revient, maintenant.

— Cette église est la petite sœur du Santo Spirito de Florence. Vous y êtes allé ?

— Moi, non. Mais des amis à moi, oui, sourit Jury.

— C'est une copie, le plafond. Enfin, cette église s'en inspire.

— Le Très Saint Rédempteur est votre paroisse ?

— Non, je suis là en qualité de remplaçant, pour quelques mois seulement.

Il semblait très jeune. Mais ça pouvait être la foi, ou l'amour de l'art, qui lui donnait cet air-là. Une espèce de jeunesse éternelle. Jury se sentit soudain très las. Le calme du sanctuaire semblait tomber sur lui comme un suaire. L'air se raréfier.

— Je ne vous ai jamais vu ici, dit le prêtre. Vous êtes de passage ? Vous faites du tourisme ?

— J'aimerais bien. Non, j'habite Islington.

— Je suis le père Martin. J'ai l'impression que ce n'est pas le plafond qui vous a amené ici…

— Vous ne vous souvenez pas de moi ?

— Non. Nous nous sommes déjà rencontrés ?

Réalisant qu'il n'avait pas sorti sa carte, Jury la prit dans sa poche.

— Désolé. New Scotland Yard.

Le père Martin ouvrit des yeux ronds, se demandant peut-être lequel de ses méfaits de jadis venait de le rattraper.

— Nous ne nous sommes pas rencontrés. Vous nous avez bousculés, hier soir, près du Zetter. Dans cette ruelle sombre…

— Ah, oui. Vous étiez en compagnie… d'unc

femme. Désolé. Ce n'est quand même pas pour me réclamer des excuses que vous avez poussé jusqu'ici ?

— Bien vu. Vous savez sans doute qu'un homme a été assassiné au Zetter. Les nouvelles de ce genre vont vite.

Sur le visage du père se succédèrent diverses expressions, mais aucune n'égalait en souffrance celle qu'il avait la veille, dans la ruelle.

— Effectivement, j'en ai entendu parler.

— Il s'appelait Billy Maples. Le connaissez-vous ?

L'ecclésiastique scruta Jury avec une fixité qui mit ce dernier mal à l'aise. Il me transperce jusqu'au tréfonds de mon être, songea Jury.

— Laissez-moi réfléchir un peu, commissaire, je n'en suis pas sûr.

Il le connaissait, en déduisit Jury, qui décida de ne pas le bousculer.

— Bien sûr. Je repasserai. Merci, mon père. En attendant, n'hésitez pas à me contacter si vous apprenez quelque chose qui soit susceptible de m'intéresser.

Et Jury de lui tendre sa carte.

— Je n'y manquerai pas, dit le prêtre en la parcourant des yeux.

— Vous le trouverez aux cuisines, dit la réceptionniste (ou la préposée au rôle de concierge) en réponse à la question de Jury qui avait demandé à voir Gilbert Snow.

— J'aimerais autant ne pas aller dans les cuisines. Je préférerais qu'il me rejoigne ici. Ou peut-être…

Jury jeta un œil vers la salle à manger.

— … là-bas.

Elle ramena en arrière les longs cheveux qui lui cachaient en partie le visage, appela les cuisines et finit par informer Jury que Gilbert Snow n'allait pas tarder à monter.

— Pourquoi ne pas l'attendre au bar ? C'est très confortable, dit-elle en le lui indiquant du geste.

Jury prit place dans un canapé à coussins moelleux, se demanda s'il n'allait pas se commander de l'eau. Il y avait une paroi vitrée séparant le bar de la salle à manger où serveurs et serveuses s'affairaient autour des tables.

Gilbert Snow ne le fit guère attendre. Jury se leva pour lui serrer la main et lui demanda de s'asseoir.

— Il y a un certain temps que vous travaillez ici, n'est-ce pas ?

— Je suis ici depuis l'ouverture. Y a pas si longtemps que ça. L'endroit est récent. J'ai été l'un des premiers embauchés.

— Avant ça, vous étiez déjà dans l'hôtellerie ?

— Oh non, monsieur. Je travaillais sur les péniches qui naviguaient entre l'île des Chiens et Gravesend. Et puis ils se sont mis à construire à tour de bras ; les entrepôts, ils en ont fait des appartements. Des lofts, ils appellent ça. Des machins chichiteux. L'île des Chiens, c'est plus qu'une zone dortoir maintenant. Clerkenwell, vous vous souvenez comment c'était, y a pas encore si longtemps ? Pas la peine de remonter au déluge.

Gilbert se pencha vers Jury, comme pour lui faire des confidences capitales.

— Bientôt, c'est Spitalfields qu'ils vont foutre par terre. Transformer en centre commercial. Comme Covent Garden. Si c'est pas malheureux… Londres se portait pourtant pas mal dans l'temps, quand y avait pas tous ces lofts, ces garages, ces duplex avec vue sur la

Tamise. Je l'aimais bien, moi, cette époque. On savait se contenter de peu. Pas comme l'Amérique. Vous imaginez une Américaine sans son lave-vaisselle ? Elle est paumée…

— Il y a des tas de gens en Amérique qui doivent se contenter de peu pour vivre. Seulement, on n'en parle pas dans les médias. Les anciennes villes minières désaffectées. Les Appalaches, certaines régions du Midwest. Vous savez quel est le problème de l'Amérique ?

— Non.

— C'est trop grand. Ce putain de pays est trop grand.

— Vous avez raison. Tellement grand que la moitié du pays ignore ce qui se passe dans l'autre.

— Pour en revenir à M. Maples… enchaîna Jury. Est-ce que vous l'aviez déjà vu ?

— Oui, c'était pas la première fois qu'il descendait à l'hôtel.

— Alors vous l'avez reconnu ?

Gilbert fronça les sourcils.

— Il était sur la terrasse quand j'ai monté le dîner, il est venu signer la note et me filer un pourboire. Il était pas radin.

— Vous êtes donc sûr que c'était Maples.

— Ben… oui. Faudrait être drôlement givré pour penser que quelqu'un d'autre aurait pu s'introduire dans sa chambre, le descendre, commander à dîner, se faire passer pour lui et ensuite se tirer. Ça serait vraiment pas banal.

— Les malfaisants sont capables de tout, sourit Jury.

— C'est votre boulot, monsieur. Je ferais pas ça pour un empire, c'est sûr.

— Oui, c'est mon boulot, malheureusement, dit Jury.

11

Waterloo Bridge disparaissait sous un brouillard épais lorsque Jury gara sa voiture le long de Victoria Embankment, une heure plus tard. Le genre de purée de pois dont les gens aimaient parler du temps où Londres était surnommée « the Smoke ».

Le pont, ou plutôt ses dessous, servait de campement et d'abri à une bonne dizaine de malheureux – hommes et femmes – qui, pendant la journée, mendiaient ou fouillaient les poubelles pour trouver de quoi manger.

Ils se connaissaient tous car cela faisait un bout de temps qu'ils s'étaient réfugiés là. Ils étaient potes, presque une famille. Rarement là tous en même temps. Cinq ou six, la plupart du temps.

Remarquable, songea Jury, cette façon qu'avait la police de fermer les yeux sur cet arrangement. Mais le fait est que les flics leur fichaient la paix du moment qu'ils se dispersaient dans la journée avec leur bataclan. La nuit, on les ignorait. Loin des yeux…

Benny Keegan faisait partie du lot.

— Quoi ? Vous revoilà ? s'exclama Mags en entonnant un des classiques de la musique country.

Jury éclata de rire. Un des airs préférés de Dolly Parton. Mais impossible de confondre Mags et Dolly : il n'y avait pas la moindre ressemblance. Assise sur un tas de châles et d'écharpes, Mags considéra Jury.

— Trois fois que vous, les cognes, vous vous pointez ici en un mois. Faut croire que ça va mal si on vous autorise à rôder sous les ponts. Qu'est-ce qui se passe ? Vous avez pas votre quota d'interpellations, que vous venez chercher des emmerdes aux citoyens réglo ?

— Soyez pas si dure avec les flics, Mags. C'est quand même grâce à eux que vous dormez ici. Où est Benny ?

Sérieuse, elle baissa la voix :

— C'est moche, ce qui est arrivé. Quand je pense que c'est Benny qu'a trouvé le corps !

Jury s'était emparé d'un magazine qui traînait sur une pile. C'était de là qu'elle tirait son surnom. Mags.

— Où est-il ?

— Pas loin.

Du bras, elle désigna l'Embankment.

Un feu d'enfer brûlait dans un vieux bidon d'essence, faisant rougeoyer les joues creuses d'un grand type en long manteau sombre qu'ils avaient surnommé « le Sergent ». Il se chargeait de veiller à ce que la drogue ne circule pas en ces lieux mais n'allait pas jusqu'à exiger que l'alcool y soit également proscrit. Prescrit, plutôt : il ne détestait pas boire un coup de temps en temps. Il veillait également à ce que les squatters vident les lieux pendant la journée.

— Prenez-le si vous voulez, dit-elle, désignant l'ancien numéro de *Playboy*. Ça vous fera pas de mal de le zieuter. Vu que, question vie sentimentale, vous avez sûrement que dalle.

— Dites pas ça, Mags. Je vous ai.

— Tu parles ! Là, vous aurez au moins la photo de cette bimbo.

— C'est mieux que rien.

— Ouais… Z'avez vu la taille de ses nichons ?

— Monsieur Jury ! entendit-il alors.

Un aboiement suivit. Sparky.

— Bonjour, Benny. Faut que je te parle. Salut, Sparky.

Jury se baissa pour frictionner le crâne du chien. Bien fort. Comme Sparky aimait.

Tous trois allèrent s'asseoir sur une des marches de pierre du quai au bord du fleuve.

— Vous voulez que j'aille tchatcher avec un de ces flics du commissariat ?

— Avec moi, ça suffira.

Assis à leurs pieds, Sparky les considérait à tour de rôle, rappelant à Jury le chien de Harry Johnson, Mungo. Comment Jury s'était-il débrouillé pour faire la connaissance des trois chiens les plus intelligents de Londres, Sparky, Mungo et Stone ? Combien de fois avait-il envisagé de prendre un chien ?

— Je me demandais s'il ne te serait pas revenu autre chose à propos de la scène de crime.

Jury avait sciemment utilisé cette expression, sûr qu'elle plairait à Benny.

— J'ai eu beau réfléchir, non, monsieur Jury. Il a dû y avoir quelqu'un d'autre dans cette chambre.

— Quelqu'un qu'il connaissait.

Benny hocha la tête.

— Mais Gil a vu personne d'autre quand il a monté le dîner. Sinon il l'aurait dit.

— Ce mystérieux personnage n'était peut-être pas encore là ou s'il était arrivé, il…

— Ou elle.

— Tu as raison. Elle était peut-être sortie sur la terrasse.

— C'est là que Gil a dit que Billy Maples se trouvait lorsqu'il a monté le plateau. Et si ç'avait été quelqu'un d'autre… le tueur ? Resté sur place ?

— Ça me paraît peu probable. Tu es entré dans la chambre et tu es passé sur la terrasse. Il ne pouvait se trouver dans la salle de bains non plus puisque tu y as enfermé Sparky.

Contrairement à pas mal d'autres, Benny n'avait ni hurlé, ni pris la fuite. Faisant preuve d'un grand sang-froid, auquel se mêlait sans doute une bonne dose de curiosité, il avait examiné le corps et les lieux.

— Tu n'aurais pas remarqué quelqu'un qui traînait dans le coin, Benny ?

— Comment ça, « qui traînait dans le coin » ? Qu'est-ce que vous voulez dire ?

— Rien, rien.

Benny sortit de sa poche un jouet abondamment mordillé qu'il tendit à Sparky. Lequel refusa d'y toucher. A croire que Sparky savait qu'il y avait des affaires plus importantes en cours et qu'il ne devait pas se laisser distraire par un vulgaire joujou en mousse tout mâchouillé. Il alla même jusqu'à reculer afin de mettre de la distance entre lui et le gadget importun.

Jury regarda Benny et dit :

— Ça te dirait de laisser tomber ton job à Southwark et de travailler au Yard ?

Même dans le noir, Jury eut l'impression de voir le gamin rougir.

— Ah monsieur Jury, me charriez pas.

12

Le jardin était tel que Jury se le rappelait : ceint d'un mur, silencieux. Intime.

Assis près de la fenêtre dans le 9 h 18 à destination de Rye, il contemplait un alignement de sécheries de houblon tandis que le train traversait la campagne du Kent. Il songeait à Lamb House.

En face de lui, un gamin de dix, onze ans lisait quelque chose d'ardu, à en croire ses sourcils froncés. Jury ne pouvait voir le titre du livre, sans doute un manuel scolaire, car il n'avait pas de jaquette. Pourquoi ces ouvrages étaient-ils tous si rébarbatifs d'aspect ? Le gamin leva le nez et, cessant de froncer les sourcils, sourit comme s'il reconnaissait en Jury un homme qui avait eu, lui aussi, à se plonger dans des livres de classe assommants.

Il rappelait quelqu'un à Jury. Visage non dénué de charme, yeux clairs, teint pâle. Cheveux châtains. Lui-même, en fait. Ils avaient vécu ici, dans le Kent ou le Sussex, après la mort de sa mère. Il était venu habiter avec son oncle, sa tante et son unique cousine, son ennemie jurée. Laquelle était récemment décédée. Sarah était morte en mars.

Le train entra en gare, s'immobilisa. Le gamin et lui se levèrent, descendirent.

Rye était situé sur la côte entre Brighton et Hastings, à l'ouest, et Douvres, à l'est. Rye avait fait partie de la Confédération des Cinq Ports ; mais ça, c'était de l'histoire ancienne. Au lieu d'éroder la terre, la mer s'était retirée, laissant à nu une étendue de sable, de boue et de schiste argileux. La ville passait pour l'une des plus pittoresques d'Angleterre : pavés, maisonnettes étroites, avec sa Mermaid Street et la taverne de la Sirène, qui avait été le repaire des pirates.

Lamb House se trouvait au bout d'une étroite rue pavée. C'était un modeste bâtiment de brique qui cachait bien son jeu. De l'extérieur, rien ne laissait supposer qu'il possédait un magnifique jardin ni qu'il avait abrité en ses murs un auteur célèbre.

Une femme tout en rondeurs et amabilité vint lui ouvrir. Une gouvernante, sans doute. Elle l'introduisit dans le salon et s'éclipsa, disant que M. Brunner était au téléphone, qu'il serait là dans une minute.

Demeuré seul, Jury se risqua dans la salle à manger, dont les fenêtres donnaient sur le jardin. Il se tourna vers le livre – ou plutôt le journal intime – posé sur la table de la salle à manger, et laissé ouvert de façon que le visiteur fana de James – et venu là en pèlerinage – puisse le parcourir. Jury se pencha dessus. Ce qu'il y avait d'étonnant, c'était l'absence de corrections et de ratures. James écrivait son journal avec autant de précision dans la nuance et dans la forme que ses livres. A peine s'il retouchait ou supprimait un mot ou une phrase. Ce que James considérait comme un simple premier jet, un écrivain de moindre envergure l'aurait considéré comme la version définitive.

L'homme qui entra pendant qu'il lisait était grand, les cheveux clairs, séduisant, doté d'une mâchoire carrée et d'un nez mince. Bien qu'âgé probablement d'une soixantaine d'années, il en paraissait dix de moins.

Jury lui tendit la main.

— Richard Jury. Nous nous sommes parlé au téléphone.

— Kurt Brunner. Vous êtes venu pour Billy.

La voix vacilla.

— Désolé, monsieur Brunner.

Brunner se reprit et entraîna Jury dans le salon. Pièce fort agréable bien qu'inhabitée. Mais Lamb House était un petit musée, ou du moins son rez-de-chaussée. L'occupant des lieux se devait de veiller à ce que tout soit correctement entretenu et prêt à recevoir des visiteurs une bonne partie de l'année. La pancarte indiquait que la maison était ouverte aux visites le mercredi et le samedi.

Le salon, c'était un fait, était méticuleusement propre : sur les étagères, les livres étaient amoureusement époussetés ; les pendeloques des girandoles trônant sur la cheminée, méticuleusement astiquées. Leur cristal luisait à la lumière changeante du soleil tandis qu'ils étaient assis là, dans un silence quasi religieux.

— Désolé pour Billy Maples. Et désolé que la police vous embête de nouveau. On a fait appel à moi dans cette affaire parce que je connaissais l'un des témoins, et également un membre de la famille de Billy.

Jury marqua une pause. Puis :

— Vous avez passé plusieurs années en sa compagnie ?

— C'est exact.

Brunner dirigea les yeux vers la fenêtre.

— Environ cinq. A Londres et ici.

Il n'y avait aucun doute quant à l'impact de la disparition de Billy Maples sur Brunner : ce dernier semblait démoli. Mais il se contrôlait. Pour un Allemand, il n'avait pratiquement pas d'accent et son anglais était des plus idiomatiques. Sans doute le résultat d'une pratique intensive.

— Vous n'habitiez pas dans la propriété familiale ?

— Billy n'aimait pas cette maison.

— Pourtant il y avait grandi. C'était la maison de son enfance.

— Oui, mais il ne s'entendait pas très bien avec sa famille. Il n'aimait pas cet endroit. C'était peut-être pour ça qu'il avait ces sautes d'humeur.

— « Peut-être »... Vous n'en êtes pas sûr ?

Brunner dit qu'effectivement il n'en était pas sûr.

— En quoi consistait votre travail ? Qu'étiez-vous pour lui ?

— Faute d'un meilleur terme, son assistant. Il lui fallait quelqu'un pour l'aider à mettre de l'ordre dans ses affaires.

— Quelles affaires ?

— Ses centres d'intérêt étaient nombreux. Et parfois conflictuels. Il s'empêtrait dans ses rendez-vous.

— Si j'ai bien compris, poursuivit Jury après un temps de réflexion, votre employeur était très généreux. Pourquoi tant de générosité ?

— Je ne suis pas certain de comprendre ce que vous voulez dire, commissaire.

— Franchement, moi non plus. Il faisait des dons assez considérables à cette galerie de Clerkenwell ainsi qu'à divers peintres. Et…

Jury considéra le plafond.

— … ce cadre. Pas celui de n'importe qui : Henry James, excusez du peu. Je n'ai pas beaucoup lu cet auteur, mais il y a dans son écriture quelque chose de si… hermétique. De si… claustrophobe.

— James avait une vie sociale intense. Il voyageait énormément. Il ne vivait pas en reclus, si c'est ce que vous voulez dire.

— C'est ce que j'ai cru comprendre. Mais… ne peut-on avoir une intense vie sociale et garder malgré tout… ses distances ?

— Et Billy aurait mené le même genre de vie, d'après vous ? dit Brunner très sérieusement.

— Je ne sais pas ; c'est une hypothèse.

Jury repensa au père Martin et à l'église du Très Saint Rédempteur.

— Est-ce qu'il était croyant ? Peut-être avait-il été sauvé ?

— De quoi ? s'enquit aussitôt Kurt Brunner.

— Comment voulez-vous que je le sache ? sourit Jury. De son passé de bon à rien ?

Jury se dit qu'il avait dû offenser Kurt Brunner sans le faire exprès. Désireux de le remettre dans ses bonnes dispositions du début de leur entretien, il décida de revenir à des sujets plus terre à terre :

— Vous vous chargiez de ses finances, vous teniez son agenda et vous étiez son ami ?

— Je me plais à le penser. Que j'étais son ami, je veux dire.

— Vous avez dû vous poser des tas de questions concernant sa disparition tragique.

— Effectivement. Et je me demande qui a pu faire une chose pareille.

— Avait-il des ennemis ?

— Des ennemis… reprit Brunner, comme si le terme n'avait rien à voir avec son ami décédé. A ma connaissance, non.

Jury appuya son menton au creux de sa paume, le coude sur le bras de son fauteuil. Il allait devoir se montrer patient.

— Vous avez dû gamberger, réfléchir à la question de savoir ce qui avait pu pousser quelqu'un à descendre Billy Maples.

Kurt Brunner se pencha.

— Je vous le répète, oui. Je n'ai même pensé à rien d'autre, commissaire.

— J'en suis certain. Vous devez avoir envisagé certaines possibilités – des gens, des lieux, des situations – avant de les écarter. Ce qui m'intéresse, voyez-vous, ce sont celles que vous avez écartées.

— Ne serait-ce pas me montrer irresponsable ? Vous donner des noms, ne serait-ce pas donner du pain à un cygne ?

Jury eut un franc sourire.

— C'est la première fois qu'on me compare à un cygne. Disons que vous vous livreriez à des associations libres. Je ne prendrais pas cela pour de l'irresponsabilité de votre part. J'essaie de me faire une idée de votre patron, du genre d'homme qu'il était vraiment. N'êtes-vous pas le mieux placé pour me répondre ?

— Je nc saurais trahir des confidences.

Jury poussa un soupir tout en notant non sans une certaine satisfaction qu'il existait des choses à trahir.

Brunner, pensif, resta silencieux.

Jury l'imita. Faisant montre d'une patience de faucon. Il avait toute la journée, toute la soirée même, s'il fallait en arriver là. Du coup, il évoqua Henry James. Le journal de l'écrivain, les pages ne comportant pratiquement pas de corrections. Tomber juste du premier coup. Quel génie il fallait pour écrire une prose aussi parfaite ! C'était déjà merveilleux d'atteindre cette perfection après relecture. Mais parvenir à un tel résultat immédiatement ! Pas étonnant qu'on l'ait surnommé « le Maître ».

Comme s'il avait capté la longueur d'onde sur laquelle se trouvait Jury, Brunner demanda :

— Combien de romans de James avez-vous lus ?

Il s'était approché d'une des bibliothèques.

— Trois, répondit Jury.

— Il aborde dans celui-ci le thème des vampires, dit Brunner, brandissant un mince volume.

Jury éclata de rire, ce fut plus fort que lui.

— Henry James, des histoires de vampires ?

Brunner le fixa, un étrange sourire aux lèvres.

— Tout dépend de ce qu'on entend par là.

— Des vampires…

Son petit sourire légèrement méprisant bien en place, Brunner hocha la tête en signe d'assentiment.

Jury n'eut aucun mal à interpréter ce sourire : vivant dans la maison de l'écrivain, Brunner pensait peut-être avoir l'accès direct au cerveau de Henry James. Ce que Jury voulait, lui, c'était accéder à la façon de fonctionner de Billy Maples.

Brunner rapprocha son siège. Ce type avait du sérieux

à revendre, se dit Jury. Pas un homme à prendre les choses à la légère.

— *La Source sacrée* n'est pas l'un de ses romans les plus connus. Peut-être parce qu'il est assez obscur.

— De mon point de vue, c'est James tout entier qui est obscur. Mais je ne suis pas un spécialiste.

— *La Source sacrée* l'est encore bien davantage, enchérit Brunner.

Il s'empara d'un coffret à cigarettes en argent, prit une cigarette, proposa le coffret à Jury, qui refusa.

— D'habitude je ne fume pas ici, remarqua Brunner. Si nous allions dans le jardin ?

Ils franchirent les portes-fenêtres et passèrent dans le jardin. Jury le reconnut sans peine. Il en avait gardé le souvenir intact dans sa mémoire pendant toutes ces années.

Brunner alluma sa cigarette. Jury observa le rituel : frottement de l'allumette, jaillissement de la flamme, progression de ladite flamme vers le bout de la cigarette. A hurler d'énervement. Il toussa.

— Désolé, fit Brunner. La fumée vous dérange ?

— Non, non. Vous me parliez d'une histoire de vampires…

— Oui. Dans le roman que je vous ai cité, il est question d'une femme plus âgée que son mari qui, pour ainsi dire, lui « suce » sa jeunesse. Elle s'épanouit à mesure que lui s'étiole.

— Et c'est là le thème du vampire ?

— C'est le thème du vampire.

— James, traiter ce genre de sujet ?

— Il a écrit *Le Tour d'écrou*, ne l'oubliez pas.

— C'est l'un de ceux que j'ai lus. Quel rapport avec Billy Maples ?

— Sa belle-mère, Olivia. Ils ne s'entendaient pas. Un euphémisme. En fait, ils avaient des engueulades terribles. Il avait horreur d'aller là-bas. Il se jurait toujours de ne jamais y remettre les pieds. Mais Olivia clamait haut et fort avoir besoin de lui, prétendait qu'il lui manquait, et elle le manipulait pour l'obliger à revenir. Il y passait quelques jours. Et quand il rentrait, il lui fallait au moins vingt-quatre heures pour récupérer. « Je ne comprends pas, disait-il. Quand je suis là-bas, elle rajeunit, elle est resplendissante. Alors que moi, je suis lessivé, laminé. Anéanti. J'ai l'impression d'avoir vieilli de dix ans. » C'était comme si elle se nourrissait de sa présence.

— Vampirique, en effet, dit Jury. Iriez-vous jusqu'à suggérer que sa belle-mère est en partie responsable de la mort de Billy ?

— Repensez à la question que vous m'avez posée : vous vouliez savoir quelles étaient les personnes que j'avais « écartées ».

— Voilà une femme qu'il semble difficile d'écarter de la liste des suspects possibles.

— Je vous l'accorde, convint Brunner. Mais de là à savoir comment elle aurait pu être impliquée, je n'en ai pas la moindre idée.

— Un enquêteur du nom de Chilten s'est entretenu avec les parents. Il leur aura sûrement demandé où ils se trouvaient, avant-hier…

— « Ils » n'est peut-être pas le pronom approprié. D'après ce que j'ai cru comprendre, le père de Billy aime son fils, même s'il n'est guère doué pour extérioriser ses sentiments.

— Et vous ? Où étiez-vous ?

— A Londres, dans l'appartement de Sloane Street.

Je rentrais de Berlin. Alors, non, je n'ai pas d'alibi, conclut Brunner avec un sourire incertain.

— Possédez-vous une arme ?

Brunner fit non de la tête.

— On m'a déjà posé la question. Des enquêteurs du commissariat d'Islington, je crois. Ils m'ont posé des tas de questions, en fait.

Jury allait dire quelque chose lorsque le téléphone sonna. Brunner s'excusa, éteignit sa cigarette. Désireux de passer encore quelque temps dans la maison, Jury le suivit.

Tandis que Brunner était au téléphone, Jury déambula à travers le salon, savourant le silence. Non que la conversation ou la voix de Brunner eussent troublé ce silence. Mais leurs voix avaient quand même perturbé l'atmosphère de la maison. Comme aurait pu le faire la présence d'une infime couche de poussière. La poussière, il n'y en avait pas un gramme, bien sûr. Le lieu devait être entretenu avec soin. Sans savoir pourquoi, Jury aurait voulu pouvoir s'emparer d'un livre et souffler dessus pour en chasser d'éventuels grains de poussière. Il aurait été incapable de dire ce qui le poussait à agir ainsi. Le désir de laisser les choses inchangées ?

Il prit un recueil de nouvelles, consulta la table des matières, trouva celle dont lui avait parlé Oswald Maples, « Le motif dans le tapis ».

Il garda le volume en main tout en examinant les étagères couvertes de livres, se demandant s'ils avaient appartenu à Billy Maples, ou s'ils étaient la propriété des Monuments historiques. Celle des Monuments historiques, probablement.

Pour une raison qui lui échappa, il repensa à sa cousine aujourd'hui décédée qui lui avait fourni une version de son enfance qu'il se rappelait de façon complètement différente. Il avait cinq ou six ans – du moins le pensait-il – lorsque sa mère avait été tuée dans un raid aérien.

« Non, tu n'étais qu'un bébé, et non, tu n'étais pas là quand c'est arrivé », avait-elle dit.

Quelle charge émotionnelle dans ce souvenir apparemment erroné de sa mère décédée dans les ruines de leur maison ! Or, à moins que sa cousine ait menti (« elle en était capable », avait dit en riant son mari, Brendan), il avait tout compris de travers. Mais la détresse, le sentiment d'abandon, ça, il l'avait perçu correctement.

Kurt Brunner revint, annonçant justement qu'il venait de les avoir au bout du fil.

— Il leur faut un locataire. Ils veulent que je reste encore deux, trois semaines en attendant que les futurs occupants aient pris leurs dispositions en ce sens.

— Eh bien, ça vous laisse un peu de temps pour vous organiser…

— Mais je n'en veux pas !

— Vous voulez partir ? Tout de suite ? dit Jury, surpris.

— Absolument. Je ne demande que ça. Partir. Ce n'est pas ce qu'on peut appeler un travail. S'il y avait un salaire à la clé, j'appellerais ça une sinécure.

Il sourit.

— Et les visiteurs ne sont pas si nombreux.

— Lamb House n'attire pas les foules ?

— Il en vient plus que vous ne croyez, mais James en mériterait davantage. C'est trop loin de tout pour que quiconque, en dehors des passionnés, se risque jusqu'ici.

Machinalement, Jury tourna les pages du recueil de nouvelles qu'il avait toujours en main.

— Ce lieu doit inspirer une sorte de respect religieux.

Brunner croisa les bras sur la poitrine.

— On retient tous notre souffle ici, oui. A peine si on ose respirer.

Jury sourit, approuvant la formule.

— Ils comptent sur moi pour trouver quelqu'un d'autre. C'est comme si je les avais trahis en refusant leur offre de rester. Presque comme si Billy les avait trahis en se faisant tuer.

— Qu'allez-vous faire ?

— Retourner à Londres. M'installer dans l'appartement. J'ai besoin d'une bonne dose de vie londonienne. On devient claustrophobe à Rye.

Il prit une carte de visite et y griffonna quelques mots.

— Voilà l'adresse et le numéro de téléphone.

— Merci, dit Jury sans se donner la peine de dire à Brunner que la police s'était déjà rendue à l'appartement. Considérant le livre qu'il tenait, Jury risqua :

— J'imagine qu'on n'a pas le droit d'emprunter des livres ? J'aimerais lire une ou deux de ces nouvelles.

— Prenez-le, je vous en prie. Il est à moi.

— Merci. Je vous le rendrai. Quand partez-vous ?

— Dans deux, trois jours, je pense.

— Alors la gouvernante de Billy… va devoir trouver une autre place ?

— Mme Jessup ? C'est la cuisinière. Si le nouveau locataire souhaite la garder, elle restera.

S'efforçant de plaisanter mais sans grand succès, Brunner ajouta :

— Je doute que vous connaissiez quelqu'un qui

corresponde au profil recherché : un ermite bougon doublé d'un amateur de James ?

Jury rangea la carte dans son portefeuille.

— Je connais quelqu'un qui ronchonne pas mal, en tout cas. Et qui est un fin connaisseur de James. Il organise même des concours.

— Des concours ? reprit Brunner, mystifié.

— On peut appeler ça comme ça.

Jury lui tendit la main.

— Au revoir, monsieur Brunner, et merci.

Il marcha jusqu'à la gare sous la pluie, se demandant si les demeures des autres écrivains laissaient la même impression à leurs visiteurs. Il se sentait comme trempé jusqu'aux os, pas tellement du fait de la pluie, fine et intermittente, mais à la suite de sa visite chez Henry James, tandis que le train traversait le Kent, longeant les sécheries de houblon.

Il lut « Le motif dans le tapis » pendant le trajet. Ce qui l'amena à s'interroger au sujet de Billy Maples, sans toutefois savoir pourquoi. C'était ce sentiment qui l'avait submergé lors de son passage à Lamb House. Causé peut-être par la nature protéiforme de Billy. Généreux à l'extrême, apparemment. Un type de la ville, un type jeune, et voilà qu'il s'installe dans un village minuscule et loue Lamb House avec tout ce que cela comporte d'obligations : entretien des lieux et visites guidées.

Jury sortit son portefeuille et de la monnaie lorsque le chariot du thé s'engagea dans le couloir. Il tendit un billet de cinq livres à l'employé, prit une tasse de thé et un biscuit Cadbury, et dit au type de garder la monnaie.

Le serveur le remercia abondamment et le chariot s'éloigna.

Qu'est-ce qui avait bien pu attirer Maples à Lamb House ? Accepter de piloter les visiteurs à travers la maison d'un écrivain, une corvée en soi, voilà qui dénotait un intérêt certain pour les livres. Et plus particulièrement pour ceux de cet auteur.

Pourquoi Billy s'était-il rendu au Zetter ? A l'église du Très Saint Rédempteur ? Au Dust ?

Le Dust.

Bercé par le mouvement du train, il sombra dans un demi-sommeil. Il rêva que du sang dégoulinait le long de la portière du wagon et que l'aimable préposé au chariot du thé se métamorphosait en Dracula.

13

— Vous a-t-il appris quelque chose d'intéressant ? questionna Ron Chilten au téléphone lorsque Jury lui fit part de sa petite expédition à Rye.

— Oui. Les parents de Billy ont-ils identifié son corps ?

— Son père, oui. Un rude coup pour lui. Je n'ai pas voulu le harceler de questions au bout du fil. Alors d'un saut de voiture je me suis rendu dans le Sussex, et c'est là-bas que je les ai posées. Sa mère, c'est sa belle-mère, en fait. Une femme superbe, mais dans le genre iceberg. Tout ce que j'ai réussi à en tirer, c'est qu'ils étaient incapables d'imaginer que quelqu'un puisse avoir envie de descendre Billy…

Entendant un bruit sourd devant sa porte, Jury se retourna.

— Un instant, Ron, je vais ouvrir.

C'était Stone, le chien de Stan Keeler. Jury jeta un œil dans l'escalier et appela Carole-Anne. Pas de Carole-Anne. Comment Stone avait-il réussi à sortir de l'appartement de Keeler ?

Stone, qui était le plus placide de tous les chiens que Jury ait jamais connus – à l'exception de Mungo, le chien de Harry Johnson –, entra et s'installa près du fauteuil de Jury. Jury extirpa un os factice de sous la table basse et le jeta à Stone, qui l'attrapa au vol.

— Bien joué, le félicita Jury.

— Quoi ? Qu'est-ce que j'ai…

— Pas à vous que je parle, Ron. J'allais vous dire que Billy Maples n'avait rien du play-boy de la presse people. Un type qui loue Lamb House. Rien d'un minet.

— Ouais, c'est l'opinion que je me suis faite en parlant avec Malcolm.

Jury attendit qu'on éclaire sa lanterne. Comme rien ne venait, il fut forcé de relancer Ron :

— Qui est Malcolm ?

— Oh, j'ai oublié de vous le dire ? C'est un neveu de Roderick. Un petit chenapan qui attache des pétards à la queue des chiens.

— Un môme ?!

— Eh bien, oui. Vous ne pensiez tout de même pas que c'était Roderick qui s'amusait à ça ?

— Roderick, c'est le père…

— Oui, le père.

— Alors comme ça, votre source de renseignements la plus fiable est un gamin ?…

— Pas exactement. Sa passion à lui, c'est escalader les murs de brique. Comme celui qui est derrière la maison. Me demandez pas pourquoi. Il prétend avoir douze ans, mais je ne sais pas ce qu'il faut en penser. Il ment comme il respire.

— Un informateur de poids, en somme !

— Merde, et votre Benny Keegan, alors ? Il a beau avoir treize ans, ça ne vous empêche pas de le considérer comme un puits de science !

Jury songea à *La Source sacrée*. A cette histoire de vampires.

— Benny ne s'amuse pas à attacher des trucs à la queue de son chien. Benny est très « mature ». Est-ce que ce Malcolm vit chez les Maples ?

— Ouais. S'il pouvait, il attacherait Roderick à un fauteuil et il y mettrait le feu. La dernière fois que j'ai vu Malcolm, il était dans le jardin, à faire du rappel sur un mur de brique, avec Waldo suspendu à l'autre bout de la corde.

— Waldo ?

— C'est ça. Au bout de la corde.

— Ron, pardon de vous ennuyer avec toutes ces questions : qui est Waldo ?

— Le chien. La cuisinière a fini par sortir mettre un terme à ce petit jeu. Un truc que je dois vous dire, toutefois : Malcolm sait quelque chose mais il refuse d'accoucher.

Ron poussa un soupir à fendre l'âme.

— Je n'ai pas avancé d'un pouce dans l'élucidation de cette affaire.

— Allons, Ron, deux nuits seulement se sont écoulées depuis le crime.

— Vous le savez comme moi : les premières vingt-quatre heures sont cruciales. Au fait, il n'y a pas de testament. Lu est allée voir le notaire de la famille.

— C'est moche. Il est mort intestat.

— Ouais, moche, c'est le mot. En tout cas, on peut en conclure que l'argent n'est pas le mobile. A moins que les parents... Mais ils ont l'air friqués. Vous avez revu le jeune Benny depuis le crime ?

— Oui, hier soir.

— Vous savez où il habite ? Pas réussi à le lui faire

cracher. Je me disais que j'allais le boucler pour entrave à la justice.

Jury éclata de rire.

— Oui, je sais où il habite. Mais je ne vous le dirai pas.

14

— Non, déclara Melrose Plant.

— Allons, voyons. C'est tout à fait dans tes cordes. Tu as un titre et tu ne sais pas quoi faire de ta peau.

— Absolument faux. Pour commencer, j'ai renoncé à mon titre – et tu le sais. Quant au reste, comment veux-tu que je m'ennuie quand tu t'échines à concocter des scénarios à la mords-moi-les-genoux dans lesquels tu essaies toujours de m'embringuer ?

— Tu t'y embringues tout seul, Melrose. Rappelle-toi Niels Bohr : tu as marché, tu as même couru. Dis-moi, qu'est-ce que tu fabriques, là, tout de suite ?

— Je lis, figure-toi.

Jury perçut à l'autre bout du fil un froissement de papier qui lui parut suspect.

— Quoi ?

Bref silence.

— Le *Hermit News*.

Jury, qui gribouillait des chiens, s'arrêta net.

— Je te demande pardon ?

— Le *Hermit News*.

Jury grimaça. Il avait l'impression de parler à Chilten.

— Pourrais-tu éclairer ma lanterne ?

— A quel sujet ?

— Je t'étrangle avec le fil du téléphone si tu continues.

Soupir de Melrose.

— C'est la feuille de chou de M. Blodgett. J'ai souscrit un abonnement.

Jury attendit de nouveau. Rien. Il lui fallait donc retourner au charbon :

— Je parie que tu mens. Je ne crois pas plus à l'existence d'un *Hermit News* qu'à celle d'un Nid d'Amour au sein de la Criminelle. Cela dit, je veux bien être gentil et t'accorder le bénéfice du doute. Encore que, si l'on y réfléchit, pourquoi les ermites auraient-ils besoin d'un journal ? N'est-ce pas contraire à l'essence même de l'« ermitude » ? C'est vrai, enfin : s'ils ont envie de lire un canard, pourquoi ne pas acheter le *Times* ?

Il y eut un silence bienvenu tandis que Melrose bâillait.

— Parce qu'on n'y parle pas des ermites.

— Savais-tu que Henry James en pinçait pour les vampires ?

— Quoi, il avait des copains vampires ?

— Non, il s'est intéressé au thème des vampires. N'as-tu pas lu *La Source sacrée* ?

— Non.

— Eh bien, fais-moi le plaisir de le lire avant de te rendre là-bas.

— Pas question que je me rende là-bas. Tiens, un article intéressant sur la montée en puissance de l'élevage des chèvres près de Northampton…

— Il ne doit pas être très long. Jamais vu l'ombre d'une chèvre à Northampton.

— Je n'ai pas dit « à ». Mais « près de ».

— Pas plus « près de » que « à ». Jamais vu de chèvre dans ce coin.

— Bien sûr que si.

Jury gribouillait sur un bloc qu'il laissait près de son téléphone, chez lui. Bloc destiné uniquement à cet usage car il n'y notait jamais rien.

— Oh, tu parles de ta chèvre…

— Ne prends pas ce ton méprisant. Un bouc, c'est une chèvre, que je sache.

— Tu parles de… Calanché ?

— Non, il s'appelle Chaviré. Et mon cheval, lui, s'appelle Chagrin.

Jury ajouta des cornes à la chèvre qu'il venait de dessiner.

— Juste ciel, j'espère que tu ne vas pas te mettre à élever des poulets. Je vois d'ici les noms que tu leur refilerais : Agacé, Annoncé, Anesthésié…

— Allons donc ! Qui s'amuserait à baptiser un poulet Anesthésié ?

— Toi, évidemment !

Jury fronça les sourcils.

— Mais revenons-en à nos moutons. Ou plutôt à Lamb House. Tu y disposeras d'une cuisinière…

Mensonge ?

— … et d'un valet de chambre.

Ehonté, même.

— J'ai déjà une cuisinière et un valet de chambre. Et un ermite, ne l'oublie pas. Je parie qu'il n'y a pas d'ermite là-bas.

Jury fit une boulette de la feuille arrachée au bloc et l'expédia dans la corbeille à papier.

— Ce sera toi, l'ermite. Lamb House ressemble à un ermitage.

— Parfait. Je pourrai y installer M. Blodgett.

— A propos d'installation, M. Blodgett serait plus à sa place à la Tate Modern.

M. Blodgett était l'individu chenu que Melrose avait engagé comme ermite. Echevelé, l'air perpétuellement hagard, c'était en fait un homme charmant. Il était censé tenir à l'écart d'Ardry End l'envahissante tante de Melrose. Mais il n'avait que médiocrement réussi dans cette délicate mission. Ce qui n'avait rien d'étonnant quand on connaissait la dame.

— Bref, dit Melrose. C'est quoi, le but de la manœuvre ?

— Comment ça, « le but de la manœuvre » ?

— Tu as déjà oublié ? C'est pourtant ton idée.

— Ah, oui. Le but, ce serait que tu fouines et déniches des choses.

Jury dessinait maintenant un ermite.

— Quelles choses ?

— Je n'en sais rien, moi ! Pourquoi crois-tu que j'ai besoin de toi ?

Enorme soupir melrosien.

— C'est la Met qui parle ? Notre bonne vieille police ? Les poulets ?

— Les flics.

— Les flics qui nous protègent de la criminalité et du chaos ? Pas étonnant que tu sois le chouchou de l'Inspection générale des services. Toi et tes propos fumeux…

— Oh, ils ne font plus attention à moi maintenant. De toute façon, il faudra bien que je rende un jour mon tablier. La retraite obligatoire. La limite d'âge. Tu parles d'une connerie ! Nous virer quand on est au sommet de notre art !

Melrose se fendit d'un rire qu'il voulait tonitruant.

— Très bien, dit Jury sans se vexer, j'en déduis que tu acceptes.

Sur ces mots, il fourra un bâton de marche dans la main de son ermite et raccrocha.

15

Les portes des églises semblaient toujours claquer au lieu de tout bonnement se fermer. Ce bruit sourd, Jury avait rarement l'occasion de l'entendre car il visitait peu les églises. Quand cela lui arrivait, il s'agissait de petites églises de campagne. Désertes le plus souvent, elles avaient des airs de sanctuaire. Les grandes, elles, évoquaient aussi peu des sanctuaires que les pubs ou les gares. Simplement, elles étaient moins bruyantes.

Contournant la rangée de bancs sur la gauche, il avait atteint la petite chapelle latérale de la Vierge, avec sa statue de Marie. Ces chapelles semblaient toujours plus tranquilles que le reste de l'église. C'était à se demander si certains lieux ne favorisaient pas l'éclosion du silence : une forêt au cœur de l'hiver, un quai où un bateau était amarré sur l'eau dormante, une ferme à l'abandon.

Le monde dans son ensemble était fâché avec le silence, ce qui rendait celui-ci d'autant plus reposant et précieux lorsqu'on le rencontrait. Il contempla Marie, songea au prêtre. Le père Martin, il l'aurait parié, avait dû se trouver au mauvais endroit avec la mauvaise personne. Mais de là à conclure que cela avait un rapport avec le meurtre… Il n'y avait aucune raison de faire le rapprochement, si ce n'est par le lien ténu qui le rattachait à Billy Maples.

Jury eût été bien en peine de dire combien de temps il était resté en contemplation devant la Sainte Vierge quand une voix derrière lui le fit sursauter.

— Commissaire.

Il pivota, sourit au père Martin, à qui il trouva belle allure. Jury songea que, vêtu de ces vêtements noirs éclairés par ce col d'un blanc éclatant, lui-même aurait sans doute eu fière allure également. Ce costume sombre suintait la spiritualité. Alors pourquoi mettre en doute les propos de cet homme ?

— Père Martin.

Tournant le dos à la chapelle, Jury éprouva une intense sensation de vide, eut l'impression de choir d'une hauteur vertigineuse.

— Nous pourrions peut-être nous asseoir un moment…

Le père Martin prit place sur l'une des chaises de la petite chapelle, invitant Jury à l'imiter.

— Ça avance, votre enquête, commissaire ?

— Pas vite.

— Mais c'est arrivé… il y a deux jours seulement.

— En ce laps de temps, Dieu avait pratiquement créé la moitié de l'univers.

Le père Martin éclata de rire. Cela résonna de façon ahurissante. L'acoustique devait être géniale. Jury aurait aimé entendre la chorale.

— Eh bien, conclut Jury, il faut croire que je ne suis pas Dieu.

— Mais lui ne dispose pas pour l'assister d'experts de la police scientifique…

— Il n'en a pas besoin.

— En quoi puis-je vous aider ? s'enquit le jeune ecclésiastique en souriant.

— Vous m'aviez promis de réfléchir concernant Billy Maples. Vous l'avez fait ?

Le prêtre ressemblait à l'un de ces séduisants ados au teint pâle, élèves des écoles privées huppées, qui, flanqués de leurs semblables, leurs frères, se rendent à la chapelle pour la prière du matin ou celle du soir, bavardant ou même chahutant. A la lueur tremblotante des cierges, des ombres passèrent cependant sur ce visage d'enfant.

— Je l'ai vu deux ou trois fois, dit-il en se calant sur sa chaise. La première, à l'office du soir. La suivante, en confession. C'est pourquoi je vous ai dit que j'avais besoin de réfléchir.

— Poursuivez, l'encouragea Jury.

— Il était dans l'église. Quand je suis sorti de la sacristie, il était assis sur un banc, au premier rang. Il s'est approché et m'a demandé si je voulais l'entendre en confession. Ce n'était pas l'heure. Mais il avait l'air tellement bouleversé que j'ai accepté.

Jury attendit.

— Et bien sûr vous ne pouvez pas divulguer la teneur de cette confession…

— En effet.

— Bien qu'il ait été assassiné.

Le père Martin fixa le sol.

— Je ne vois pas le rapport entre ce meurtre et ce qu'il m'a confié en confession.

Cet homme ne pouvait pas être aussi stupide ni aussi retors.

— Vous n'êtes pas censé le voir, mon père. Mais moi, en tant que policier, je suis payé pour ça.

Il songea de nouveau à Oswald parlant de James et du « motif dans le tapis ».

— Et ça n'explique toujours pas pourquoi vous ne m'avez pas dit ça hier, quand nous nous sommes rencontrés pour la première fois.

— Désolé. Je ne vous l'ai pas dit parce que…

Voilà qu'il se remettait à cogiter. Les témoins qui disent la vérité n'ont pas besoin de se triturer les méninges.

— Parce que, sachant que je ne vous répéterais pas ce qu'il… ce que Billy m'avait confié, je ne voyais pas en quoi cela vous aiderait de savoir… qu'il m'avait parlé au confessionnal, termina le prêtre avec un haussement d'épaules.

— Cela pourrait faire une différence, mon père. Un homme est assassiné dans un hôtel situé non loin d'ici, un homme qui avait éprouvé le besoin de venir se confesser à vous. Meurtre. Confession. Meurtre lié au contenu de la confession. Vous ne voyez pas que tout ça se tient ?

— Je suis désolé. Mais supposez que je vous certifie que rien de ce qui a été dit en confession n'a de rapport avec votre enquête, cela vous irait-il ?

— Je dirais que vous n'êtes pas habilité à en juger.

Silence du père Martin.

— Parlez-moi de son état d'esprit.

— Il était malheureux, certainement.

— On m'a dit que Billy était sujet à des sautes d'humeur terribles, qu'il était maniaco-dépressif.

— C'est possible. En tout cas, dépressif, il l'était.

Quand ils sont dans une phase haute, les gens n'ont pas besoin de notre aide.

— Non. Mais peut-être que vous simplifiez trop les choses.

— Que voulez-vous dire ?

— Une personne écartelée entre la foi et le doute n'est pas nécessairement malheureuse.

— Détrompez-vous : il n'y aurait pas de plus grand malheur au monde.

Jury, ulcéré par ce ton suffisant, faillit s'écrier : « Fermez-la, bon sang ! » Ces hommes d'Eglise, avec leurs solutions toutes faites... Au lieu de quoi, il enchaîna :

— Le bonheur n'est peut-être pas la grande, la seule affaire de la vie.

— Vous semblez avoir pas mal réfléchi à la question.

— Non. Je n'y ai pas réfléchi. Merci de m'avoir accordé ces instants. Il faut que je file.

Jury se leva, il était au milieu de l'église lorsqu'il se retourna :

— Et la troisième fois ?

Le père Martin, perplexe, reprit en écho :

— La troisième fois ?

— Vous m'avez dit l'avoir vu deux ou trois fois. La troisième, c'était quand ?

Le prêtre réfléchit, les sourcils froncés.

— A l'occasion d'un autre passage ici. A l'office du matin, je crois.

— Il n'était pas catholique.

— Il y a des gens que ça n'empêche pas de venir.

16

Dûment briefé sur Lamb House par Jury et malgré son refus de s'y rendre, Melrose se mit néanmoins à faire ses préparatifs. Il ne s'agissait pas tant pour lui de remplir la Bentley de ses affaires que d'essayer, comme on essaie des vêtements, différentes attitudes. C'était la simple mention du nom de Henry James qui avait eu cet effet sur lui, particulièrement après le concours éponyme commencé au Jack and Hammer. Un concours dont l'idée leur avait été soufflée par l'impudent escroc qui avait prétendu s'appeler Lambert Strether.

Cela étant, si quelqu'un méritait de s'appeler lady Watermouth, c'était bien la personne assise sur le canapé en face de lui, tant elle s'empiffrait de scones aux raisins beurrés, confiturés et doublement crémés. Sur l'assiette de sa tante il n'y avait pas de place pour l'imagination. Cette dame affichait sans pudeur sa gourmandise.

Melrose reposa son *Hermit News*, se demandant où M. Blodgett était allé se fourrer. Il était grand temps qu'il fasse son apparition en ermite échevelé, l'œil hagard, hirsute, le poing brandi pour flanquer la frousse à sa tante et la faire déguerpir. Tantôt cela marchait, tantôt non. M. Blodgett, pauvre âme, était un vieux monsieur délicieux, et il avait un mal fou à jouer les dingos – bien que payé très largement pour sa peine.

Agatha, lady Watermouth née Ardry, ne perdait pas une occasion de se plaindre de la présence à Ardry End de ce cher Blodgett.

— Tu ne crois pas que ça commence à bien faire, cette plaisanterie, Melrose ?

— Les meilleures sont les plus longues.

Il s'empara de son dé à coudre de porto et du dernier numéro de *Country Life*, curieux de voir à quelle activité s'adonnait la jeune beauté de la semaine.

— De quoi parles-tu ?

Il lui jeta un regard oblique.

— Les plaisanteries. Je parle des plaisanteries.

Roulant des yeux excédés, elle marmonna :

— Des énigmes, toujours des énigmes.

Country Life était une revue épatante : elle brillait et scintillait de promesses, pour la plupart, hélas, non tenues. La pin-up de la semaine était une demoiselle Gertrude Frobisher-Staunton, et elle étreignait un cochon. Pourquoi pas ? Si le magazine souhaitait un jour publier une série de portraits des pairs d'Angleterre ayant renoncé à leur titre (lui-même en d'autres termes, bien qu'il imaginât volontiers ne pas être le seul dans ce cas), il ne serait que trop heureux de poser avec un bouc. Il s'amusa à rédiger la légende. Ce qui ne demandait pas un gros effort d'imagination. Les légendes se ressemblaient toutes, indiquant l'âge, le rang et – dans le cas de Mlle Frobisher-Staunton – le pourquoi de la présence du cochon. On y précisait également l'établissement scolaire fréquenté par la ravissante jeune personne et l'endroit où elle irait passer l'année sabbatique précédant son entrée à l'université. En l'occurrence, Paris. Voilà une destination risquée ! Il se plongea dans les premières pages abondamment illustrées, consacrées à l'immobilier haut de gamme et hors de prix. C'était là que Melrose avait déniché la maison qu'il avait louée l'espace de quelques semaines en Cornouailles. Un an environ auparavant.

Il tourna quelques pages, songeant à Billy Maples, le pauvre garçon, et se demandant ce qui avait bien pu le pousser à s'installer à Lamb House. On pouvait également se demander ce qu'il était allé fabriquer dans cet hôtel de Clerkenwell Road – où il avait été assassiné. Mais la vraie question, c'était pourquoi Billy Maples avait-il décidé de poser sa candidature au poste de préposé à l'entretien de Lamb House ?

Aimait-il à ce point Henry James ? Des tas de gens aimaient Henry James, mais ce n'était pas pour autant qu'ils voulaient coucher avec lui, si l'on peut dire. Se remémorant le topo de Jury, Melrose se dit que Lamb House était un bien étrange lieu de résidence pour un homme comme Billy Maples.

— Je me demande pourquoi tu lis ce magazine, Melrose.

— A cause des photos. Je me documente sur le marché de l'immobilier.

— Pourquoi ?

— Pour voir combien je tirerais d'Ardry End.

Percevant un bruit bizarre – râle sourd d'agonie, toux étranglée annonciatrice d'une attaque cardiaque ? – en provenance du canapé, il jeta un coup d'œil par-dessus son *Country Life*, espérant que cette quinte sinistre allait déboucher sur quelque chose de réellement… définitif. Je t'en fiche, oui ! Toujours bon pied, bon œil, la vieille dame soupesait la pièce, le tapis d'Orient, les portes, les appliques, les moulures du plafond avec des airs de commissaire-priseur.

— Ne sois pas ridicule. Pourquoi diable songerais-tu à vendre ? lâcha-t-elle tout en débarrassant à coups d'ongle précis un tendre petit chou de son glaçage rose dragée.

Il n'avait pas envisagé un instant de vendre, mais cette tactique pouvait peut-être se révéler payante :

— Pourquoi pas ? C'est beaucoup trop grand pour moi tout seul.

Puis, incapable de s'arrêter en si bon chemin, il poursuivit :

— Bien sûr, je pourrais me marier. Avoir des enfants…

Agatha, qui allait enfourner le chou, suspendit son geste, s'écriant :

— Quoi ? Et qui épouserais-tu donc ?

Il contempla de nouveau la photo de l'honorable Gertrude Frobisher-Staunton.

— J'ai rencontré une ravissante jeune personne à mon club la dernière fois où je me suis rendu à Londres. Gertie Frobisher. Nous avons bavardé longuement. Un peu jeune, peut-être, mais de nos jours la différence d'âge ne compte pas. Elle adore les animaux. Elle s'entendrait magnifiquement avec Chaviré.

Il se replongea dans son magazine.

— C'est grotesque.

— Non, c'est la stricte vérité. Elle a une passion pour les cochons.

— Il ne s'agit pas de ça. Je parle du fait qu'elle serait prête à t'épouser !

— Des tas de femmes seraient prêtes à m'épouser. Je

suis riche. Je possède une immense propriété. Et mon père était le septième comte de Caverness.

— Peut-être. Mais si je puis me permettre de te rafraîchir la mémoire, tu ne risques pas d'être le huitième, dit-elle en minaudant.

Et tiens, prends ça !

— Oh, les femmes se contrefichent des titres aujourd'hui.

Il contempla de nouveau l'honorable Gertie. Ah bon ? Depuis quand ? Même le cochon avait une tête à ne pas cracher sur un titre.

— Si tu crois ça, tu te trompes !

Elle devait savoir de quoi elle parlait. Car elle n'était pas lady Ardry. Elle avait seulement décidé de se faire appeler ainsi après la mort de son mari – un autre « honorable ». Un homme qui avait également été l'oncle de Melrose, pour avoir eu l'extrême malchance de se trouver au mauvais endroit au mauvais moment.

— Je ne me trompe pas le moins du monde. Gertie n'a rien contre le fait que je n'ai pas de titre. Elle en a un. D'où son léger sentiment de supériorité à mon égard.

— Je vois ça d'ici. Tu ne voudrais tout de même pas épouser une femme qui se croit mieux que toi !

— Pourquoi pas ? Elle ne s'aviserait pas de fourrer son nez dans mes modestes affaires, persuadée que les siennes sont plus importantes.

Agatha se mit à enduire de confiture une autre moitié de scone.

— Est-elle d'une bonne famille ?

— Oui. Sa famille fait l'élevage des porcs.

De saisissement, Agatha reposa le scone sur son assiette.

— Des éleveurs de porcs ! Cette fois, c'est sûr : tu me fais marcher !

— Il n'y a rien là de répréhensible. Elle souhaite en amener plusieurs ici avec elle. Sans eux, elle se sentirait perdue.

— C'est monstrueux ! Tu ne vas pas la laisser faire ?

Melrose contemplait l'honorable G. F.-S., cherchant dans la légende matière à exciter davantage l'ire de sa tante. Ce qu'il trouvait ahurissant, c'était qu'Agatha puisse penser qu'il avait demandé la main de la demoiselle alors qu'il lui avait raconté qu'il venait tout juste de faire sa connaissance.

— Quand elle aura fini son année sabbatique. Elle a l'intention de la passer au Zimbabwe comme volontaire avec Médecins sans frontières.

— Par la barbe du père Noël, c'est quoi, ça ?

— Une organisation caritative regroupant toutes sortes de soignants. Ils ont eu le prix Nobel, au cas où tu l'ignorerais.

— Est-ce à dire qu'elle est médecin ?

— Bien sûr que non. Quoique… elle a l'intention, je crois, de faire vétérinaire.

C'est alors qu'Agatha parut se rendre compte que Gertrude était encore en âge d'aller à l'école.

— Son année sabbatique ! Melrose, quel âge a cette personne ?

— Oh, une petite vingtaine d'années.

G. F.-S. semblait plus proche de dix-huit que de vingt ans, à en juger par la photo.

— Tu es assez vieux pour être son père !

— Oui, mais je ne le suis pas.

Assenant des claques bien senties aux accoudoirs de son moelleux fauteuil, il se mit debout.

— Tu m'excuseras, il faut que j'y aille !

— Le Jack and Hammer, je suppose ?

— Un dernier verre avec les amis. Et je file. Direction Rye.

Un éclair au café resta comme en suspens dans l'air alors qu'Agatha s'apprêtait à lui faire son affaire. Melrose eut comme une impression de déjà-vu.

— Nom d'une pipe, Melrose, qu'est-ce que tu me chantes encore ? Rye, c'est sur la côte du Sussex…

— Aux dernières nouvelles, c'est toujours le cas. Ne te dérange pas. Je trouverai mon chemin tout seul.

17

Trueblood, le nez au carreau du bow-window au Jack and Hammer, s'écria soudain :

— Voilà qui est parfait !

Et se tournant vers Melrose :

— C'est un signe, mon vieux !

Melrose, assis avec Vivian sur la banquette sous la fenêtre, pivota, aussitôt imité par Vivian. Joanna se leva pour voir. Diane Demorney ne bougea pas d'un pouce.

— Agatha et, tu ne vas pas le croire, M. Lambert Strether !

Cette fois, Diane s'ébroua.

— Génial ! On va pouvoir poursuivre l'expérience Henry James.

— Les voilà, dit Joanna. Les voilà.

Tous les cinq se préparèrent à la rencontre.

Une bouffée d'air glacial les enveloppa tandis que la porte du pub s'ouvrait sous la poussée des nouveaux arrivants.

— Agatha ! clama Melrose. Tu as fait vite. Je viens à peine de quitter la maison. Et voici M. Strether, il me semble.

— Oui, confirma Diane, c'est bien M. Strether. Nous

nous demandions où vous étiez passé. Vous avez filé tellement vite, la dernière fois.

Trueblood et Melrose s'étaient mis debout pour serrer la main de Lambert Strether. Porter un nom pareil, c'était à peine croyable. Trueblood approcha des chaises et insista pour que les nouveaux venus se joignent à eux. Strether d'une voix d'aboyeur commanda à Dick Scroggs un gin tonic et un sherry. Contrairement aux cinq autres, qui chambraient Strether sans arrêt, Dick Scroggs ne voyait pas ce qu'il y avait de drôle chez cet individu. Il le considérait simplement comme un abruti.

— Voyons, Strether, est-ce votre cheval ou le mien que vous montez pour aller à la chasse aux biens immobiliers ? lança Melrose.

Rire agressif de Strether.

— Ni l'un ni l'autre. Mais j'ai visité des biens, c'est vrai. Vous vous en souvenez peut-être, le vieux pub au sommet de la colline m'intéressait.

— The Man with a Load of Mischief, dit Vivian.

— Et je crois que c'est vous…

Il considéra Joanna.

— … qui m'avez laissé croire que vous l'achetiez.

Joanna, qui s'intéressait autant à ce pub qu'à un cirque de puces savantes, hocha vigoureusement la tête.

Sourire fourbe de Strether.

— Seulement, à l'agence, on m'a dit qu'aucune offre ferme n'avait été faite.

Joanna nota quelques mots dans son carnet.

— Cette négociatrice. Quelle tête en l'air, alors !

— C'est un négociateur ! corrigea Strether, triomphant.

— Qu'est-ce que je disais ? fit assez nébuleusement Joanna.

Agatha et Strether en froncèrent les sourcils de perplexité. Les autres firent comme s'ils avaient compris.

Strether poursuivit :

— Eh bien, ça va peut-être vous surprendre, mais la pancarte A VENDRE a disparu.

— Parce qu'il y en avait une ? s'étonna Melrose.

— Métaphoriquement parlant, oui.

— Melrose est incapable de se souvenir de quoi que ce soit d'important, décréta Agatha en s'emparant d'autorité du sherry posé sur le plateau de Dick.

Lequel Dick déposa le gin tonic sur la table.

— Si vous voulez tout savoir, poursuivit Strether avant de tremper les lèvres dans son gin, j'en ai hérité.

Et de découvrir avec prodigalité des dents tirant fortement sur le jaune.

— Elle est bien bonne, n'est-ce pas ? proféra Agatha d'un air satisfait.

Elle semblait boire du petit-lait à la pensée que M. Lambert Strether leur avait coupé l'herbe sous le pied.

— Ce qui fait que le Mischief va bientôt rouvrir ses portes !

Strether eut le bon goût de faire son modeste :

— Ne vendons pas la peau de l'ours avant de l'avoir tué, lady Ardry.

Il n'avait pas tort d'inciter Agatha à la prudence. La pauvre chère femme en était assez dénuée, elle qui passait son temps à guetter la mort de son neveu, de trente ans son cadet, dans le fol espoir d'hériter d'Ardry End et de ses abondantes collections d'objets d'art.

— Je ne comprends pas, dit Trueblood, faisant semblant d'être contrarié. La dernière fois que vous êtes passé ici – il y a deux semaines à peine –, vous ignoriez tout de votre bonne fortune ou de votre héritage.

— Je n'en étais pas certain à cent pour cent, c'est pourquoi j'ai gardé le silence, surtout après vous avoir entendu dire…

Il regarda à nouveau Joanna.

— … que vous vous portiez acquéreur.

Refusant de mordre à l'hameçon, Joanna tourna mollemcnt une page de son manuscrit plein de corrections en rouge.

— Le dernier propriétaire en date, reprit Melrose, était un certain Matchett, Simon Matchett. Avant lui, c'était un M. Lipseed, qui l'a tenu avant d'être arrêté. Avant lui, une certaine Elerbee et ses sept enfants. Tout ça remonte à assez loin.

Tellement loin que Melrose se demandait où cela allait le mener. Le pub aurait aussi bien pu être tenu par son bouc Chaviré, aidé de son ermite M. Blodgett, cela ne lui aurait fait ni chaud ni froid.

— C'est pourquoi, monsieur Strether, je me demande qui diable étaient ces ancêtres dont vous êtes si fier.

Strether prit son gin, fit cul sec et sourit.

— Un arrière-arrière-arrière-grand-oncle et sa femme, les White-Winterbotham.

— White-Winterbotham ? La seule fois où j'ai entendu prononcer ce nom, c'était à propos d'un triple meurtre à Clapham. Une affaire épouvantable. Sont-ce là vos ancêtres ?

— Bien sûr que non. Je suis d'une vieille, vieille famille du Yorkshire. Maintes fois décorée de l'Ordre de l'Empire britannique pour conduite valeureuse face à l'ennemi…

— Nous, nous avons eu notre lot d'arrestations pour conduite en état d'ivresse, mais cela ne nous a pas menés très loin…

Trueblood coupait l'extrémité d'un de ses Montecristo. Il n'en fumait que rarement.

— C'est la première fois, intervint Vivian, que nous entendons parler de quelqu'un ayant un lien avec le pub. Celui-ci est resté fermé dix ans. Après le décès de M. Matchett. Comme il n'avait ni femme, ni enfants, ni parents, il a légué The Man with a Load of Mischief au village de Long Piddleton. Ce que nous avons tous trouvé extrêmement généreux de sa part.

Non, il n'a rien fait de tel, et non, nous n'avons pas trouvé ça génial du tout, pas après qu'il eut tout salopé en quittant les lieux, songea Melrose.

Le récit par Vivian de ce haut fait de l'histoire locale fut salué par nombre d'yeux écarquillés, M. Strether n'étant pas le seul à être ébahi.

— C'est vrai, Vivian, dit Trueblood, fasciné par la fertilité de son imagination. J'avais oublié ce détail.

Rudement sympa de sa part.

Mais Strether n'allait pas lâcher si facilement le morceau.

— Désolé de vous décevoir, mademoiselle…

— Rivington.

— Mademoiselle Rivington. Mais les White-Winterbotham ont légué le pub à leur progéniture. Ce M. Matchett n'en était pas propriétaire. Seulement locataire. Il ne pouvait donc en aucun cas en disposer.

— Vous pouvez le prouver, monsieur Strether ? s'enquit judicieusement Melrose.

M. Strether regardait par-dessus son épaule,

s'efforçant d'attirer l'attention de Dick Scroggs pour qu'il lui remette un gin. Agatha répondit à sa place :

— Evidemment, qu'il a les preuves de ce qu'il avance ! Les documents sont chez son notaire, à Londres.

Scroggs apporta un second gin à Strether, qui en siffla aussi sec la moitié. Il s'assit, un sourire trouble aux lèvres.

Diane, qui fumait languissamment, lâcha sa bombe :

— J'ai peur, monsieur Strether, que vous ne soyez déçu : votre droit à la propriété me semble loin d'être acquis. Vous n'êtes pas le seul prétendant à l'héritage, voyez-vous.

Lambert Strether et Agatha lui décochèrent un regard soupçonneux. Diane était une véritable énigme pour Agatha. Déplaisante, de surcroît.

— Si vous parlez du fait que le village aurait hérité de…

— Non, coupa Diane. Je parle de prétendants autrement plus sérieux.

Cette fois, tous se penchèrent, l'œil brillant de curiosité.

— De quoi parlez-vous donc ?

— Juste ciel, Agatha, vous n'allez pas me faire croire que vous n'êtes pas au courant de ce qui se passe à Long Piddleton ? dit Diane avec un sourire retors.

Agatha eut un instant d'hésitation.

— Eh bien… j'ai toujours une oreille qui traîne un peu, ici et là…

Un euphémisme, un vrai, songea Melrose. Agatha écoutait pratiquement aux portes. Comme les autres, il était fasciné par ce que Diane venait de dire.

Lambert Strether fixa Agatha dans l'attente d'explications. Rien ne venant, il considéra de nouveau Diane.

— Voyons, si vous vous expliquiez ?…

Sa voix trahissait une réelle angoisse.

— Concernant les différents prétendants à la propriété de cet établissement ? C'est un peu compliqué. Très difficile de savoir exactement qui était le père de tel fils ou la femme de tel cousin ou encore la grand-mère de telle tante. Vous voyez le genre.

Diane leva son verre comme pour porter un toast à cet embrouillamini familial.

— Et tous détiennent les documents officiels appuyant leurs prétentions. Pourquoi croyez-vous que le pub est resté quinze ans sans locataire ?

Un silence suivit ces paroles.

— J'ignore de quoi vous parlez, réussit enfin à dire Agatha. Je ne suis au courant de rien de tout cela.

A son compagnon, elle lança :

— Lambert, on y va ?

Lambert Strether ne semblait guère pressé de quitter les lieux. Il souhaitait apparemment en apprendre davantage.

— Venez, Lambert ! Ces gens-là n'ont pas une once de bon sens.

Un peu déconcerté par le tour que prenait la conversation, il marmonna un « oui-oui » et vida son verre de gin tonic.

— Allons-y, alors.

Ils se mirent debout sans même laisser un centime sur la table pour régler leurs consommations et franchirent pesamment le seuil.

— Bon sang, dit Melrose. White-Winterbotham. Ce

type ne peut sûrement pas revendiquer la propriété du pub.

— Diane, je suis intrigué, fit Trueblood. Vous lui avez drôlement coupé la chique, à notre escroc. D'où sortez-vous une telle histoire ?

— De *Bleak House*, voyons. La bataille juridique interminable. L'insoluble succession. Jaundice contre Jaundice.

— Jarndyce, rectifia Melrose. Jarndyce contre Jarndyce. Dois-je comprendre que vous avez lu *Bleak House* ?

— Pas en entier, non. A mon avis, le seul à l'avoir lu en entier, c'est Dickens. Mais j'ai adoré les descriptions du procès : elles m'ont rappelé mon divorce. Pour ce qui est de décrire les chicaneries juridiques, Dickens n'a pas son pareil. Heureusement que les agents immobiliers n'existaient pas à l'époque, sinon il serait mort sans avoir réussi à terminer son roman.

— Apparemment, ça a perturbé l'ami Strether, remarqua Vivian.

— Le perturber, ça ne suffit pas, dit Diane. Non.

Elle but une gorgée de son drink et tira sur sa cigarette.

— M. Strether n'est pas homme à renoncer facilement.

Diane laissa errer ses regards autour d'elle.

Ils attendirent. Elle réfléchissait. La réflexion n'était pas l'un des sports favoris de Diane. Et donc, au bout d'un moment :

— Ce qu'il nous faut, c'est une poignée d'étrangers – de gens inconnus de M. Strether, je veux dire. Cela ne devrait pas être difficile à trouver.

Elle fit des yeux le tour de la salle et arrêta son regard sur la femme de ménage de Dick.

Mme Withersby, dont l'ardeur au travail ne pouvait se comparer à celle de Cendrillon, faisait une pause, assise près de la cheminée où une flambée ronflait à la façon d'une locomotive à vapeur sur le point de quitter la gare de Victoria. Mme Withersby cracha dans le feu. Qui grésilla en retour.

— Croyez-vous qu'elle pourrait rameuter une brochette de cousins et cousines ? Elle a de la famille, non ?

— Bien sûr.

— Moyennant la somme de cinquante livres ?

— Elle le ferait pour moins que ça : cinquante pence, je dirais. Une clope, même.

— Si on lui demandait de se joindre à nous ?

La démarche était inhabituelle car d'ordinaire, sans qu'on l'invite, Mme Withersby trouvait toujours un prétexte pour s'approcher de leur table afin de quémander des cigarettes ou du gin.

— Je lui demande si elle n'a pas envie de gagner quelques sous ?

Autant demander à un cactus ce qu'il penserait d'un petit séjour tous frais payés dans le sable au soleil.

— Qu'est-ce que tu nous mijotes dans ta petite cervelle, Diane ?

Melrose était scié de constater que Diane avait quelque chose dans la tête, finalement. Même si, se rappela-t-il, elle avait par le passé mis au point un scénario particulièrement astucieux pour faire fuir un des prétendants de Vivian. Le comte Dracula s'était dépêché de regagner Florence après que Diane lui eut asséné quelques vérités bien senties. La spécialité de

Diane était peut-être de faire décamper les indésirables ?

Comme lisant dans ses pensées, Diane dit à Melrose :

— Melrose, tu vas devoir t'arranger pour éloigner Agatha.

— Définitivement ?

— Désolée, non. Seulement pour quelque temps. Le temps de nous débarrasser de M. Strether.

— Comment ?

— Je te l'ai déjà dit : Jaundice…

— Jarndyce.

— C'est exact.

Elle soupira.

— Dommage que Richard Jury ne soit pas là. Grâce à lui, le départ de M. Strether, la première fois, avait eu un sacré panache.

Tous en convinrent avec un soupir.

— Enfin, ajouta Diane, compréhensive, je suppose qu'il a autre chose à faire.

18

Jury avait effectivement d'autres choses à faire. Toutes en rapport avec Lu Aguilar. Cette voix : il n'avait jamais prêté beaucoup attention à son intonation ni à son timbre parce qu'ils étaient occupés à autre chose. Et leurs conversations téléphoniques s'étaient bornées à l'échange de quelques mots, jusqu'à ce matin, où elle lui parla longuement – ou ce qu'elle considérait comme longuement. Elle l'appelait du Zetter.

— Pas encore habillé ?

Il tenait l'appareil au creux de son épaule. Il laçait une de ses chaussures.

— Il est huit heures.

— La moitié de la planète est au travail à cette heure-là.

— Ta moitié, sans doute.

— Je suis attablée à la salle à manger. Je viens de commander un petit déjeuner. Je leur ai demandé de ne pas enlever le second couvert.

— Le mien, c'est ça ?

Jugeant la question purement rhétorique, elle n'y répondit pas. Poursuivit :

— J'ai commandé du muesli.

Jury reposa son thé à moitié bu.

— Pas mon truc, les céréales. Je suis english breakfast à fond.

— Il faut qu'on unisse nos méninges.

— C'est comme ça qu'on dit, maintenant ?

— Ne sois pas bête. Ramène-toi.

Clic.

Jury finit son thé et enfila sa veste. Il dévala les marches quatre à quatre.

Les clients ne manquaient pas dans la salle à manger du Zetter. Cela étant, les tables étaient suffisamment éloignées pour qu'on ne risque pas de fourrer sa cuillère dans le muesli de son voisin. L'image, vaguement érotique, arracha un sourire à Jury.

De fait, Lu était attablée devant un énorme bol de muesli additionné de rhubarbe. Elle portait un pull d'un rouge pétant mais elle avait l'air encore embrumée de sommeil. Il prit place en face d'elle et la regarda enfourner dans cette bouche maintenant si familière une énorme cuillerée de céréales.

— Rhubarbe *et* muesli ?

— C'est fou, non ? Tu vas changer d'avis quand tu auras goûté.

Et d'approcher des lèvres de Jury une pleine cuillerée du mélange.

Le geste était si intime qu'il eut envie de demander une chambre.

— Tu as raison, concéda-t-il en mastiquant. C'est fameux.

— Tiens, voilà ton breakfast.

— Comment savais-tu…

« Oh, je t'en prie », lui signifia son regard.

La serveuse au frais visage posa sur la table l'assiette de Jury : œufs, bacon, champignons, tomates.

Il s'aperçut qu'il avait une faim de loup. Il attaqua aussitôt. Les œufs étaient si parfaitement cuits qu'ils paraissaient lumineux.

— Parle-moi de Rye. Tu as vu Kurt Brunner ?

Jury lui répercuta leur conversation.

— Tu le vois dans la peau du meurtrier ?

— Je ne sais pas encore. Si c'était lui que Billy attendait à l'hôtel, ce serait pour le moins bizarre.

— Pourquoi ?

— Brunner n'aurait pas eu besoin de prendre rendez-vous pour le voir. Il le voyait tous les jours.

Elle hocha la tête, se cala sur sa chaise.

— Tu as terminé ?

— Presque. Encore un peu de café ?

Il prit la cafetière à piston. Elle fit non de la tête. Il s'en servit une autre tasse.

— Vingt minutes que je pioche dans ce bol de muesli et il en reste encore. Je veux monter à la chambre.

— La scène de crime. Tu veux que je monte ? Que nous montions ? dit-il en s'efforçant de mettre le plus de sous-entendus possible dans le « nous ».

Ce qui n'était peut-être pas très sage.

Aguilar roula les yeux.

— Nous sommes ici pour enquêter sur un meurtre…

Jury ricana et termina son assiette.

— Et notre self-control n'est plus à démontrer.

— Le mien, oui. Parce que le tien brille par son absence.

Elle roula sa serviette en boule et la lui lança à la figure.

Une fois en haut, Jury garda ses distances.

Elle se mit à raconter la fameuse soirée telle qu'elle l'imaginait :

— Il entre, jette sa clé sur la table, prend le téléphone pour appeler le service d'étage. Il fait peut-être un crochet par la salle de bains. Il commande son dîner.

Aguilar était assise dans le fauteuil près de l'étagère où avait été posé le plateau, elle décrocha le récepteur, le reposa. Puis elle se leva, considérant Jury, qui comprit qu'elle ne le voyait pas. Elle semblait songeuse.

— Pourquoi n'a-t-il pas ôté sa veste ? Tu l'aurais enlevée, toi, non ?

— Peut-être que oui, peut-être que non. Il avait peut-être des choses plus urgentes à faire.

— Par exemple ?

— Des coups de fil à passer. Il appelle le service d'étage. Il passe un ou plusieurs autres appels dans la foulée…

— Après avoir mangé un hamburger ? Moutarde, ketchup qui dégouline, un truc qui se mange avec les doigts. Pas très pratique. Cette veste italienne ultrachic ? Armani, non ? Il l'aurait sûrement enlevée pour manger.

— Il l'a peut-être enlevée puis enfilée de nouveau.

Elle réfléchit un instant. Poursuivit :

— Il donne un autre coup de fil et sort sur la terrasse.

Elle-même passa sur la terrasse.

Il l'y suivit, se planta près de la table dans l'angle contre le mur.

Elle était accoudée à la balustrade, le vent lui ébouriffant les cheveux.

— Il se tenait là… Il ne fumait pas, si ?

— Le cendrier est nickel, alors je suppose que non.

Jury s'empara dudit cendrier, le reposa sur la table, s'appuya du dos contre le mur. L'invite était claire.

Elle contourna la table, se pressa contre lui.

— C'est une scène de crime, mon amour, dit-il.

Tout près de sa bouche, elle murmura :

— Ton appartement aussi.

— Tu vois que j'avais raison.

— A propos de quoi ?

— A propos du self-control.

— Ha ! Je vais au commissariat. Et toi ?

— A la galerie Melville. J'ai soif d'art.

— Faute de mieux.

Elle sourit et fit demi-tour.

19

Longiligne et blondissime, Hilda Tripp, qui travaillait à la galerie Melville, dit :

— Il était tellement généreux.

Elle se tapota les yeux avec un mouchoir en papier.

— Les artistes ont bien du mal à joindre les deux bouts.

— Billy Maples aidait financièrement certains de vos peintres ? s'enquit Jury.

Elle fit oui de la tête en remontant les manches de son pull en cachemire lavande. Elle était remarquablement blonde ; avec des yeux étonnamment inexpressifs. Jury trouva surprenant qu'une personne aussi dénuée d'affects puisse travailler dans une galerie de tableaux. Toutefois comme il y avait six ans qu'elle était là, à accueillir les clients, il pouvait se tromper sur la vacuité de son regard.

La propriétaire étant sortie, Hilda déclara qu'elle allait essayer de l'aider.

— La nouvelle nous a traumatisés.

— Ça a dû être un rude coup, compatit Jury. Connaissez-vous quelqu'un qui aurait voulu lui nuire ?

Elle secoua si vigoureusement la tête que ses cheveux

pâlissimes s'agitèrent tels des épis de blé secoués par le vent.

— Un homme comme lui ? Avec son comportement ? Je ne vois vraiment pas.

— Comment se comportait-il ?

— C'était un ange. Comme on n'en rencontre qu'au théâtre ou à Broadway.

— Un mécène, vous voulez dire ?

— Tout à fait. Et anonyme, qui plus est. Il arrangeait ça avec Linda. Linda Bevins, la propriétaire. Il la chargeait de dépanner les artistes auxquels il s'intéressait. Un ange.

— Mais s'il était coutumier du fait, les peintres avaient dû finir par deviner que c'était lui, l'ange.

— Pas vraiment. Linda restait dans le flou. Elle leur disait que l'argent venait de l'un ou l'autre de ses clients, des amateurs d'art d'un certain âge, souhaitant garder l'anonymat. Et l'argent n'allait pas forcément à l'artiste considéré comme le meilleur. Il y avait d'autres critères.

— Lesquels ?

— Le talent, bien sûr, il fallait qu'ils en aient, sinon ils n'auraient pas été pris chez nous. Les besoins financiers, aussi. Certaines toiles se vendent nettement plus cher que d'autres. Tenez, ce Calvin Lipp…

Elle remorqua Jury vers une grande peinture que baignait la lumière naturelle.

— Elle a trouvé preneur pour quatre mille livres.

Jury eut une sorte de hoquet. Pas seulement à cause de la somme mais de ce qu'elle avait permis d'acheter. La toile, bucolique à souhait, représentait des moutons dans un pré avec des arbres. Le peintre avait beau ne pas avoir ménagé les tons rompus et les coups de pinceau, c'était platement figuratif et, en un mot, profondément ennuyeux.

Hilda avait également l'air de cet avis. Baissant la voix pour ne pas être entendue des visiteurs, au demeurant peu nombreux, elle murmura :

— Calvin se prend pour le nouveau Constable.

Jury éclata de rire.

— Et c'est aussi l'avis de son acquéreur, apparemment. J'en conclus que ce Calvin ne faisait pas partie des peintres bénéficiant des largesses de M. Maples.

Nouveau mouvement de cheveux décidé.

— En aucun cas.

— Cet argent, il le distribuait une fois par an ?

— Non. Chaque fois qu'il voyait des toiles qui l'enthousiasmaient.

— Il passait souvent ici, alors ?

— Pas vraiment. Il assistait au vernissage de Getz Johns. Pas la grande foule.

— La nuit où…

Avec un sourire de circonstance, elle se retapota les yeux.

— Qu'est-ce qui l'a poussé à jouer les mécènes ? Lui-même n'était pas peintre, si ?

— Non. Mais il s'intéressait passionnément à l'art, à la création artistique. Je ne sais pas vraiment ce qui l'a motivé. Excusez-moi…

Un téléphone sonnait et elle s'éloigna pour aller répondre.

Jury regarda autour de lui. Il n'y avait que trois personnes dans la galerie en dehors de Hilda et lui. Un adolescent et sa copine qui se tenaient par la main, sac au dos, jean. Et un homme entre deux âges en manteau ultrachic à col de velours, qui était resté un bon moment en contemplation devant une masse informe de nuages rebondis sur fond de ciel d'un bleu délavé.

Jury se dit que ce satané truc allait lui sauter à la figure s'il continuait à le fixer comme ça. Il se demanda ce que ce tableau fabriquait là, tellement il était moche. Même lui, qui n'était pas connaisseur, le trouvait à vomir. Quoique… Il ne l'était peut-être pas, au fond. Accroché dans une galerie cotée, il avait attiré l'attention d'un visiteur à l'air parfaitement intelligent. Jury eut envie d'aller lui demander de lui expliquer les mérites de cette œuvre.

Cela l'amena à évoquer Billy Maples, et la façon dont lui-même et les autres l'avaient jugé. Mal, sans doute. Son attention se reporta sur la toile. Il décida de s'approcher du gentleman figé devant les nuages.

Au bout d'un moment, Jury risqua :

— Franchement, je ne vois pas.

L'homme au manteau superchic le regarda sans paraître gêné par cette interruption.

— Qu'est-ce que vous ne voyez pas ?

— Eh bien, il y a un moment que vous examinez cette toile. C'est donc que vous la trouvez bonne.

L'amateur d'art eut un sourire mi-pincé, mi-amusé.

— Pas nécessairement. Mais elle est accrochée dans une galerie qui se trompe rarement dans ses choix. C'est sans doute pour cela que je m'y suis intéressé d'aussi près. Je m'efforce de comprendre ce qui a bien pu les pousser à exposer un truc aussi laid.

Jury s'était attendu à se faire rembarrer ou à subir une conférence en trois points sur l'art contemporain. Pas à ce qu'on tombe d'accord avec lui. Les deux hommes regardèrent le tableau de concert. Une étiquette en indiquait le titre : *Nebulae*.

— Ce qu'il faut, je crois, commença le gentleman, c'est regarder, et regarder assez longtemps avant de décider si on aime ou pas un tableau.

— Etre impartial, vous voulez dire ?

— Oui. Rester objectif. Il ne faut pas se laisser impressionner par le tableau qu'on regarde. Lequel me semble toujours l'œuvre d'un gamin. L'important, c'est de faire confiance à son instinct. Je vous donne un exemple : on nous aurait traités de ringards si nous avions qualifié un artiste comme Roy Lichtenstein...

— Le peintre de BD ?

— Oui, si nous avions qualifié Roy Lichtenstein de peintre de bandes dessinées.

Jury éclata de rire. Le jeune couple pétrifié devant un paysage à forte teneur en vaches se retourna et leur sourit. Se replongeant dans la contemplation du troupeau, ils éclatèrent de rire à leur tour, comme libérés par les propos artistiquement incorrects des deux autres. Ils s'approchèrent du tableau suivant : mêmes vaches, mais regroupées de façon différente. Mains derrière le dos, ils regardèrent ce nouveau troupeau. Et de nouveau s'esclaffèrent.

Jury se demanda ce qui était arrivé à Hilda. Bon Dieu, Jury, quel genre de flic êtes-vous ? Au lieu de tirer les vers du nez d'un témoin, tout ce que vous trouvez à faire, c'est prendre un air inspiré devant des toiles nulles ? Vous croyez peut-être que tout ça est un jeu ? Racer n'étant pas là pour poser la question, Jury se l'adressa à lui-même, singeant la voix de son supérieur.

Là-dessus, comme si le fait de s'interroger au sujet de Hilda l'avait fait surgir du brouillard, elle s'avança vers lui.

— Désolée. Une amie qui a un problème.

Sans plus d'explications, elle fit signe à Jury de venir la rejoindre plus loin.

— Ravi d'avoir bavardé avec vous, dit Jury à l'amateur d'art.

— Je n'en ai pas pour longtemps, George, dit-elle à ce monsieur.

— Je ne suis pas pressé, dit George.

Tandis qu'ils s'éloignaient, Jury remarqua :

— Un client régulier ?

— Et particulièrement difficile.

Jury ne put s'empêcher de penser qu'en matière d'art il était bien normal d'être difficile.

— Il y a une personne à laquelle vous auriez peut-être intérêt à parler. C'est… c'était une amie de Billy. J'ignore à quel point ils étaient proches. Tout ce que je sais, c'est qu'ils étaient bons camarades.

Il y avait bien longtemps qu'il n'avait entendu cette expression. Neutre, elle ne semblait pas déplacée dans ce contexte. Avec ces nuages cotonneux, ces vaches placides, ce jeune couple à l'allure asexuée.

— Quoique… poursuivit Hilda. Ils étaient peut-être amants, finalement. Elle s'appelle Angela Riffley. Elle habite dans le West End. A Mayfair. Elle est chez elle en ce moment. C'est à elle que je parlais à l'instant. Tenez.

Hilda prit une carte et, au dos, y inscrivit l'adresse avant de la remettre à Jury.

— Il est possible qu'ils aient été fiancés à un moment donné. Bien qu'elle soit plus âgée.

— Sa fiancée, dites-vous ? A-t-elle été interrogée par la police ?

— Oui. La police sortait de chez elle. C'est pour ça qu'elle m'a appelée.

— Merci. Je vais passer la voir.

Jury considéra la carte.

— Mayfair ? Et son numéro de téléphone ?

— C'est près de Berkeley Square.

Hilda lui donna le numéro de téléphone.

En sortant de la galerie, il fit de nouveau halte devant les nuages, secoua la tête. Pas son truc.

Le tableau n'avait pas trouvé preneur.

LA TALENTUEUSE MME RIPLEY

20

Cette année était décidément pour Jury une année riche en jolies femmes. Bien qu'Angela Riffley perdît un peu de son pouvoir de séduction du fait de l'air mystérieux qu'elle s'efforçait de se donner.

Elle lui fit signe d'entrer.

— Tout droit, commissaire. Je suis juste derrière vous.

L'espace d'un inconfortable instant, il eut la certitude que c'était littéralement là qu'elle se trouvait : dans son dos.

« Tout droit » le mena dans un bureau bibliothèque somptueux où elle le laissa prendre un siège, ajoutant :

— Je fais du café ; j'en ai pour une minute.

Vêtue d'un tissu arachnéen, scandaleusement transparent, elle s'éclipsa dans un bruissement d'ailes.

La pièce était magnifiquement meublée, et les meubles, pour la plupart anciens, auraient fait saliver Trueblood. Une grande table en acajou à filets dorés occupait le mur du fond. L'horloge de parquet sonna si suavement la demie de quatre heures qu'elle semblait presque s'excuser de marquer ainsi le passage du temps. Un dressoir en chêne sculpté jouxtait la cheminée de marbre devant laquelle se déployait un pare-feu ouvragé. Aux murs lambrissés à hauteur d'homme étaient accrochées des têtes empaillées d'animaux sauvages – essentiellement des grands félins : tigre, guépard, léopard, auxquels s'ajoutaient un zèbre, une sorte de bouquetin, ainsi que d'autres spécimens que Jury fut incapable d'identifier. Il pensa à Ernest Hemingway. Au milieu des trophées de chasse étaient disséminés de mystérieux machins brunâtres desséchés. Assis à bonne distance, il n'avait pas la moindre envie de s'approcher pour en savoir plus.

Sur des guéridons ou des consoles, une collection d'objets en cristal de Lalique ainsi qu'une statuette en marbre de Paros figurant la Dame du Lac. Du moins est-ce ainsi qu'il baptisa cette beauté à la tunique flottante car, installée à l'avant d'une embarcation, elle tenait un aviron. Il s'empara de la statuette, la retourna. Minton. Le fin du fin de la porcelaine anglaise. Franchement, il n'avait jamais vu un tel déploiement de belles choses. Il prit puis reposa un objet énigmatique – moignon miniature, morceau de bois, grosse racine arrachée à la forêt amazonienne ? Qu'est-ce que ce bidule fabriquait sur la table basse, bon sang ? La table elle-même était dotée d'un plateau de verre protégeant un parchemin rédigé dans une langue aussi touffue qu'incompréhensible. Jury se promit d'adopter la même tactique qu'avec Wiggins : s'abstenir de poser des questions.

Angela Riffley revenait avec le plateau du café et Jury se leva d'un bond pour lui donner un coup de main.

— Vous pouvez prendre quelque chose de plus fort, si vous préférez.

— Le café m'ira très bien.

— Alors c'est moi qui vais m'octroyer quelque chose de plus corsé.

Elle versa le café, le laissa se servir de sucre et de crème et se dirigea vers une table-bar. Elle ajouta des glaçons à deux doigts de Glenlivet.

— Les glaçons, c'est très à la mode, en ce moment, je me demande pourquoi.

Revenant s'asseoir sur le canapé, elle dit :

— Décadent, n'est-ce pas ?

— Décadent, non ; fondant, tout au plus. Mademoiselle Riffley, je suis venu vous voir au sujet de Billy Maples.

— Ce n'est pas « mademoiselle », mais « madame », corrigea-t-elle. La mort de Billy m'a démolie.

Très intéressant, ça : la situation de famille passait avant le chagrin.

— Désolé. Je vous croyais célibataire.

— Je ne l'ai pas toujours été. C'est la collection de mon ex, au mur, là.

Elle ficha une cigarette dans un fume-cigarette en jade.

— Norman était un véritable aventurier, et moi aussi. Encore qu'à une échelle plus modeste.

— Les safaris, c'est ça ?

Elle éclata de rire et Jury eut l'impression d'entendre tinter les glaçons dans son verre.

— Les safaris, oui.

Jury fixa la tête du zèbre, qu'il trouva particulièrement émouvante.

— Pourquoi le zèbre ?

— Pourquoi les autres ? Des souvenirs.

— Vous n'accompagniez pas votre mari ?

— Bien sûr que si. Pas question que je rate ces expéditions. Ces démonstrations de virilité.

— Ce mur m'évoque Hemingway, remarqua Jury.

— Ah, oui, Ernest. Nous le connaissions. Pas intimement, mais nous le connaissions. Ma famille, je veux dire. Mon père. J'étais une toute petite fille cet été-là à Paris, mais je me rappelle encore la terrasse du Flore. Ernest était à la table voisine avec un ami qui lui racontait des histoires et le faisait hurler de rire. C'était peut-être Scott Fitzgerald. Et après ça…

C'est ainsi que se poursuivit sa conversation, au milieu de brillantissimes personnages et de satellites attirés par leur éclat, de la Provence aux sommets des Alpes, d'une île perdue de la mer Caspienne à une tribu sauvage de Bornéo, ce qui fit naître aussitôt chez Jury le besoin de se tourner vers le mur du fond et les difformes objets brunâtres.

Elle semblait avoir fait tout ce qui était faisable. A l'exception peut-être du meurtre – et dans ce cas non par incapacité mais plutôt faute d'y avoir pensé. En mentionnant tous ces endroits, elle n'essayait pas d'éviter Clerkenwell, il en avait la certitude. Il était également certain qu'elle aurait été parfaitement capable de commettre un crime au Zetter, ou n'importe où ailleurs. Si elle n'avait pas, à Bornéo, marchandé elle-même ces trucs bizarroïdes et tout rabougris, elle n'avait pas hésité à les accrocher dans son salon. Si elle n'était pas un Kurtz, elle n'était pas non plus un Marlow [1], qui s'inquiétait de la chute et de l'effondrement de la civilisation. La seule préoccupation de

1. Kurtz et Marlow sont les deux protagonistes de la nouvelle de Joseph Conrad intitulée « Au cœur des ténèbres » (1902).

Mme Riffley dans tout ça ? Trouver un endroit où s'asseoir au milieu des décombres.

Angela Riffley jouait les mystérieuses au parfum d'exotisme et sa conversation n'avait d'autre but que de captiver son compagnon. Eût-elle senti faiblir l'intérêt qu'il lui portait, elle aurait été capable de bondir de roche en roche au-dessus de chutes d'eaux déchaînées. Elle prenait toutes sortes de risques – y compris celui de ne pas être crue. Pour une femme comme elle, dont la vie était une succession d'anecdotes, cela pouvait déboucher sur un désastre.

Billy Maples s'était-il sérieusement intéressé à elle ? C'était fort possible. Elle était captivante, pleine de séduction, et de surcroît riche. Elle ne courait donc pas après son argent.

— J'ai cru comprendre que Billy Maples était votre fiancé.

— Amant me paraît plus juste.

— Vous n'envisagiez pas de vous marier ?

— Ma foi, non. Pourquoi se marier ?

— Trop bourgeois ?

— Trop rasoir.

— Mais vous avez rompu.

— D'un commun accord, oui.

— Sans rancune ?

— Aucune. Ah ! Je vous vois venir ! Un mobile : la femme abandonnée. Ou la femme plus âgée qu'on laisse choir pour une plus jeune ?

— C'est ce qui s'est produit ?

— Non. Vous me considérez comme faisant partie des suspects ?

— Bien entendu.

Là, elle devait bicher.

— Nous préférons dire « témoin », en fait.

— Dites ce que vous voudrez !

— Vous sortiez ensemble ?

— « Sortir », que peut faire d'autre un couple ?

Elle eut un rire de dérision.

— Il y avait des semaines que je ne l'avais vu.

— Vous êtes allée au Dust ? Un club, plutôt qu'un pub. La vie nocturne.

— Je n'y suis jamais allée. Etait-ce l'un des endroits que Billy aimait fréquenter ? Dust. Poussière. Ça me fait penser à Byron. Billy aimait la poésie. Byron disait en parlant de lui-même qu'il était « mi-dieu, mi-poussière ». Billy avait coutume de dire : « Laisse tomber la première moitié, le reste, c'est moi. »

— De la poussière. C'est ainsi qu'il se voyait ?

— Il voulait dire que c'est ainsi que nous devrions tous nous voir. Byron prétendait qu'il était maudit, il était persuadé que son nom était maudit.

— C'est ce que Billy pensait du nom de Maples ?

Angela s'esclaffa.

— Pas Billy. Il ne faisait pas dans le mélodrame. Lui, c'était un grand lunatique.

— C'était dû à quoi, ces brusques sautes d'humeur, selon vous ?

— On ne l'a jamais su.

— Ces lieux – l'hôtel, le club, l'église – sont proches les uns des autres. Le barman du Dust se rappelait Billy. Le prêtre du Très Saint Rédempteur l'avait vu à l'église. Où Billy s'était d'ailleurs confessé.

— Billy, se confesser ? dit-elle, les yeux écarquillés. C'est ridicule.

— Billy était contre la religion, alors ?

— Pas du tout. Simplement, il se tenait en dehors de tout ça. Oh, c'est une longue histoire.

Elle écrasa sa cigarette et en fourra une autre dans son fume-cigarette.

— J'aime les longues histoires.

— Pas moi, dit-elle sans autrement développer.

— Son attitude avait-elle changé récemment ? Vous semblait-il distant ?

— Préoccupé, plutôt. Il avait quelque chose de changé, c'est vrai. Mais quant à savoir d'où venait ce changement, c'est une autre affaire.

— En tout cas vous l'avez perçu.

— Je l'ai perçu, ça, oui.

Jury réfléchit un instant.

— Vous n'êtes pas allée au vernissage ? Non, vous n'y êtes pas allée puisque vous n'aviez pas vu Billy depuis des semaines.

— C'est exact.

— Hilda Tripp m'a dit que le vernissage était organisé en l'honneur d'un certain Getz Johns.

— John Getz, en fait, corrigea Mme Riffley. Il a inversé pour que ça sonne mieux. Il pensait peut-être à Jasper Johns. Vous avez vu sa peinture ? Elle lui ressemble : imbuvable.

Jury éclata de rire.

— Dites-moi, qui est ce Kurt Brunner avec qui Billy partageait son appartement de Sloane Street ?

— Oh, lui.

Haussement d'épaules.

— Un homme que Billy avait rencontré en Allemagne. A Berlin, je crois. Selon le mot de Billy, ils ont « accroché ». Et Billy l'a pris comme assistant. J'ignore pourquoi il lui en fallait un. Mais Billy était comme ça :

un peu bizarre. Il avait peu d'amis mais ceux qu'il avait – comme moi –, il y était très attaché. Presque maladivement, peut-être.

D'évidence, elle n'aimait pas Kurt Brunner. Sans doute parce qu'elle était jalouse de l'intérêt que lui portait Billy. Elle considérait que c'était autant qu'on lui retirait à elle.

— Pourquoi a-t-il décidé de s'occuper de Lamb House ?

— Lamb House ?

— La maison de Rye. Qui appartenait jadis à Henry James.

— Oh, ça. Je n'y ai jamais mis les pieds.

Le fait qu'elle ne soit jamais allée à Rye amena Jury à se demander à quel point Billy avait été attaché à elle.

— Je me souviens de l'avoir entendu en parler, poursuivit-elle. Je lui ai dit que je trouvais ridicule qu'il aille vivre dans un trou comme Rye, où il n'y a rien à faire, pas de musées, pas de Tate Modern ni de Tate Britain, pas de théâtres. Je lui ai dit qu'il ne tiendrait pas vingt-quatre heures dans ce bled. Qu'il s'y ennuierait comme un rat mort. Il faut croire que je me suis trompée puisqu'il y a passé plusieurs mois.

Elle tendit le bras vers la cafetière, en tâta le flanc.

— Il est froid. Je peux vous en refaire.

— Non, merci. Il faut que je m'en aille.

Elle le raccompagna jusqu'à la porte.

Tristement, elle dit :

— Il va vraiment me manquer.

Ça, au moins, c'était sincère.

A Jury aussi, Billy Maples commençait à manquer.

21

Melrose Plant fit mentalement un bond de quarante ans en arrière avant de franchir le seuil du Boring's et se sentit aussitôt chez lui.

Les clubs pour gentlemen ne manquaient pas à Londres, mais aucun ne ressemblait à celui-ci. Il y avait le White's, le Boodle's. Le Garrick aussi, fréquenté par les messieurs qui se passionnaient pour le théâtre.

Le Boring's ne s'adressait pas à une clientèle ciblée. La seule raison qui pouvait vous pousser à le fréquenter était l'habitude. Ses membres ne partageaient aucun centre d'intérêt. Ils se contentaient de bavarder à bâtons rompus, un verre de whisky à la main, devant l'une des grandes cheminées où brûlaient paisiblement de belles bûches.

Un examen rapide des lieux pouvait donner à penser que ses membres avaient des tas de choses en commun ou qu'ils poursuivaient un même but, mais il n'en était rien car ces ressemblances – vestimentaires, notamment – étaient uniquement superficielles. C'était plutôt comme si, en passant le seuil, on entrait dans un univers où membres et domestiques, à l'instar des personnages de Henry James, « étaient en suspens », guettant la fin de la phrase de leur interlocuteur. Bref, c'était un endroit délicieux.

Sa valise au pied, Melrose se tenait dans le hall, s'émerveillant de constater que le Boring's avait réussi à rester exactement tel qu'il était à son dernier passage. Certes, ce dernier passage ne remontait qu'à quelques semaines. Mais ici on eût pu aussi bien mesurer en années : le temps ne comptait pas au Boring's. La mouche indolente suspendue au rai de lumière filtrant à travers les fenêtres n'était-elle pas celle qu'il avait remarquée lors de son séjour précédent ?

Melrose fut arraché à sa songerie par une voix pleine de déférence :

— Lord Ardry ! Quel plaisir de vous revoir parmi nous !

De l'autre côté du comptoir de la réception se tenait un petit homme à face de noix qui paraissait avoir cent ans, et les avait probablement. Sans doute était-il né au Boring's et avait-il trouvé commode d'y rester…

— Wendell ? hésita Melrose.

Wendell n'était pas là lors de ses derniers passages. Et Melrose en avait tout naturellement déduit qu'il était mort.

— C'est cela. Comment allez-vous, milord ?

— Bien, très bien.

Melrose prit un bonbon à la menthe dans une coupe en cristal de Lalique.

— Dans quelle chambre m'avez-vous mis ce soir ?

— La chambre aux dauphins, lord Ardry. J'espère qu'elle vous plaira.

Le vieux domestique émergea de derrière le comptoir et fit mine de s'emparer de la valise de Melrose.

— Laissez, Wendell. Je m'en charge.

Il craignait de voir le petit homme s'écrouler s'il portait ne serait-ce qu'un verre de whisky.

La chambre aux dauphins était la réplique exacte de celle qu'on lui avait précédemment attribuée – au nom près. L'autre étant affublée d'un nom tout aussi improbable : la baleine… ou le grand requin blanc ? Examinant les lieux, il eut une soudaine révélation : le Boring's avait quelque chose de platonicien. C'était l'idée à partir de laquelle tous les autres clubs pour hommes avaient été conçus. Les autres n'étaient que des ombres. Seul le Boring's était réel !

Cette agréable conclusion l'accompagna tandis qu'il défaisait sa valise. Après ces menus travaux, il descendit prendre un verre bien mérité.

C'est ainsi qu'à sept heures Melrose était assis dans la grande salle, attendant Jury, whisky en main, comme s'il n'avait jamais quitté l'endroit. A l'instar du petit groupe qui babillait non loin de lui, et des messieurs chenus diversement assoupis çà et là. Or, précisons-le, c'était l'heure de la plus grande agitation, l'heure sacrosainte du verre d'avant le dîner.

Ses camarades, le major Champs et le colonel Neame, n'étaient pas là. Melrose savourait le calme. Pas d'éclats de voix, de rires rauques, encore moins de téléphones portables.

Il ouvrit *La Source sacrée*, se plongea dans le compte rendu d'un week-end à Newmarch où le narrateur se faisait particulièrement indiscret et songea à cet étrange échange de force vitale qui retire son énergie au plus jeune des protagonistes pour l'insuffler au plus âgé. Tel était en effet le sort que subissaient les Brissenden. Et peut-être aussi les autres invités à Newmarch, à supposer que le narrateur parvienne à le découvrir.

A quoi diable Henry James jouait-il en abordant ce thème vampirique ? Réfléchissant, Melrose tendit son verre pas tout à fait vide par-dessus le dossier de son fauteuil à oreillettes afin que le serveur lui en apporte un autre et sentit qu'on le lui retirait immédiatement des doigts – peste, ces serveurs, quelle rapidité ! – tandis qu'une voix le remerciait.

Tournant vivement la tête, il découvrit Richard Jury occupé à finir son verre. Qu'il rendit vide à Melrose.

— J'en avais bien besoin.

— Qu'est-ce qui t'empêche d'en commander un ?

— C'est bien mon intention. Que lis-tu ?

Un jeune (le seul à l'être dans le voisinage) serveur rouquin croisait dans les parages avec un plateau et prit les commandes. Deux whiskies.

— *La Source sacrée*. Indigeste.

— Merde, Henry James. A quoi d'autre t'attendais-tu ?

— J'ai du mal à imaginer Henry James écrivant sur des vampires.

— Pas sur des vampires. Sur le vampirisme.

— Et on peut traiter du vampirisme sans qu'une troupe de vampires débarque de Transylvanie ?

— Tu parles de Dracula, là. Ce n'est pas le seul vampire au monde.

— Alors il y a d'autres vampires dans cette histoire, pas seulement Dracula ?

S'exhortant à la patience, Jury dit :

— Non. Il n'y a pas de véritables, pas de vrais… pas de vampires vivants.

— Alors, c'est quoi, leur problème, aux Brissenden ? Le couple Brissenden. Le narrateur est sidéré de voir que Mme Brissenden paraît nettement plus jeune que la dernière fois qu'il l'avait vue, alors que son mari, son cadet d'une bonne dizaine d'années, a l'air, lui, d'avoir vingt ans de plus.

Melrose, se laissant emporter par ce récit, à croire qu'il en était l'auteur, se pencha en avant.

— Mme Brissenden boit à la source sacrée la force vitale de son époux. Ce n'est pas du sang qu'elle boit, mais la vie.

— Qu'est-ce qu'il y a au dîner, ce soir ?

Melrose se rencogna brutalement dans son fauteuil.

— Tu n'as pas écouté un mot de ce que je viens de dire.

— Détrompe-toi. J'ai bu tes paroles jusqu'à la dernière goutte.

— Très drôle. A hurler de rire. D'accord. Allons manger.

Ils se livrèrent à leur passe-temps favori, consistant à deviner ce que le Boring's allait proposer pour le dîner. Sole, risqua Jury. Bœuf, contra Melrose.

Higgins le Jeune déposa sur leurs genoux la grande serviette neigeuse et annonça :

— Nous avons une excellente sole, ce soir.

Melrose jura. Ils commandèrent la sole.

— Je sais pourquoi tu gagnes, bougonna Melrose une fois que Higgins s'en fut allé quérir le potage. Avant de me rejoindre dans la grande salle, tu fais un détour par les cuisines et tu soulèves les couvercles.

— Ne sois pas ridicule. Moi, recourir à une ruse aussi puérile ? Tu es de mauvais poil parce que tu as encore perdu. Quel vin prenons-nous ?

Jury avait ouvert la carte des vins.

— Tiens, un côtes-du-rhône sympathique, à cent livres la demi-bouteille. Tu penses pouvoir t'offrir ça ?

Melrose arracha la carte de la main de Jury. Il opta pour un chardonnay à trente livres et dit :

— Pourquoi est-ce toujours moi qui paie ?

— Parce que tu es riche.

— Tu marques un point. Alors, qu'as-tu découvert ? s'enquit-il lorsque Higgins le Jeune eut apporté le potage.

— A quel sujet ?

— A quel sujet ? Tu te moques de moi ! Au sujet de Billy Maples, du meurtre, de Lamb House.

— Juste avant de te retrouver ici, je me suis entretenu avec l'ancienne maîtresse de Billy. Ils avaient rompu. Elle s'appelle Angela Riffley.

Jury éclata de rire.

— Qu'y a-t-il de si drôle ? C'est quand même mieux qu'Angela Teene…

— Qu'est-ce que… Oui, bien sûr. Non, c'est son côté… infatigable. Voilà une femme qui a tout fait dans sa vie, ou du moins qui sait donner l'impression qu'elle a tout fait…

— Ha, ha… La talentueuse Mme Ripley ?

— Joli, Melrose, apprécia Jury. C'est elle, tout craché. Tout le monde s'accorde à dire que Billy Maples était lunatique. Je crois que c'était plus sérieux. Maniaco-dépressif, peut-être. Ou, comme on dit maintenant par euphémisme, bipolaire.

— D'après toi, c'était ça le problème de Billy ?

— J'aimerais pouvoir consulter son dossier médical. Encore que, si ça se trouve, aucun diagnostic n'a jamais été porté.

L'arrivée de la sole réjouit Jury. Qu'y avait-il de plus goûteux qu'une sole ? Celle-ci s'accompagnait de pommes de terre nouvelles, de carottes et de choux de Bruxelles.

— Hilda Tripp…

— Qui c'est, ça ?

Melrose rompit son petit pain.

— L'assistante de la galerie. Selon elle, Billy était un saint. Il marchait sur l'eau.

Et Jury de résumer sa conversation avec Hilda Tripp.

— Et ce type, Brunner ? Ou le grand-père de Billy ? Si quelqu'un devait bien connaître Billy, c'était lui.

— Sir Oswald m'a dit qu'il avait des sautes d'humeur. Et à propos d'humeur, la mienne est excellente. Normal : j'ai encore gagné à notre concours de pronostics culinaires.

— Soulagé que tu n'aies pas participé au concours Henry James. Tu aurais été fichu de le gagner, celui-là aussi. J'ai hâte d'être à Lamb House. Ce sera un vrai plaisir de baigner dans l'atmosphère jamesienne.

Jury ne trouva pas l'annonce de ce bain de bon augure.

— N'oublie pas la raison de ton séjour là-bas. Ne t'amuse pas à écrire ou quoi que ce soit d'approchant.

— Ecrire ? Et à qui j'écrirais ?

— Pas des lettres. Un livre. Tel que je te connais, vingt-quatre heures en immersion totale à Lamb House, et tu te prendras pour un romancier.

— Grotesque ! Remarque… je pourrais terminer mon roman policier.

Jury embrocha une petite pomme de terre tout en grognant :

— Avec ce couple de détectives à la noix ? Nick et Nora ?

— Dick et Norma.

— Oh, tu me rassures. L'espace d'un instant, j'ai craint que tu n'aies pompé sur Dashiell Hammett.

Jury chercha des yeux Higgins le Jeune.

— Où est-il passé ? J'aimerais reprendre des choux de Bruxelles.

— Excellent, les légumes verts, pour la santé.

— Une fixette sur les légumes, toi ? Tu te laisses gagner par les manies américaines ?

— Si tu me disais plutôt ce que je dois faire à Lamb House…

— Ouvrir l'œil et tendre l'oreille. Pas écrire un roman.

— J'ouvre l'œil et je tends l'oreille vingt-quatre heures sur vingt-quatre ?

Hochement de tête comminatoire de Jury.

— Quoi, je ne peux pas jardiner ni éplucher les haricots pour aider la cuisinière ?

— Non. La cuisinière, à propos, elle reste à ton service. Tu as pour mission d'écouter attentivement tout ce que dira Kurt Brunner.

— Je vais être… sonorisé ?

Jury leva les yeux de sa sole et regarda Melrose, qui souriait finement. Il lui renvoya un sourire de la même eau.

— Sonorisé, tu l'es déjà.

Qu'est-ce que ça voulait dire, ça ?

22

Par cette clémente journée d'avril, le lambswool était trop chaud. Melrose retira son manteau. A deux doigts de le jeter sur un fauteuil, il se rappela à qui la maison appartenait – ou plutôt avait appartenu.

Allait-il en être de même pour les rideaux, les tapis, les bibelots, les moindres cendriers ? Il se demanda à ce propos si fumer était permis à Lamb House. Il n'avait pas songé à poser la question. Sans doute fumerait-il dans le jardin. A condition que ledit jardin ne soit pas également une zone non-fumeurs.

C'était absurde de se faire l'effet d'être un intrus. Comme si le simple fait de déplacer de l'air en marchant constituait une intrusion. Réussirait-il à s'asseoir dans un fauteuil, boire dans une tasse, manger avec une fourchette ? Tant pis pour lui, il avait affirmé à la femme des Monuments historiques qu'il était inutile qu'on l'accueille à son arrivée et qu'il se débrouillerait tout seul.

Il tenait toujours son manteau à la main. Pas de penderie en vue ni de patère. Aussi posa-t-il le vêtement sur la rampe et commença-t-il à faire le tour de la demeure.

Bon, eh bien, il allait s'y habituer. Il finirait par se détendre. Même si, là, tout de suite, il n'en était pas entièrement convaincu.

Dans la salle à manger, il examina le journal intime de James posé bien en évidence. Quelle écriture élégante ! Et quelle maîtrise de la langue ! Melrose se dit qu'il n'oserait plus écrire un seul mot. Terminé, les mots ; il se servirait de signaux de fumée.

De là, il passa dans ce qui devait être un salon et il parcourait des yeux les rayonnages de la bibliothèque lorsqu'il entendit qu'on s'éclaircissait la gorge. Il pivota.

La femme – ah, il avait oublié la cuisinière ! – était plantée là, ronde comme une brioche, amidonnée, d'une propreté confinant au pathologique, vestige d'une époque révolue.

— Madame Jessup, je présume ?

— Oui, monsieur. Désolée de ne pas vous avoir ouvert. J'étais dans le jardin.

— Aucune importance. Je suis ravi que vous soyez restée ici. La dernière fois que j'ai voulu cuisiner, j'ai failli faire bouillir le chat des voisins. J'avais quatre ans.

Mme Jessup rit.

— Vous me faites marcher, monsieur ?

— Rien n'est moins sûr. Vous venez me demander si je veux du thé ?

— En effet.

— Riche idée. J'en prendrai volontiers.

— Je vous l'apporte ici ou dans la salle à manger ?

— Ici, ce sera parfait.

Elle s'éclipsa.

Melrose se dit qu'il devrait monter sa valise et la défaire, mais il n'en avait pas envie. Il avait envie de s'asseoir dans cette pièce agréable, et de regarder tous ces livres, dont la plupart étaient, comme il fallait s'y attendre, des livres de Henry James. Des premières éditions ? Les Monuments historiques laisseraient-ils des ouvrages aussi précieux à portée de main des locataires, ou de visiteurs indélicats ? Probable que non. Sans doute des exemplaires ultérieurs. Il en prit un – *Les Ailes de la colombe* –, l'ouvrit à la page de garde et constata qu'il s'agissait bel et bien d'une première édition. Il ouvrit le livre à peu près au milieu. Tomba sur Kate Croy et Milly Theale. Il s'efforça de se rappeler l'intrigue. Kate n'avait-elle pas incité son amant désargenté à courtiser la riche Milly dans l'espoir que cette dernière léguerait sa fortune à son homme ? Quelle manipulation ! Quelles turpitudes !

Quelle horreur que cette histoire ! Mais dans les romans de James il y avait toujours de la violence. La torture de Charlotte – Charlotte comment ? Impossible de se souvenir de son nom : Stant… Stants ? – dans *La Coupe d'or*. Les Verver auraient aussi bien fait de lui lancer de l'acide au visage plutôt que de l'expédier aux Etats-Unis, où elle serait privée de la compagnie de la bonne société londonienne et de celle du prince. Et le pire là-dedans, c'est que tout le monde savait ce qui se passait, à l'exception de la pauvre Charlotte. Tout le monde savait, mais personne n'en soufflait mot. Dans l'univers de James, les personnages étaient nombreux à glisser en douceur sur le lac gelé jusqu'au moment où on sortait les haches pour briser la glace.

Et celui-ci ? *Portrait de femme*. L'odieux, l'effroyable Gilbert Osmond. Encore de la torture ! Et il y avait bien sûr *La Source sacrée*. Melrose n'avait jamais réfléchi à cet aspect de James. La violence tapie sous la conversation la plus exquise et la plus policée.

Il médita là-dessus tout en prenant le thé.

Non qu'il y eût un lien avec le meurtre de Billy Maples.

Un jeune homme – riche, beau, menant une vie sociale animée – avait décidé de résider dans l'ancienne demeure d'un écrivain illustre. Demeure qu'il n'avait pu occuper qu'au terme d'un examen minutieux de ses motivations et antécédents par les Monuments historiques, cette vénérable institution. Lui-même avait pu faire l'économie dudit examen, car il avait été parrainé par un commissaire de Scotland Yard.

« Ils acceptent ma candidature au pied levé, sans fouiller dans mon passé ? avait demandé Melrose, sidéré, à Jury.

— Ils ne peuvent pas se permettre de faire les difficiles. »

Melrose avait modérément apprécié.

Il balaya la pièce des yeux comme pour y trouver des indices susceptibles de le renseigner sur la façon de vivre de Billy.

Scones, confiture de framboise, crème fraîche épaisse. Il contempla le plateau déposé devant lui et poussa un soupir béat. Tout en déposant une lichette de confiture sur son scone, il eut une pensée émue pour sa tante. Oui, tous deux communiaient dans une même passion : la cérémonie du thé. Seul bémol : Agatha était incapable de s'y adonner dans le silence qui seul convenait à ce rituel. Un silence comme celui-ci. Melrose se carra dans son siège avec un profond sentiment de contentement. A l'exception du tic-tac de l'horloge de parquet et d'un lointain remuement de vaisselle, pas le moindre bruit. La pluie avait cessé. Le soleil brillait d'un éclat liquide sur le mur trempé du jardin. Une demeure d'écrivain, purement et simplement.

Billy s'était-il figuré en être un ? Non. Les gens que Jury avait interrogés n'avaient pas une seule fois avancé cette hypothèse. Melrose n'imaginait pas un écrivain la bouclant longtemps sur son travail. Un écrivain, ça faisait lire des pages de sa prose à ses amis tout en leur bourdonnant aux oreilles. Billy Maples, s'il avait été tenté par l'écriture, aurait parlé de ses aspirations à son entourage. Bien sûr, il aurait également pu nourrir cette ambition en secret. Mais s'il s'était figuré qu'habiter chez un écrivain célèbre l'aiderait à la concrétiser, il s'était trompé.

Melrose se retourna pour regarder les livres derrière lui, les œuvres complètes de James, et il se sentit envahi par une sorte de torpeur. Les personnages défilèrent dans son esprit, tous si méticuleusement dépeints qu'il ne leur manquait pas un cheveu, pas un grain de beauté, pas même un pore.

L'horloge sonnait lorsqu'il s'aperçut qu'il était resté près d'un quart d'heure le scone à la main. Satisfait de se découvrir capable d'atteindre un tel état d'inertie, il se dit qu'il devrait peut-être bouger, un peu à la manière d'un homme qui, lors d'un long trajet en train, décide d'aller se dégourdir les jambes dans le couloir. Mais il n'en fit rien.

Il reposa sa tasse sur la soucoupe ; de la porcelaine bien trop belle pour être laissée à la disposition des différents occupants de passage. Il resta assis encore quelques minutes. Allons, il ferait bien de monter sa valise, de la défaire ; il se mit debout, se rassit. Le fauteuil épousait désormais parfaitement ses formes.

Allait-il se mettre à doter de volonté les objets inanimés ? Voilà qui était dans la manière de Poe. Pas dans celle de Henry James. Melrose tendit le bras derrière lui et s'empara d'un recueil de nouvelles de James, où figurait « La leçon du maître ». Il se rappelait cette histoire parce qu'il l'avait trouvée inquiétante : un écrivain de renom conseillait au narrateur, auteur débutant, de ne jamais se marier, sous prétexte que le mariage et les obligations qui en découlaient nuiraient considérablement à son travail. Il se mettrait à écrire pour l'argent, ce que l'écrivain renommé avait fini par faire tout en blâmant sa femme. Laquelle l'avait encouragé à produire des livres faciles pour lesquels il touchait des sommes rondelettes.

Mais James avait fait quelque chose d'horrible. A la fin, alors que l'épouse de l'écrivain célèbre était morte, ce dernier, retournant sa veste, épousait la jeune fille à laquelle le narrateur avait renoncé de peur de gâcher son talent. Melrose se demanda quelle leçon tirer du dénouement. Fallait-il y voir un éloge cynique de l'égoïsme ? Il referma le livre, se mit à réfléchir. Puis il ferma les yeux.

— Je vous demande pardon, monsieur…

La cuisinière rôdait autour de lui.

— Vous avez dû vous assoupir. Désolée de vous déranger, mais il faut que je me sauve.

Melrose fut scié de constater qu'il s'était endormi. Il ne dormait jamais l'après-midi. Non qu'il n'eût jamais essayé lorsque Agatha était là.

— Oh, madame Jessup. Je me suis assoupi.

— La fatigue du voyage, sans doute.

Diable, le voyage n'avait pas duré plus d'une heure et demie.

— Bref, dit-elle, je suis attendue à six heures et

demie. Je vous ai laissé votre dîner au frigo et sur la plaque. La côtelette, vous vous la ferez cuire sans problème. Je l'ai mise à mariner. Les légumes sont prêts. Y a plus qu'à les passer au four. Ou au micro-ondes…

Prenez donc une chaise, songea Melrose. Elle mettait tellement de temps à lui donner des instructions – et il avait du mal à ne pas faire la grimace en s'imaginant aux prises avec la fichue côtelette et sa marinade – qu'elle aurait eu largement le temps de préparer le repas, qu'ils auraient pris ensemble tout en se racontant leur vie en détail.

— C'est parfait, madame Jessup. Je me débrouillerai. Pas de problème.

Il y en aurait d'autant moins qu'il était bien décidé à aller se sustenter à la taverne de la Sirène, au bout de la rue.

— Très bien, alors.

Et de pivoter pour s'en aller.

— Le gentleman qui habitait ici avant…

Elle en lâcha son manteau.

— M. Maples, vous voulez dire ? Je n'en suis toujours pas revenue.

— Asseyez-vous une minute.

Elle obtempéra et d'un œil vide regarda par la fenêtre.

— J'ai lu ça dans le journal, poursuivit Melrose. Mais on ne sait jamais, avec les journaux. Ils ne racontent jamais que ce qu'ils veulent. Quoi qu'il en soit, ç'avait l'air drôlement bizarre, cette affaire.

— Ça, c'est sûr. Je ne comprendrai jamais.

Il eut l'impression qu'en fait, malgré cette assertion, elle avait sa petite idée. En tout cas, elle semblait scotchée. Plus pressée du tout de filer.

— Il vivait à Londres, n'est-ce pas ?

— A Chelsea, oui. Dans Sloane Street.

— Etonnant, non, un garçon comme ça, s'installant dans une demeure gérée par les Monuments historiques…

— Pas plus étonnant que vous, monsieur.

Se rendant compte de son impertinence, elle se tut. Puis s'excusa.

Un peu secoué par sa réaction, Melrose réussit néanmoins à sourire, disant :

— Ne vous excusez pas, madame Jessup.

Rougissant, elle poursuivit :

— Il paraît que vous n'allez pas rester très longtemps, monsieur.

— Parfaitement exact, confirma Melrose. Je rends service à un ami.

— Je vous remercie de me garder, monsieur. Ça me donnera le temps de trouver une nouvelle place avant l'arrivée des nouveaux occupants.

— Ils voudront peut-être vous garder.

— Ça m'étonnerait, monsieur. Les gens qui louent ici n'emploient pas de domestiques.

Ils s'éloignaient de plus en plus de Billy Maples. Melrose s'efforça de la remettre sur les rails :

— Avez-vous eu l'impression…

Une question parasite parfaitement idiote venait de germer dans son cerveau : « Avez-vous eu l'impression qu'il était du genre à se faire descendre ? » Il se reprit :

— Avez-vous eu l'impression qu'il était un grand admirateur des ouvrages de Henry James ?

Elle prit le temps de la réflexion.

— Il aimait les lire, oui. J'ai essayé, à plusieurs reprises. Mais je n'y comprends rien, là non plus.

Melrose trouva que le « là non plus » ne manquait pas

de sel. Elle ne comprenait rien au meurtre de Maples, elle ne comprenait rien à James : à ses yeux, les deux choses avaient le même poids.

— Etait-il sociable ?

Melrose balaya la pièce du regard.

— Il s'était retiré ici, dans cette petite ville, il aimait peut-être vivre reclus ?

— Il appréciait la compagnie, monsieur. Il retournait passer un jour ou deux à Londres. Pour moi, voyez-vous, c'était un enfant gâté. Il avait l'habitude d'être servi. Peut-être pour ça qu'il avait engagé M. Brunner – son assistant. Mais assistant en quoi ? je donne ma langue au chat. C'est en compagnie de M. Brunner qu'il passait le plus clair de son temps. Un homme riche et séduisant comme M. Maples aurait dû être un vrai play-boy. Séduire toutes les femmes de Londres. Mais je n'en ai jamais vu une seule.

Elle ne poursuivit pas sur cette lancée, sans doute parce que ses propos étaient trop désapprobateurs. Melrose en revint alors à James :

— Pensez-vous qu'il ait pu écrire lui-même un ouvrage, sur Henry James, par exemple ?

— Oh, je ne crois pas, monsieur. Je ne l'ai jamais vu écrire autre chose qu'une lettre par-ci par-là. S'il avait entrepris d'écrire un livre, il en aurait parlé.

L'horloge de parquet sonna la demie.

— Juste ciel, six heures et demie. Il faut que je file.

Elle se leva, imitée par Melrose, qui l'aida à enfiler son manteau.

— Ce thé était excellent, madame Jessup. Merci.

— De rien. Pour le dîner, vous sortez la côtelette de la marinade et vous la mettez au four trente minutes. Mais vérifiez la cuisson au bout de vingt minutes. Cet engin n'est pas toujours très fiable, alors mieux vaut se…

— Ne vous tracassez pas, madame Jessup. Des fours capricieux, j'en ai dompté plus d'un.

Eclatant d'un rire joyeux, elle s'en alla.

Melrose partit explorer la maison.

Il passa dans la pièce contiguë, où étaient accrochés des portraits de James à différentes périodes de sa vie. Tous peints par John Singer Sargent et tous admirables, notamment le dernier, à la réputation largement méritée. Sargent avait capté la puissance intellectuelle de l'homme. Rien qu'en le regardant, Melrose eut l'impression de baigner dans l'acuité de cette intelligence. Les yeux vifs de James, son front en forme de dôme. Melrose se tâta le front pour voir s'il y avait une ressemblance. Apparemment, non.

Il s'assit dans un fauteuil pour contempler le Maître. Qu'est-ce qui avait bien pu attirer Billy Maples ici ? Une quête spirituelle ?

Melrose poussa un gros soupir. Il était fatigué d'essayer de comprendre. Vous vous retenez de rire, monsieur James, n'est-ce pas ?

Calé dans son fauteuil, il regarda James en se mordillant la lèvre.

Un guide spirituel ? James s'était affilié à l'Eglise anglicane mais en laissant tomber les pratiques religieuses. Pourquoi n'aurait-il pas été un bon guide spirituel ?

Melrose resta assis encore quelques instants puis, las de ces questions sans réponse, il assena des claques vigoureuses aux accoudoirs de son fauteuil, se leva et se dirigea vers l'escalier, sur la rampe duquel était resté posé son manteau.

Il considéra sa valise, décida que la défaire pouvait attendre ; pour l'instant, il allait déambuler dans les rues pavées de Rye.

23

La ville était petite. L'atmosphère tenait du rêve. Rues pavées à peine plus larges que des sentiers, luisantes de pluie sous la clarté fantomatique d'un crépuscule naissant. Les jours rallongeaient.

Puisqu'il se trouvait sur la côte du Sussex, pourquoi ne pas en profiter pour jouer les touristes, faire un bond en arrière, la bataille de Hastings, 1066, et tout le tremblement ? A la réflexion, il se dit qu'il risquait de s'encombrer l'esprit s'il commençait par là – son esprit empli de Henry James était au bord de l'explosion. Si quelqu'un était capable de faire sauter ses neurones, c'était bien James.

Il remonta Mermaid Street en direction de la taverne, regardant la vie derrière les fenêtres allumées, floue à travers le verre cathédrale.

La taverne de la Sirène, aujourd'hui fort civilisée avec son restaurant convenable, avait jadis été un bruyant repaire de pirates. Une sacrée bande de vauriens – Hawkhurst ? Hawksmoor ? Non, ça, c'était l'architecte. La bande avait investi la Sirène. La ville, la côte alentour avaient été un nid de contrebandiers.

Melrose se demanda si c'était le passé haut en couleur

de Rye qui avait attiré Henry James. Probablement. Certains de ses personnages étaient des prédateurs, aucun doute. Gilbert Osmond, par exemple, sous ses airs raffinés de collectionneur d'œuvres d'art. Un collectionneur d'êtres humains, et d'âmes. C'étaient le raffinement, les manières exquises, l'esprit retors et le comportement policé de cet homme qui rendaient ses actes si odieux.

Ces derniers jours, Melrose avait beaucoup lu James. Il avait mis dans la poche de son manteau « Les papiers d'Aspern » pour aller dîner. Ça, c'était de la spoliation ! Il se frappa la paume du poing. Ça, c'était du pillage ! Absolument génial !

— Je vous demande pardon ?

Une voix près de lui. Melrose avait dû bousculer cet homme au passage.

— Vous disiez ?

— Oh, désolé. J'étais en conversation avec moi-même.

— Et la conversation a tourné au vinaigre ? glissa l'inconnu en souriant.

Melrose rit. Gêné sans savoir pourquoi, il releva le col de son manteau.

La taverne de la Sirène étant bondée, une demi-heure d'attente au bas mot pour avoir une table, Melrose opta pour une autre auberge, de moindre renom. Des boiseries foncées, un éclairage tamisé, le tintement plaisant des couverts heurtant la vaisselle en porcelaine.

Une jeune femme d'une provenance problématique, dont l'accent était un mélange de Saint-Germain-des-Prés et de Bermondsey, le guida jusqu'à une table. Après lui avoir remis la carte, elle s'éclipsa. Les dîneurs étaient peu nombreux. La carte, abondante, semblait devoir beaucoup au congélateur. Y avait-il en cuisine suffisamment de personnel pour préparer du homard à l'américaine, du homard grillé, du homard thermidor ? Du poulet rôti à la Yucatán ? Du bœuf bourguignon ? Quelle belle carte ! Il n'y manquait que les escalopes de paon et le ragoût d'ocelot.

Il lui tardait de voir celle des vins !

Et justement, l'hôtesse la lui tendit avant de faire disparaître le second couvert.

La carte des vins n'avait rien à envier à celle des mets. Une demi-douzaine de pages. De la piquette maison (à cinq livres la demi-carafe, très abordable) à un vosne-romanée dont le prix lui aurait permis de finir de s'offrir Buckingham Palace.

Par les bretelles du père Noël ! On était à Rye ! Dans l'East Sussex ! Pas place Vendôme ! Encore moins au Ritz ! Pour arriver à fourguer un vin pareil à Mayfair, il aurait fallu se lever de bonne heure.

Lorsque la serveuse apparut, une blonde râblée à l'allure teutonne mais au sourire rayonnant, il commanda le plat le plus compliqué du menu. Il dut pointer le doigt dessus car il était imprononçable. Seul mot reconnaissable dans l'intitulé, *poisson*. Un poisson dont la préparation semblait avoir été mise au point par Curnonsky.

— Vous prendrez du vin, monsieur ?

— Absolument ! Le vosne-romanée.

Comme si ce nectar lui servait de rince-bouche, la serveuse ne broncha pas d'un cil ; après un demi-tour martial, elle s'éloigna, sans doute pour aller quérir la précieuse bouteille. Melrose regretta que Henry James ne soit pas présent. Que penserait-il de cet endroit ?

Prenant place en face de Melrose, le fantôme de

James répondit à la question : *Parfait pour vous, mon cher. Quant à moi, j'ai des goûts plus simples. Des pommes de terre vapeur, une côtelette, ça me suffit amplement. N'oubliez pas que vous en avez une au four.* Sur ces mots, il coupa le bout de son cigare.

Melrose attendit en fredonnant. Dommage que Jury ne soit pas là pour parier avec lui. Il se demanda si le couple catatonique, deux tables plus loin, n'aimerait pas risquer un petit pari. Ces deux-là semblaient ne jamais avoir bu une goutte d'alcool de leur vie. C'est ça, la vie des gens qui ne picolent pas.

Ah, voilà qu'elle revenait avec la bouteille.

Comme essoufflée, la serveuse annonça :

— Désolée, nous venons de servir la dernière bouteille de ce vin. Notre sommelier…

(Elle était bien bonne, celle-là !)

— … pense que celle-ci devrait vous plaire.

Elle tourna le flacon vers lui afin qu'il puisse lire l'étiquette.

— En plus, elle est moins chère.

Elle semblait ravie de cette précision.

Rien à voir avec le vosne-romanée. Du moins avec l'idée qu'il se faisait de ce noble vin.

— C'est un beaujolais, dit-il, bonhomme.

Il n'allait pas s'en laisser conter par cette péquenaude !

Campée devant lui, elle rayonna de plus belle :

— Le chef dit que ça ira très bien avec votre plat. Mieux que l'autre, en tout cas.

En face de Melrose, Henry glissa le pouce dans la poche de son gilet et s'esclaffa.

— Ça ira peut-être très bien avec mon plat, mais j'aurais préféré le gâcher avec un vosne-romanée.

Melrose ouvrit la carte des vins restée sur la table, pianota dessus, pointa l'index sur un autre vin.

— Et du musigny, vous en auriez ? Le Grand Cru ?

— Je vais voir, monsieur.

Elle fila avec sa bouteille de rouge et son assurance.

Melrose en fut tout réjoui. Cette soirée s'annonçait pleine de ruses, de mensonges et de manipulations.

Henry ne put s'empêcher d'y aller de son commentaire : *Je vous parie dix guinées qu'elle remporte la seconde manche.* Là-dessus, il sortit d'un porte-monnaie en cuir éraflé un billet qu'il plaqua sur la table.

Melrose n'en revint pas de cette prodigalité : *Vous ne pensez pas sérieusement qu'ils ont du musigny ?*

Mais il n'est pas nécessaire qu'ils en aient, rétorqua Henry en portant son cigare à ses lèvres.

Je ne lui donne pas trente secondes pour se mettre à faire des ronds de fumée, songea aussitôt Melrose.

Bien vu !

La fille revint au trot.

— Oh, nous sommes désolés, monsieur...

« Nous ». Un complot, maintenant ?

— ... nous n'avons pas été livrés en musigny ce matin.

Allons bon ! C'était le camion du laitier qui se chargeait de la livraison du musigny dans ces contrées ?

— Mais le sommelier pense que celui-ci...

Un vin de Moselle ! Il ouvrait la bouche pour protester lorsqu'elle baissa la voix, murmurant, comme s'il s'agissait du secret le mieux gardé de Rye :

— C'est une très bonne année.

Melrose regarda l'étiquette.

— 1975. Il ne risque pas d'être trop jeune. C'est un riesling – blanc.

Nullement impressionnée, la serveuse récita :

— Fait à partir de raisins qui poussent dans la région de la Moselle.

— Logique, vu que c'est un moselle.

— Sur la pente sud. Au-dessus du fleuve.

— Quel fleuve ?

— La Moselle, monsieur.

Henry souffla un rond de fumée. Avança les doigts, prêt à rafler le billet de banque.

— Il n'y a pas de pentes en Allemagne.

Si, il y en avait, mais elle ne devait pas le savoir.

Elle éclata de rire.

— Vous êtes un drôle de numéro, monsieur !

— Possible. En attendant, j'aimerais dire un mot à votre sommelier.

Cela valut à Melrose un regard déçu de la part de Henry. *Un coup bas, mon cher.*

— Désolé, monsieur. Il vient de partir.

Henry ricana. Soupir de Melrose.

— Va pour le moselle.

Henry récupéra prestement ses sous, et les deux billets de cinq de Melrose par-dessus le marché.

Elle déboucha la bouteille, versa une larmichette de vin et attendit.

— Oh, je ne vais pas me fatiguer à goûter. Je suis sûr qu'il est bon.

Elle parut déçue.

Henry aussi.

Melrose se tourna vers lui. *Vous croyez peut-être que je vais me livrer à cette comédie ?*

Evidemment. C'est ça la vie, non ?

A contrecœur, Melrose fit tournoyer le vin, le renifla, le goûta, le mâcha. La serveuse le suivait fiévreusement des yeux comme si le résultat de l'opération l'intéressait au plus haut point.

— Excellent ! proclama Melrose, qui n'avait jamais aimé le moselle.

— Merci, monsieur. Nous pensions bien que cela vous plairait. De toute façon, ça ira mieux avec le poisson.

Là-dessus, elle fila en cuisine.

Henry redoubla de ronds de fumée.

Après cet intermède réjouissant, après le vin quelconque et le poisson mal grillé, Melrose se dit qu'il n'avait plus qu'à regagner Lamb House.

A peine entré, à la vue de sa valise montant toujours la garde au pied de l'escalier tel un toutou abandonné mais néanmoins obéissant, il s'interrogea : s'il l'avait laissée fermée, était-ce parce qu'il avait envie de repartir ?

Il lança de nouveau son manteau sur la rampe et pénétra dans la bibliothèque, où il fit courir un doigt sur le dos des livres de James. Il choisit un recueil de nouvelles, parcourut la table des matières, à la recherche d'une histoire de fantômes. James avait un goût prononcé pour les fantômes. Melrose se demanda pourquoi, alors que tourné vers la fenêtre il regardait dehors. Nuit noire.

James et les histoires de fantômes, il y avait là comme une anomalie. Mais James père n'avait-il pas « vu » une apparition ? Quant à son frère William, les phénomènes fantomatiques le passionnaient.

Retour au recueil. Il finit par découvrir « Le coin plaisant », qu'il allait lire au lit. C'était l'une des nouvelles les plus connues. Melrose l'avait lue des années auparavant. L'ouvrage en main, il retourna dans l'entrée, prit sa valise et monta à l'étage.

24

Son livre encore coincé sous la main, Melrose ouvrit les yeux sur un matin frais comme un beaujolais nouveau. Métaphore inepte, mais il y avait gros à parier qu'il aurait du mal à récupérer de la carte des vins de la veille.

Il entendit des bruits en bas qui semblaient provenir de la cuisine. Préparation du breakfast ? Il avait une faim de loup. Le dîner ne lui avait pas tenu longtemps au corps. Sans doute parce qu'il avait dépensé en arguties avec la serveuse une énergie telle que les calories fournies par la nourriture et le vin s'étaient dissipées avant même sa sortie du restaurant. Ah ! Un numéro digne d'un cabaret ! Il se le repassa tout en s'habillant.

Il descendait l'escalier lorsque le heurtoir résonna. Etait-il censé ouvrir ? Ou était-ce à Mme Jessup de s'en charger ? Quelle était la marche à suivre ? Oh, qu'importe ! Va donc ouvrir !

Sur le seuil se tenait un grand type blond, aux traits magnifiquement ciselés. Très germanique, se dit Melrose, conscient de se laisser influencer par le fait qu'il connaissait les origines de ce garçon.

L'homme tendit la main.

— Kurt Brunner. Le commissaire Jury m'a donné à entendre que je pourrais vous aider. Vous piloter dans Rye. L'histoire de la région vous intéresse, je crois.

Tu te goures, songea Melrose. Il n'avait pas la moindre envie de se plonger dans les misères de l'an 1066, bien qu'il en eût exprimé le désir la veille. Il attendrait que la télé les lui serve en feuilleton.

— Ah, oui ! Monsieur Brunner... Votre aide sera la bienvenue. Si on s'asseyait ?

Melrose lui indiqua un fauteuil dans le salon et s'installa dans un autre.

— Ce qui m'intéresse surtout, c'est l'histoire de Lamb House. J'écris une monographie sur Henry James.

Bon sang, pourquoi avoir éprouvé le besoin d'ajouter cette précision ? Il risquait de se retrouver dans le pétrin tôt ou tard.

Dieu merci, Brunner ne releva pas.

— Je connais bien Lamb House. J'étais... l'assistant de Billy Maples.

Il marqua une pause. Puis :

— J'ignore si vous savez...

— Qu'il a été assassiné ? Oui. Le commissaire m'a mis au courant. C'était dans tous les journaux. Affreux.

Sur ces entrefaites, Mme Jessup apparut dans l'encadrement de la porte.

— Lord Ardry n'a même pas encore eu le temps de prendre son thé, monsieur Brunner, fit-elle observer à ce dernier d'un ton sec, comme si Brunner était responsable du lever tardif de Melrose.

Elle était l'image même de la sollicitude mais cette sollicitude n'allait pas jusqu'à s'étendre à Brunner – qu'elle fusilla du regard. Pourquoi ce regard acerbe ?

— Désolé, dit Brunner, faisant mine de se lever.

Melrose lui ordonna d'un geste de se rasseoir.

— Merci, madame Jessup. Nous pourrions peut-être le prendre maintenant. Du thé, monsieur Brunner ?

— Une tasse, volontiers.

— Dans ce cas, je vais le chercher.

Elle reprit le chemin de la cuisine.

— La police a-t-elle progressé ?

— Vous en savez sans doute plus que moi, sourit Brunner. Etant donné vos sources.

Ce sourire était-il fuyant ?

— Oh, vous faites allusion à M. Jury.

Melrose éclata d'un rire artificiel.

— Il ne me fait pas ses confidences.

— A ma connaissance, personne n'a encore été arrêté.

— C'est juste… dit Melrose, se demandant comment enchaîner. Donc, vous étiez l'assistant de Billy Maples. En quoi votre travail consistait-il ?

— Pas à prendre des lettres sous sa dictée, non. Je faisais un peu de tout. Je m'occupais de ses affaires.

— Mais encore ? Vous teniez son carnet de rendez-vous ? Vous vous chargiez de régler les factures ?

— Oui, mais ce n'était pas le plus important.

Il avait l'air tendu, comme s'il lui fallait se concentrer pour trouver la bonne formulation.

— Disons que j'étais son… conseiller.

C'est sur ce mot quelque peu énigmatique que Mme Jessup fit son entrée avec le plateau du thé, qu'elle déposa sur la table entre eux. De façon plutôt abrupte, sembla-t-il à Melrose. Après quoi elle se retira.

— Je ne suis pas dans les petits papiers de

Mme Jessup, dit Brunner en s'emparant du pot à lait. Lait ? Sucre ?

Il semblait habitué à jouer les maîtresses de maison.

— Les deux. Un sucre. Pourquoi donc ? Pourquoi vous a-t-elle dans le nez ?

Brunner haussa les épaules.

— De la jalousie, peut-être. Elle s'imagine sans doute que Lamb House est son fief. Je la gênais. Et, bien sûr, je suis allemand, ce qui est mauvais pour ma cote.

Il remua son thé.

Melrose réfléchit.

— Toujours pas digéré la guerre, vous voulez dire ?

— Exactement. Des tas de gens ont du mal à digérer la guerre. Les guerres, devrais-je dire.

— Pourtant je lui trouve un petit côté très... maternel. Et votre employeur était jeune et... célibataire.

Kurt Brunner fixa Melrose, se demandant apparemment comment ils s'étaient à ce point éloignés de Rye et de Lamb House.

— Ça semble être quelqu'un de bien, se dépêcha de dire Melrose.

— C'était quelqu'un de bien, en effet.

— Intéressant, qu'il se soit installé à Rye.

— Il n'avait pas l'intention de rester plus d'un an. C'était un fan de Henry James. Nous étions tous les deux des fans de James, en fait.

— Eh bien, moi, je fais de la recherche. Je prépare un livre sur James. Les années de la maturité.

Quel abruti ! Il ne connaissait pas plus les années de la maturité de James que celles de sa jeunesse, de sa fin ou de sa vie dans l'au-delà. Tout ce qu'il savait, c'est que

James avait écrit ses trois romans les plus « entortillés » à un âge relativement avancé.

— Ah, bon ? Je croyais que c'était une monographie que vous prépariez.

Et patatras ! Quinze minutes de conversation, et il avait déjà gaffé.

— Oui, la maturité n'est qu'une partie de mon ouvrage.

— Les années de la maturité, reprit Brunner, cherchant un commentaire approprié. Cette période, c'est quoi, pour vous ? Pas les trois grands romans, j'imagine. Ceux-là ne sont venus que plus tard.

— Vous avez raison…

Melrose, les doigts réunis en clocher, se maudit tout en tâchant de battre le rappel de ses souvenirs se rattachant à cette période de l'œuvre du maître.

C'est alors que Brunner s'exclama, le tirant ainsi d'embarras :

— *Guy Domville* ! C'est cela, n'est-ce pas ? Cet horrible fiasco !

Melrose le remercia en silence de lui avoir fourni le titre de l'œuvre. Cette pièce était connue de tous.

— Oui. La pièce qui a fait un bide. James sifflé, hué, ridiculisé. Un éreintement en règle.

Kurt éclata de rire.

— Ah, cette caricature montrant James à Buñol, lieu de la Tomatina ! Nous y sommes allés avec Billy et…

— Oh, le lancer de tomates trop mûres dans le sud de l'Espagne ? Quel est l'intérêt de cette fête ?

— Pas la moindre idée. On en ressort couvert de pulpe de tomate, c'est tout. Billy s'est juré de ne plus toucher une tomate de sa vie, sous quelque forme que ce soit. Pour en revenir à cette caricature, on y voit James en victime de la Tomatina. Avec pour légende : « Encore une représentation réussie de *Guy Domville*. »

— Pauvre homme, rit Melrose.

— Cela dit, il a plutôt bien pris cet échec et il en est ressorti meilleur, non ?

Melrose n'allait pas laisser passer un cliché aussi navrant.

— Non, dit-il fermement.

— Comment ça, non ?

— On ne sort pas meilleur d'un échec. On peut juste s'estimer heureux si on en sort vivant. On s'aigrit. On devient chagrin.

« Chagrin » ? Que venait faire son cheval dans cette galère ? Et ce prêchi-prêcha ! Quoique… C'était peut-être la meilleure attitude à adopter. En type suant l'auto-satisfaction par tous les pores, Melrose ne risquait pas d'être pris pour quelqu'un qui serait venu à Rye enquêter en catimini sur un meurtre.

— Vous avez sans doute raison.

Brunner reposa sa tasse.

— Voulez-vous que nous allions faire le tour de Rye ?

— Excellente idée !

Pas vraiment. En fait de tour, Melrose se serait contenté d'aller d'Ardry End au Jack and Hammer, ou au Wrenn's Nest, pour faire bisquer Theo Wrenn Browne. Ou alors à la bibliothèque, qui se trouvait sur le chemin du pub. Il avait entendu dire que Londres était une ville idéale pour marcher. Les gens ne cessaient de délirer sur ses espaces verts comme Kew. Lui ne les connaissait pas. Quand il descendait au Boring's, il ne s'aventurait jamais au-delà. La clientèle du Boring's était aussi figée que les planètes, aussi immobile que la plomberie.

Mais ce matin, il enfila sa veste et en compagnie de Kurt Brunner se mit en route.

C'était décidément très victorien.

— Que savez-vous sur Rye ?

Rien.

— Oh, un tas de choses. Je me suis familiarisé avec son histoire, tout ça. La bataille de Hastings – près de Rye, en fait. C'est l'un des Cinq Ports. L'une de mes amies prétend qu'il y en avait non pas cinq mais sept. Qu'il y aurait deux villes en plus des cinq ports !

Melrose rit.

— Elle a raison.

Melrose s'arrêta net.

— Raison ?

Sourire de Kurt.

— Il y avait réellement cinq ports et deux villes. Les villes étant Winchelsea et Rye. Au Moyen Age, ils formaient une corporation maritime. Très importante, car cette corporation était responsable de la défense navale.

— Vous m'en direz tant !

Ils se remirent en route.

Ils s'étaient dirigés vers la grand-rue et avaient ensuite pris la route menant à la falaise. Il y avait là une espèce de terrasse avec un télescope, une halte agréable pour les touristes qui, grâce audit télescope, pouvaient apercevoir Dungeness et les falaises de Douvres. Ils regardèrent par-delà les Town Salts vers le fleuve. L'endroit était plein d'enfants qui jouaient, de places de parking pour les voitures. Il y avait des mares, dont une ou deux de la taille de petits lacs. Un paradis pour les oiseaux. Au loin, des bateaux de pêche. Et plus loin, le Rother.

— Les Salts : c'est difficile à croire, mais il y a cent ans tout ça était recouvert par la mer. Il y a un chemin, là, que Billy empruntait souvent. Des endroits d'où l'on peut observer les oiseaux. Si on aime les oiseaux.

Melrose secoua la tête.

— S'ils s'aventurent dans le jardin de Lamb House, je me ferai un plaisir de les observer. Mais je n'ai jamais compris quel plaisir on pouvait trouver à piétiner à l'aube dans l'herbe humide ou dans un abri battu par le vent à attendre le passage d'un pluvier à gorge dorée.

— Un oiseau que je ne connais pas... Un peu plus loin, il y a une réserve naturelle. Cette étendue d'eau, c'est Castle Water. Près de Camber Castle.

L'eau scintillait sous le soleil.

— C'est la mer qui en se retirant a donné naissance à cet espace ? fit Melrose. Etrange, non ? La mer en général mord sur la terre.

Songeant à la meilleure façon de s'y prendre pour aborder le sujet de Billy Maples, Melrose sortit son porte-cigarettes. Il ne voulait pas paraître trop curieux.

— Votre petit portrait de Billy me surprend. D'après les confidences de Mme Jessup, j'avais cru que Billy n'avait pas grand-chose dans la tête. Que c'était un tombeur. Si tant est que cette expression ait encore cours. Elle trouve qu'il était plutôt... gâté.

— Par quoi ? Par qui ? Ses parents ? J'en doute. Le problème de Billy, c'est qu'il se dispersait. Il n'arrivait pas à fixer son attention. Mais quand il était attentif, il ne faisait pas semblant, ça non. Il s'y donnait tout entier.

— Croyez-vous qu'il se soit concentré sur une chose dont il aurait mieux fait de ne pas s'occuper, d'où sa fin tragique ?

— Que voulez-vous dire ?

— Franchement, aucune idée. J'en sais autant sur Billy Maples que sur le pluvier à gorge dorée.

Kurt éclata de rire.

— Billy était obnubilé de façon presque morbide par la guerre. La Seconde Guerre mondiale. Il allait souvent au musée de la Guerre, à Lambeth. Comme je m'étais trouvé, enfant, à Berlin pendant la guerre, il me harcelait de questions. Je n'étais qu'un gamin de trois ou quatre ans, je ne me souviens pas de grand-chose. Il voulait savoir – nous étions juifs, voyez-vous ; mes parents sont morts tous les deux à Auschwitz. Billy se disait que j'avais dû émerger de cette période terriblement en colère, amer, avide de vengeance.

— Vengeance ? Vous auriez voulu vous venger des mauvais traitements, réels ou imaginaires, que vous auriez subis ?

— Pas besoin que ce soit aussi personnel.

Tournant le dos à la mer scintillante, il regarda la rue et les petits bâtiments serrés les uns contre les autres. La rue était peuplée d'ombres.

— C'est en partie pour ça que Mme Jessup ne me porte pas dans son cœur. Sa famille a souffert pendant la guerre.

— Elle n'est pas la seule.

— Non, mais deux de ses sœurs sont mortes pendant une tentative d'évacuation à l'époque du Blitz.

Melrose brûlait de faire dévier la conversation et de reparler de Billy.

Ils marchaient de nouveau le long de East Cliff Street.

— Pourquoi un si jeune homme voudrait-il se claquemurer dans le monde de Henry James ?

— Ce n'était pas le monde de James. Même s'il aimait énormément ses livres. C'était un peu une blague. Billy avait des tas de raisons de faire ceci ou cela. Il s'est trouvé que les Monuments historiques cherchaient un bouche-trou, quelqu'un qui s'occuperait de Lamb House pendant un an. En attendant de régler certaines questions. Billy a eu vent de la chose et s'est dit que ce serait intéressant. Intéressant, et un défi, aussi.

Sourire de Kurt.

— Un défi ?

— Sa fiancée pensait qu'il ne tiendrait pas vingt-quatre heures à Rye. Billy a été vexé qu'on le considère comme un citadin indécrottable, un type superficiel, incapable d'avoir la force intérieure de supporter la solitude.

Melrose tendit le bras alors qu'ils passaient devant la taverne de la Sirène, brillamment éclairée et bondée.

— Je n'appelle pas ça la solitude !

— Non, si on est à l'intérieur. J'ai arpenté cette rue maintes et maintes fois. Et chaque fois j'ai senti le calme me pénétrer les os. Le silence a quelque chose de palpable. En hiver, lorsque le brouillard tombe et qu'on ne peut même pas voir ses pieds, on a une sacrée impression d'isolement. Rye est un de ces endroits dans lesquels on se voit errer en rêve.

— Je me demande combien de ses ouvrages il a composés en parcourant ces rues. Henry James, je veux dire.

— Je dirais très peu. James était un homme d'intérieur, quand il écrivait.

— Billy voulait-il écrire, lui aussi ?

— A ma connaissance, non.

— Je suppose que vous le connaissiez bien.

— Un peu mieux que les autres personnes de son entourage.

— Vous voulez dire qu'il était… inconnaissable ? Un mystère ?

Kurt s'immobilisa et Melrose l'imita, se rendant soudain compte que seul le bruit de leurs pas rompait le silence.

— Nous sommes tous des mystères, non ? dit Brunner.

— On dirait une phrase de James. Ses personnages me donnent toujours l'impression de reprendre leur souffle avant d'ouvrir la bouche.

Rire de Brunner.

— Je vais devoir faire attention. Peut-être que quand on vit un certain temps dans cette maison on se met à parler comme les héros de James. Tenez, Mme Jessup finira par s'exprimer comme cette vipère de Miss Jessel [1], un de ces jours…

— Ne parlez pas de malheur !

Ils avaient atteint Lion Street et approchaient de l'église Saint Mary.

— Est-ce que Billy…

Melrose s'interrompit.

— Quoi ?

— Je ne l'ai pas connu et pourtant je l'appelle Billy.

— Tout le monde l'appelait ainsi, dit Brunner non sans tristesse.

— Tout le monde, mais pourquoi ?

— Je n'y ai jamais réfléchi. Mais que vouliez-vous me demander ?

— J'ai oublié.

Ils poursuivirent leur route.

1. Personnage du roman de Henry James *Le Tour d'écrou* (1898).

25

Malcolm Mott était dans le jardin avec son chien, Waldo, lorsque la voiture remonta la longue allée.

C'est qui, ça ? se demanda-t-il.

La voiture s'arrêta. Ses occupants, conducteur et passager, descendirent. Le conducteur, plus mince, plus petit que son compagnon, l'apostropha :

— Bonjour, jeune homme.

« Jeune homme. » Quel lèche-bottes ! Malcolm ne répondit pas. Le passager, plus grand et plus élégant, n'adressa pas un mot à Malcolm, se contentant de le regarder. Cela décontenança Malcolm, qui hésita du coup à le ranger dans la catégorie des adultes gaffeurs. Le grand type croisa les bras et s'appuya contre la voiture comme s'il s'apprêtait à passer ainsi la totalité de la journée.

Le conducteur l'avait rejoint, souriant et brandissant sous le nez de Malcolm une sorte de carte.

— New Scotland Yard, la Criminelle. Sergent Wiggins, et ce gentleman, dit-il en désignant l'autre adulte, est le commissaire Richard Jury.

Merde alors !

Tout excité mais ne voulant surtout pas le montrer,

Malcolm se baissa pour prendre dans ses bras Waldo, qui n'en avait nulle envie. Le gamin se mit à mastiquer son chewing-gum avec une ardeur renouvelée. Il avait du mal à se contrôler. Non seulement parce que c'était Scotland Yard mais parce qu'ils devaient être venus pour Billy.

Malcolm serra Waldo plus fort dans ses bras. Il ne voulait pas penser à Billy. Quand l'autre policier s'était pointé, Malcolm avait filé dans le jardin de derrière et s'était mis à escalader le mur, attachant son chien au bout de la corde pour faire contrepoids.

Le plus grand s'était rapproché.

— C'est toi, Malcolm.

Télépathe, en plus. Manquait plus que ça. Ce type pouvait être dangereux. Malcolm allait leur faire le coup du regard qui tue. Sourcils froncés, il les fixa d'un air lourd de menaces. Nuages d'orage s'amoncelant, stalactites se brisant avec un craquement sec, éclairs s'emballant – éclairs s'emballant ? Malcolm fronça de plus belle les sourcils, mais de contrariété, cette fois ; l'image ne sonnait pas juste. Eclairs se déchirant, éclairs fendant la nuit, éclairs… Malcolm écrivait un livre qu'il voulait terrifiant. Et la météo y jouait un grand rôle.

— Votre maman et votre papa sont là, mon petit ? s'enquit le policier mince.

Malcolm eut aussitôt envie de lui taper dessus. « Mon petit ». Il leur jeta un regard furibond. Espérant que Waldo l'imitait.

— Malcolm, dit celui qui disait être le sergent Wiggins. Si nous sommes ici, c'est au sujet de Billy Maples. Votre cousin.

Comme s'il avait oublié. Malcolm se pétrifia de rage. Personne ne lui parlerait de Billy, pas question.

— Vous étiez amis, j'en suis sûr, dit le grand type en souriant.

Saleté de télépathe ! Malcolm pivota et s'éloigna d'un pas vif.

Jury le regarda disparaître au coin de la maison.

— On aurait pu penser, dit Wiggins, qu'il serait intéressé par Scotland Yard, non ?

— Il l'est.

Une bonne en noir leur ouvrit. Mince, jeune, l'air malheureuse.

Lorsque Jury se fut présenté et eut présenté Wiggins, qu'il eut précisé qu'on les attendait, elle leur dit dans un souffle d'entrer et elle s'éloigna sans bruit afin de prévenir ses patrons.

Il régnait dans cette demeure le calme qui plane sur un lieu dont les habitants ont disparu. Le silence de l'abandon. Les tableaux, la statue de bronze de la fillette au chaton, les statues dans leurs niches : tous ces objets suintaient la tristesse.

Tandis que Wiggins examinait le bronze, Jury se campa devant un grand tableau, œuvre d'un artiste qu'il connaissait mais dont le nom lui échappait, un nom truffé de consonnes, difficile à prononcer : Klp… Klt… non, Klimt, voilà ! Jury haussa les sourcils. Un Klimt, une petite fortune, non ? Il examina le cadre. Vissé au mur. De quoi décourager les cambrioleurs. Le fond du tableau était tout or, une membrane d'or sur laquelle la tunique d'une silhouette féminine se déployait, composée de figures géométriques : triangles, carrés, rectangles, cercles. Carrés d'or et de cuivre, traits noirs, touches d'argent et de vert jetées pêle-mêle sur la toile. Elles formaient, ces figures géométriques, lorsqu'on les observait attentivement, une tunique brillamment colorée sur la silhouette de la femme à la chevelure brune avant de se dissoudre dans la mince couche d'or évoquant le glaçage qui recouvre certains desserts de fête.

La bonne émergea de la pièce dans laquelle elle s'était engouffrée pour avertir les maîtres de maison et leur fit signe de la suivre.

Roderick Maples était le seul occupant de la pièce. Campé devant un feu mourant, il était armé d'un tisonnier à l'aide duquel il avait essayé de ranimer les flammes. Il ressemblait aussi peu à sir Oswald Maples qu'un fils peut ressembler à son père – mais pourquoi Jury cherchait-il des ressemblances, puisque Oswald n'était pas le père biologique de Roderick ? Longiligne, yeux gris acier, attitude – visage fermé, aucune chaleur.

— Je n'arrive pas à comprendre, monsieur… ah, Jury, c'est ça ?

Roderick Maples n'ignorait ni le nom de Jury ni les fonctions qu'il occupait à Scotland Yard. Jury ne se formalisa pas de cette attitude défensive.

— C'est cela. Et voici le sergent Wiggins.

— Je n'arrive pas à comprendre pourquoi la police revient me voir à propos de la mort de mon fils.

Il s'exprimait d'un ton raide et ne semblait posséder, en fait de chaleur, que celle du tisonnier qu'il avait remis à sa place près de la cheminée.

— Pouvons-nous nous asseoir ? dit Jury.

— Comment ? Oh, oui. Bien sûr. Mettez-vous où vous voudrez.

Jury eut envie de rire. A entendre cet homme, la pièce ressemblait à un restaurant aux heures creuses. Ils s'assirent. Jury dans un fauteuil de soie grise, devant Roderick et la cheminée. A côté du manteau de ladite cheminée était accrochée une petite toile d'un artiste que Jury connaissait mal, mais qui lui rappela néanmoins quelque chose. Van Gogh ? Les coups de pinceau.

Wiggins avait pris place sur un siège vert pomme. Roderick Maples resta debout devant la cheminée de marbre, dans l'attitude de quelqu'un qui n'a qu'une envie : filer le plus vite possible.

— Je ne peux pas vous en dire plus qu'à l'autre…

— Vous voulez sans doute parler du sergent Chilten, coupa Wiggins, froissé.

Petit signe de tête raide de Maples.

— Je ne peux pas vous en dire davantage.

— Eh bien, allez-y, l'encouragea Jury.

— La dernière fois que j'ai vu mon fils, c'était il y a une semaine, quand je suis monté à Londres lui rendre visite dans son appartement de Sloane Street.

— A quel propos ?

— Plaît-il ?

— A quel propos, cette visite ? dit Jury.

Roderick croisa les mains derrière le dos comme pour les réchauffer devant le feu. Lequel était quasiment éteint.

— Aucun rapport avec sa mort.

— Peut-être que si. Si vous avez jugé bon de lui rendre visite.

Roderick accusa le coup et son expression se fit encore plus glaciale.

— Vous, les policiers…

— Les enquêteurs. A la Criminelle, on enquête.

— Vous semblez toujours exiger une transparence totale.

Jury ne put s'empêcher de sourire de la justesse de l'expression.

— C'est bien vu, monsieur Maples. Je vous repose la question : pourquoi vous êtes-vous rendu chez votre fils ?

— C'était au sujet de son fidéicommis. Il dépensait des sommes folles. Je voulais savoir pourquoi.

— Ce fidéicommis, de qui le tenait-il ?

— De sa mère. Ma première épouse. En fait, il y en avait deux. L'autre lui venait de son grand-père.

— Sir Oswald Maples ?

— Non, pas de mon père. De son autre grand-père. James Ames. Dont la femme vit toujours, à Fulham, je crois… Ou peut-être à Chelsea.

— Vous avez donc décidé d'aborder le sujet avec Billy. Comment a-t-il réagi ?

— Il m'a répondu que c'était son argent, qu'il le dépensait à sa guise. Les jeunes gens n'ont aucun sens des responsabilités.

— Votre fils avait près de quarante ans, remarqua Wiggins. Il n'était plus exactement un « jeune homme ».

Roderick les enveloppa du regard d'un homme qui souffre depuis longtemps.

— Je crois savoir, dit Jury, que votre fils a aidé financièrement de nombreux artistes. Ses amis, la galerie qu'il soutenait. Il était, m'ont dit d'autres personnes, très généreux.

— Il était lunatique.

Roderick s'approcha d'un plateau en argent où se trouvait un siphon et versa du soda dans son verre.

— Comment cela ? s'enquit Wiggins.

— Il était sujet à de brusques changements d'humeur. Il ne s'attardait jamais ici. A dire vrai, nous ne nous entendions pas très bien. Mais je vous l'ai déjà dit, non ? Il aimait beaucoup son grand-père. Qui vit à Chelsea.

— Je le connais, remarqua Jury. Sir Oswald Maples.

Regard interloqué de Roderick.

— Mon père ? Vous lui avez parlé ?

— En effet. Mais je le connaissais avant cela. Il m'a apporté son concours dans une affaire sur laquelle j'ai travaillé l'an dernier. Un ancien de Bletchley Park. Une intelligence brillante. Il faut être un cerveau pour « craquer » tous ces codes.

— Oui. Père est brillant.

C'était dit sur un ton affectueux qui étonna Jury.

— C'est lui qui m'a demandé d'enquêter sur la mort de votre fils. Les enquêteurs que vous avez vus étaient de la police d'Islington.

— Oui. La responsable était une femme. Plutôt agressive, mais très fine. Un esprit pénétrant. Elle m'a donné l'impression de lire dans mes pensées.

Si seulement tu savais, dit Jury, se raclant la gorge.

Roderick rit, s'arrêta abruptement.

— Situation inconfortable quand on s'entretient avec la police.

Jury sentit se réchauffer quelque peu ses sentiments à son égard.

Roderick était resté le dos à la cheminée pendant cet échange.

— Papa connaissait Billy mieux que moi.

Jury crut déceler dans la remarque une pointe de tristesse.

— Billy allait souvent le voir.

— Oui. Certainement plus que moi. J'ai été assez négligent sur ce plan. Si quelqu'un sait quelque chose, c'est mon père.

— Je ne crois pas qu'il en sache davantage que vous, monsieur Maples, dit Jury sans trop savoir pourquoi.

Cherchait-il à le réconforter ? Il n'est rien qu'un parent déteste plus que de se dire qu'il est le dernier à savoir ce qui se passe dans la vie de son enfant.

— Nous aurions aimé nous entretenir avec Mme Maples. Est-elle là ?

— En haut. Le coup a été rude pour elle.

Comme il ne bougeait pas, Jury dut insister :

— Pourrions-nous la voir ? C'est important.

Roderick, l'air ailleurs, regarda Jury et dit :

— Je vais lui dire de descendre.

La femme qui entra avait une bonne dizaine d'années de moins que son mari. Elle n'était pas jeune pour autant. Sa robe était d'un vert si sombre qu'il en paraissait noir. Noir comme dans deuil ? songea tout d'abord Jury. Avant de remarquer le drapé savant du vêtement retenu à l'épaule par une broche en améthyste. Beaucoup d'autorité dans cette élégance.

— Madame Maples, dit Jury qui s'était levé. Je suis désolé. Nous sommes venus vous parler de votre beau-fils.

Elle prit place dans le fauteuil jumeau de celui de Jury.

— Mon beau-fils… il était pour moi comme un fils.

L'expression sur le visage de Roderick suggérait que cette phrase ne reflétait peut-être pas l'exacte vérité. Mais quelle était la vérité ? Jury, quant à lui, ne mit pas sa parole en doute lorsqu'elle prononça ces mots.

— Diriez-vous que vous connaissiez bien Billy ?

— Mieux que Roddy.

Et d'adresser un sourire fugace à son mari. Sourire d'excuse ? Sourire taquin ? Difficile à dire.

Roderick s'assit à son tour. Manifestement, il préférait être assis pour entendre ses réponses.

Jury se demanda si l'argent qui avait servi à meubler cette pièce splendide était le sien, celui de sa femme, ou de sa première épouse, la mère biologique de Billy. Peut-être Roderick avait-il eu la chance d'épouser deux femmes riches.

— Qu'entendez-vous par là, madame ? s'enquit Wiggins avec une certaine aigreur car sa patience commençait à s'émousser.

Son regard glissa de Wiggins à Jury.

— Je connaissais très bien Billy.

— Si tel est le cas, vous avez sans doute votre idée sur ce qui est arrivé ?

— Non. Je suis comme vous : je nage complètement. Je doute que quiconque sache ce qui s'est passé, dit-elle après avoir fait des yeux le tour de leur petit groupe.

— Le meurtrier excepté, laissa tomber Wiggins avec une ombre de sourire.

— En d'autres termes, poursuivit Jury, vous ne savez pas si Billy avait des ennemis ?

Elle ne rejeta pas immédiatement cette possibilité.

— Un ou deux, peut-être.

Roderick intervint :

— Qu'est-ce que tu racontes, Olivia ? Billy ne s'est jamais fait d'ennemis.

— Ne sois pas stupide, Roddy. Des ennemis, tout le monde en a. Je pense à cette femme, à Londres, avec qui il est sorti quelque temps. Il a rompu. Ou plutôt il l'a plaquée.

— Ridicule, dit Roderick. Je la vois mal aller dans un hôtel de Clerkenwell l'abattre d'un coup de revolver.

Jury sourit. Le Ritz aurait mieux convenu sans doute. Le Brown's ou le Connaught. Mayfair, mais pas Clerkenwell.

— C'est étrange, madame Maples, dit-il. Il s'inscrit au Zetter, un hôtel branché de Clerkenwell. Puis, après être passé à la galerie Melville, il fait une halte dans un club, le Dust. Après quoi, il regagne le Zetter, où il demande qu'on lui monte à dîner. Et qu'on lui apporte plus tard du café pour deux. Il attendait quelqu'un.

— N'aurait-il pu rencontrer quelqu'un à la galerie qui l'aurait rejoint ultérieurement, ou retrouvé à ce club ? suggéra Olivia Maples.

— Mais alors, objecta Roderick, pourquoi cette personne n'est-elle pas tout simplement rentrée avec lui à l'hôtel ?

— Bonne question. Qui, demanda Jury à Mme Maples, était la seconde personne ? Vous avez dit qu'il avait peut-être un ou deux ennemis.

Elle rajusta sa broche.

— Je pensais à Kurt Brunner.

— Son assistant ?

— Si telle est sa fonction. Je n'ai jamais eu confiance en lui.

— Et pourquoi donc, madame Maples ? voulut savoir Wiggins.

— Je ne suis pas sûre qu'il ait toujours veillé au mieux sur les intérêts de Billy.

— Pour l'amour du ciel, Olivia ! Kurt est quelqu'un de correct.

Lueur de colère dans les yeux d'Olivia.

— Pourquoi un homme intelligent comme Kurt accepterait-il de se laisser traiter comme un toutou par un jeune homme riche n'ayant jamais rien fait de ses dix doigts ?

— Ce n'est pas vrai.

Agacée, Olivia secoua la tête devant le manque d'objectivité de Roderick – ou son aveuglement vis-à-vis d'un fils pour qui il avait manifestement toujours eu un grand faible. Elle se tourna de nouveau vers Jury.

— Puis-je vous offrir quelque chose, commissaire ? Whisky ? Thé ?

Jury savait qu'à l'énoncé du mot « thé » Wiggins allait se mettre à frétiller. Aussi dit-il :

— Du thé, volontiers, merci.

Wiggins s'illumina d'un coup.

— Avec plaisir, madame.

Olivia se leva.

— Je vais dire à Margaret de le préparer.

Elle quitta la pièce.

Roderick la regarda sortir.

— Ce tableau près de la cheminée m'intrigue, dit Jury. De qui est-il ?

— C'est un Soutine. Et le Klimt dans l'entrée, vous l'avez vu ?

— Certainement. Remarquable. D'une grande valeur, non ?

Roderick eut un sourire crispé.

— J'aimerais bien. Mais ce n'est pas l'original.

Celui-ci non plus. Seulement des reproductions très réussies.

Ils étudièrent le Soutine. Il avait un aspect orageux, avec des arbres aux branches noueuses à l'arrière-plan. Derrière les branches tordues par la tempête, une maison trapue.

— *Schloss Moser*. Autriche, je crois.

Roderick se pencha en avant et revint au problème qui les occupait :

— Commissaire, les soupçons de ma femme concernant Brunner sont sans fondement. Personnellement, je pense que Billy se trouvait plutôt mieux depuis qu'il côtoyait Kurt Brunner.

— Comment cela, « mieux » ?

Roderick eut une grimace et haussa les épaules comme pour se débarrasser d'un sujet déplaisant :

— Quand il s'y mettait, Billy pouvait être odieux. Une vraie terreur.

Olivia, qui était revenue sur ces entrefaites, réagit :

— Billy, une terreur ? Cesse d'exagérer, Roderick.

Se tournant vers Wiggins, elle dit :

— Le thé sera là dans un instant.

Puis, enchaînant :

— Il avait des sautes d'humeur, c'est tout. Sinon, c'était un amour.

Ils avaient sans doute raison tous les deux. Jury se promit de revenir là-dessus.

— Vous aviez des doutes quant à l'influence que Brunner exerçait sur lui. Dans quelle branche était-il avant de travailler pour Billy ?

— Il était enseignant, répondit Roderick. A Berlin. Dans une école privée huppée.

Wiggins, qui guettait ardemment l'apparition du thé,

fut récompensé de sa vigilance. Margaret entra, portant le plateau où s'entrechoquaient des tasses, et le déposa en lieu sûr. Olivia la remercia et servit ses visiteurs.

Jury prit la tasse que lui tendait la maîtresse de maison avec la quantité de sucre et de lait qu'elle avait choisi d'y ajouter.

— Il enseignait l'histoire de l'Europe, poursuivit Roderick. Il semblait s'intéresser tout particulièrement aux dynasties russes. Le tsar Nicolas, cette période. Raspoutine le fascinait.

— Raspoutine, glissa Wiggins, n'est-ce pas celui qui a été empoisonné, poignardé… et qui n'était toujours pas mort ?

Roderick éclata de rire.

— Il n'a pas été le seul à qui c'est arrivé, si ma mémoire est bonne.

Jury songea à l'emprise de Raspoutine sur la tsarine Alexandra.

— Il enseignait dans une école privée ?

— Une de ces écoles internationales, oui. Il avait laissé tomber l'enseignement avant même de commencer à travailler pour Billy. Je crois qu'il mène une vie assez retirée.

Il n'a peut-être pas de vie sociale, songea Jury, mais une vie intérieure qui compense largement.

— Vous vous méfiez de Kurt Brunner, madame Maples. Pourquoi aurait-il tué Billy ? Quel aurait été son mobile ?

— La fortune de Billy. Elle était considérable.

— Mais c'est par hasard qu'ils se sont rencontrés.

— Voyons, commissaire ! On peut se rencontrer par hasard et se fréquenter ensuite par calcul.

— C'est vrai. Mais pourquoi votre beau-fils léguerait-il sa fortune à Brunner ?

— Eh bien, les candidats à l'héritage ne sont pas si nombreux, dit Roderick. De toute façon, la question ne se pose pas car Billy n'a pas laissé de testament.

— Il est mort intestat.

— C'est bien dommage, soupira Roderick.

— Le petit garçon, dehors, c'est votre neveu ?

— Celui d'Olivia.

Il semblait assez content de pouvoir se défausser, s'agissant de ce gamin.

— C'est le fils de la sœur d'Olivia, Julia Mott, qui nous l'a collé pour pouvoir continuer à vivre sa vie : drogues, sexe, jeux de hasard. Nous ne l'avons jamais revue depuis.

— Le pauvre gosse ne doit pas être très heureux, remarqua Jury. Et il ne fait rien pour qu'on l'aime.

Olivia sourit.

— Il est très malheureux, oui. Mais Billy s'entendait bien avec lui. Billy était le héros de Malcolm. Billy l'avait fait venir chez lui à Londres à plusieurs reprises. Il l'emmenait à droite et à gauche.

— Rudement sympa de la part de votre fils, dit Jury à Roderick.

— C'était l'autre facette de Billy. La compassion. L'empathie. Il…

Roderick se leva vivement et alla se camper devant la fenêtre donnant sur le jardin de devant.

— Je suis vraiment désolé, dit alors Jury. Toutes mes condoléances.

Roderick se passa un mouchoir sur le visage, le remit dans sa poche et pivota.

— Merci, commissaire.

— Le sergent Chilten et moi nous sommes rendus dans l'appartement de votre fils. A la recherche d'indices qui auraient pu nous donner une idée de la vie qu'il menait. Nous n'avons rien trouvé de particulièrement intéressant. Toutefois, je me demande si... Savez-vous s'il était porté sur la religion ?

Regards de stupeur des Maples.

— Sûrement pas ! Nous n'avons jamais réussi à l'emmener à l'église, dit Olivia.

— Non que nous y allions souvent, ajouta Roderick.

— A-t-il jamais amené sa petite amie – ou sa fiancée – ici ?

— Sa fiancée ? reprit Olivia, riant. La pauvre petite se faisait des idées. Billy était un cavaleur.

— Un cavaleur, oui, insista Roderick. Quand ça devenait trop sérieux à son goût, il trouvait toujours le moyen de leur filer entre les doigts. Trop content de son existence de célibataire.

Jury réfléchit. Il pensa à Kurt Brunner, à Angela Riffley, au rendez-vous que Billy était censé avoir donné au Zetter, qui n'était qu'à deux minutes du Dust. Le Dust, avec ses lumières aveuglantes, sa musique à fond, ses vieux murs de brique, ses coins sombres. Le Dust, un lieu propice aux rendez-vous galants.

— Si cela ne vous ennuie pas, je vais dire un mot à Malcolm.

— Oh ? Si vous voulez. Il doit être dehors. Dans le jardin du fond, sans doute, dit Olivia.

Alors qu'il se levait, pensant toujours au rendez-vous au Zetter, Jury posa une dernière question à ses hôtes :

— Est-ce que Billy était gay ?

Les Maples se figèrent, horrifiés. La suggestion

était-elle donc encore si effroyable aux yeux d'une certaine catégorie de gens ? Apparemment, oui.

Puis Olivia dit, avec un rire incertain :

— Commissaire, il avait une foule de petites amies. Vous auriez dû voir le nombre de cœurs brisés que Billy traînait après lui ! Gay ?

— Très bien, conclut Jury.

26

— Qui c'est qui veut savoir ? dit Malcolm Mott quand Jury lui demanda s'il était copain avec Billy.

— Moi. Et c'est la deuxième fois que je te pose la question.

Ils étaient près du mur de brique tout au fond du jardin.

— Ah, bon, dit Malcolm, hésitant.

— Pourquoi attaches-tu ton chien comme ça ?

Aux pieds de Malcolm, le petit fox-terrier faisait une drôle de tête. La gueule, diagnostiqua Jury. Cet animal fait la gueule.

— Il s'appelle Waldo. On va faire du rappel.

— Ça n'a pas l'air de tellement lui plaire, à Waldo, le rappel.

— Oh, il en a déjà fait.

— A mon avis, ça ne lui a probablement pas plu non plus, la première fois.

Malcolm cessa d'enrouler la corde autour de l'animal pour fixer Jury.

— C'est pas vos affaires.

— Ce sont mes affaires.

Jury sortit de nouveau sa carte.

— C'est mon métier de me mêler des affaires des uns et des autres.

— Vous êtes Dieu, alors ? fit Malcolm avec une moue qui se voulait de dérision.

— Presque. Scotland Yard.

Malcolm lâcha la corde qu'il entortillait autour du ventre de Waldo.

— Si c'est pour me poser des questions sur Billy que vous êtes là, c'est pas une bonne idée.

— Pourquoi cela ?

— Parce que.

— Tiens donc ! Et on peut savoir à quoi rime ce « parce que » ?

— Devinez. Nous, on va escalader le mur.

Il empoigna Waldo, qui se répandit aussitôt en aboiements visant davantage Jury que le mur.

— J'ai une meilleure idée.

Malcolm se fendit d'un petit ricanement mais se tourna quand même vers Jury.

— Laquelle ?

— Je vais prendre la place de Waldo.

Sidéré par cette incongruité, Malcolm s'exclama :

— Me faites pas rire !

— Mon idée ne te plaît pas, c'est normal : je parie que j'arrive le premier là-haut. Les doigts dans le nez, même. S'il y avait un concours d'escalade de mur, je te battrais à plates coutures.

Le front plissé, Malcolm reposa son chien par terre. Waldo se mit à tournicoter, s'emmêlant de plus en plus dans la corde. Poings sur les hanches, Malcolm leva le nez vers Jury.

— Vous êtes ouf. Vous pouvez pas me battre. Jamais

vous pourrez l'escalader, ce mur. Vous êtes trop lourd. Moi, je suis léger comme une plume.

— C'est ce que tu dis, fit tranquillement Jury.

Malcolm partit d'un rire qui sonnait faux.

— Je parie, poursuivit Jury, qui était bien persuadé du contraire, que tu ignores tout de l'esprit de compétition.

S'arrêtant net de rire, Malcolm le fusilla du regard.

— C'est pas vrai. Avec Billy…

Sur ce, il la boucla, furieux d'avoir laissé échapper ce début de révélation.

— Billy faisait de l'escalade avec toi ?

— Si vous voulez le savoir, ouais.

Waldo, peu habitué à ces palabres, semblait dresser l'oreille. Jury se pencha pour lui gratter la tête.

— Billy ne t'a jamais battu à l'escalade ? C'est qu'il n'était pas aussi fort que moi, alors.

La coupe était pleine, pour Malcolm.

— Bien sûr que si ! Il était meilleur que vous ! Meilleur que vous le serez jamais !

— Comment peux-tu dire ça ? Tu ne m'as jamais vu faire du rappel.

Un nuage d'incertitude voila les traits du gamin.

— B… bon, bredouilla-t-il, énervé. Eh ben, on va voir. Bouge pas, Waldo.

Il se mit en devoir de libérer le chien de la corde qui l'entravait. Une fois l'animal désentravé, il ajouta :

— Tu restes là, Waldo. File pas traîner j'sais pas où.

Waldo s'empressa de désobéir, comme de bien entendu.

— Passez ça autour de la taille et sous les bras, dit-il à Jury en lui tendant la corde.

Jury se débarrassa de son manteau et s'exécuta avec la maladresse du débutant.

— Il ne faut pas la passer par-dessus l'épaule ?

Soupir de Malcolm :

— Vous essayez déjà de tricher.

— Non, je crois seulement que la corde doit passer par-dessous et par-dessus.

Jury la glissa sous sa cuisse et par-dessus son épaule.

— C'est comme ça que procéderait un véritable alpiniste.

— Ecoutez…

Malcolm aurait bien aimé pouvoir toiser Jury, mais il lui manquait pas mal de centimètres pour y parvenir.

— C'est pas de l'escalade. C'est du rappel, qu'on fait.

— Le rappel, c'est quand on descend.

— Non. Mais allez-y. Mettez la corde où vous voulez. Je m'en fiche si vous tombez et que vous vous pétez le crâne.

— Bon. Quelle portion du mur ?

— Là, dit Malcolm, tendant le doigt.

Un vieux mur de jardin de quatre mètres de haut. De la brique rouge. Patinée par le temps, la brique était douce au toucher. Il y avait peut-être des prises pour les doigts ou les pieds là où la pierre s'était effritée.

— Très bien, dit Jury, on y va.

Malcolm commença à escalader, se tortillant comme un ver. Drôlement rapide, ce gamin. Jury, par égard pour sa taille, lui laissa une longueur d'avance. Malcolm gagna haut la main. Assis à califourchon sur le mur, il rayonnait.

— Tu as gagné, concéda Jury, se hissant à son tour.

— Normal, dit Malcolm.

De là-haut, la vue était assez impressionnante. Jusque sur le Kent, au nord, et les sécheries de houblon. Derrière eux, Romney Marsh et le Weald. Sous le soleil de l'après-midi finissant, le marais étincelait presque.

— Superbe, la vue, commenta Jury.

— Ouais. Je viens souvent m'asseoir là avec Waldo.

— Waldo connaît les prises pour coincer ses pattes ?

Regard écœuré de Malcolm.

— Ça va pas, la tête ! Je le hisse. Vous m'avez vu faire.

Jury aurait bien aimé avoir une cigarette. Ce qui n'était pas très malin non plus.

— On peut même voir Londres, dit Malcolm.

C'était faux mais Jury, louchant docilement, dit que la flèche qu'on apercevait au loin était peut-être bien celle de Westminster, ou des Houses of Parliament.

— Je vais habiter à Londres, dit Malcolm.

Puis, baissant la tête, il rectifia :

— Je devais y aller.

Il lui arrivait aussi de faire des révélations sans qu'on le pousse.

— Billy, il a dit que je pourrais quand je quitterai l'école. Que je pourrais habiter chez lui. Mais maintenant, c'est plus possible.

Jury réfléchit.

— Rien ne t'empêche d'habiter dans son appartement. Tu aurais l'impression d'être avec lui, au milieu de ses meubles et tout ça. J'y suis allé. L'appartement est super. Plein de livres et de tout.

Cette éventualité ne laissa pas Malcolm indifférent mais il conclut, chagrin :

— Non. Jamais ils me laisseraient.

— Qui sait ? Ils n'auront peut-être pas voix au chapitre. Si tu étais copain avec Billy…

— On était très copains ! Il aimait pas venir ici. Il s'est

jamais entendu avec tante Olivia. C'est sa belle-mère. Pas sa vraie mère.

— Pourquoi ne l'aimait-il pas ?

— Elle est toujours en train de la ramener. Il disait qu'elle lui pompait l'oxygène.

— Tu es allé chez Billy, à Londres ?

— J'y suis allé des tas de fois.

— Il te faisait visiter ? La Tour ? Madame Tussaud ?

Une brise s'était levée et Malcolm rabattit en arrière ses cheveux raides.

— On visitait des musées. Le musée d'Histoire naturelle. Le Victoria and Albert. Et le musée de la Guerre.

— A Lambeth ?

— Ouais, ouais. Billy, la guerre, ça le passionnait. La Guerre mondiale, où son grand-père était dans les services secrets. C'était cool. Les codes, tout ça. Billy adorait son grand-père. Il disait que c'était la seule personne avec qui ça valait le coup de discuter. A part moi.

Jury sourit et se promit de répercuter ces propos à sir Oswald.

— On visitait aussi des musées de tableaux. Surtout la Tate.

— La Tate Modern ?

— Non, l'autre. La vraie.

— La Tate Britain.

« La vraie »... Voilà qui plut à Jury.

— Ouais. Y avait des tableaux que Billy regardait tout le temps.

— Lesquels ?

— Un peintre avec un nom à initiales. Et qui mettait de la lumière partout.

— J.M.W. Turner ?

— Ouais, dit Malcolm avec un soudain respect. Et d'autres comme ceux qui sont ici…

Il s'interrompit, puis reprit :

— Billy m'a dit des trucs dessus que je dois pas répéter.

Regard pensif à Jury.

— Ah oui ? C'est pas facile d'être le dépositaire d'un secret. Les secrets, c'est un sacré fardeau.

— Ouais. Seulement maintenant, il est mort. Je me pose des questions.

— A quel propos ?

Malcolm passait la main sur la brique comme pour essayer de se débarrasser de quelque chose. Peau morte, secrets ?

— Je me demande si ça avait pas un rapport avec… sa mort. Si j'aurais pas dû le dire à quelqu'un…

Jury lui mit la main sur l'épaule. Malcolm essaya de se dégager mais Jury ne lâcha pas prise.

— Tu as fait ce qu'il fallait faire : tu as gardé le secret. Tu ne pouvais pas savoir ce qui allait arriver. De toute manière, ce qu'il t'a confié n'a probablement aucun rapport avec sa mort.

— Peut-être, mais vous savez pas ce qu'il m'a dit.

Malcolm examina Jury à la manière d'un tailleur qui prend les mesures d'un client.

— C'est au sujet des tableaux. Le grand qui est dans l'entrée. Et le petit, près de la cheminée. Ils étaient pas là il y a un an, quand je suis arrivé. C'était pas des tableaux de famille.

— Je les ai vus, oui. Des reproductions d'une fidélité stupéfiante.

— Pas du tout. C'est justement ça que Billy m'a dit :

que c'était pas des copies. Ils racontent à tout le monde que c'est des copies, mais ils mentent. C'est des vrais.

— Mais pourquoi ? fit Jury, interloqué.

Ravi d'en remontrer à un enquêteur de Scotland Yard, Malcolm poursuivit :

— Billy m'a dit qu'il était pas sûr à cent pour cent. Qu'il recherchait la… provence ?

— La provenance. Leur histoire. Leur propriétaire.

— Moi je lui ai dit : s'ils mentent, c'est peut-être pour qu'on essaie pas de les voler.

— Bien vu, Malcolm. Qu'a répondu Billy ?

— Qu'il y avait une autre raison. Mais qu'il en était pas sûr.

— Comment Billy savait-il que ces tableaux étaient des originaux ?

— Un jour, il est venu avec une dame. Très calée. Elle sait faire la différence entre un vrai et un faux. Elle lui a dit. Je les ai entendus parler d'elle après, dire que c'était sa copine, mais je vois pas comment c'était possible parce qu'elle était vieille. Très vieille, même. Au moins quarante-cinq ans. Alors je crois pas que c'était sa copine.

— C'était quand, ça, Malcolm ? La visite de cette dame ?

— L'an dernier. Ce mois-ci de l'an dernier.

— On va bientôt pouvoir y aller, chef ?

La voix de Wiggins venue d'en bas était accusatrice. Il était planté au pied du mur, les poings sur les hanches, un peu comme Malcolm avant lui.

— Mon sergent, dit Jury au gamin. C'est le moment de faire du rappel.

27

Ils étaient engoncés dans le box exigu d'un Happy Eater, fast-food dont la déco couleur carotte pétant aurait rendu la vue à un aveugle. Wiggins s'était plaint de ne pas avoir déjeuné et avait trouvé que le thé n'avait pas suffi à le caler.

— Vous, dit le sergent en avalant goulûment ses haricots sur toast, vous êtes resté dehors une bonne demi-heure.

— Et vous, dans la cuisine trente bonnes minutes. J'ose espérer que vous avez judicieusement employé votre temps, rétorqua Jury en dégustant ses œufs.

— En effet. La cuisinière a été adorable. Elle m'a redonné du thé et offert une tranche de son gâteau aux pommes.

C'était ce que Wiggins appelait « employer judicieusement son temps ». Il poursuivit :

— Apparemment, Roderick est un type sympa. Mais la maîtresse de maison est une vraie harpie. Margaret – c'est la bonne – a eu droit à un sacré savon, l'autre jour, pour avoir passé le chiffon sur les cadres des tableaux.

— Pourquoi un savon ? dit Jury, sourcils froncés.

— « Y a que moi et mon mari qu'on peut y toucher. »

Wiggins avait pris une voix fluette, singeant la jeune fille.

— Billy s'intéressait énormément à l'art. Au point de subventionner des peintres. Il y a dans la maison deux tableaux dont Malcolm dit qu'ils n'ont pas toujours été là, qui auraient été accrochés là il y a un an. Je trouve ça bizarre.

— Pourquoi ?

Wiggins siffla sa cinquantième tasse de thé de la journée.

— Rien ne vous empêche d'acheter deux tableaux d'un coup si vous en avez envie.

— Acheter des tableaux, ce n'est pas la même chose qu'acheter une paire de draps. On n'essaie pas de les assortir. Il se peut qu'ils viennent de la même source.

Haussement d'épaules de Wiggins.

— Billy cherchait à en établir la provenance, c'est donc qu'il trouvait lui aussi qu'il y avait là quelque chose de curieux. Tâchez de savoir où ils ont été achetés, si possible.

— D'accord, boss, dit Wiggins, qui semblait rien moins que convaincu. Mais si c'est des reproductions…

— Justement. Malcolm soutient que Billy pensait que ça n'en était pas. Que c'étaient des œuvres authentiques.

— Un Klimt ? Mais ça vaut la peau des fesses, non ?

— Oui.

Sur ce, Wiggins se remit à se lamenter sur le sort des Happy Eater qui devaient être fermés et remplacés par des Burger King et des Little Chef. S'il n'avait rien contre les Little Chef, il exécrait les Burger King, où il avait juré de ne jamais mettre les pieds.

Jury avait été obligé de suivre la mort programmée des restos de la chaîne Happy Eater car Wiggins en parlait chaque fois qu'ils étaient en déplacement.

— Ces restoroutes appartiennent tous à Trust House Forte, non ?

— Probablement, mais vous imaginez un Burger King à la place de ça ?

Wiggins désigna l'établissement d'un geste large et faillit renverser la jeune serveuse qui leur apportait du café sur un plateau. Wiggins s'excusa. La fille sourit et les servit.

Tandis qu'elle s'éloignait sans bruit sur ses baskets, Wiggins poursuivit sa diatribe :

— Ils les ferment sous prétexte que les Happy Eater attirent essentiellement les seniors. Ils cherchent à accrocher une autre tranche d'âge.

— « Les seniors » ? Vous parlez comme un présentateur de journal télévisé ! Et permettez-moi de vous dire que c'est faux. Dans les Happy Eater, la moyenne d'âge est plutôt autour de six ans. Vous et moi sommes l'exception.

Il regarda l'aire de jeu, bondée à trois heures de l'après-midi. Les gamins s'en payaient une sacrée tranche dans le bac à sable.

— C'est sympa pour les gosses. Pour les parents, aussi.

— Les grands-parents. Les seniors.

Wiggins lui jeta un regard empreint d'une profonde tristesse.

— En somme, vous seriez aussi bien dans un Burger King.

— Wiggins, je serais aussi bien sous la table. La mort des Happy Eater est un événement historique dont l'importance avoisine celle de la bataille de Hastings, mais pourriez-vous cesser un instant de vous étendre là-dessus pour me dire ce que vous avez appris en mon absence ?

Wiggins but son café d'un air sombre.

— Roderick s'est mis à parler de son père. Sir Oswald. Que vous connaissez.

— Exact. C'est même pour cette raison que nous sommes venus jusqu'ici. Qu'a dit Roderick ?

— Il a parlé de l'époque où sir Oswald travaillait à Bletchley Park. Il a dit que tout gosse il trouvait ça génial, que son père ait « cassé » des codes pendant la guerre, un boulot vachement top secret. Ça lui permettait de frimer aux yeux des copains. La guerre, pour les gosses, c'était un vaste terrain de jeu. Ça semble bizarre, mais c'est vrai. Avec ses potes, ils partaient en expédition dans les immeubles encore en ruine, se faisaient chasser des ruines par les îlotiers. Parlant de tout ça, Roderick dit que c'étaient des aventures épatantes. *Hope and Glory* [1]. Ce genre de choses.

— Roderick a dit ça ? Il ne m'a pas donné l'impression d'aimer tellement jouer. Cela dit, je conçois que des gamins réagissent ainsi en temps de guerre. Mais ce qui m'étonne, c'est que Roderick semble fier de son père. Cela ne colle pas avec le portrait que sir Oswald m'en a brossé. Il y a eu une « cassure » entre eux. Roderick lui rend rarement visite.

— Cette cassure a dû coïncider avec l'entrée en scène d'Olivia dans la vie de Roderick. Olivia n'aime

1. Film de 1987 de John Boorman (titre français : *La Guerre à sept ans*), qui raconte la vie de gamins londoniens pendant le Blitz.

pas du tout Oswald. Qui le lui rend bien. C'est à cause d'elle que les relations père-fils se sont refroidies.

Wiggins repoussa son assiette et croisa les bras sur la table.

— Olivia me semble être de ces personnes qui ne supportent pas que les autres entretiennent des relations dont elles sont exclues. Bref, des relations qui échappent à leur contrôle. Elle n'a jamais réussi à contrôler Billy Maples. Ce dernier était très proche du petit Malcolm. Et elle éprouve une aversion non dissimulée pour Malcolm. Autant pour cette raison que pour le fait qu'il est plutôt du genre pénible.

— L'argent ne semble pas être un mobile, c'est tant mieux pour nous. D'après le notaire de la famille, Billy n'a jamais rédigé de testament ; il est mort intestat. Dommage. Cet argent ira dans la poche de son père, qui n'en a certainement nul besoin. Une partie reviendra sans doute à sir Oswald. Mais ses liens de parenté avec Malcolm ne sont pas suffisamment serrés pour que le gamin hérite de quoi que ce soit. Quant à Kurt Brunner, il n'a absolument aucune raison d'hériter puisqu'il n'a aucun lien de parenté avec Maples.

— Il y a un autre aspect de la personnalité d'Olivia Maples qui me hérisse.

— Lequel ?

— Je crois qu'elle se sert des gens, dit Wiggins. Je suis sûr qu'elle a utilisé Billy. Ou qu'elle a essayé.

— Il n'a peut-être pas voulu se laisser faire. Ça l'aura mise en rage.

— Assez pour qu'elle le tue ?

— Je ne sais pas. Je ne pige pas, dit Jury, examinant son café. Le problème, c'est le Klimt.

28

— *La Source sacrée* ! s'exclama Melrose Plant, laissant choir sur les genoux de Jury le livre qu'il était allé chercher à l'étage, sans égard pour celui que le commissaire parcourait.

Pendant ce temps-là, dans la cuisine, Wiggins taillait une bavette avec Mme Jessup, essayant de lui tirer les vers du nez ; mais la conversation tournait davantage autour du thé de l'après-midi que du défunt patron de la gouvernante.

— Encore ! dit Jury après avoir jeté un coup d'œil au livre.

— C'est toi-même qui m'en as parlé.

— Décidément, ça me poursuit. D'ailleurs, c'est Kurt Brunner qui m'a branché là-dessus.

— C'est absolument fascinant. Olivia Maples et le thème du vampirisme.

— Je ne la vois pas en vampire.

Jury balaya des yeux les rayonnages.

— Ah, Henry James… L'écrivain qui, couche après couche, décortiquait les conventions sociales comme on épluche un oignon ? L'écrivain capable de faire tenir tout un monde dans un regard échangé à la table du dîner ? L'écrivain capable de faire deviner, rien qu'à sa façon de se lever de sa chaise, les tendres liens unissant une femme à son vis-à-vis ? L'écrivain…

— Je suis très impressionné !

— Tu as tort.

— Je ne te savais pas une connaissance aussi intime de l'œuvre de Henry James, énonça Melrose, bluffé.

— « Intime » ? Dis plutôt inexistante. J'ai à peine feuilleté ce livre pendant que tu étais là-haut, à farfouiller pour retrouver l'autre.

Et de brandir *La Source sacrée*.

— Mais crois-tu que la situation soit identique dans le cas présent ? Je n'ai jamais rencontré Billy ; je dois me fier à ce que les gens en disent pour me forger une opinion. En tout cas, une chose est sûre : Malcolm l'adorait.

— Malcolm ? Qui est Malcolm ?

— Malcolm Mott, le cousin de Billy. Billy et lui étaient très copains, d'après lui. Il ne peut pas supporter Olivia. Olivia m'a l'air d'être « le » problème dans cette famille. Elle n'est pas tellement plus âgée que Billy. Dix ans d'écart, tout au plus.

— Et revoilà les Brissenden !

Sourire ironique de Jury.

— *La Source sacrée*, c'est un tissu de conneries.

Melrose eut un hoquet et jeta des regards affolés autour de lui, à croire que les fantômes des éminents biographes et critiques jamesiens, ayant entendu ces propos, allaient accourir en masse dans la pièce.

— Un tissu de conneries ? Henry James – Doux Jésus –, des conneries ?

Melrose se plaqua la main sur le front comme pour soulager une migraine naissante.

— Ne sois pas si mélodramatique, pour l'amour du ciel. Ce n'est pas de James que je parlais mais de cette histoire d'échange : ta jeunesse contre mes années. James n'a jamais eu l'intention de…

— Oh, détrompe-toi !

Claques retentissantes sur les accoudoirs de son fauteuil. Melrose jaillit de son siège et alla se camper près de la fenêtre, regrettant de ne pas avoir une montre de gousset à refermer d'un coup sec ou un pince-nez à manipuler fébrilement.

— Tu serais étonné si tu savais ce que James avait en tête quand il écrivait ses histoires.

Jury poussa un soupir et, contemplant Melrose sanglé dans sa veste d'intérieur en velours, se demanda si ce dernier allait pouvoir lui être d'une aide quelconque dans cette affaire.

— Tiens, un exemple, poursuivit Melrose. Est-ce que tu as lu « Le coin plaisant » ?

Il regagna son fauteuil.

— Non. Tout ce que j'ai lu, c'est *Portrait de femme*, *Le Tour d'écrou*, vingt-cinq pages des *Ambassadeurs*, et des nouvelles, qui étaient excellentes. Sinistres, parfois.

— Tu as raison. Dans « Le coin plaisant », le narrateur rencontre son propre fantôme – ou plutôt le fantôme d'un passé qu'il n'avait pas choisi. Brydon, c'est le nom du narrateur…

— Pourquoi me racontes-tu tout ça ?

Melrose marqua une pause. Il avait oublié. Battant le rappel de ses souvenirs, il réussit à retrouver le fil :

— D'après toi, James ne peut pas avoir voulu dire que la jeunesse et l'âge pouvaient faire l'objet d'un échange. L'âge de Grace Brissenden contre la jeunesse de son mari.

— Exact. Le vampirisme de James, il ne faut pas le prendre au pied de la lettre ; c'est comme le gros insecte de Kafka. C'est une métaphore.

— Non, non, non. A moins de donner à la métaphore un sens particulier. Et l'insecte de Kafka n'était pas non plus métaphorique. Gregor était réellement un insecte. Regarde…

Melrose déplaça une coupelle et un stylo.

— Tu es ici, et l'insecte est près de toi.

— Non, si tu permets, c'est toi qu'on va mettre ici et l'insecte près de toi.

— Impossible d'avoir une conversation littéraire sérieuse avec toi.

— Comme si je ne le savais pas !

Et sur un ton différent :

— Tu peux me dire pourquoi tu portes cette veste d'intérieur et tu tripotes ce fume-cigarette ?

Par la fenêtre on pouvait voir la lumière changer.

— Quoi, qu'est-ce qu'elle a, ma veste ? fit Melrose, le nez dessus.

— Rien. Tu es très élégant. Ecoute : je crois que tu devrais faire un saut chez les Maples demain, histoire de voir ce que tu peux dénicher.

— « Faire un saut » ? On ne débarque pas chez les gens comme ça !

— Alors, arrange-toi pour te faire inviter. Mon petit doigt me dit que la maîtresse de maison raffole des titres. Une fois dans la place, j'aimerais que tu fasses quelque chose pour moi : il y a deux toiles dans cette maison qui m'intéressent, un Klimt et un Soutine. Tu t'y connais en peinture ?

— A peu près autant qu'en philatélie. Autant dire que je n'y connais rien.

— Tu ne pourrais pas distinguer un original d'une reproduction ?

— Bien sûr que non, si la reproduction est fidèle. Mais

c'est le but recherché, non, la fidélité ? Qui va s'amuser à accrocher une reproduction si celle-ci a l'air d'un faux ?

— Bon. Quand tu seras chez les Maples, regarde bien le Klimt de l'entrée et le Soutine du séjour. Le Klimt est fixé au mur par des boulons…

— Tu m'étonnes ! Bon Dieu, une toile de Klimt, ça vaut une fortune.

— Justement, c'est là le mystère. Roderick Maples m'a dit que c'étaient des reproductions. Alors que d'après Malcolm…

— Encore ce Malcolm !

— Billy lui a confié que c'étaient des originaux.

— Alors pourquoi…

— Je ne sais pas. Le Soutine, plus petit, est accroché près de la cheminée. Je veux que tu en regardes le dos pour voir s'il n'y a pas une inscription quelconque…

— Ça, c'est génial ! Je m'approche du mur, je dis : « Je crois que je vais prendre celui-là. » Et je le décroche. Après un coup pareil, sûr que je vais devenir un habitué des lieux. Qu'est-ce que je suis censé trouver ?

— Je l'ignore. Mais je suis persuadé qu'il y a un lien entre ces toiles et la générosité de Billy envers les artistes et cette galerie.

— Bon, je vais essayer.

Melrose se leva.

— Et maintenant, si on allait dîner ? Je suis plutôt accablé par tout ça.

Jury se mit debout à son tour.

— Malcolm l'était, lui aussi, accablé.

— Quoi ? dit Melrose, parti chercher les manteaux.

— Fais-moi plaisir : va les voir.

29

A quoi s'attendre, quand on faisait la tournée des pubs avec Plant, sinon à une migraine carabinée le lendemain matin ?

Jury laissa choir deux comprimés d'aspirine dans son jus d'orange avant d'avaler un thé si costaud que c'est tout juste si la tasse ne se précipita pas toute seule sur le téléphone.

Tenant ladite tasse, Jury alla répondre.

— Il faut qu'on parle, déclara l'inspecteur Aguilar.

— Bonjour. Tu dis ça tout le temps. Et on finit toujours par n'en rien faire.

Soupir.

— Pas tout le temps ; et toujours, c'est vrai.

Jury sourit. On aurait dit Carole-Anne : l'intonation, la syntaxe.

— On peut se retrouver ?

— Bien sûr. A Piccadilly Circus ?

Bref silence au bout de la ligne. Puis :

— Est-ce ma faute si on n'arrive pas à être seuls, toi et moi, dans la même pièce ?

— Oui.

— Oh, merde. Rejoins-moi au QG. Tolpuddle Street.

— Je sais où…

Elle avait déjà raccroché.

Elle le conduisit dans l'une des salles d'interrogatoire. Dans le couloir, en la suivant, il lui sembla ressentir ce que les suspects devaient éprouver. Elle ferma la porte derrière eux.

— J'ai là le compte rendu de ton toubib…

— Techniquement, le Dr Nancy n'est pas mon médecin.

Elle le fixa comme si elle avait affaire à un enfant décidé à faire sa tête de mule.

— Bon, ça va, Richard. Voyons, distance de tir… D'après la balistique, la balle a été tirée à quelque quatre-vingt-dix, cent vingt centimètres de distance. Très peu de résidus. Etant donné le trajet de la balle et l'angle de tir, le tireur était probablement de la même taille que la victime.

— « Probablement », c'est le mot important.

— Je me disais… Tu t'es entretenu avec Kurt Brunner ?

— Oui. Il y a deux jours. A Rye.

— Tes conclusions ? Tu crois toujours qu'il pourrait avoir fait le coup ?

— Je ne sais pas. Il va falloir que je lui reparle. Mais n'oublions pas une chose : Kurt n'aurait sans doute pas pris rendez-vous avec Billy pour le voir.

— Ce n'est pas la première fois que je t'entends faire cette remarque. Cela étant, Brunner s'est peut-être contenté de dire : « On se retrouve au Zetter un peu plus tard. » Pas exactement ce qu'on peut appeler un rendez-vous.

— Peut-être pas. Revenons-en à la veste. Billy ne l'aurait sans doute pas gardée pour dîner. Mais s'il l'a ôtée et qu'il l'a remise ensuite pour accueillir un visiteur, il est peu probable que ce dernier ait été Brunner, non ? Billy n'aurait pas fait autant de chichis pour Brunner.

— Surtout, Brunner est probablement trop grand pour tenir l'arme et tirer selon l'angle indiqué dans le rapport.

— « Probablement », encore une fois, le mot important. Je vais tâcher de voir ça avec Phyllis.

Lu examina de nouveau les feuillets.

— Du travail sérieux. Sûrement un très bon médecin légiste, cette femme.

— En effet.

Les yeux baissés sur les feuillets qu'elle rassemblait, Lu poursuivit :

— Longtemps que tu la connais ?

— Oui, dit Jury, attendant la suite.

— Et très séduisante.

Toujours sans regarder Jury, elle tapota les feuilles sur la table pour les remettre en ordre.

— Exact.

— Est-ce que c'est une très bonne amie… Oh, mais c'est pas mes affaires, après tout.

— Pourquoi donc ?

— Quoi ? dit-elle, écarquillant les yeux.

Ce n'était pas la réponse qu'elle attendait.

— Comment ça, « pas tes affaires » ?

— Eh bien… ça ne me regarde pas. Et elle, ça l'intéresse, tu crois, de savoir ce que je suis pour toi ?

— Aucune idée. Je vais lui poser la question.

— Surtout pas ! Je veux dire, je m'en fiche. Je me

disais juste que si je m'interroge à son sujet, il y a des chances qu'elle s'interroge au mien, si tu vois ce que je veux dire.

Jury se mordait l'intérieur de la joue de peur de perdre son sérieux.

— Non, justement, je ne vois pas. Et toi, tu vois ce que tu veux dire ?

Regard noir.

— Oh, ne fais pas le malin !

Les pommettes rouges, elle rafla le dossier et, telle une furie, sortit de la pièce dans une envolée de cheveux sombres, le laissant planté là.

Lorsqu'elle fut hors de portée, il éclata de rire, s'étouffant presque.

30

Alors que Melrose atteignait l'extrémité de la longue allée menant à la demeure des Maples, il remarqua un jeune garçon debout près d'un éclatant massif de fleurs : des tulipes qui venaient tout juste de s'arracher à l'emprise de l'hiver. Un fox-terrier se tenait aux pieds de ce jeune garçon. Melrose freina, s'apprêtant à descendre de voiture sous l'œil observateur du gamin et de son chien.

Quel âge pouvait-il avoir, ce garçon ? Douze, treize ans ? Difficile de donner un âge aux enfants, de nos jours ; vêtus des mêmes fringues de marque que leurs père et mère, ils ne semblaient guère disposés à s'attarder dans la case « enfance ». Les parents fréquentant les mêmes lieux branchés, fumant les mêmes pétards, leur progéniture se retrouvait finalement à vingt et trente ans sans aucun endroit nouveau où aller, sans rien de nouveau à faire.

L'animal et son maître semblaient statufiés. Melrose, au sortir de sa voiture, leur lança un bonjour guilleret. Il n'obtint ni un mot ni un aboiement. Se pouvait-il qu'ils fussent muets ? Ils en avaient eu, des visites, après le décès de Billy Maples. D'abord le sergent Chilten ; puis

Jury ; et maintenant, lui-même. Tournant le dos au silence, il gravit les marches du perron.

La bonne le fit entrer et lui demanda de patienter pendant qu'elle allait chercher Mme Maples, qui n'en aurait certainement pas pour plus d'une demi-minute à descendre. S'il ne lui fallait qu'une demi-minute pour le rejoindre, pourquoi n'était-elle pas déjà là pour l'accueillir ? Il était arrivé pile à l'heure.

Ces quelques secondes ne seraient pas perdues ; il allait les mettre à profit pour regarder de près le tableau qui lui avait accroché l'œil à l'instant où il était entré. Un tableau éblouissant, un déluge d'ors. Un Klimt dans toute sa gloire. Une beauté à la chevelure de nuit en occupait le centre, drapée dans un vêtement qui faisait corps avec le fond de la toile. Des couleurs vibrantes, pailletées. Le tableau était grand et très solidement fixé au mur. Il l'examina de loin, se rapprocha. Mais qui était-il pour trancher ? Décider s'il s'agissait de l'original ou d'une reproduction ? Le portrait de Henry James à Lamb House. Si quelqu'un lui disait : « Oui, c'est l'original de John Singer Sargent », comment saurait-il si c'était vrai ?

Ce n'était pas la simple observation de la toile qui allait lui permettre de se prononcer.

Olivia Maples était une femme séduisante d'une cinquantaine d'années, aux cheveux bruns, dont le teint – diaphane – paraissait devoir sa fraîcheur à la seule rosée. Elle portait une robe de cachemire d'un bleu profond rigoureusement assorti à celui de ses yeux. Il la soupçonna d'avoir un placard rempli de fringues bleues.

— Vraiment navrée, lord Ardry, de vous avoir fait

attendre, dit-elle en pénétrant dans le séjour où la bonne l'avait finalement conduit.

Menteuse. Avec un sourire, il prit la main qu'on lui tendait.

— Ne vous excusez pas.

— Mon mari va descendre dans une minute. Je vous offre du thé ? Ou quelque chose de plus fort ?

— Oh, de plus fort.

Elle s'approcha d'une table-bar installée entre deux hautes fenêtres. Ladite table croulait sous les bouteilles et les carafes. Ces gens-là, quand ils prenaient un verre, ne faisaient pas semblant.

— Whisky ? Vodka ? Martini ? Mes martinis sont parfaits.

— Je n'en doute pas.

Melrose était assez déconcerté par son attitude, qui ne trahissait en aucune façon les sentiments qu'avait pu lui inspirer le meurtre de son beau-fils.

— Whisky, s'il vous plaît.

Elle prépara les drinks dans un petit tintement de bouteilles et de verres.

Elle lui apporta son whisky et prit place à l'autre bout du canapé, tournée vers lui pour mieux le voir. Elle buvait à petites gorgées – vodka, gin, martini ? – tout en l'observant par-dessus le bord de son verre. Est-ce qu'elle flirtait ? Difficile à dire.

— Nous vous sommes très reconnaissants d'avoir pris la succession de Billy à Lamb House. Cela va nous éviter bien des tracas. Les Monuments historiques se sont montrés très compréhensifs, bien sûr. N'empêche qu'il leur faut quelqu'un sur place en attendant que les nouveaux occupants prennent possession des lieux.

— Ne me remerciez pas. C'est un plaisir. J'ai

toujours voulu visiter Lamb House mais je ne m'y suis jamais résolu. On ne s'y résout pas.

Et d'enchaîner, après cette constatation sibylline dont il était le premier à ne pas pénétrer le sens :

— Je suis sincèrement navré pour votre fils. Vous avez suffisamment à faire sans avoir à vous occuper de cette histoire de bail.

— Beau-fils, corrigea-t-elle. Billy était mon beau-fils. Non que je n'aie éprouvé…

Sa phrase demeura en suspens.

— Ça nous a démolis, mon mari et moi, conclut-elle en sirotant sa boisson.

Si Olivia n'était pas le moins du monde « démolie », cela ne signifiait pas pour autant qu'elle ne ressentait rien. Il se demanda ce qu'elle éprouvait au juste. Il était difficile de la « lire ». Son visage au teint si frais, si lisse, était impénétrable.

— Lamb House est très agréable, dit Melrose, qui enchaîna tout naturellement : Savez-vous ce qui a décidé votre beau-fils à s'y installer ?

Elle s'appuya contre l'accoudoir du canapé.

— Billy n'était pas du genre à se confier.

C'était pourtant ce qu'il avait fait, au prêtre dont Jury lui avait parlé. En outre, la simple annonce d'une envie de changement méritait-elle le nom de « confidence » ? Billy n'était pas parti effectuer une mission top secret, que diable. Sa destination était connue de tous.

Melrose se demanda quel genre de vie avait pu mener cet enfant ; et, dans la foulée, pourquoi il venait d'utiliser ce terme en parlant de Billy. Il lui semblait percevoir un monde de tristesse dans l'histoire de Billy Maples.

— Votre beau-fils était peut-être un grand admirateur de Henry James.

— Probable. En tout cas, Kurt Brunner est un admirateur de James, c'est certain.

C'est sur ces mots que la porte s'ouvrit, livrant passage à Roderick Maples. Melrose se leva et s'empara de la main tendue tandis qu'Olivia faisait – bien inutilement – les présentations.

— Je disais justement à lord Ardry qu'il nous a ôté un poids considérable des épaules.

— Absolument.

Roderick y alla d'un mouvement de tête, raide, certes, mais dénué de grossièreté. Il semblait simplement avoir du mal à imprimer sur ses traits quelque chose qui aurait pu passer pour de la chaleur.

— Merci, monsieur Plant.

Contrairement à sa femme, Roderick faisait dans la sobriété. Il s'approcha de la table-bar, se servit un whisky, fit cul sec, s'en servit un autre.

Olivia le regarda faire sans un mot.

Melrose en profita pour chercher des yeux le Soutine. Ah, là, à droite de la cheminée.

Roderick se laissa tomber dans un fauteuil. Il était grand et, malgré son âge, plutôt beau dans le genre patiné – un cartable dont le cuir a bien vieilli.

— Lord Ardry me demandait si Billy était un fan de Henry James…

Aucune émotion dans la voix à l'énoncé du prénom.

— … et pourquoi il s'est installé à Lamb House.

Clairement, elle faisait le maximum pour que son mari sache ce qui s'était dit en son absence, et ne gaffe pas.

— Billy aimait les livres, dit Roderick après

réflexion. Il les adorait, je dirais. Ils étaient pour lui un réconfort. Etes-vous un spécialiste de James, vous-même ?

Roderick semblait avoir oublié le but de la visite de Melrose.

— En aucun cas.

Flûte ! N'était-il pas censé écrire un bouquin sur Henry ?

— Un spécialiste, c'est un bien grand mot. Je fais des recherches, je projette d'écrire un livre, c'est tout.

— C'est déjà beaucoup ! s'exclama Olivia dans un rire.

— Kurt Brenner est un véritable fan de James, lui. Incollable. Vous l'avez rencontré, non ?

Melrose fit signe que oui tandis que Roderick, calé dans son fauteuil, contemplait le plafond aux quatre coins duquel s'ébattaient des chérubins.

— Peut-être est-ce pour cela que Billy s'est installé à Lamb House. Un type intéressant, Brunner, dit Roderick, plissant le front comme s'il venait seulement de se rendre compte de la chose. Allemand. De Munich. Ou de Berlin ? Je vous ressers ?

Il s'était levé et s'emparait du verre de Melrose. Il prit celui d'Olivia et se dirigea vers la table-bar.

— Vous connaissiez déjà Rye ? s'enquit poliment Olivia.

— Non. Le peu que je connais, je l'ai découvert en m'y installant.

Pourvu que la conversation ne sombre pas dans une évocation de la région environnante.

— Kurt Brunner m'a fait un peu visiter le coin. Un type intéressant, Brunner, comme vous le disiez à l'instant. Que va-t-il faire maintenant ?

— Aucune idée, dit Olivia. Retourner en Allemagne, peut-être.

S'il ne tenait qu'à elle, elle l'expédierait sur-le-champ à Berlin. Voilà tout ce qu'elle éprouvait pour un homme qui avait été le secrétaire-assistant et l'ami de leur fils pendant cinq ans. Peut-être que Roderick, lui, garderait Kurt Brunner à son service afin de lui soutirer jusqu'aux moindres bribes de détails sur Billy.

Melrose eut le cœur serré pour Billy. Il ne semblait pas que ces deux-là l'aient eu en grande affection. Une nouvelle de James qu'il avait lue lui revint en mémoire : « Le banc de la désolation ».

Personne ici n'était assis dessus. Pourquoi ?

Mais, bon Dieu, ce n'était pas la découverte du siècle ! Les enfants qui n'avaient pas d'atomes crochus avec leurs parents, cela courait les rues.

Il était placé de telle façon sur le canapé qu'il avait vue sur les hautes fenêtres flanquant la table-bar. Ce n'était pas le cas de ses hôtes – qui lui faisaient face. C'est ainsi qu'il aperçut derrière la vitre le visage du gamin qu'il avait vu dehors en arrivant.

Tandis qu'Olivia et Roderick continuaient de l'entretenir de la région, de l'étrangeté de Rye, de l'histoire de Hastings, Melrose regarda le jeune garçon. Ce dernier avait dans l'œil quelque chose de décidé – mais sans hostilité. Melrose ne détestait pas croiser le fer avec des regards farouches, mais il ne parvint ni à faire baisser les yeux à son adversaire, ni à le faire déguerpir.

— Quelque chose qui cloche, monsieur Plant ?

— Hein ? Non, non.

Olivia esquissa un mouvement du buste afin de voir ce qui se passait mais elle n'avait pas fini de pivoter que le visage à la fenêtre avait disparu. Elle interrogea son visiteur du regard.

— Il y avait quelque… quelqu'un dehors, m'a-t-il semblé, bafouilla Melrose.

Voyons, pourquoi ne pas lui avoir dit ce qu'il avait vu ? Il n'en savait rien. La seule explication, c'est que, chaque fois qu'il avait affaire à des enfants, qu'il s'efforçait de ne pas se laisser happer par le tourbillon de l'enfance, il échouait. Il y avait en lui quelque chose qui incitait les enfants à faire preuve de condescendance à son égard. Il se plaisait à se considérer comme un adulte avec lequel les bambins pouvaient se mesurer. Alors qu'en réalité il était davantage un phoque qu'ils s'efforçaient de dresser. Avec lui, les chers petits en faisaient des tonnes dans la condescendance. Melrose, les gamins le fixaient sans vergogne. Alors que mis en présence d'autres adultes ils filaient dans la nature sans demander leur reste.

Roderick se retourna à son tour.

— Malcolm, sans doute.

La voix de Jury résonna dans la tête de Plant : « Tu devrais parler à Malcolm. »

Il avait oublié de préciser à Melrose que Malcolm était un enfant. Au ton de Roderick, il était facile de deviner que Malcolm n'était pas le sien ni celui d'Olivia.

— Qui est Malcolm ?

— Notre neveu, dit Olivia. Le fils de ma sœur. Elle traverse une période difficile. Voilà deux ans maintenant que Malcolm est avec nous.

Roderick s'esclaffa.

— Deux ans, « une période » ? Voilà un tableau joliment brossé, Olivia.

Et voilà aussi qui tombait à pic !

— A propos de tableau, je n'ai pas pu m'empêcher de remarquer le magnifique Klimt, dans le hall.

Faible sourire de Roderick.

— Très réussi, n'est-ce pas ? C'est une reproduction, bien sûr. Si c'était l'original, il atteindrait des millions.

Il braqua les yeux vers la cheminée.

— *Idem* pour ce Soutine. Pas aussi extraordinaire que le Klimt, mais pas mal tout de même.

— Bluffant, commenta Melrose. J'ai bien cru que votre Klimt était l'original quand j'ai vu comment il était fixé au mur.

Rire de Roderick.

— Rien à voir avec sa valeur, mon vieux. Il est assez lourd, il n'arrêtait pas de dégringoler.

— Vous permettez que je regarde de plus près le Soutine ?

Sans attendre la permission, Melrose gagna d'un bond la cheminée.

— Certainement, certainement, dit Roderick.

Authentique ou non, c'était un paysage d'orage. Arbres torturés surplombant une maison croulante. Melrose pensa à Van Gogh. La violence du trait, les couleurs vibrantes, l'impression de désolation.

— Vous permettez que je le décroche pour l'examiner à la lumière ?

Roderick marqua cette fois une pause non négligeable. Mais c'était un petit tableau et il n'y avait pas de raison – laquelle, sinon ? – de refuser.

— Je vous en prie. Mais faites attention.

Melrose le décrocha avec précaution et s'approcha de la fenêtre. Il étudia un instant le tableau, fit courir son doigt sur le cadre, puis, comme par accident, il le retourna deux secondes avant de le regarder de nouveau et d'aller le remettre en place.

Il avait pu distinguer une sorte de marque à l'encre au dos de la toile. Impossible de dire de quoi il s'agissait.

Roderick, que l'alcool avait fini par rendre loquace, parlait de Malcolm. Melrose supposa du moins que ce n'était pas de sa personne qu'ils s'entretenaient, sa femme et lui.

— … un chieur ! Toujours à faire la tête, il démolit tout ce qu'il touche, et son chien… il faut voir comment il traite ce pauvre chien, disait Roderick.

Un cadeau, en somme, songea Melrose.

— … il l'attache avec une corde et le hisse sur le mur du jardin !

— Il n'a que douze ans, Roddy.

— Au train où ça va, il soufflera ses vingt bougies ici !

— Peut-être que ses parents lui manquent, glissa Melrose, tout surpris de manifester un soupçon d'empathie.

— Bizarrement, poursuivit Roderick, il a accepté de parler à votre ami policier.

— Le commissaire, précisa Olivia.

— Ah, oui, le commissaire Jury a un don avec les enfants.

Sans lui laisser le temps de poursuivre, Roderick dit :

— Je me demande ce que ce gamin a bien pu lui raconter d'intéressant.

Le pli du front de Roderick s'accentua : la question le préoccupait.

— Voyons, Roddy, Malcolm s'entendait très bien avec Billy. Il adorait Billy. C'était peut-être même la seule personne qu'il aimait.

Elle balaya la pièce des yeux comme en quête du disparu.

— Mon fils avait le don avec les enfants, lui aussi. Je n'ai jamais compris comment il faisait. Parce que, avec les adultes, il n'était vraiment pas doué.

Roderick se passa une main sur les yeux, pour effacer peut-être une larme naissante.

Melrose reposa son verre.

— J'aimerais assez faire un tour de jardin. Une des choses que j'apprécie le plus à Lamb House, c'est le jardin. J'ai une passion pour le jardinage.

Oh, la ferme ! Tu vas encore tout flanquer par terre !

— Ça ne vous ennuie pas ?

Ils firent tous deux signe de la tête que non. Pourquoi cela les aurait-il ennuyés ? Un visiteur excentrique – et de surcroît titré – leur rend visite, décroche les tableaux du mur puis les plante là pour s'en aller faire un petit tour dehors ? Pourquoi s'en formaliser ?

— Nullement, lord Ardry, dit Olivia. Mais faites attention si vous croisez Malcolm.

— Oh, d'accord, laissa tomber Malcolm du haut du mur de brique.

Et avec un profond soupir, il entama la descente en compagnie de Waldo.

D'accord pour quoi ? Melrose n'était pas venu lui intimer l'ordre de rentrer prendre son thé. Puis il comprit que Malcolm lui signifiait qu'il était partant pour une démonstration de descente. Melrose y assista, fasciné malgré lui. Le fox-terrier avait un foulard rouge et bleu attaché autour de la taille et, fixées au foulard, plusieurs longueurs de corde.

L'animal, faute de pouvoir trouver des prises pour ses griffes, oscillait de-ci de-là, tantôt heurtant la brique, tantôt non. Le gamin avait enroulé la corde autour de sa taille avant de la faire passer par-dessus son épaule, singeant sans doute les alpinistes. L'autre extrémité de la corde avait été fixée à la vigoureuse branche d'un chêne. Le chien toucha le sol le premier, suivi de son maître.

Sous le regard laser de Malcolm, Melrose se présenta :

— Je suis lord Ardry. Ça va ?

— Et moi, Gene Autry. Ça pourrait aller mieux.

Melrose recula d'un pas.

— Gene Autry ? Impossible de t'en souvenir, à ton âge. Ce cow-boy à la voix éraillée ? Ce vieux schnoque !

— Billy a des disques de lui. On les écoutait.

Melrose ne put s'empêcher de trouver poignant le fait que Malcolm suppose que le monde entier savait qui était Billy.

— Et tu chantes, toi ?

Malcolm rejeta en arrière ses cheveux bruns mal coupés et ne souffla mot.

Melrose se dit que ça l'aiderait peut-être s'il mentionnait Jury.

— Tu n'as pas rencontré un ami à moi l'autre jour… un policier ?

Malcolm parut se radoucir mais sans pour autant quitter son air soupçonneux.

— Le policier de Scotland Yard ?

— Celui-là même. Je suis vraiment navré pour Billy Maples. C'est terrible ce qui est arrivé. J'habite chez lui à Rye en ce moment…

— C'est vrai ?

— Oui. En attendant l'arrivée du nouveau locataire. Tu es allé rendre visite à ton cousin, là-bas ?

— Deux fois, acquiesça Malcolm.

Il fixa le lointain.

— Il y avait un écrivain qui habitait là-bas, dans le temps.

Melrose trouva, sans pouvoir se l'expliquer, que cette remarque reflétait une tristesse insondable. Comme si quelque chose – dans son existence et dans celle de Malcolm – se trouvait résumé et liquidé. Mais il ignorait quoi.

— Que faisais-tu, là-bas ?

Melrose attendit une réponse qui ne vint pas.

— J'aime beaucoup le jardin. Avec ce grand mur autour.

Silence toujours de Malcolm.

— Tu ne détaches pas le chien ?

— Non. On va peut-être faire encore un peu de rappel.

— Ça ne l'embête pas ?

Waldo n'avait pas l'air d'un animal que quoi que ce soit embête. Melrose n'avait jamais vu un chien aussi placide.

— Non. Il aime bien.

— Qu'est-ce qui te permet de dire ça ?

— On l'entend jamais aboyer ou grogner, si ?

— Il se dit peut-être que ça ne servirait à rien de protester.

Malcolm examina Waldo.

— Pourquoi il se dirait ça ?

— Parce que tu es quelqu'un de très déterminé.

Melrose n'était pas peu fier de son analyse, mais cela ne le mena nulle part.

— Tu escaladais également le mur à Lamb House, avec Waldo ? Ton cousin aimait peut-être l'escalade, lui aussi.

Regard peiné de Malcolm.

— Oui. Et il aimait marcher dans la réserve naturelle. Il aimait les oiseaux, toutes sortes d'oiseaux. Y a que là qu'on en voit. Des pluviers, des grèbes.

Ils gardèrent le silence un instant puis Malcolm risqua :

— Ça veut dire quoi, mourir intes…

— Intestat ? Sans avoir fait de testament. Ça veut dire que ses biens vont à la Couronne ou au parent le plus proche. Ou les deux.

— Quoi ? Non. C'est pas vrai, vous inventez.

— Pourquoi ferais-je une chose pareille ? Je n'hérite pas de l'argent de ton cousin.

— Et son appartement de Chelsea ?

— Je n'en hérite pas non plus.

Malcolm allait répondre quand on les appela.

Melrose remercia la bonne qui lui avait apporté son manteau.

Roderick se tenait avec lui près de la porte. Aucun signe d'Olivia.

— Taillé une bavette avec Malcolm ? Pas une partie de plaisir. Malcolm est dur à la détente.

— Moi aussi, rétorqua Melrose, tendant la main pour prendre congé.

Roderick la prit et la serra non sans éclater de rire.

31

Jury avait toujours aimé cette partie de Chelsea, entre Fulham Road et King's Road. Les grilles des maisons croulaient plus qu'ailleurs sous le violet profond des clématites. Les cornouillers y fleurissaient plus dru. Les branches des saules pleureurs avaient un aspect plus délicat. Un printemps perpétuel semblait s'être installé dans ce quartier.

La maison de Rose Ames, tout en briques rouges, dans Bury Walk, devait valoir au bas mot un million de livres avec son jardin en façade et son jardin de derrière ; l'ensemble était ceint d'un mur de pierre lui assurant le maximum d'intimité qui se puisse trouver à Londres.

L'allée pavée menant à la porte d'entrée rutilait sous le soleil de l'après-midi ; et malgré tout, un gamin y passait le balai. Non loin, un jardinier s'affairait, penché sur un massif de primevères. Jury se demanda combien de domestiques Rose Ames avait à son service.

Aussi, lorsqu'elle ouvrit la porte, vêtue de noir, il supposa avoir affaire à une domestique très âgée, impeccable, sans un cheveu qui dépasse, une gouvernante peut-être, et automatiquement il demanda à parler à Mme Rose Ames. D'abord surpris de découvrir qu'il était en présence de cette dame, il se dit plus tard que cela n'avait rien de surprenant, Rose Ames n'étant guère du genre à apprécier les intermédiaires, et pas du genre non plus à se soucier du protocole ou de son image. Directe, elle offrit par politesse une tasse de thé à Jury. Lequel refusa d'un « Merci, j'ai eu ma dose pour aujourd'hui » qui amena un léger sourire sur les lèvres de Rose Ames.

— On n'en boit jamais assez, à mon avis.

Ah, Wiggins, que n'êtes-vous là…

— Mon sergent vous adorerait, madame Ames.

Elle ne parut pas se formaliser mais ne réagit pas. Trêve de plaisanteries.

Jury avait élu domicile sur un fauteuil recouvert d'un chintz exubérant – violettes, hortensias et roses mêlés à des pampres de vigne. Le coton glacé était si lisse, si soyeux, qu'assis au bord du siège, les coudes sur les genoux, il faillit glisser et se retrouver par terre.

— Il s'agit de votre petit-fils, madame Ames. Billy.

Il n'aurait su expliquer pourquoi il ne s'était servi que de son prénom pour parler de Billy Maples. Comme s'il le connaissait, ou s'il la connaissait, elle. Peut-être avait-elle le don de rappeler à de parfaits étrangers des gens qu'ils connaissaient ou avaient connus mais n'arrivaient plus très bien à situer. Jury se demanda qui Rose Ames lui rappelait. La vieille dame de cet atroce hôtel de retraités… à South Shields, non ? Quelque part dans le Tyne et Wear. L'Emily Croft d'un âge avancé qui lui avait remis en mémoire le fait que « la mort est toujours avec nous » ? Oui, des femmes comme celles-là apparaissaient par intermittence dans son existence ; pas toutes fabriquées d'après le même moule mais présentant cependant des ressemblances étonnantes. Songeant à lady Cray, il sourit.

Rose Ames attendait avec un calme troublant, un regard fixe, un refoulement de sentiments inquiétant. Sans doute ne se lâchait-elle que dans le choix du tissu de ses housses de fauteuil et de canapé.

De nouveau, il sourit, avant de se souvenir qu'elle était en deuil.

— Billy, dit-elle pour le remettre sur les rails.

Et elle inclina la tête.

— Je suis désolé.

— Vous êtes de Scotland Yard.

Lui rafraîchissant cette fois encore la mémoire.

— J'ai eu la visite d'un autre policier. Un certain Chilten. Il était accompagné d'une femme. Aligar ?

— Aguilar.

— Du commissariat d'Islington. C'était elle, le chef, je crois. Terriblement efficace. Féroce, même. Je n'aimerais pas qu'elle en ait après moi.

— Moi non plus.

— Pourquoi le Yard s'intéresse-t-il à l'affaire ?

— Il se trouve qu'ils m'ont demandé mon aide. C'est moi qui ai été appelé en premier sur les lieux, voyez-vous, parce que celui qui a trouvé le… qui a trouvé Billy est un ami à moi. Il m'a téléphoné aussitôt.

De nouveau, elle inclina la tête. Mettant ces données bout à bout comme on enfile des perles pour en faire un collier.

— Mais c'est un jeune garçon qui a trouvé Billy. Un gamin de douze, treize ans, non ?

Jury hocha la tête.

— Et ce gamin est un ami à vous ?

Il s'en voulut d'avoir laissé échapper ce détail, se mit à faire des yeux le tour de la pièce.

Mais elle s'était carrée bien droite dans le canapé au milieu des violettes et des roses avec un sourire plutôt amusé. Apparemment, l'idée de cette amitié lui plaisait. Un policier de Scotland Yard – un commissaire, s'il vous plaît ! – aussi bizarre méritait sinon qu'on lui fasse pleinement confiance, du moins qu'on se donne la peine de l'écouter. Elle se mit à balayer la pièce des yeux, sans doute pour lui tenir compagnie. Bien qu'écrasée par un réel chagrin s'il fallait en croire ses vêtements sombres, ses yeux battus, sa pâleur, elle arrivait encore à s'intéresser à autrui.

— Je suis sincèrement navré, madame Ames, j'ai quelques questions à vous poser.

— Très bien.

De ses longs doigts minces, elle tira sur la manche noire de sa robe.

— Vous vous entendiez bien avec Billy ?

— Très bien, mais pas toujours. Il lui arrivait d'être trop… impulsif, et je lui en faisais la remontrance. Il me trouvait sévère.

— Comment ça, impulsif ?

— Par exemple, il donnait de grosses sommes d'argent à des peintres. Lesquels en avaient, bien sûr, grand besoin. Vu qu'ils ne travaillent pas.

Jury eut envie de rire. Il s'abstint, ne sachant si c'était du lard ou du cochon.

— Ces peintres ne sont pas des gens qui travaillent ?

— Pas d'après les échantillons que j'ai pu voir. La galerie que Billy subventionnait se spécialise dans les portraits de bovins. Et ils exposent aussi un peintre daltonien qui se prétend dans la mouvance de Mark Rothko. Etes-vous allé y faire un tour ?

— En effet. La galerie Melville. Je me demande comment j'ai pu rater le « à la manière de » Rothko. En revanche, j'ai vu les vaches. Si ce sont là les artistes que Billy soutenait financièrement, je comprends que vous pensiez qu'il jetait son argent par les fenêtres. Mais je doute que ce soit à ceux-là qu'il s'intéressait.

— Quoi qu'il en soit, je lui ai dit que c'était de la folie de donner de l'argent à des individus incultes tout juste capables de produire des croûtes à la chaîne. Il m'a rétorqué que c'était son argent et qu'il en faisait ce qu'il voulait.

— Il n'avait pas tout à fait tort.

— Sans doute. Seulement cet argent lui venait en grande partie non de sa mère, mais de son grand-père. Mon mari, James. Et cela m'agaçait prodigieusement de voir Billy le gaspiller.

Elle se pencha vers Jury.

— Si encore il avait soutenu le futur Manet ou même le futur David Hockney… Là, j'aurais applaudi.

— Et vous n'auriez pas été la seule. Mais les Manet et les Hockney, ça ne se trouve pas sous le sabot d'un cheval.

— Vous avez raison. C'était trop demander.

Jury réfléchit.

— Vous pensez qu'il s'intéressait à un peintre en particulier ?

— Cela me semblerait logique, non ? Il fallait que ce peintre, outre ses mérites sur le plan artistique, représente quelque chose pour Billy.

Jury croisa le regard des yeux gris, considéra sous ces yeux les traces de larmes – ou d'allergie.

— Cet artiste était donc, d'après vous, un ami… un proche de Billy ?

— Voyons, commissaire, allez-y carrément ! Une lopette, c'est ça ? Je l'ignore. Pour ma part, j'ai toujours pensé que ces jérémiades sur l'art étaient le propre de ce genre de personnages. Cela dit, peut-être que Billy avait un faible pour lui, je n'en sais rien.

— Et vous n'aviez rien contre ?

— Quelle différence cela aurait-il fait si ç'avait été le cas ? Vous vous posez la question de savoir si je trouve ce comportement déplacé ? Oui, c'est possible. Mais l'orientation sexuelle d'un individu est de l'ordre de l'inné, n'est-ce pas ? Pas le fait de gaspiller l'argent. Le gaspillage est une tendance acquise. Et ça, ça peut se corriger.

— Vous est-il arrivé de rencontrer des amis de Billy ?

— Une fois, oui. Il est venu ici accompagné d'une femme extrêmement séduisante. Anjelica, non, Angela.

— Et vous croyez toujours qu'il ait pu être gay ?

— Elle lui servait peut-être de couverture. Ou alors Billy était à voile et à vapeur.

Elle câlina du bout des doigts le chintz de l'accoudoir. Jury étouffa soigneusement un rire.

— Pourquoi a-t-il rompu avec elle, à votre avis ?

Rose écarquilla les yeux. S'appuya de nouveau contre le dossier du canapé, cherchant refuge parmi les fleurs.

— Aucune idée. Cela dit, j'ai été étonnée qu'il s'intéresse à elle, elle avait bien dix ou quinze ans de plus que lui.

Elle parut prendre une décision.

— Monsieur Jury, il me faut absolument une tasse de thé. C'est ça ou je me mets à hurler. Voulez-vous me suivre à la cuisine ? Nous pourrons continuer à parler pendant que je mets la bouilloire à chauffer.

— Avec plaisir.

Quel dommage que Wiggins ne soit pas là ! Pour Wiggins, un petit tour à la cuisine était aussi requinquant qu'une ligne de coke pour une rock star. Il sortit du séjour sur les pas de Rose Ames.

La cuisine était magnifique. Accrochées à un rail, les casseroles de cuivre luisaient. Elle remplit une bouilloire en cuivre ancienne et cabossée et la posa sur la cuisinière. Une somptueuse cuisinière Viking.

— Je m'étonne que vous n'ayez pas de domestiques – ne serait-ce qu'une cuisinière.

— Oh, mais j'en ai. Dieu seul sait où ils sont allés se fourrer. Ce sont des souris. Ils se débrouillent toujours pour filer quand on a besoin d'eux. Je me promets régulièrement de les renvoyer mais je suis paresseuse. Il faudrait que je les remplace et, comme vous le savez, c'est tellement de tracas… Billy avait la chance d'avoir une cuisinière convenable, bien qu'elle ne soit pas aussi douée qu'elle se l'imagine.

Elle avait chuchoté cette dernière remarque.

— Mme Jessup ?

— C'est son nom ? Je passe mon temps à l'appeler « Miss Jessel ». L'influence de Henry James, bien sûr. Mais c'est normal quand on a un petit-fils qui a élu domicile dans la maison de James.

Jury s'appuya contre le chambranle de la porte tout en la regardant ouvrir la boîte de thé puis verser la quantité voulue dans une théière en terre.

— Cette femme ne peut pas me voir en peinture.

Elle eut un haussement d'épaules fataliste et poursuivit :

— Sans doute parce que j'ai critiqué sa cuisine. Je suis allée déjeuner à Lamb House, un dimanche, il y a de cela un mois. Elle nous a servi un superbe gigot d'agneau… saignant. Le saignant est à la mode, je sais. Les restaurants de nos jours ont tendance à privilégier le cru dans tous les domaines.

Elle rassemblait sur un plateau sucre, tasses et soucoupes.

— Mais on ne doit pas manger l'agneau saignant. Il faut le cuire pour éviter d'attraper cette maladie – l'ESB. Non, je me trompe : ça, c'est la maladie de la vache folle. Bref, la maladie qui affecte les moutons.

— Je ne savais pas que les moutons…

— Eh bien, maintenant vous êtes au courant, alors faites attention. Ou plutôt, dites à votre cuisinière de faire attention.

— Merci du tuyau. Je ne manquerai pas de le lui transmettre.

La bouilloire se mit à clapoter ; elle la retira vivement du brûleur pour remplir la théière.

— Mme Jessup s'est vexée, déclarant que personne n'avait encore critiqué sa cuisine. Je lui ai fait remarquer que la qualité de sa cuisine n'était pas en cause. Mais seulement que l'agneau, quel que soit le cuisinier, devait être bien cuit. Cela ne l'a pas calmée. Comme si cela ne suffisait pas, j'ai encore aggravé mon cas la fois où elle nous a servi du lapin et où j'ai refusé d'en manger à cause de la tularémie.

— Qu'est-ce que c'est ?

— Une maladie provoquée par une bactérie que transportent les lapins et qui peut être fatale à l'homme. Je lui ai resservi mon couplet sur ses compétences culinaires qui, lui ai-je dit, n'étaient nullement en cause… Vous pouvez porter le plateau ?

— Certainement.

Jury le lui prit des mains et la suivit dans le séjour.

Par-dessus son épaule, Rose ajouta :

— Et il y a aussi la myxomatose.

— Le nom me dit quelque chose, fit Jury en posant le plateau sur la table basse.

— Vous ne vous souvenez pas de l'époque où le gouvernement a fait disparaître la quasi-totalité de la gent lapine à cause de la myxomatose ? C'était criminel : il était inutile de tomber dans des extrémités pareilles.

Elle versa le thé.

— Philip Larkin a écrit un poème là-dessus. Vous aimez Philip Larkin ?

— C'est l'un de mes poètes favoris.

Elle tendit à Jury sa tasse.

— Ça s'intitule « Myxomatose ». Mais la poésie ne parle jamais de ce dont elle semble parler, n'est-ce pas ? Quoi qu'il en soit, le narrateur parle au lapin pris au piège dans un champ. Un champ qu'il qualifie de « silencieux ». Je me demande si c'est parce que les autres lapins ont été rabattus et exterminés et que celui-ci est le seul à rester en vie. Il imagine ce que le lapin a dû penser avant qu'il ne le tue. S'adressant au lapin survivant, il lui dit : Tu as dû te dire que tu allais t'en sortir. « Pour peu que tu réussisses à rester immobile et à attendre. » C'est poignant, je trouve.

— « Pour peu que tu réussisses à rester immobile et à attendre. » Oui. N'est-ce pas ce que nous faisons, nous-mêmes ? Espérer que si nous ne faisons pas trop de bruit, le danger nous oubliera ? Pour en revenir à Mme Jessup, elle n'a manifestement pas apprécié vos remarques sur la toxicité possible de sa cuisine, ou ses éventuelles suites fatales. Je la comprends. Quel était le nom de cette maladie, déjà ?

— La myxomatose.

La petite pendule sonna. Plus d'une heure que Jury était là. Il devait être chez sir Oswald à trois heures.

Mais la question était importante :

— Madame Ames, vous êtes-vous demandé d'où venaient les changements d'humeur de Billy ? C'est sans doute la raison pour laquelle il ne faisait pas la même impression aux uns et aux autres. Certains le trouvaient facile à vivre, charmant, même. D'autres, colérique, irritable. « Toujours prêt à péter un plomb. »

— Je ne me suis jamais posé la question de savoir d'où cela venait. Je le savais. Billy était maniaco-dépressif.

Elle leur resservit du thé.

Jury fut sidéré de l'entendre affirmer aussi crûment la chose.

Elle poursuivit :

— J'ai essayé de persuader Roderick et Olivia de prendre le problème au sérieux. Je sais que ma Mary aurait…

— Votre fille ?

Elle fit oui de la tête.

— Mais Roderick est trop orgueilleux pour admettre l'existence d'un dysfonctionnement mental.

— Avez-vous abordé le sujet avec Billy ?

— Oh, oui. Mais c'est comme parler à un alcoolique, n'est-ce pas ? L'alcoolique est le dernier à reconnaître qu'il a un problème. J'ai demandé à Billy d'essayer de se soigner, de prendre des produits. Il y a des psychiatres qui prescrivent des médicaments sans exiger que vous alliez les voir deux ou trois fois par semaine. Mais il a refusé. Ce qui était à prévoir, étant donné qu'il ne voulait pas admettre qu'il avait quelque chose qui ne tournait pas rond. J'ai eu beau lui dire que ces troubles étaient génétiques, il est resté sourd à mes injonctions.

Jury fronça les sourcils. Il se rappela une chose que Roderick lui avait dite à propos de sa première femme, qu'elle était lunatique, d'humeur changeante.

— Vous voulez dire Mary ?

— Mary ? Oh non. Moi.

— Vous ? s'exclama Jury, la mâchoire pendante.

Elle rit d'un rire argentin.

— Je suis heureuse de votre stupéfaction. Oui, c'est moi le vilain personnage de l'histoire. Ma propre mère a passé son temps à faire des entrées et sorties dans des hôpitaux psychiatriques à une époque où ces établissements étaient pires qu'ils ne le sont aujourd'hui. Quant à moi, j'ai eu plus de chance. Mon père a mis la main sur un excellent médecin qui connaissait la psychose maniaco-dépressive et son traitement bien avant qu'on appelle cela « trouble bipolaire ».

— Quand avez-vous commencé ce traitement ? Quel âge aviez-vous ?

— Vingt ans. Mais avant de le prendre vous n'imaginez pas les horreurs que j'ai pu faire. J'en ai encore honte. Je me suis comportée comme… j'étais absolument odieuse. Je ne me souciais pas d'autrui. Je n'avais pas une once de compassion pour les autres. J'étais pire que Billy.

Il la regarda, s'efforçant de l'imaginer pendant sa période « odieuse » sans y parvenir.

— Billy aurait-il déclenché la colère de quelqu'un dans un moment de…

— S'il se conduisait comme moi lorsque j'étais dans une phase dépressive, cela n'a rien d'impossible. Voilà pourquoi, si vous me demandez s'il avait des ennemis, tout ce que je peux vous dire, c'est que je n'en serais pas autrement étonnée. J'ai beau le regretter, c'est ainsi.

Jury but son thé, perdu dans ses pensées.

32

Jury était assis sous la douce clarté d'un soleil d'après-midi finissant dans le petit mews de Cadogan Square. Sir Oswald Maples était venu ouvrir en personne. C'était un de ses bons jours.

Jury l'entretenait de sa visite à Rose Ames.

Oswald rit.

— Rose me surprendra toujours. Billy, gay ? C'est ce qu'elle vous a dit ?

— Je lui ai posé la question.

Oswald eut l'air perplexe.

— Pourquoi cette idée ? Je suis sûr que vous vous trompez. Ou alors, c'est elle qui se trompe.

— Elle pense simplement que c'est une possibilité. Qu'Angela Riffley était une couverture, ou que ce choix marquait inconsciemment…

— Rose n'a pas son pareil pour repérer, disséquer les moindres détails.

— Vraiment ? dit Jury. Et vous, les spécialistes chargés de « craquer » les codes ? Ne me dites pas que vous n'étiez pas des as de l'analyse.

Léger rire d'Oswald.

— Vous marquez un point, commissaire. Je devrais

admirer cette faculté d'analyse chez mes semblables. Mais je persiste à penser que Rose se trompe.

Jury s'abstint de tout commentaire et poursuivit :

— Je l'ai interrogée sur les sautes d'humeur de Billy. Je voulais savoir s'il était possible que Billy ait souffert de ce qu'on appelle aujourd'hui un trouble bipolaire.

— Il était lunatique, oui, dit Oswald.

— Elle n'a pas hésité à m'apprendre que c'était une tendance familiale. Qu'elle-même en avait souffert.

— Je l'ignorais. Quand le diagnostic a-t-il été posé ?

— Elle avait vingt ans. Elle a réussi à trouver un excellent médecin. Mais jusqu'à cet âge-là il semble qu'elle ait été odieuse.

— Je l'imagine volontiers.

— Elle a essayé de persuader Billy de faire quelque chose, de voir un psychiatre – mais il a refusé.

— Il n'a pas vu de psychiatre. Il a trouvé Kurt Brunner. Billy avait parfois besoin d'être soutenu, épaulé.

— Quelle était l'attitude de ses parents par rapport à ce problème ?

— Roderick ne savait que faire. Et Olivia n'avait pas conscience qu'il y avait quelque chose à faire. Prêchant la liberté de choisir, comme toujours.

— Les gens qui sont « dépendants » ne sont pas libres de choisir.

Jury se demanda, pensant à Aguilar, s'il avait la liberté du choix.

— C'est bien vrai.

Oswald se pencha, s'empara de sa canne.

— J'ai ici quelque chose qui pourrait vous intéresser. Et éclairer certaines choses ; Roderick, en tout cas.

Oswald se mit debout à l'aide de sa canne et

s'approcha des rayonnages. Sur une étagère du bas s'empilaient documents, carnets, chemises cartonnées. D'une pile, il extirpa une chemise, rejoignit le canapé, tendit la chemise à Jury.

— Le Kindertransport. Ce mot vous dit-il quelque chose ?

— Non. De quoi s'agit-il ?

— Un instant. Je nous ressers.

Jury se leva.

— Laissez-moi faire.

Il prit le verre d'Oswald posé sur la table basse.

— Ce n'est pas tous les jours qu'on a l'occasion de servir un Glenlivet de dix-huit ans d'âge.

— Veillez à nous servir équitablement, alors.

Jury versa le whisky et tendit son verre à Oswald. Puis il retourna s'installer dans le canapé avec le sien. Une gorgée de ce nectar et il se sentit aussitôt dans les meilleures dispositions.

— Le Kindertransport est ce qu'on pourrait appeler un chemin de fer souterrain, mis en place pour faire sortir des enfants juifs d'Allemagne, de Pologne et de Tchécoslovaquie. Ces trains transitaient par la Hollande, à destination de l'Angleterre. C'était en 39, juste après les pogroms. On avait besoin d'un pays qui veuille bien accueillir les enfants. Les Etats-Unis – honte à eux – refusèrent. Ils ne furent pas les seuls. Mais pas nous. Les convois réussirent à évacuer quelque dix mille enfants qui auraient certainement péri dans les camps avec leurs parents. Pour la plupart d'entre eux, ces enfants ne revirent jamais leurs familles. Vous imaginez les adieux dans les gares ?

— J'aime mieux pas.

— Il arrivait parfois qu'un père – ou une mère – saisi

de désespoir se hisse jusqu'à la fenêtre du train pour en arracher son enfant, le récupérer.

— Quelle tristesse… Je suppose que ceux qui laissaient partir leurs enfants sachant qu'ils ne les reverraient plus étaient des gens d'un grand courage.

— Oui. J'essaie de me mettre à leur place. J'imagine Billy, emporté à bord de l'un de ces trains.

Mais emporté, il l'avait été, finalement. Jury s'imagina fixant des kilomètres de voie déserte, et il se demanda à quoi tout cela avait servi. Les bombes, les immeubles en flammes. Il songea à sa mère mourant dans l'un d'entre eux. Décombres et poussière, il n'y a que cela, au bout du compte. Il se demanda comment ces parents avaient fait pour supporter ça. Comment Oswald Maples supportait ça, son unique petit-fils assassiné.

Oswald sortit un grand mouchoir blanc, s'essuya les yeux.

— Je suis navré, dit Jury.

Maples remisa le mouchoir dans sa poche.

— Ce document, dit-il, je l'ai découvert dans l'un des baraquements, lorsque nos services ont déménagé, après la fin de la guerre. J'ignore comment il a atterri là. Une erreur de classement, sans doute. Le contenu de cette chemise est très intéressant. Cela concerne le Kindertransport.

Jury ouvrit la chemise, qui contenait plusieurs feuillets.

— Je ne lis pas l'allemand.

— Oh… La traduction n'y est pas ? J'avais pourtant fait taper le texte en anglais par une secrétaire. Désolé. J'avais fini par acquérir une assez bonne connaissance de la langue à force de la pratiquer. Je vais vous lire le texte.

Jury lui passa la chemise.

Sir Oswald mit ses lunettes, disant :

— Je l'ai lu si souvent que je le sais presque par cœur.

Il s'éclaircit la gorge avec précaution.

Tous ses gestes étaient délicats. Il fonctionnait à l'économie. Mais Jury se dit que lui aussi, s'il était perclus de douleurs, tâcherait d'économiser ses mouvements au maximum.

— On entre directement, dit Oswald, dans le vif du sujet. Les pages du début ont disparu. Ecoutez :

... pourquoi nous transporter vers la liberté ? Pourquoi être sauvé ? Hans n'a pas été sauvé. On ne l'a pas conduit vers une vie meilleure. J'ai arpenté ce quai de long en large. Scruté leurs visages. Certains n'avaient que deux ou trois ans, d'autres quinze ou seize ; et beaucoup, l'âge de Hans.

Soudain je me suis immobilisé et j'ai regardé les enfants pressés devant les fenêtres ouvertes d'un wagon. Il y en avait une quarantaine ou une cinquantaine, entassés là-dedans. Quelques-uns pleuraient, mais la plupart manifestaient une sorte de curiosité mêlée de stupeur. Beaucoup riaient, beaucoup avaient même l'air contents. Après tout, c'était un voyage, une aventure. L'un des enfants, un petit garçon de huit, neuf ans, avait l'air particulièrement excité, comme sur le point de goûter pour la première fois à la liberté.

Liberté : quelle ironie ! J'aurais voulu lui dire que ça n'existait pas. Nous sommes tous enchaînés, ne serait-ce que par les liens qui nous unissent à nos proches.

Le Juif n'avait pas, bien entendu, eu l'intention de le

tuer. (Il ne cessait d'affirmer qu'il n'avait jamais eu l'intention de tuer le garçonnet, et c'était peut-être vrai, mais maintenant encore je me pose la question.) Il avait commis la folie de tirer sur les SS alors qu'il y avait à portée de tir un groupe d'écoliers. Je les revois encore, je ne cesse de les revoir.

Le train resta à l'arrêt quelques minutes tandis que je contemplais cette voiture pleine d'enfants et surtout ce garçonnet de neuf ans, dont le visage était devenu blême lorsqu'il avait vu la détresse s'inscrire sur les traits de ses parents demeurés sur le quai. Au moment où le train s'ébranlait, je bondis et arrachai ce petit garçon au groupe de ses camarades. Réduit au silence par la stupeur, il regardait autour de lui tel un aveugle en quête d'une issue. Les autres l'appelaient à grands cris, penchés à la fenêtre jusqu'à mi-corps, tandis que le train quittait la gare.

Je conduisis l'enfant vers la rangée de parents parqués derrière une barrière, le buste tendu vers leur progéniture tandis que le train s'éloignait, pleurant, criant, et j'entends encore leurs appels déchirants. La vie n'est-elle que larmes et supplications ?

Je n'eus pas de mal à retrouver ses parents. Ils n'en revinrent pas de le voir ; ils étaient déchirés entre soulagement et angoisse. Il s'appelait Josef. C'est ainsi qu'ils l'appelaient. Je regardai leurs visages, leurs traits tirés, je regardai la lumière et la couleur se retirer de cette journée. Que se passait-il ? Ils ne comprirent pas – comment l'auraient-ils pu ? – lorsqu'ils me virent prendre mon Luger et lui tirer une balle dans la tête. Je le regardai choir telle une étoile à mes pieds.

Aussi bizarre que cela puisse paraître, je n'entendis pas la détonation. Dans ma tête il y avait un roulement de tambour. Les gardes se précipitèrent mais ils stoppèrent net lorsqu'ils me virent. « Cet enfant n'avait pas les autorisations nécessaires pour faire partie du convoi ! » tonnai-je. Les parents étaient trop horrifiés pour protester. De toute façon, à quoi cela aurait-il servi ? Il était mort et je…

— Voilà, c'est tout, conclut Oswald en refermant la chemise.

— Mon Dieu. Qui était ce personnage ?

— Un certain Röhm. Obergruppenführer Werner Röhm. Général SS.

— Un officier SS d'un rang aussi élevé. Les gardes, la police – personne ne s'est avisé de protester, dit Jury.

— Exact. Les SS avaient carte blanche. Ils faisaient strictement ce qu'ils voulaient.

— Les médias n'auraient-ils pu rendre la chose publique ?

Maples éclata de rire.

— Les médias ? La mort par balle d'un enfant juif ? Cela devait se produire assez souvent. Peut-être pas avec cette perversité et ce cynisme, mais nombre d'enfants étaient abattus sous les yeux de leurs parents. Non, il n'y avait pas là de quoi écrire un article. Nous avons cherché, n'avons rien trouvé.

— Mais le premier incident, le jeune garçon, Hans… ?

— Le fils du général. L'un de ses deux fils. Oui, cet incident a bien eu lieu. Un Juif du nom de Aaron Stein a tiré sur un groupe de soldats allemands qui étaient en face de son appartement. Il en a abattu un, mais, ce faisant, il a accidentellement tué un petit garçon. Hans Röhm. Le fils du général.

— Qu'est-il arrivé à ce Stein ?

— C'est facile à deviner : on lui a tiré dessus et il est mort. Lorsque les SS avaient essayé d'arrêter la famille de cet homme, ils avaient découvert que tous ses membres étaient déjà morts. Assassinés, bien sûr. Stein savait donc qu'il ne les mettait pas en danger.

— Mais les autres occupants de l'immeuble ?

— Ah… Stein aurait dû y penser. On les fit sortir, on les rassembla. Il fut demandé au tireur présumé de se dénoncer, d'avouer. Mais il n'y eut point d'aveux. L'homme était mort. Les officiers le savaient. Le tireur gisait mort sur le sol du 21 Lindenstrasse. Comme personne – et pour cause – ne se dénonçait ni n'avouait, ils les exécutèrent tous. Sur place. Heureusement pour Stein, il n'assista pas au massacre. Il aurait dû prévoir la suite donnée à son geste mais, comme sa famille tout entière avait été exterminée, il n'avait plus les idées très claires.

— C'est ce qu'on peut appeler une vengeance massive. Des gens innocents et n'ayant, de surcroît, aucun lien avec Stein.

— Détrompez-vous, il y avait un lien : ils étaient juifs.

Jury termina son whisky tout en réfléchissant.

— Ce passage où Röhm se demande si c'était un accident…

Maples rouvrit le dossier et lut :

— « Il ne cessait d'affirmer qu'il n'avait jamais eu l'intention de tuer le jeune garçon… »

Ils gardèrent un moment le silence.

— Mais, dit Jury, supposons qu'il en ait eu l'intention ? Ce Stein avait bel et bien l'intention de tuer Hans Röhm. Cela voudrait dire que le général Röhm aurait fait quelque chose auparavant. Il parle quelque part de vengeance…

Maples eut un rire incertain.

— Seigneur, c'est un processus sans fin, non ? Röhm se rend coupable d'un crime envers Stein ; Stein tue le fils de Röhm ; Röhm tue le petit garçon de la gare.

— Oui, c'est sans fin. La vengeance n'a jamais de fin. Tout est lié. Qui était Aaron Stein et pourquoi a-t-il abattu le fils du général ? A supposer que cet enfant ait bien été la cible qu'il visait ?

Maples secoua la tête.

— Nous l'ignorons. Le compte rendu se borne à mentionner l'incident. Il n'est pas précisé que Hans Röhm était la cible visée. Ceux qui l'étaient, c'étaient les SS.

— Un cauchemar, ces gens-là.

— Oui. La Schutzstaffel. Les hommes de Himmler. Des têtes de mort sur leurs casques, des runes sur leurs cols, le meurtre au cœur. C'est un officier SS qui avait massacré la famille de Stein. Sacré mobile.

— Röhm lui-même ?

— Pas nécessairement. Un rang trop élevé pour des tâches aussi subalternes.

Maples prit, reposa son verre.

— L'expérience m'a appris que les gens qui cherchent à se venger sont capables d'attendre. Parfois très, très longtemps. Et ils n'hésitent pas à éliminer dans la foulée l'innocent et le coupable.

— Pourquoi m'avoir raconté tout ça ?

Maples ne répondant pas tout de suite, Jury se dit qu'il se demandait peut-être s'il devait répondre. Puis il laissa tomber :

— Kurt Brunner est allemand, vous le savez.

Jury attendit la suite.

— J'ai beaucoup pensé au Kindertransport et à Kurt Brunner.

Devant la gêne de sir Oswald, Jury essaya de l'aider, poursuivant :

— Vous pensez que Kurt Brunner a quelque chose à voir avec cet incident auquel le général Röhm a été mêlé ?

Hochement de tête bref de Maples.

— C'est exact.

Il changea de position sur son fauteuil et enchaîna :

— Kurt a plus de soixante-cinq ans. Il devait avoir deux ans lorsque le Kindertransport a été mis en place. En 1939.

— Oui. Et donc ? le relança Jury.

— Le petit Juif abattu par Röhm. Josef Brunner. Il avait un frère cadet.

Maples s'interrompit et fixa Jury.

— Kurt Brunner serait ce frère cadet ?

— C'est possible.

— Et vous croyez qu'il a tué Billy ?

Sir Oswald ouvrit la bouche mais sans parvenir à articuler un mot.

— Mais pourquoi ? Billy Maples n'avait rien à voir avec ces vengeances en cascade…

— Non, mais son frère Josef n'avait rien à voir non plus avec le meurtre du fils de Röhm. Les innocents paient souvent pour les coupables. Ils prennent même souvent la place des coupables.

Maples se passa le pouce sur le front, qu'il frotta.

— Le coupable étant qui, dans ce cas ?

Maples ne répondit pas directement :

— Je trouve ça un peu gros comme coïncidence que

Billy ait été assassiné alors que Brunner était à son service.

— « Coïncidence » ? s'étonna Jury. Je ne vois pas le lien.

— Le lien, j'en ai peur, c'est Roderick.

— Roderick ? Quel lien entre lui et Kurt Brunner ?

— Je crois vous avoir dit que Roderick avait été adopté. Après la guerre. Il faisait partie de ces enfants que les dignitaires nazis avaient expédiés hors d'Allemagne lorsque le IIIe Reich a commencé à boire la tasse. Un autre genre de Kindertransport. Certains ont atterri, allez savoir comment, en Angleterre, et ma femme a absolument voulu en adopter un.

Les coudes sur les genoux, Jury faillit tomber de son siège.

— Oswald, vous ne voulez pas dire que le père de Roderick était…

Comme s'il n'avait pas passé la soirée à lâcher des bombes, Maples dit d'une voix parfaitement calme et posée, tout en continuant à se frotter le front :

— Si, c'est exactement ça. Le général Röhm. Ce qui fait de Röhm le grand-père de Billy. Souvenez-vous, je vous ai dit que nous avions adopté Roderick. Je ne suis pas le grand-père de Billy par le sang. Si vous étiez le frère de Josef Brunner, le petit garçon abattu par Röhm, ne voudriez-vous pas assassiner Röhm ? Et le général étant mort de cause naturelle… Kurt Brunner aurait pu, certes, tuer Roderick. Mais quand on décide de faire le plus de mal possible, le petit-fils constitue la cible idéale. On fait souffrir davantage de personnes…

Il haussa les épaules.

— Ah, je ne sais pas ; je ne sais vraiment pas.

Jury non plus. Il avait du mal à avaler tout ça.

33

A Berkeley Square, les feuilles commençaient tout juste à pointer. Le printemps n'avait pas été clément.

Une bonne presque naine dont le visage rappelait les curieux objets brunâtres accrochés au mur vint cette fois ouvrir la porte d'Angela Riffley. Bizarre petite créature. Jury se demanda si sa physionomie ratatinée et sa morphologie étaient d'ordre génétique ou si Riffley y était pour quelque chose. Il avait l'impression que Riffley, l'ex d'Angela, n'était pas précisément un ami des animaux. Jury songea à la chose en poireautant dans l'entrée, remarquant ce qui lui avait échappé lors de sa première visite. Une dizaine de niches de taille moyenne – et dont chacune abritait une sculpture gargouillesque –, propres à vous dissuader d'aller les inspecter de plus près.

Tels étaient les Riffley. Lui, avec son goût sadique pour la chasse et les trophées. Elle, avec sa carrière prétendument brillantissime et son réel don pour la mystification. S'il avait été profileur, Jury aurait été bien en peine de dire ce qu'Angela avait dans le ventre…

— Monsieur Jury !

Il sourit. Tentative pour le déstabiliser, cette façon de

le priver de son grade ? Ou commentaire sarcastique sur la belle police londonienne ?

— Madame Riffley, dit-il, esquissant un salut ironique.

Ce jour-là, elle portait une jupe crayon blanche terminée par un volant, un chemisier de soie blanc et un cardigan en cachemire d'un vert citronné noué nonchalamment autour des épaules. Ambrosiaque, tout ça.

— Venez dans la bibliothèque. Du thé ?

Il aurait voulu dire : « Non, et ne me laissez pas seul ici. » Mais il décida de se montrer courageux.

— Je préférerais un whisky.

Elle parut folle de joie.

— Quelle excellente idée !

Ces quelques mots avec une mimique extatique, à croire qu'elle avait attendu toute la journée que quelqu'un formule cette demande. Elle se dirigea vers la table-bar.

Elle semblait attacher davantage d'importance à sa présence chez elle qu'au motif de sa visite – ce qui était en soi un compliment.

— Soda ? Vous êtes un puriste, vous n'aimez pas les glaçons, il me semble.

— Soda, oui. Allez-y. Noyez-le.

Elle s'activa, versant avec tant d'abandon qu'il se demanda si elle n'allait pas bientôt pouvoir faire trempette dans toute cette eau. Elle lui apporta son verre.

— Dites-moi en quoi le fait de diluer le scotch dans de l'eau est préférable au fait de le diluer avec des glaçons ?

Puis elle retourna au bar préparer son breuvage : whisky on the rocks.

— La tradition. Les glaçons, c'est un pied de nez à la tradition.

— Désolée.

Elle prit place sur le siège recouvert de peau de zèbre, réplique de celui de Jury, et leva son verre dans sa direction.

Il leva lui aussi son verre, détournant soigneusement les yeux du mur.

Il perçut un infime crissement lorsqu'elle croisa ses jambes gainées de nylon. Pas déplaisant, ce crissement. Les jambes non plus n'étaient pas déplaisantes.

— Madame Riffley ?

— Ne pouvez-vous m'appeler Angela ? Ou est-ce contraire aux usages ?

Il se pencha, posa son verre sur la table près d'un étrange briquet.

— J'aimerais vous parler de la fois où Billy vous a emmenée chez ses parents à la campagne.

— Oh…

Rejetant la tête en arrière, elle eut un rire bref.

— Le père ! Jamais rien vu d'aussi provincial ! Mais la belle-mère est pire.

— Billy voulait que vous examiniez des tableaux…

Elle but une gorgée d'alcool.

— En effet. Un Klimt et un Soutine. Ça remonte à quelques mois. Le Klimt était une merveille absolue. Pas l'un des deux célèbres portraits d'Adele Bloch-Bauer, non. Car ceux-là, nous savons où ils se trouvent. Ce que je crois, c'est qu'il devait s'agir d'une étude préliminaire. Billy tenait à savoir s'il pouvait s'agir de reproductions. Qu'il ait pu croire cela m'a sidérée. Et puis je me suis demandé pourquoi il ne posait pas carrément la question à son père ; après tout, ces toiles lui appartenaient. Mais Billy voulait mon avis. Ils sont authentiques, parfaitement authentiques. J'imagine que vous aimeriez savoir pourquoi son père les faisait passer pour des reproductions ?

— Effectivement. Et j'aimerais également savoir ce qui vous permet d'être aussi catégorique.

Elle prit une cigarette dans le coffret incrusté de nacre. Jury ne bougeant pas, elle s'empara du briquet pour allumer sa cigarette puis se carra dans son siège. Essayait-elle de gagner du temps ? Pour inventer quelque fable ?

— J'ai dirigé une petite galerie de tableaux au Luxembourg.

Voilà un pays où l'on ne devait pas souvent se rendre, fût-ce en imagination. Non qu'il y ait quoi que ce soit à reprocher au Luxembourg. Simplement, ce n'était pas une destination qui attirait les foules. Excellent choix !

— Au Luxembourg ? Le nom de cette galerie ?

— Kersten. Elle n'existe plus. J'ignore ce qu'elle est devenue.

Jury se rencogna dans sa causeuse, se demandant où ladite galerie s'en était allée. Si même elle avait existé.

— Pour en avoir le cœur net, n'aurait-il pas fallu soumettre la toile à divers tests ?

— Sans aucun doute. On ne saurait se fier à l'œil de quelqu'un, cette personne eût-elle reçu la formation la plus pointue. Mais je pouvais difficilement décrocher le Klimt du mur, n'est-ce pas ? L'autre tableau, le Soutine, n'avait pas autant de valeur ; mais il aurait néanmoins fallu débourser une coquette somme pour le posséder. Roderick ne voyait aucune raison de le soumettre à des tests. Il soutenait mordicus que c'était une reproduction. Pourquoi vous intéressez-vous à tout ça ?

— Parce que c'est important. Parce que Billy jugeait que c'était important. Vous a-t-il donné une idée de ce qu'il cherchait ?

— Pas la moindre. Aucun indice.

— Avez-vous été directrice de galerie ailleurs ?

— Non. Mais j'ai conseillé des collectionneurs. Heureusement pour l'un d'entre eux, qui, sans cela, se serait fait refiler un Raphaël des plus médiocres. Il semblait persuadé que c'était le Raphaël qui manque toujours à l'appel après avoir été embarqué en Allemagne.

— Le nom de ce collectionneur ?

Jetant un regard à Jury, Angela écrasa sa cigarette. Et, souriante :

— Pour l'amour du ciel, pourquoi tenez-vous à le savoir ? C'est fou, on croirait que vous êtes flic.

— Il m'arrive de donner cette impression.

Sourire.

— Je suis curieux, c'est tout.

— Non. Vous me soumettez à un examen.

Jury ignora la remarque.

— Il doit y avoir des bases de données…

— Evidemment. Il existe un fichier central informatisé dans chacun des pays impliqués dans la Seconde Guerre mondiale. Les musées et les maisons de ventes aux enchères – Christie's, notamment – mènent des enquêtes pour retrouver la provenance des œuvres. Les musées possèdent des listes indiquant les provenances. Ce ne sont pas les informations qui manquent et elles circulent, croyez-moi. Dans le cas du Klimt et du Soutine, comme je savais où se trouvent ces toiles aujourd'hui, et à qui elles appartiennent, ça n'a pas été difficile.

Là-dessus, elle éclusa son whisky.

— Un instant, dit Jury, se penchant brusquement vers elle. Vous voulez dire que vous avez enquêté ?

— Evidemment, que j'ai enquêté. Je croyais que vous le saviez.

— Je l'ignorais. Pourquoi ne pas m'en avoir informé plus tôt ?

Angela Riffley considéra le mur croulant sous les trophées et autres objets.

— Peut-être parce que je ne lis pas dans vos pensées, commissaire. Qu'est-ce que vous croyez ?

Rire bref de Jury.

— Bon, désolé. Qu'avez-vous découvert ?

Elle reposa son verre.

— Je vais chercher le papier.

Jury occupa les cinq minutes de son absence à s'entraîner à manipuler le briquet coincé dans un bizarre morceau de bois.

— Voilà.

Elle était de retour, tenant une feuille de papier.

— Les deux tableaux ont été achetés par un musée de Dresde qui a été pratiquement détruit pendant la guerre. C'est bien Dresde qui a été laminée, non ? Mais certains tableaux avaient été retirés du musée avant. Le Klimt sans nom, ou plutôt dont le nom est inconnu. Je l'ai baptisé *La Fille en or*. Le Soutine, quant à lui, intitulé *Schloss Moser*, s'est trouvé figurer sur une liste d'œuvres d'art confisquées par les nazis. Une bonne quantité de ces toiles, Göring se les est appropriées, car il se considérait comme un connaisseur alors qu'il n'était qu'une sombre merde. Les deux qui nous intéressent sont échues à un officier SS du nom de Werner Röhm. Après quoi, aucune trace d'une vente. Les deux tableaux disparaissent de la circulation jusqu'à ce que, deux ans plus tard, on retrouve leur trace chez un couple du nom de Burkhoff, domicilié à Munich. J'ai l'impression que ces gens-là étaient des parents, des amis ou des collègues de ce général Röhm, qu'il les leur avait confiés… D'une façon ou d'une autre, le père de Billy, Roderick, est entré en contact avec eux et ils lui ont envoyé les deux toiles.

Elle dévisagea longuement Jury. Puis :

— Roderick Maples était, semble-t-il, le fils du général.

— Comment Billy a-t-il réagi ?

Angela contempla la cheminée, étudiant l'âtre.

— Pas la moindre idée. Billy était l'individu le plus « indéchiffrable » que j'aie jamais rencontré. Quand il souhaitait l'être, je veux dire. Parce qu'à d'autres moments il était transparent.

— Il n'a pas essayé de pousser davantage les recherches ?

— Je suis certaine qu'il l'a fait.

— Jusqu'au général Röhm ?

— Oui. Mais il a gardé ses découvertes pour lui, s'il en a fait.

Haussement d'épaules un peu triste.

— Merci, Angela, dit Jury en se mettant debout. Vous m'avez beaucoup aidé. Je cerne un peu mieux Billy.

Il lui tendit une carte sur laquelle il nota son numéro de téléphone personnel ainsi que celui d'Aguilar. Il aurait donné cher pour les entendre s'entretenir, ces deux-là.

— Si un détail vous revenait, n'hésitez pas à nous appeler.

Elle prit la carte, l'examina. Puis parut retrouver de son insouciance. Il se demanda ce que cela lui coûtait de maintenir cette façade.

Elle attrapa son verre.

— Un dernier avant de partir ?

— Non, merci.

— Vous m'emmèneriez dîner ce soir, commissaire ?

— Ce serait avec grand plaisir. Mais que diriez-vous de remettre ça à plus tard ?

Angela Riffley ne répondit pas, sourit. Elle regardait par l'une des hautes fenêtres le soleil couleur abricot qui éclaboussait le parquet de rhombes de lumière.

34

— Ça me fait penser à ce bateau, dit Wiggins en remuant pensivement son thé.

Jury loucha dans sa direction, vivante image de la perplexité.

— Quel bateau ? De quoi parlez-vous ?

Ce matin-là, il venait de répercuter à son sergent l'histoire relatée la veille par sir Oswald Maples : le Kindertransport et le meurtre. Wiggins était resté pétrifié, touillant et retouillant son thé. Alors pourquoi cette remarque sans aucun rapport avec le récit ?

— Les seavacs.

— Les quoi ? C'est quoi, un « seavac » ?

— Un néologisme, signifiant « évacuation par mer ». Mme Jessup m'en a parlé pendant que vous et M. Plant paressiez dans le jardin. Vous ne vous souvenez pas de ce bateau ? Le *City of Benares*…

Jury se sentait d'un coup si loin du rivage de son Kindertransport qu'il se dit qu'il allait devoir le rejoindre à la nage. Il savait qu'il n'y parviendrait jamais.

— Non. Et nous ne paressions pas. Quel rapport avec mon récit, ce bateau ?

— C'était un paquebot en partance, à l'origine, pour l'océan Indien. Pendant le Blitz, il a été réquisitionné pour le transport d'enfants anglais au Canada.

En dépit de sa conversation avec Maples, Jury s'efforçait de garder ses distances vis-à-vis des événements de la Seconde Guerre mondiale. L'histoire racontée par Maples avait réveillé en lui des souvenirs douloureux. Le père de Jury était mort pendant la guerre, son avion abattu par les Allemands.

Wiggins poursuivit :

— Il y a eu cette évacuation d'enfants vers le Canada. Le *City of Benares* transportait quelque six cents gamins de l'autre côté de l'Atlantique. Ce n'était pas la voie la plus sûre, étant donné la présence des sous-marins allemands. Pour les enfants, ça a été génial – d'après ce que j'ai pu en lire –, tout ce luxe, cette nourriture, soixante parfums de glaces, les serveurs en costume indien les chouchoutant comme des princes. Mais un sous-marin allemand ouvrit le feu sur le paquebot, qui coula. Tous ces malheureux gamins furent projetés dans la mer, y compris les sœurs de Mme Jessup. Affreux, non ? Seule une poignée d'entre eux a survécu.

— Très triste, mais quel rapport avec…

Wiggins, imperturbable, poursuivit son récit :

— Et il y eut des scènes atroces. Des gamins dans les canots de sauvetage jetés par-dessus bord – il y avait aussi des adultes avec leur progéniture qui avaient payé leur passage. Les corps de ces enfants flottant dans l'océan… Seigneur, c'est terrible.

— Effectivement, Wiggins, c'est terrible. Je ne voudrais pas passer pour un cœur de pierre, mais vous êtes sûr que vous n'êtes pas un poil à côté de la plaque ?

Mimique étonnée de Wiggins.

— Ah bon ?

— Oui. Notre affaire, ce n'est pas l'évacuation des enfants. Ce serait plutôt, à mon avis, le fait que le frère de ce garçon abattu de sang-froid pourrait être Kurt Brunner. Et que Kurt Brunner pourrait avoir assassiné Billy Maples pour se venger. Une vraie tragédie grecque.

— Ça ne me semble pas plausible. Quel est le lien ? Nous avons…

Wiggins se mit à compter sur ses doigts.

— … cette confession, ce compte rendu, ce… quel que soit son nom, émanant du général allemand…

— Le général Röhm.

— … et vous ne savez pas vraiment ce que c'est. La source en est douteuse.

Jury se pencha en avant.

— Vous voulez dire que ce n'est pas Röhm qui l'aurait écrit ?

— Ce n'était peut-être pas une confession. Il écrivait peut-être un livre. Qu'est-ce qu'on en sait, après tout ?

Avec un petit rire qui tenait du reniflement, Wiggins but une gorgée de thé.

Jury choisit d'ignorer ce rire.

— Supposons un instant que c'était ce que sir Oswald pensait.

Wiggins, tout à son scénario, abaissa un autre doigt, poursuivant son décompte.

— Ah, ce document ne disait peut-être pas ce que sir Oswald a dit qu'il disait. Vous ne connaissez pas l'allemand.

— Oh, par pitié, Wiggins ! Maples essaierait de me piéger, de me manipuler ?

Sourire tranchant de Wiggins.

— N'oublions pas Harry Johnson, patron.

Harry Johnson. Jury se demanda si Harry Johnson n'avait pas transmis à Wiggins sa démoniaque intelligence par son intermédiaire.

— Je n'ai pas oublié Harry Johnson. Je suis toujours sur l'affaire. Mais vous ne voulez pas dire que sir Oswald a inventé cette histoire ?

Wiggins, plein de son interprétation des événements – des événements auxquels il n'avait pas assisté –, se carra dans son siège pour étudier attentivement le plafond, qui, inutile de le préciser, n'en demandait pas tant. Il leva de nouveau la main, abaissant un troisième doigt.

— Et si c'était sir Oswald en personne ?

— Quoi ?!

— Qui nous dit qu'il n'a pas abattu Billy ?

Wiggins repoussa vivement des deux paumes les objections de Jury.

— Encore un aspect de l'affaire qu'il faut considérer. Il faut explorer toutes les pistes.

— Cessez de dire des conneries, Wiggins. Cette piste ne mène nulle part. Redescendez sur terre.

Soupir de Wiggins.

— Surtout le prenez pas mal, patron, mais vous avez un gros défaut, dans le boulot : vous faites preuve de trop d'empathie à l'égard des suspects…

— Trop d'empathie, moi ? Venant de vous, Wiggins, ça ne manque pas de piquant ! Chaque fois qu'un suspect fait seulement mine d'éternuer, vous vous précipitez pour lui refiler vos racines, vos herbes et vos biscuits. Tout juste si vous ne vous alitez pas à sa place pour qu'il guérisse plus vite !

Pas le moins du monde vexé, voyant qu'il était en position de force par rapport à Jury, lequel ne carburait pas précisément à l'affectif, Wiggins poursuivit :

— Pourquoi, selon vous, Brunner se serait-il donné tout ce mal pour zigouiller notre petit Billy ?

Billy, qui avait pas loin de quarante ans, méritait difficilement ce qualificatif. Pourtant, Jury s'en fit soudain la réflexion, tout le monde semblait ne voir en lui qu'un gamin.

— Je ne sais pas.

Se mordant pensivement la lèvre, Wiggins dit :

— Le lien semble plutôt faible. L'officier SS abat un enfant devant sa famille…

Wiggins fixa Jury.

— Vous m'avez dit que Brunner vous avait dit que Billy et lui s'étaient rendus dans cette église près de Lamb House…

— Une ou deux fois, oui.

— Mais il est juif, n'est-ce pas ?

— Des tas de raisons peuvent vous pousser à abandonner la religion de votre famille ou à accompagner tout bêtement un ami dans un lieu de culte. Cela dit, vous marquez un point, Wiggins.

Il réfléchit un moment, se leva, décrocha son manteau et dit :

— Allons lui poser la question.

Haussement de sourcils interrogateur de Wiggins.

— Brunner. Il faut que je m'entretienne de nouveau avec lui. Vous en profiterez pour tailler une autre bavette avec la cuisinière. Elle a peut-être son idée sur les relations entre Brunner et Billy. Mais laissez-la venir. Ne la mettez pas sur la voie.

Tout au long du trajet jusqu'à la voiture, Wiggins

continua d'évoquer les comptes rendus déchirants du naufrage du *City of Benares*, les adultes et les enfants jetant d'autres enfants par-dessus bord pour pouvoir rester dans les canots de sauvetage.

— « Les femmes et les enfants d'abord. » C'est pas une règle qu'on devrait toujours appliquer, ça, patron ? Et le bon vieux fair-play des familles.

— Non, Wiggins. C'est chacun pour soi. Les hommes d'abord. Et au diable le fair-play.

35

Ils trouvèrent une place en stationnement interdit non loin de Market Road. Jury dit à Wiggins de la prendre quand même. Il n'avait pas envie d'en chercher une autre dans ce coin où elles étaient rarissimes. Et il n'avait pas envie non plus de négocier les rues étroites et pentues de Rye avec Wiggins au volant. Ils descendirent du véhicule et remontèrent à pied Market Road – assez pentue, de fait.

— Ravissant, charmant, répéta Wiggins pour la centième fois, tournant si vite la tête de droite et de gauche que Jury eut l'impression de voir ladite tête décrire un tour complet.

— Une rotation de la tête comme la vôtre, c'est inquiétant. Je me demande si je ne vais pas convoquer un exorciste…

— Très drôle. Mais c'est vous qui en auriez besoin, patron. Vous avez l'air… hanté.

— Qu'est-ce que vous racontez ? dit Jury, s'immobilisant.

L'air énigmatique, Wiggins poursuivit son chemin.

— Il n'est pas là, commissaire. Il est sorti faire un tour avec M. Brunner. Mais entrez, je vous en prie.

Mme Jessup, venue leur ouvrir, s'effaça pour les laisser passer.

Il la remercia tandis qu'elle les débarrassait de leurs manteaux et les introduisait dans la petite pièce de droite, modeste entrepôt de souvenirs ayant appartenu à Henry James. Ladite pièce était à peine assez vaste pour servir de salle d'attente. Il n'y avait que deux sièges.

— Lord Ardry vous a gardée à son service, je vois, madame Jessup ? dit Jury, énonçant l'évidence.

— Oui, c'est très généreux à lui.

— Oh, je doute que la générosité y soit pour quelque chose. Il doit surtout tenir à avoir une cuisinière valable.

— Eh bien, j'espère que je lui donne toute satisfaction.

Wiggins examinait les gravures tapissant les murs, dont l'une était une caricature du grand homme en personne.

— Lord Ardry aime qu'on fasse patienter les visiteurs dans cette pièce : ils ont de quoi s'occuper les yeux.

L'ouverture de la porte d'entrée l'interrompit.

— C'est sûrement lui.

Elle sortit, dit quelques mots, puis se dirigea vers sa cuisine.

Jury perçut la voix de Plant et bientôt ce dernier apparut, s'appuyant au chambranle.

— Quelle bonne surprise !

Prononcée à l'intention de Mme Jessup, qui s'était retirée à l'arrière de la maison, la formule était trop banale pour sortir de la bouche de Melrose Plant.

— Kurt Brunner n'est pas avec toi ?

— Non. Il est retourné au Lodge – sur la route de la

falaise –, où il séjourne pour l'instant. Il devrait regagner Londres d'ici un jour ou deux.

Melrose était toujours campé près du chambranle, un livre résolument plaqué contre la poitrine. Son autre main était crispée sur sa veste de tweed, quelque part entre le premier et le deuxième bouton. La pose rappela quelque chose à Jury, mais quoi ? Ah, oui : le portrait de Henry James, le célèbre portrait de John Singer Sargent où James semble avoir le pouce coincé dans la poche de son gilet à rayures. Une reproduction de ce tableau était accrochée dans l'entrée.

— Qu'est-ce que tu lis ?

— James. Un de ses recueils de nouvelles.

— Pourquoi ne pas t'asseoir ?

— Ma foi, très cher, c'est une idée.

— « Ma foi, très cher » ?

Tête inclinée, Jury considéra son ami, en passe de devenir son ex-ami s'il ne cessait pas bientôt ce cinéma. Il était toujours cramponné à sa veste. Jury était certain que, s'il en avait possédé un, Plant aurait arboré un gilet rayé.

Wiggins continuait de patiner sur le parquet ciré, tout à l'étude des gravures accrochées aux murs.

— Un endroit magnifique, n'est-ce pas, sergent Wiggins ? Je viens souvent m'asseoir ici.

— Oh ! dit Jury. A te voir planté là, je croyais que tu avais renoncé à la position assise.

— Désopilant, tu es désopilant.

Melrose se laissa tomber pensivement sur un tabouret.

— Tu veux savoir la question que je me pose ?

— Aucune idée. Tu te demandes si tu dois inviter ton éditeur à passer te voir ?

— Je me demande si les Monuments historiques seraient disposés à vendre Lamb House. J'y suis vraiment très attaché.

— Depuis combien de temps es-tu là ?

— Quatre jours.

— Quatre jours, et tu te prends pour lui, c'est ça ?

Wiggins y alla d'un de ses rires reniflés et dit, ou plutôt lut, cette phrase tirée d'un carnet posé sur un petit bureau :

— « Pourquoi se servir d'un mot quand cinq suffisent ? »

Melrose s'esclaffa avant de revenir à son sujet :

— Les Monuments historiques seraient sûrement ravis qu'on les débarrasse de cette propriété.

— N'est-ce pas contraire à l'esprit de cette institution ?

Le front de Melrose se voila d'un léger nuage.

— Qu'est-ce que tu veux dire ?

— Dans ton incarnation précédente d'adulte modérément intelligent, tu aurais compris ce que je voulais dire. Les propriétaires de manoirs et autres châteaux confient leurs biens aux Monuments historiques pour qu'ils les entretiennent. Pas pour qu'ils les revendent.

— Quoi qu'il en soit, James a payé cette maison deux mille livres. C'est fou, non ?

— Probablement ce que tu dépenses en trois jours au Boring's.

Melrose avait pris place sur l'autre siège et, se penchant en avant, frappa du plat de la main le livre qu'il avait tenu serré contre lui.

— As-tu lu « Une authentique aristocrate » ?

— Non, j'ai peu de temps pour lire. J'ai une affaire de meurtre sur les bras. L'assassinat de Billy Maples. Tu devais t'en occuper aussi, à propos. Enfin, c'était l'idée. Mais j'imagine que je vais devoir me passer de tes services.

Melrose poursuivit, se penchant de plus en plus.

— Dans cette nouvelle, un couple d'élégants respirant la richesse – alors qu'en fait ils sont fauchés – persuade un artiste de les prendre comme modèles. Moyennant finance, bien entendu. Ce sont des aristocrates, mais désargentés. Fort élégamment mis, je te l'ai dit ? L'artiste les dessine à maintes reprises. La femme d'abord, puis son mari. Et il s'aperçoit que, comme modèles, ils ne lui sont d'aucune utilité, parce qu'ils ne sont pas autre chose que ce qu'ils sont. L'artiste, parlant de la femme, a ce mot : « C'était une authentique aristocrate ; mais elle ne savait faire que ça : l'aristocrate. » C'est pas fumant, ça ?

— Je pige pas, dit Wiggins, abandonnant la contemplation des murs.

— Il n'y a rien à comprendre.

— Pour des gens comme toi ou Henry James, peut-être. Mais pour des balourds comme Wiggins et moi…

— Un artiste ne peut pas donner sa pleine mesure, s'exprimer librement, si ce qu'il a sous les yeux colle exactement à ce qu'il essaie de peindre. Prenons un exemple, supposons que je veuille peindre une cuisinière. Jamais je ne demanderais à Mme Jessup de poser pour moi : elle incarne trop la « cuisinitude ». Je serais prisonnier du stéréotype.

— Mais puisque c'est ça que vous seriez censé peindre, dit Wiggins. Une cuisinière.

Et il retourna à ses murs.

— Quand tu seras revenu de ton périple en terres jamesiennes, dit Jury à Melrose, qui avait croisé les jambes et triturait le revers de sa veste, tu consentiras peut-être à me donner un coup de main.

— « Guettez les signes. »

— Je te demande pardon ?

— James a dit : « Essayez d'être de ces gens à qui rien n'échappe ! »

— Ç'a été ma politique tout au long de ma vie de flic.

Comme si Jury n'avait rien dit, Melrose poursuivit :

— Les détails infimes. Ceux qu'un joueur de poker qualifie de « révélateurs ». Le moindre geste peut vous trahir.

— Tes moindres gestes, à toi, m'évoquent Henry James. Tu es le Henry James du pauvre. Attends une minute ; je crois que j'ai pigé. Si j'étais un artiste et que je voulais faire un portrait de Henry, ce n'est pas à lui que je demanderais de poser. Mais à toi ! Henry, il est « too much », trop authentique.

Melrose poussa un énorme soupir. A croire que tous les soupirs de Rye avaient convergé sur Lamb House et qu'il les expulsait d'un coup.

— Ne sois pas ridicule. Pour un policier, tu es drôlement bête quand tu t'y mets.

Ricanement de Wiggins.

Jury croisa les bras sur la poitrine.

— Peut-être, mais moi, au moins, je ne me métamorphose pas en Sherlock Holmes.

— Ce que j'entends par des signes infimes, c'est ça : tu te souviens, dans *Portrait de femme*, de la scène où Osmond et Mme Merle sont dans le salon de la maison d'Osmond ? Lorsque Isabel entre dans la pièce où Osmond est assis et Mme Merle debout, elle comprend immédiatement qu'il y a quelque chose entre eux. Elle sait qu'ils sont intimes.

— Osmond a baisé la dame en question ?

— Très drôle. Tu sais pourquoi James n'utilisait pas ce langage ? Pas parce que c'est vulgaire, pas parce qu'il était coincé, mais parce que cela ne signifie rien.

— Tu m'en diras tant.

— Dans le genre lourd, tu bats des records.

— Oh, je peux faire encore mieux.

— Ce que j'essaie de te faire comprendre, c'est que c'est le fait qu'Osmond reste assis qui fait entrevoir la vérité à Isabel. Les détails, il faut toujours traquer les détails.

— « Traquer les détails. » Tu sembles oublier, Melrose, que c'est pour ça qu'on me paie. Ce que j'aimerais savoir de mon côté, c'est si toi, qui n'es pas payé pour ça – ce qui n'a rien d'étonnant –, tu n'aurais pas découvert quelque chose concernant cette affaire.

— Il n'y a que quatre jours que je suis là.

— Excuse commode ! Ces quatre jours t'ont amplement suffi pour devenir le double de James.

— Tu es grotesque. Je n'ai rien fait de tel. Encore que, je veux bien l'admettre, cette maison a quelque chose d'assez impressionnant. Il y flotte comme des… présences.

Jury eut une espèce de reniflement.

— Vous ne seriez pas surpris, dit Wiggins, s'arrachant de nouveau à l'examen des tableaux et autres documents, de vous cogner contre son fantôme en montant l'escalier ?

— Dans une autre nouvelle, c'est exactement ce qui arrive au narrateur – James lui-même, probablement : il croise son propre fantôme dans l'escalier. Ou le fantôme de celui qu'il aurait pu être s'il avait choisi une voie autre que celle qu'il…

— « Le coin plaisant » ! le coupa Jury.

— Quelle excellente mémoire !

— « La mémoire des faits. » Pour ça aussi, on me paie. Si nous laissions tomber les spectres pour parler un peu de Brunner ? Celui que je suis venu voir.

— Je croyais t'avoir dit…

— Que dalle. Tu m'as dit que dalle. Trop occupé à te réinventer.

Melrose eut un autre soupir.

— Bon, mais sortons d'ici. Je commence à faire de la claustrophobie.

— Quatre personnes dans cette pièce exiguë, ça se comprend.

Il n'en fallut pas davantage à Wiggins pour leur apprendre que lui aussi souffrait à l'occasion de claustrophobie et qu'il avait découvert un remède souverain qu'il se ferait un plaisir d'indiquer à M. Plant si ce dernier le désirait.

Melrose le remercia et émit l'idée qu'ils seraient peut-être mieux dans le jardin, sur quoi Mme Jessup entra pour leur demander s'ils voulaient du thé.

Wiggins choisit de rester dans la cuisine avec Mme Jessup et des scones tout frais.

Ils s'installèrent sur un banc en fer forgé victorien. Le jardin vaste et bien entretenu était ceint d'un haut mur de pierre. Jury pensa au mur qu'il avait escaladé avec Malcolm.

— Ça s'est bien passé avec Malcolm, à propos ?

— Pourquoi ne m'as-tu pas dit qu'il avait douze ans ?

— Je ne te l'ai pas dit ?

— « Je ne te l'ai pas dit ? » le singea Melrose. Tu sais pourtant bien comment les moins de vingt ans me traitent. Tu connais leurs airs condescendants. Persuadés, ces petits, de tout savoir mieux que moi.

D'un brusque coup de pied, il expédia un caillou dans l'herbe de la pelouse.

Jury s'efforça de ravaler une moue amusée.

— Et les parents de Billy ?

— Roderick accuse davantage le coup qu'Olivia. Mais Billy n'était pas son fils à elle, alors c'est normal, sans doute. Quoique, non, ce n'est pas normal. Bon sang de bois, Billy a été assassiné, qui plus est dans des circonstances très mystérieuses. De quoi flanquer un sacré coup à ses amis et à sa famille. Je la trouve terriblement lointaine. Pas concernée par l'événement. Distraite.

— Elle se laisse facilement distraire, c'est certain. Par les hommes. Drôle de femme : chaude lapine mais cœur sec. Je me suis posé des questions sur elle et Billy. Mais ce ne sont pas tant les Maples qui m'intéressent que Kurt Brunner. Donne-moi tes impressions et je te raconterai une histoire. C'est pour lui que nous sommes ici.

— C'est un type d'un commerce agréable. Un puits de science sur Rye. Et un grand admirateur de Henry James. J'ai l'impression qu'il a tout lu, y compris *La Source sacrée*. Un texte qu'il trouve, soit dit en passant, tarabiscoté. Je lui ai fait remarquer qu'on pouvait reprocher beaucoup de choses à James mais pas d'être tarabiscoté.

Melrose croisa les mains derrière la nuque, prenant ses aises. La journée était fraîche, la lumière éclatante.

— Nous avons eu des discussions passionnantes sur James.

— Ravi de l'apprendre. Cela étant, si je m'intéresse tellement à Brunner, ce n'est pas pour sa culture, mais parce que je le soupçonne d'être l'assassin.

Melrose se redressa vivement.

— Tu ne parles pas sérieusement !

— Si.

— Allons, Richard, voyons ! Tu te trompes, je t'assure. Brunner n'aurait pas pu faire une chose pareille. Est-ce qu'il ne se trouvait pas à Berlin ?

— Pas le jour ou plutôt pas la nuit où l'on a abattu Billy. Il est rentré ce soir-là.

Jury regarda Melrose et secoua la tête.

— Tu ne me demandes même pas comment j'en suis arrivé à cette conclusion ?

— Très bien. Comment ?

Et Jury de lui narrer l'histoire du Kindertransport et du petit garçon abattu d'une balle à la gare sous les yeux de ses parents.

— Le général Werner Röhm.

— Seigneur ! Les parents, et le petit garçon a fortiori, n'avaient rien fait. Ils étaient innocents.

Considérant le haut mur du jardin, Jury songea au ghetto polonais.

— Eh bien, tu peux multiplier le meurtre de cet enfant par environ six millions d'autres qui n'avaient rien fait. Revenons-en à la maman, au papa et au petit frère. Ils n'avaient réussi à avoir de la place dans le train que pour un de leurs enfants et s'étaient dit que celui de trois ans était trop jeune pour être expédié à l'étranger tout seul.

— Ça se passait quand, ça ?

— En 1939, je crois.

— Ils se doutaient de ce qui allait leur arriver, ces gens-là ?

— Oui, mais le déni était chose courante alors.

Profitant d'un silence, Jury laissa tomber :

— Brunner. C'est comme ça qu'ils s'appelaient.

— Brunner ?!

— Nous aurions des raisons de soupçonner le petit frère, celui qui a été témoin du meurtre.

— Attends une minute… Quel rapport avec Billy Maples ?

— Roderick. Le lien, c'est le père de Billy. Roderick n'est pas le fils biologique d'Oswald Maples. Roderick avait été évacué hors d'Allemagne pendant la guerre. Il est allemand.

Melrose avait l'air hagard de qui a reçu une bassine d'eau glacée dans la figure. Incapable d'articuler un mot.

— Oswald Maples l'a adopté quand il avait huit ou neuf ans. Le père de Roderick avait le bras long, suffisamment pour faire sortir l'enfant d'Allemagne. On était en 1942 et ils devaient se douter de ce qui leur pendait au nez.

— De quoi avaient-ils peur ? De la guerre en général ? D'être bombardés ?

— Le père de Roderick était un nazi, un criminel de guerre.

— Quoi ? Un proche de Himmler, Goebbels et consorts ?

— Exactement.

Silence de Melrose. Puis :

— Et là, tu vas me dire que le père de Roderick était ce général Röhm ?

— Roderick est bien le fils de Röhm, aucun doute là-dessus. Oswald Maples est catégorique. Il est bien placé pour le savoir, étant donné ses activités passées.

— Quelles activités ?

— Tu ne te rappelles pas que le colonel Neame nous avait conseillé de faire appel à sir Oswald, l'année dernière, dans l'affaire Croft ? Maples a travaillé à Bletchley Park, au service du chiffre. Le code Enigma, c'est lui. D'où l'habitude de remarquer les moindres détails, de déterrer les moindres faits, d'arracher aux gens des réponses. L'identité du jeune garçon était suspecte et, après l'adoption, Maples a tout naturellement voulu savoir qui il était en réalité. Ç'a été difficile, compte tenu de la somme de documents officiels qui avaient disparu ; des tas d'enfants n'avaient pas de papiers. Mais Maples ne s'est pas découragé pour autant. Cet homme avait de l'obstination. Finalement, alors que Roderick avait dans les quinze ans, Maples arriva au bout de cet horrible voyage et c'est là qu'il est tombé sur le général Röhm, un officier SS. Une brute. Le meurtre du petit Brunner n'était qu'un incident dans une longue liste de crimes contre l'humanité.

— Son procès n'a pas éteint la soif de vengeance de Brunner ?

— Rien n'indique qu'il ait été jugé. Si ça se trouve, il est toujours en vie, planqué en Argentine ou au Brésil.

— Roderick connaît-il son passé ?

— Sir Oswald n'en est pas certain. Il ignore ce que Roderick a gardé en mémoire. Il se peut qu'il se rappelle son père sous l'apparence d'un homme vertueux qui l'emmenait à la plage et lui racontait des histoires. Est-il conscient que son père portait l'uniforme à tête de mort ? Personne ne le sait. Il ne parlait jamais de la famille qu'il avait laissée en Allemagne. Pour ma part, je suis sûr que Roderick est au courant, concernant son passé. Les deux tableaux…

— Tu avais raison, le coupa Melrose. J'ai réussi à jeter un œil au dos du Soutine. J'ai vu quelque chose d'imprimé à l'encre…

— Un swastika, probablement. C'est ce qu'ils apposaient sur les œuvres d'art confisquées. Je me demande pourquoi Roderick n'a pas fait remplacer le dos…

— Mais pourquoi l'aurait-il fait ? Qui aurait soupçonné que le tableau était l'original, et qu'il faisait partie du butin nazi ? Mais je vois ce que tu veux dire. Si Roderick savait pour les tableaux, c'est qu'il était au courant pour Röhm.

Bref silence rompu par Jury :

— Tu n'es pas convaincu, pour Brunner ?

— Que c'est lui l'assassin de Billy Maples ? Je n'y crois pas une seconde.

— Crois-tu que Brunner soit le frère du petit garçon que Röhm a abattu ?

— Ça, c'est possible, si on accepte le résultat des recherches de sir Oswald. Mais cela laisse largement la place au doute. Il y a sûrement un maillon faible dans la chaîne des événements. Le jeune Hans. Celui qui est censé avoir été tué intentionnellement.

— C'est une possibilité…

— Ou par accident. Qu'en penses-tu ?

— Je ne sais pas. Il ne le sait pas.

— Mais cela a des allures de châtiment. Pourquoi ?

— Les balles visaient censément les Waffen SS sur le trottoir d'en face. Par la suite, après que le jeune garçon appartenant au groupe d'enfants en instance de départ eut été assassiné, on en vint à se dire que ça avait peut-être été voulu. Le tir ne visait pas nécessairement le fils de Röhm. Le tireur devait savoir que le petit groupe d'enfants n'était pas composé de Juifs mais d'enfants du Reich. Leurs uniformes scolaires devaient l'indiquer.

— Et si sir Oswald Maples s'était tout bonnement trompé ? Cela ne t'est pas venu à l'idée ?

— Je ne vois pas de raison de mettre sa parole en doute.

— Au contraire. Cette histoire est trop… passionnée. L'œuvre d'un cerveau enfiévré.

Melrose plissa le front.

Jury éclata de rire.

— Je suis sûr que l'expression lui plaira. Ecoute : dirais-tu que les récits des crimes commis par les officiers allemands qui ont été déterrés par Elie Wiesel sont le produit d'un cerveau enfiévré ?

— Bien sûr que non.

— Tu penses peut-être que pour « craquer » des codes il faut un cerveau enfiévré ? Alors que ça nécessite une faculté de discernement prodigieuse.

— Quoi qu'il en soit…

— Tu ne t'appuies absolument pas sur du tangible. Mais uniquement sur les sentiments que tu éprouves pour l'homme qui nous intéresse ici – Kurt Brunner.

— Et ce n'est pas du tangible, ça, l'homme ? s'exclama Melrose.

— Non. Ça ne l'a jamais été. Pas depuis que j'ai lu *Hamlet* et que je suis entré dans la police.

— Tu ne « sens » jamais si un témoin est coupable ou non ?

— Si. Mais ça ne suffit pas. Ce n'est pas ça qui fait qu'ils se retrouvent en taule.

Melrose se leva et fourra ses mains dans ses poches.

— Résumons : il ne s'agit pas de savoir si Brunner a abattu Billy Maples pour en tirer un profit personnel, parce que Billy avait mis sa sœur en cloque, ou parce qu'il avait pété les plombs… Ce dont il s'agit ici, c'est d'une vengeance exercée sur une personne innocente pour un crime commis il y a plus d'un demi-siècle…

— Exactement. Par ailleurs, tu sembles n'avoir aucune difficulté à croire que Röhm puisse être l'auteur de ce crime : il a quand même assassiné un gamin innocent, membre d'une famille innocente…

— Oui, certes. Mais ce n'est pas seulement ça. Billy Maples était la personne innocente pour qui Kurt Brunner avait travaillé pendant plus de cinq ans. Qui l'avait traité correctement. Par le diable, ils ne se disputaient même jamais !

— Je ne vois pas où tu veux en venir.

— Je veux dire simplement que Kurt Brunner n'aurait certainement pas assassiné Billy Maples si le crime originel n'avait aucun rapport avec Billy. Pourquoi ne pas avoir assassiné Roderick ? Pourquoi ne pas s'en être pris au père de Billy, qui était plus proche du drame initial que ne l'était Billy ?

— C'est toute la psychologie de l'affaire. Tuer Billy, c'était causer le plus de dégâts et le plus de souffrance.

— Et c'est le frère de Kurt Brunner qui a été abattu au hasard par Röhm… Ce gamin n'avait rien à voir avec un crime contre Röhm. En ce qui me concerne, je dirais que c'était de la pure folie.

S'entendant héler, ils pivotèrent. Wiggins se trouvait juste derrière eux.

— Mme Jessup aimerait savoir si vous voulez du thé.

Jury feignit la surprise.

— Parce qu'il en reste ? Ça fait au moins une heure que vous êtes avec elle dans la cuisine.

— C'est vous qui m'avez dit de la faire parler, répondit le sergent en baissant le ton.

— Exact. Le reproche est mérité. Désolé, Wiggins.

— Je n'en crois pas un mot, patron, soupira ce dernier.

— Je vais tailler une bavette avec Kurt Brunner, dit Jury à Melrose. Il est descendu au Lodge, m'as-tu dit ? C'est où, ça, le Lodge ?

— Sur la falaise. Hilder's Cliff Road. A dix minutes à pied. Ça grimpe sec mais tu devrais y arriver : tu m'as l'air plutôt en forme pour ton âge.

Melrose s'étira.

— Quant à moi, je vais prendre une tasse de thé. Il reste de ces excellents biscuits maison, Wiggins ?

— Non, dit Wiggins d'un ton triomphant. Je les ai tous mangés.

36

Le Lodge était un bâtiment en pierre blanche, idéalement situé, jouissant d'une vue splendide sur les marais salants. Jury s'arrêta quelques instants en face de l'hôtel pour embrasser du regard lesdits marais et le fleuve. A l'époque où Rye était l'un des ports les plus prospères de la côte, les vagues léchaient presque l'endroit où il se tenait maintenant.

Kurt Brunner l'attendait dans le hall. Ils s'assirent devant le rougeoiement sourd du feu, sous un tableau où s'ébattaient des mouettes à tête noire. Jouxtant cette toile, il y en avait une autre, d'un butor à peine visible au milieu des roseaux ; et une autre encore, dans des tons rompus, d'un canard sur un étang. La nature et ses camouflages ne cesseraient jamais d'étonner Jury.

Kurt Brunner avait pris place dans un fauteuil à oreillettes, le visage en partie dans l'ombre.

— J'aimerais pouvoir vous en apprendre davantage sur Billy, mais c'est tout ce que je sais. Comme je vous l'ai déjà dit, il était très réservé.

Jury dut reconnaître que Brunner était éminemment patient. Aguilar, Chilten, lui-même : à eux trois ils avaient bien dû lui poser la question une bonne dizaine de fois. Et Brunner ne semblait pas s'agacer de répéter la réponse qu'il leur avait déjà faite. Notamment à Jury.

— Il ne s'agit pas de Billy. C'est votre vie en Allemagne qui m'intéresse. Munich, c'est ça ? Où vous vous trouviez il y a une semaine, je crois, quand Billy a été assassiné.

— Il me semble vous en avoir parlé, oui. Et c'était Berlin, pas Munich.

— Vous pourriez développer ? Vos parents sont morts pendant la guerre, n'est-ce pas ? Des frères, des sœurs ?

— Un frère aîné. Tué d'une balle quand il avait neuf ans.

— Quelle horreur ! Dans quelles circonstances, vous vous en souvenez ?

— Non. Mes parents refusaient d'en parler. Sa mort les a détruits. J'étais très jeune, je ne me souviens pas de lui.

— Ce meurtre, vous ne savez pas où ça s'est produit, alors ?

— Non. Seulement que c'était à Berlin. Au début, j'ai posé des tas de questions sur Josef – il s'appelait Josef –, mais j'ai vite renoncé.

— Et plus tard, vous n'avez pas songé à essayer de retrouver sa trace ? A découvrir ce qui s'était passé ?

— Bien sûr que si. Mais je n'ai abouti à rien. Le problème, c'est que les archives, les documents, tout a été en grande partie détruit. J'ai essayé de remonter jusqu'à son école. Elle avait été bombardée, détruite pendant la guerre. Même chose pour les papiers officiels, certificats de naissance, de décès…

L'absence d'archives avait toujours été une chose commode, permettant d'effacer le passé, de prétendre ne rien savoir de ce qui avait pu être compromettant. On pouvait plaider l'ignorance et personne ne vous accuserait de mentir.

Sauf quand on s'appelait sir Oswald Maples.

— Pourquoi toutes ces questions sur mon frère, commissaire ? Auriez-vous découvert quelque chose que j'ignorerais ?

Petit sourire de Jury.

— On peut dire ça comme ça ; et vous semblez vraiment ne rien savoir.

Brunner changea d'expression. Deux couples passèrent, en route vers la salle à manger où ils allaient dîner de bonne heure. Il se pencha.

— Pourquoi ce ton sarcastique, commissaire ? J'ai répondu à vos questions. Je me suis efforcé de coopérer.

Se mordant l'intérieur de la joue, Jury observait attentivement Brunner.

— Permettez-moi d'en douter.

— Plaît-il ?

— J'ai l'impression qu'il y a des tas de choses que vous ne nous avez pas dites. L'école a peut-être été rasée mais il est resté des archives.

— Comment savez-vous ça ?

— Des recherches entreprises par des gens dont c'était la spécialité.

— Qu'avez-vous appris concernant Josef ?

Au lieu de répondre, Jury questionna :

— Où séjournerez-vous à Londres ?

— A l'appartement. A Chelsea.

— Vous le partagiez avec Billy.

— Oui. Il est vaste. Billy l'avait fait mettre à nos deux noms.

— Un joli geste de sa part.

— Billy était comme ça.

Sourire las de Brunner.

— Vous n'allez pas vous imaginer que je l'ai tué pour quelques mètres carrés.

Absurde, cette façon de formuler la chose. Bien des gens tueraient pour « quelques mètres carrés » à Chelsea.

— Vous êtes en train de vous dire que nous étions… Que nous étions gays ?

— Non.

— D'autres le pensaient.

— J'ai visité l'appartement. Il est fort spacieux.

Regard interrogateur de Brunner.

— Vous aviez un mandat ?

— On croirait entendre mon patron, dit Jury avec un sourire. Oui, nous en avions un.

Brunner suivit du bout de sa chaussure le dessin d'un motif du tapis turc.

— J'espère que vous avez été soigneux.

— Les policiers sont des gens soigneux.

Kurt Brunner ne moufta pas.

— Vous nous avez dit que vous étiez en Allemagne quand…

— A Berlin.

Brunner avait l'air contrarié.

— Je suis rentré ce jour-là, ou plutôt cet après-midi-là. Peut-être que si je ne m'étais pas absenté… je crois que je vais avoir du mal à m'en remettre.

— C'est certain. Ne pas s'être trouvé là, c'est l'une des choses les plus dures à accepter. Et aussi se dire qu'on aurait peut-être pu empêcher ça si on avait été sur place.

Ils restèrent assis en silence quelques instants.

— Combien de temps êtes-vous resté à Berlin ? reprit Jury.

— Cinq, six jours. Six.

Jury sortit son carnet. Nota.

— Vous avez votre passeport ?

Regard interloqué de Brunner.

— Pourquoi ?

— J'aimerais le voir.

— Drôle de réponse.

— Pas faux, concéda Jury.

— Je ne l'ai pas ici. Il est à Sloane Street. J'y suis passé avant de venir ici déposer quelques affaires.

Se penchant davantage, les coudes sur les genoux, Brunner rapprocha ses doigts en clocher.

Jury le dévisagea un moment puis finit par dire :

— Je crois que vous en savez davantage sur votre passé que vous ne le dites, monsieur Brunner.

— Quel rapport entre mon passé et tout ceci ?

— Un grand rapport, si cela se trouve.

— Que suis-je censé savoir que je vous aurais caché ?

— Ce qui est arrivé à votre frère. Exactement ce qui lui est arrivé. Et pas le vague récit d'une fusillade survenue pendant la Seconde Guerre mondiale.

— Qu'est-ce que vous dites ?

Les yeux de Brunner, couleur d'ambre, prirent la teinte d'un thé qu'on a à peine laissé infuser.

— Seigneur ! Vous n'allez pas vous imaginer que j'ai descendu Josef ? Faire une chose pareille, moi ?

Jury fut sidéré par cette réaction.

— Non, non. Absolument pas. Vous n'étiez qu'un gosse. Pourquoi cela me viendrait-il à l'idée ?

— Parce que vous semblez insinuer que la mort de

Josef dissimule quelque chose de si épouvantable que je devrais obligatoirement m'en souvenir.

— D'autres circonstances pourraient avoir eu le même résultat.

— Lesquelles, par exemple ?

— Josef aurait pu être abattu sous vos yeux.

Kurt Brunner se rencogna dans son siège comme s'il venait d'être lui-même atteint d'une balle mortelle.

— C'est impossible.

— Ah bon ?

— Je m'en souviendrais.

Jury réfléchit un instant sans le quitter des yeux. Puis :

— Je suis prêt à admettre que, traumatisé par cette scène, vous l'avez « expulsée » de votre conscience. C'est possible. Et puis, vous étiez très jeune.

— C'est ce qui s'est passé. Si telles étaient les circonstances. Je trouve ça difficile à croire. Mais, de toute façon, quel rapport avec le meurtre de Billy ?

— Un grand rapport.

Jury consulta sa montre.

— Je meurs de faim. Si on allait casser une croûte ? Il doit bien y avoir un pub correct dans le coin.

— Il y a toujours un pub correct dans le coin.

Brunner sourit, se leva et ils sortirent.

37

Ils commencèrent par s'installer au bar ; puis, fatigués d'être debout, ils emportèrent leurs verres et allèrent s'asseoir à une table où traînaient les vestiges de deux sandwiches au fromage et cornichons.

— J'ai fait la connaissance de Billy à Berlin, il y a six ans, commença Kurt. J'enseignais l'histoire dans une école internationale. L'histoire russe. Dix ans que j'étais là et j'étais de plus en plus mécontent.

D'une chiquenaude, il envoya promener des miettes.

— J'ai rencontré Billy dans un bar sur Alexanderplatz. Nous avons échangé quelques mots sur la ville. Billy venait de voir l'une des expos les plus assommantes qu'on puisse imaginer dans une galerie branchée. Un certain Rio Bravura. J'ai trouvé ça génial, comme nom ; je le lui ai dit. N'était-ce pas le titre d'un western avec Dean Martin et John Wayne ? Il me dit que je confondais avec *Rio Bravo*. Que Bravura l'avait sans doute vu à maintes reprises. Que ça avait dû déteindre sur lui. Il ne ressemblait pas spécialement à Dean Martin, mais il buvait autant que lui, pas d'erreur.

« Billy continua de parler des tableaux et du peintre, un type odieux. Une diatribe terrible. Mais l'écouter, c'était un vrai régal. Nous avons parlé du théâtre grec et ainsi de suite, et de fil en aiguille nous avons fait la fermeture du bar. Après quoi, nous sommes partis en quête d'un rade encore ouvert. Billy n'arrêtait pas de parler. Un garçon extrêmement intelligent. Il était surexcité.

« Nous nous sommes revus à plusieurs reprises après cela l'année suivante. Je lui ai dit que j'allais plaquer l'enseignement et il m'a demandé de travailler pour lui. Et voilà. Il avait besoin de quelqu'un pour gérer ses affaires.

Jury regarda la cigarette qui était dans le cendrier se consumer et devenir lentement cendres. Il faillit la prendre. Presque trois ans qu'il n'avait pas fumé et toujours les réflexes du fumeur, prêts à ressortir. Il entendait Brunner mais fixait les cendres.

— … tel est mon rôle : gérer les affaires de Billy.

Kurt remarqua l'état de la cigarette et l'écrasa.

— Vous étiez fumeur.

— Oui, dit Jury. J'ai arrêté il y a plus de deux ans. Mais ça me démange toujours.

Kurt haussa les épaules.

— Ce n'est peut-être pas de cigarettes que vous avez envie. Il y a des choses dont on n'arrive pas à se déshabituer. Les gens qui n'ont jamais été accros ne peuvent pas comprendre. Au début, on se croit tiré d'affaire, et puis on se rend compte qu'il n'en est rien. On est toujours perdu. Ne vaudrait-il pas mieux n'y avoir jamais goûté ? Le problème, c'est que la première fois on ne sait pas à quoi on s'expose. Les cigarettes, l'alcool, l'amour…

Kurt alluma une autre cigarette et joua avec le briquet.

— Vous habitiez avec Billy dans l'appartement de Sloane Street ?

Brunner attrapa sa pinte, but une gorgée et la reposa.

— Vous m'avez déjà posé la question et je vous ai déjà répondu. Pourquoi croire que Billy était gay ? Il y avait une femme dans sa vie. Je suis sûr que vous lui avez parlé.

— Angela Riffley, vous voulez dire, acquiesça Jury.

— Oui. C'est quelqu'un, cette femme-là.

Jury sourit.

— Pas facile de savoir ce qu'elle a dans le ventre. Que cache-t-elle, pour autant qu'elle cache quelque chose ? Suis-je trop bête pour la percer à jour ou n'y a-t-il rien à percer ?

Kurt éclata de rire.

— C'est tout l'art d'Angela. Elle est illisible.

— A-t-elle vraiment fait tout ce qu'elle prétend avoir fait dans la vie ?

— J'en doute. Mais comment savoir ?

— Elle est extrêmement séduisante mais je me vois mal la prenant au sérieux. Longtemps, je veux dire.

— Parce que vous avez du bon sens.

Jury réprima une envie de rire.

— Ce n'était pas le cas de Billy. Billy voulait quelqu'un avec qui échanger des idées, rompre des lances. Billy avait du mariage une vision à peu près aussi fine que celle d'un radis.

Kurt manipulait le briquet, le cognant contre la table. Nervosité, se dit Jury.

— Combien de temps sont-ils restés ensemble ?

— Un peu plus d'un an.

— Il l'a demandée en mariage ?

Kurt cessa de malmener le briquet.

— Franchement, je n'en sais rien. J'en doute. C'est ce qu'elle vous a dit ?

— Ce qu'elle m'a laissé entendre, plutôt.

Ils éclatèrent de rire.

— Je vois mal Angela Riffley s'exprimant carrément.

— Pourtant il ne faudrait pas la sous-estimer. Elle est très futée.

Contemplant le fond de son verre, il ajouta :

— Billy avait besoin qu'on lui fasse des piqûres de bon sens parfois. C'est mon point fort, le bon sens. Billy vivait sur la corde raide : les crises n'étaient jamais loin. Armageddon.

Kurt finit sa bière.

— Gérer ses affaires, cela consistait en quoi ? s'enquit Jury.

— Des papiers à classer, des rendez-vous, de l'argent, des dons à des œuvres, l'argent des dépenses courantes. Les documents à classer, ce n'est pas ce qui manque dans la vie. Même dans les vies banales. Or celle de Billy ne l'était pas. Loin de là.

Il prit son verre vide.

— Il nous en faut une autre.

Il se leva.

Jury l'arrêta d'un geste.

— Non, c'est ma tournée.

Kurt, qui était debout, s'empara des deux verres.

— Est-ce que c'est important ?

Et il se dirigea vers le comptoir.

Jury réfléchit. Etait-ce important de respecter les rituels quand on était dans un bar ? Peut-être.

Kurt revint avec les pintes et se rassit.

— Cet arrangement que vous aviez conclu avec Billy vous convenait ?

Kurt but une gorgée, posa son verre.

— Parfaitement. La paperasse, ça me connaît. Le classement, le tri, tout ça. Ce n'était pas vraiment du travail.

Jury perçut dans son intonation comme une pointe de regret mais il n'essaya pas d'en savoir davantage.

— Billy n'a pas laissé de testament.

— Apparemment, non, dit Kurt en prenant une gorgée de bière.

— Cela ne fait pas de différence pour vous ?

— Il est mort. C'est la seule différence.

— Il semble qu'il ait été à la tête d'une vraie fortune. Cela ne vous ennuie pas ?

— Décidément, vous aurez tout essayé pour obtenir de moi une réponse de nature à vous satisfaire. La réponse est non. Il faudra vous en contenter.

Il fit glisser dans sa paume des pièces qui étaient posées sur la table.

— Il faut que j'aille chercher mon sergent et que nous regagnions Londres.

Jury consulta sa montre.

— Seigneur ! Presque huit heures…

Il sortit son portable pour appeler Phyllis Nancy mais constata qu'il était déchargé.

— Vous avez un portable ?

— Tenez.

Jury appela Phyllis – qui ne répondit pas – et laissa un message pour s'excuser. L'enquête sur laquelle il bossait l'avait retenu à Rye. Il l'appellerait, ou plutôt la verrait dans la matinée. Il ferma le téléphone, le rendit à Kurt.

— Un rendez-vous galant manqué ?

Ils franchirent la porte, se retrouvèrent dans la rue.

— Franchement, je me demande comment j'ai pu zapper ça.

— La perspective de me passer les menottes ?

— Sûrement.

— Ou notre passionnante conversation ?

Jury sourit. Il ne considérait plus Kurt Brunner comme le principal suspect.

Ou bien Brunner était un acteur consommé, ou bien Jury était complètement à côté de la plaque.

LA LEÇON DU MAÎTRE

38

— Ce ne serait pas la première fois, dit Harry Johnson en levant son verre.

Onze heures et demie, à l'Old Wine Shades.

— Très drôle, Harry.

Jury n'avait pas réussi à joindre Phyllis. Son portable était maintenant rechargé et allumé. A peine l'avait-il fermé qu'il sonna. Ce devait être elle. Il se plaqua le téléphone contre l'oreille.

— Jury à l'appareil.

Silence. Pas un silence furieux tout de même ?

— Phyllis ?

— Ce n'est pas Phyllis, dit Lu Aguilar. J'ignore où elle est, désolée. Quant à moi, je suis au Dust.

Elle raccrocha sans laisser à Jury le temps d'en placer une.

Non que cela eût fait une différence. Il ferma sèchement son mobile. Un début de migraine le taraudait. Il se frotta la tempe.

— Quelque chose qui cloche ?

Il fit non de la tête. Sentit un regard insistant dirigé vers lui. Pas celui de Harry. Harry s'était tourné vers la rangée de bouteilles qu'il contemplait en fumant comme un bienheureux.

Jury baissa le nez. Mungo était sorti de sous le tabouret. Œil braqué sur Jury.

— Eh bien, quoi ? Si tu as quelque chose à dire, ne te gêne pas. Pas vous, dit Jury en voyant Harry pivoter vers lui.

Harry regarda Mungo et grogna.

— Il vous fait le coup du regard qui tue. C'est comme ça qu'il me zyeute quand je suis à la table de black-jack. En général, il ne se trompe pas. Dites, vous n'êtes pas homme à abuser des mots, si j'en juge par votre coup de fil.

Les mots, songea Jury. A quoi serviraient les mots entre Aguilar et lui ?

— Etait-ce le kidnappeur avec sa demande de rançon ?

— Non, Harry. Le kidnapping, c'est votre spécialité à vous. Et le meurtre, ne l'oublions pas.

— Oublions-le, au contraire. Il faut toujours que vous remettiez ça sur le tapis, c'est lassant.

Il remplaça sa cigarette par un petit cigare qu'il alluma aussitôt.

Tout le monde dans ce putain d'univers fumait, excepté Jury, semblait-il. Et les gens qui fumaient fumaient même comme des pompiers. Il n'aurait pas été étonné de voir Mungo en griller une.

— Drôlement frustrant de ne pas avoir l'ombre d'un commencement d'indice.

Harry appela Trevor d'un geste. Calant sa serviette sur son épaule, le barman s'approcha.

— Un verre de chevalier-montrachet, Trev. Ce truc-là ne me plaît pas des masses.

Il tendit son verre vers la lumière, l'examina.

— Pas un peu bouchonné, par hasard, ce pinard ?

Trevor fusilla Harry du regard. Jury s'esclaffa. Comme si Trevor pouvait servir un vin qui ne soit pas au top !

— Je vais faire comme si je n'avais pas entendu, monsieur Johnson, dit Trevor, pincé.

— Mais vous n'oublierez pas, n'est-ce pas ? le titilla Jury.

— Certainement pas. Ma réputation est en jeu, monsieur.

Harry ébaucha un sourire. Trevor s'efforça d'en réprimer un et alla chercher le vin demandé.

— C'est ce genre de détail qui finira par vous couler, Harry, dit Jury. Vous ne devriez pas jouer au plus fin avec Trevor. Un beau jour, il mettra du cyanure dans vos bourgognes millésimés.

— Vous ne souhaitez que ça, avouez-le.

— Je ne le nie pas. Tout ce qu'il me faut pour vous coincer, c'est un mandat de perquisition.

— Vous en aviez déjà besoin il y a deux semaines et vous n'avez pas réussi à l'obtenir.

Sourire de Harry.

— Je ne vois pas comment vous le décrocheriez maintenant. Ne vous a-t-on pas intimé l'ordre de vous tenir éloigné de ma résidence ?

— C'est exact.

— Alors, faites gaffe ou je crache le morceau. J'ai tout de suite compris que vous étiez venu fouiner quand je suis rentré chez moi ce soir-là. C'est pour ça que vous m'avez envoyé votre petit copain. Pour détourner mon attention. Très astucieux.

Jury renifla hypocritement.

— Quel petit copain ?

— Niels Bohr.

— Oh, lui. Un allumé. Pourquoi ? Vous avez envie de tailler une autre bavette avec ce gars-là ?

Jury regarda sa montre.

— Faut que j'y aille.

Il descendit de son tabouret.

— Savez-vous quels sont, parmi tous les « méchants », ceux qui se font pincer les premiers ? Les malins, les futés.

Oh le gros mensonge. Les futés, c'étaient ceux qui se faisaient gauler en dernier.

39

Il s'exhorta à ne pas le faire, se dit qu'il pouvait encore s'en aller ; il avait beau le vouloir, il s'en sentait incapable.

Jury se gara dans Saint James's Green au même endroit que précédemment. Il sortit, ferma la voiture. Puis il la rouvrit pour jeter son portable sur le siège et verrouilla de nouveau la portière.

Elle était assise au bar, seule, elle ne discutait pas le bout de gras avec le barman cette fois-ci. Lequel était pour l'instant invisible. Un verre avec un fond de whisky près d'elle. Elle fumait une cigarette tout en regardant droit devant, les bouteilles sur les étagères ou bien le miroir, comme Harry quelque vingt minutes plus tôt dans le bar à vins. Elle ne le vit que lorsqu'il tira un tabouret à côté du sien.

Elle lui adressa un sourire – pour elle chaleureux, car ce n'était pas une femme à sourires. Il aurait aimé savoir pourquoi elle prenait la vie tellement au sérieux. Elle écrasa sa cigarette et chassa de la main la fumée restée en suspens entre eux.

— Tu es allé à Rye.

Ce n'était pas une question. Juste une constatation. Lu allait droit au but. Même si ce n'était pas pour le boulot qu'elle l'avait appelé.

— Tu as vu les Maples.

Pas non plus une question. Elle supposait qu'il avait fait son travail.

— Oui. J'essayais de redéfinir les paramètres de l'enquête. Ce qui est de ton ressort et ce qui est du mien.

Elle pivota et il put voir son visage.

— C'est de notre ressort à tous les deux. On n'est pas en compétition. Je te l'ai dit.

— Ah bon ? Où est passé Ty ou celui des barmen qui a dix minutes à consacrer aux clients dans ce rade ?

— Tiens, dit Lu, poussant son verre vers lui.

Jury n'y toucha pas.

— Tu m'as fait venir pour qu'on compare nos notes sur Roderick et Olivia Maples ?

— Non.

Bruit de gorge. Agacement ? Raclement de confort ?

— Tu sais pourquoi je t'ai appelé. En attendant, on peut parler.

— En attendant quoi ?

Roulement d'yeux de Lu.

— On ne t'a jamais dit que tu te comportais souvent comme un gamin ?

— Si. Qu'est-ce que tu disais ?

Tendant le bras, il écarta de sa joue une mèche vagabonde.

— Maples. Olivia ne m'a pas inspiré grand-chose. Je l'ai juste trouvée avide. J'ai du mal à croire que Billy l'ait jugée attirante.

— Qui te dit qu'il la jugeait attirante ?

— Elle. A l'entendre, il avait du mal à s'empêcher de la peloter, dit Lu.

— J'en doute. Tu es allée voir Rose Ames mais tu n'as pas parlé avec le grand-père de Billy, si ?

Elle fit non de la tête et vida son verre.

— Tu le connaissais de réputation. Je voulais que ce soit toi qui ailles le voir.

Elle effleura des doigts le poignet de Jury, dont la main reposait sur le comptoir.

— C'est important, ce qu'il t'a raconté ?

— Extrêmement important.

— Raconte.

Elle se pencha vers lui.

— Sir Oswald Maples était une pointure à Bletchley Park pendant la guerre.

— Les messages cryptés.

Jury hocha la tête.

— Roderick n'est pas son fils. C'est le fils d'un officier nazi de haut rang…

— Quoi ?

De saisissement, elle faillit tomber de son tabouret.

Il lui narra toute l'histoire.

— Seigneur ! Tu es sûr que c'était le frère de Brunner ?

— Sir Oswald en est absolument certain, et quand il fait des recherches, il ne fait pas semblant.

Les prunelles d'eau noire de Lu semblaient tanguer sous le poids de ces révélations. Il essaya de se détacher de ces yeux si expressifs tandis qu'il poursuivait son récit, mais il se perdit bientôt de nouveau dans leur sombre profondeur.

Ce n'étaient plus des informations qu'ils

échangeaient. Jury s'interrompit au beau milieu de son récit pour dire :

— Qu'est-ce qu'on fait ?

— On s'en va.

Lu mettait son sac en bandoulière. Elle allait se lever, mais Jury lui posa la main sur l'épaule.

— Lu…

— Ecoute, Richard, on peut, si tu veux, rester assis ici jusqu'à la fermeture et puis s'en aller. Aucune importance. De toute façon on finira la soirée au même endroit.

Elle se leva de nouveau.

— Tu as la trouille et ce n'est pas à cause du boulot, de l'enquête, de la déontologie, du fait qu'on bosse ensemble sur ce coup. Allez, viens.

Elle fit un pas et, voyant qu'il ne décollait pas de son tabouret, elle posa une main sur son épaule.

— Richard, je sais ce que tu ressens, je le ressens aussi. Je n'y peux rien. Ç'a été plus fort que moi dès l'instant où j'ai mis le pied dans cette chambre au Zetter. Tu n'y peux rien non plus. Si je croyais au destin, je dirais que c'est le destin.

— Mais tu ne crois pas que ce soit le destin.

— Je crois que nous n'y pouvons rien. Ce n'est pas une question de choix.

Il se leva, jeta un billet sur le bar et sortit avec elle.

Ils firent le trajet jusqu'à Saint James's Green en silence. Devant la voiture, Lu l'enlaça avec force.

— Voilà qui est mieux.

— Seulement, cette fois, va falloir faire moins de bruit. Mon voisin du dessous m'a dit qu'il avait cru que des déménageurs renversaient les meubles.

Son visage contre l'épaule de Jury, elle dit :

— C'est toi qui as fait tomber la table basse et la lampe.

— Sûrement pas !

Il lui donna un long baiser.

Le mobilier du séjour ne souffrit aucunement de leur passage cette fois-ci. Sauf lorsqu'ils entrèrent dans la pièce, que Jury la plaqua contre le dossier du canapé, qu'ils faillirent perdre l'équilibre et entraîner ledit canapé dans leur chute.

Après quoi, ils s'occupèrent sérieusement de la chambre : table de chevet les quatre fers en l'air, lampe cassée, store arraché, corbeille à papier renversée, clés de voiture, petite monnaie et peigne dégringolant de la commode, sans parler du couvre-pied et de la couverture tirebouchonnés et des draps tordus. Une vraie tempête.

Lorsqu'ils s'écroulèrent finalement de nouveau sur le lit, ils étaient exténués.

Jury s'endormit comme une masse.

Cette fois encore, il ne l'entendit pas partir. Cette fois encore, elle avait ramassé ses vêtements semés sur la moquette.

Il se dit avec tristesse que sans ces indices il risquait de ne jamais retrouver sa trace.

40

Le père Martin, long visage triste, regarda pensivement Jury le lendemain matin alors qu'ils se tenaient près de l'autel.

— Heureux de vous revoir, commissaire, mais il n'y a rien de changé.

Le prêtre était en surplis car il venait de baptiser une toute petite fille. Du fond ombreux de l'église, Jury, qui avait assisté à la cérémonie, avait entendu le bébé pleurer lorsque l'eau avait coulé sur son crâne. La mère s'était empressée de reprendre la petite dans ses bras et l'avait bercée pour la calmer. Le père suivait la scène de loin, apparemment pas concerné.

— Tout de même, mon père, je continue de me poser des questions. A propos de la nuit où vous avez failli nous renverser dans cette ruelle.

— Je croyais que c'était réglé.

— Réglé ? Rien n'est moins sûr. Voyons, était-ce vraiment du Dust que vous sortiez ? N'était-ce pas plutôt du Zetter ? Ils sont tellement proches l'un de l'autre.

Jury sentit que Martin s'efforçait de concocter des réponses comme on rassemble les morceaux épars d'un miroir brisé. Il parut se rendre compte qu'il n'y parviendrait pas. Et concéda :

— J'imagine que c'est exact.

— Vous n'en êtes pas certain ?

Enervé, le père Martin dit :

— Mais évidemment que j'en suis certain ! J'ai dû mélanger les jours. J'ai dîné au Zetter. La cuisine y est fameuse.

— Seul ?

— Oui. C'est assez cher. Je n'y mange pas souvent.

— Juste avant que nous longions Jerusalem Passage ?

Le prêtre fit oui de la tête.

— Mais il devait être près de onze heures. Le restaurant était encore ouvert ?

— Ils ne servaient plus les nouveaux arrivants. Mais il y avait encore quelques clients qui prenaient le café et des digestifs.

— Et vous vous êtes précipité dehors.

— Pas tout de suite. J'avais déjà quitté le restaurant quand je me suis souvenu que je devais être chez moi pour prendre un appel téléphonique. A ce propos, et afin de vous éviter de me poser la question, laissez-moi vous dire que je suis désolé mais que je ne peux vous apprendre ni de qui était l'appel ni quelle en était la teneur. C'est confidentiel.

— Donc impossible pour moi de vérifier ?

Jury sourit.

— C'est comme au confessionnal, alors ? Vous n'allez pas vous en tirer comme ça, mon père. Nous avons les moyens de procéder à des remontées d'appels. Dommage que nous ne puissions en faire autant pour les confessions.

— Vous ne me croyez pas ?

— Non.

Le père Martin se leva, et Jury à sa suite.

— Je ne peux vous en dire davantage, commissaire. Mais vous aimerez peut-être savoir ce que je faisais puisque vous ne croyez pas que j'étais en train de dîner.

Il retira son étole et sa soutane.

— Tout ce que je sais, c'est que vous ne couriez pas comme un dératé pour aller prendre un coup de fil. Vous fuyiez quelque chose et, comme un meurtre venait de se produire au Zetter, je dirais que c'est ça que vous fuyiez. Que vous ayez été censé retrouver Billy Maples à l'hôtel ou que vous vous y soyez rendu de votre propre initiative, je l'ignore. Vous êtes entré, vous n'avez pas vu le corps. Le garçon du service d'étage ne l'a pas vu non plus parce qu'il était sur la terrasse. Vous êtes passé sur ladite terrasse et c'et là que vous l'avez vu. Raide mort à vos pieds. J'imagine votre réaction. Vous avez détalé. Mais on peut écrire l'histoire autrement et là, c'est nettement moins plaisant : c'est vous qui l'avez abattu. Billy attendait quelqu'un. Etait-ce vous ?

Sourire du père Martin. Sourire rentré, qui semblait dire à Jury qu'il était tellement à côté de la plaque que c'en devenait comique.

— Vous pensez que j'ai assassiné Billy ?

— Pas nécessairement. Mais vous étiez là-bas. J'aimerais savoir pourquoi. Etiez-vous amants ?

Le prêtre éclata cette fois carrément de rire.

— Non. Je ne suis pas gay. Billy non plus, à ma connaissance.

— C'est tout le problème. Que savez-vous exactement de lui ? Vos relations n'étaient pas simplement celles d'un prêtre et d'un pénitent.

Profond soupir du père Martin.

— Très bien. J'étais là-bas, c'est vrai ; et non, je n'ai pas tué Billy. Je lui avais parlé un peu plus tôt au téléphone. Il semblait très abattu. Je me suis dit que j'allais faire un saut au Zetter, voir comment il allait. Oui, je l'ai vu. Allongé dans une mare de sang. Ma réaction… je ne peux pas vous la décrire…

Il s'interrompit, se passa une main sur le front, prit une profonde inspiration.

— Je me suis assuré qu'il ne respirait plus – cherchant si le cœur battait, s'il y avait encore un pouls, et même… c'est ridicule…

— Je ne vois pas ce qu'il peut y avoir de ridicule là-dedans.

— Il y avait un miroir sur une étagère. Je l'ai approché de ses lèvres. Comme Lear avec Cordelia. J'avais compris qu'il était mort à l'instant où je l'ai vu, et pourtant j'ai procédé à toutes ces vérifications.

Jury lui trouva quelque chose d'infiniment triste dans la voix.

— Il vous attendait ?

— Quoi ? Non.

— Il attendait quelqu'un à dix heures.

— Eh bien, ce n'était pas moi. Je m'étais rendu là-bas à l'improviste. Je suis sorti de la chambre, j'ai pris l'ascenseur. Je ne me suis pas précipité dehors. Je ne suis pas sorti tout de suite. Je suis allé à la réception demander si le restaurant était encore ouvert. La réceptionniste m'a dit que oui, qu'ils n'allaient pas tarder à fermer. Je me suis installé à une table, j'ai commandé et voilà. C'est après ça que j'ai quitté l'établissement et que je vous ai bousculés dans la ruelle. Je ne courais pas, commissaire. Je marchais à vive allure.

Jury, qui le regardait, secoua la tête.

— Vous n'avez pas alerté la direction ? La police ? Quelqu'un d'autre ?

— Non. Et je n'en suis pas fier.

— J'imagine. Bizarre, ce comportement, pour un homme qui respecte si scrupuleusement les principes quand il s'agit de la confession. Puisque vous refusez de me dire ce qui a poussé Billy à vouloir se confesser, je vais vous le dire.

Le père Martin sourit.

— Ce sera un soulagement.

Désignant un banc :

— Vous ne voulez pas vous asseoir ?

— Pas vraiment. Ce qui me met en rogne, voyez-vous, c'est qu'il ne s'agissait pas réellement d'une « confession ». Du moins pas au sens strict du terme.

— La chose a eu lieu dans un confessionnal.

— Une idée à vous ? Ou à Billy ? Peu importe. Billy vous a parlé de son grand-père, le vrai, son grand-père par le sang, l'officier nazi. Il vous a parlé des tableaux, n'est-ce pas ?

Le prêtre, surpris, hésita, puis hocha la tête.

— Oui, il vous en a parlé. Billy avait le genre de conscience que peu d'individus possèdent : il culpabilisait pour ce que d'autres avaient fait.

— Entièrement d'accord avec vous : c'est rare.

— Pour Billy, cela confinait à l'obsession. Est-ce aussi l'impression que vous avez eue ?

— Oui. Je dirais que ça le... consumait. Je m'inquiétais pour lui, voyez-vous. C'est pourquoi je me suis rendu au Zetter. Il m'avait appelé un peu auparavant, me parlant de tout ça.

— Je croyais vous avoir entendu dire qu'il ne vous attendait pas à dix heures…

— En effet, il ne m'attendait pas. Je lui ai proposé de passer mais il a refusé, disant qu'il comptait se coucher de bonne heure, qu'il avait besoin de sommeil.

— Alors ce n'était pas vous.

— Non.

Soupir de Jury.

— J'ignore si l'état d'esprit dans lequel se trouvait Billy peut être causé par la dépression. Il semble qu'il ait été maniaco-dépressif. Ou si ce ne serait pas – aussi bizarre que cela puisse paraître – une sorte de… don spirituel.

— Je l'ignore aussi, monsieur Jury.

Jury contempla la statue de la Vierge, le plafond à la manière de Brunelleschi.

— Je regrette de ne pas l'avoir connu.

— Qu'est-ce qui vous fait dire que vous ne le connaissez pas, commissaire ?

— Encore une énigme, mon père ? Merci, ça suffira pour aujourd'hui. Les mystères, j'en ai ma claque.

Le père Martin éclata de rire.

41

Il y avait deux choses que Melrose n'arrivait pas à savoir concernant les Verver : primo, ce qu'ils savaient exactement ; secundo, si Henry James voulait faire passer Maggie Verver pour une abominable manipulatrice aux yeux de ses lecteurs.

Il lisait *La Coupe d'or*, entre autres. Cinq ouvrages étaient étalés sur des fauteuils ou calés sur des accoudoirs de canapé dans le salon, et un autre encore reposait sur la table de la salle à manger. Il en prenait un, lisait quelques pages, le reposait pour en prendre un autre. Pas étonnant qu'il ne s'y retrouve plus.

Cela dit, naviguer en territoire jamesien n'était pas de tout repos ; on perdait facilement ses repères, on risquait de se retrouver à bord d'une coquille de noix sur des eaux tumultueuses sans savoir dans quelle direction se trouvait la terre. Commençait-il à s'exprimer comme les personnages de James ?

Mais c'était ça, n'est-ce pas ? C'est ce que Charlotte et Amerigo devaient avoir éprouvé, tandis qu'ils s'efforçaient de manœuvrer leur petit bateau dans le sillage du yacht colossal de Maggie et Adam Verver.

Il se leva, gagna la salle à manger. Jeta un coup d'œil

au superbe jardin et à la magnifique journée. Il prit le recueil de nouvelles resté sur le buffet et continua de lire « Le coin plaisant ». Cela l'agaçait que Jury s'en souvienne si bien.

— Madame Jessup ! cria-t-il en direction de la cuisine.

Souriante, Mme Jessup poussa la porte battante, image même de la cuisinière dans son tablier d'un blanc aveuglant.

— Monsieur ?

— Pourrais-je avoir une tasse de café ? Juste une tasse. Inutile d'apporter tout le saint-frusquin.

— Certainement, monsieur.

Elle pivota et poussa la porte qui se referma sur elle.

Melrose se replongea dans « Le coin plaisant », qu'il lisait debout comme à son habitude. Il resta ainsi dix bonnes minutes, le temps que Mme Jessup revienne, apportant la tasse demandée et tout le fichu bazar : cafetière, pot à lait, sucrier, biscuits.

Il se demanda si le mot « biscuit » n'avait pas été enfoncé dès la naissance dans le crâne des Anglais – hommes, femmes et enfants. Toujours est-il qu'il était si présent dans leurs neurones qu'il était absolument impossible de se faire servir une tasse de thé ou de café sans se voir offrir lesdits biscuits.

— Merci, madame Jessup… Non, je me servirai. N'oubliez pas que des gens vont venir visiter la maison à quatre heures, le thé de l'après-midi s'en trouvera peut-être un peu décalé.

Melrose adorait le thé de l'après-midi, d'autant plus maintenant qu'il pouvait le prendre sans sa tante Agatha.

La visite avait été organisée par une dame des Monuments historiques, qui s'était abondamment excusée de lui causer ce dérangement.

« Normalement, ce sont les occupants de la demeure qui se chargent de la faire visiter. Mais comme vous êtes là à titre provisoire et pour nous dépanner, nous ne pouvons pas vous imposer de jouer les cicérones. »

Melrose avait éloigné le récepteur de son oreille.

« Je vous remercie de bien vouloir les accueillir, lord Ardry. Ce sont de fervents supporteurs des Monuments historiques, ils doivent regagner King's Lynn dans la soirée et c'est leur seule chance de visiter Lamb House… »

Elle avait encore brodé quelque temps sur ce thème, terminant par : « Ne vous croyez surtout pas obligé de leur faire un topo ou quoi que ce soit de ce genre. Ils n'auront qu'à regarder. »

Melrose fixa de nouveau le récepteur. Rester muet, lui ? Cette femme était-elle folle ? Alors qu'il avait la garde de Lamb House et de Henry James, et devait assurer la protection des biens du maître ?

Ne pas dire un mot ? Rien que d'y penser, il fit la grimace qui l'avait rendu célèbre. Bon sang, on verrait bien s'il allait se taire !

Ils se trouvaient présentement devant Lamb House. Melrose savait qu'ils seraient trois, un couple et leur fille. Le couple se pointa à l'heure dite avec leur fillette. Une créature maussade qui ne devait guère avoir plus de sept, huit ans. Pourquoi les parents avaient-ils traîné la petite à Lamb House ? Faute d'avoir un endroit où la fourrer pendant la visite ?

Rares étaient les enfants dans les romans de James, à l'exception du célèbre duo dépeint dans *Le Tour d'écrou*. Ils étaient si extraordinairement intelligents que le lecteur ne pouvait s'empêcher de voir en eux des adultes en miniature. James ne semblait guère s'intéresser aux enfants, ce qui n'avait rien d'étonnant. Cette gamine avec sa coupe au bol suçait une sucette fluo. Elle semblait considérer la visite – l'examen de demeures habitées par de parfaits étrangers – comme un moyen de la persuader d'être sage pendant le trajet de retour à King's Lynn. Sa façon de fixer Melrose par-dessus sa sucette psychédélique indiquait clairement que cette tentative était vouée à l'échec.

Melrose y alla d'un faible sourire.

— Désolé, mais les sucettes, ce n'est pas très indiqué pour visiter des pièces remplies de livres, de portraits et de bibelots.

La mère prit fait et cause pour sa progéniture :

— Ne vous en faites pas pour Minnie. Minnie est une grande fille. Nous lui avons tout expliqué.

Le père, M. Babcock, contemplait la fillette d'un air lugubre, comme s'il doutait fortement que cette visite pût avoir des effets bénéfiques.

Mme Babcock, après avoir examiné l'entrée, décréta qu'elle était de bon goût et fort agréable. Melrose leur désigna le petit salon sur la droite et, là, se mit en devoir de disserter sur les photos, illustrations et caricatures tapissant les murs. Du coin de l'œil, il surveillait Minnie, qui passait l'inspection de son côté. Elle était penchée, avec sa sucette, au-dessus du journal posé ouvert sur le bureau, tournant une page, se penchant de plus belle, tournant une autre page, la sucette manquant à chaque fois de peu de choir sur les lignes tracées par le maître.

— Attention, mon petit ! s'exclama Melrose avec son intonation la plus victorienne. Ce journal est d'une valeur inestimable. Je vous demanderai de ne pas y toucher.

— Oh, mais Minnie est soigneuse, protesta la mère. Elle ne va pas l'abîmer. N'est-ce pas, mon poussin ?

C'était tellement loin d'être vrai que même la gamine le savait. Aussi est-ce un regard de triomphe qu'elle décocha à Melrose en se penchant de nouveau au-dessus du journal intime de James.

— Qu'est-ce que c'est que ça ? dit alors M. Babcock.

Il fixait la caricature de Henry James faite par Cruikshank.

— Pas mal, hein ? apprécia le père de Minnie avec un fort accent du Tyne et Wear.

Il avait presque le nez collé sur le verre, qui s'embuait doucement.

— Dites-moi, s'enquit Melrose, ce qui vous intéresse particulièrement chez Henry James ?

M. Babcock recula d'un pas.

— Moi ? Oh, pas grand-chose. C'est surtout ma femme que ça intéresse. C'est elle qui a insisté pour venir. Mildred s'est mis dans la tête de visiter toutes les demeures historiques, tous les châteaux, tous les manoirs. Voir tous les monuments, tous les portraits, toutes les statues, qu'elles soient en bronze, en cire ou en bois, toutes les fleurs du Salon horticole de Chelsea. Et elle prend des notes sur tout ce qu'elle visite. Vous voyez le genre…

Melrose ne voyait que trop bien.

— Quel programme ! Je suis mort rien qu'à vous l'entendre réciter.

Rugissement de rire, vite réprimé heureusement, de M. Babcock.

— Voyons, Bob, le tança Mme Babcock.

Elle avait un visage de fouine et sa diction était si abominablement précise que ses lèvres semblaient se refermer sur les mots comme les boutons-pression d'un corsage ajusté.

— M. James est-il mort dans cette maison ?

— Non, dit Melrose, un peu interloqué de commencer par la mort du grand homme. Il est mort à Londres, dans sa demeure de Cheyne Walk.

— Etait-il aussi populaire que Dickens ?

Après la mort, la célébrité.

— Oh non. C'est Dickens qui était l'auteur le plus populaire de son temps. Le plus populaire au monde, même.

— C'est pour ça qu'il passe à la télé.

— Oh, dit Melrose, désignant la pièce d'un vaste moulinet du bras, M. James aussi est passé à la télé !

Le regard de fouine se braqua de nouveau vers lui.

— C'est quel livre qu'ils ont passé à la télé ? C'était pas un feuilleton ?

— *Le Tour d'écrou.*

Comme elle le fixait sans comprendre, il ajouta :

— Vous vous en souvenez sûrement, l'histoire avec ces deux enfants insupportables.

Il lui mettait les points sur les *i*. Malheureusement, Minnie n'était pas là pour en profiter.

— Où est passée votre fille ?

Minnie avait disparu. Depuis combien de temps ?

Mme Babcock n'avait pas l'air de s'en faire. Elle ruminait.

M. Babcock, lui, parut s'inquiéter quelque peu.

— Où cette gamine est-elle allée se fourrer ?

La réponse leur parvint avec la force d'un coup de tonnerre. Une avalanche de casseroles et d'assiettes, apparemment.

— La cuisine ! s'exclama Melrose, fonçant dans cette direction, suivi du père de Minnie.

Mme Jessup était si rouge et congestionnée de rage que Melrose crut qu'elle allait avoir une attaque. La gamine avait renversé une table couverte de moules à gâteaux, de bols et d'assiettes chargées de pâtisseries. Elle avait la bouche pleine de miettes de cake et de glaçage au chocolat.

— Je n'ai jamais rien vu de pareil ! J'essayais de l'occuper avec du thé et du cake pour qu'elle vous fiche la paix, et voilà ce qu'elle trouve le moyen de faire ! Tous mes gâteaux, toutes mes tartes par terre ! Elle a tout flanqué par terre et elle a renversé la table, en plus !

— Oh, Seigneur ! dit le père de Minnie.

Minnie ne semblait pas autrement émue.

M. Babcock se dirigea vers elle, l'empoigna par le bras et la fit sortir de la cuisine, s'excusant abondamment auprès de la cuisinière de la conduite abominable de sa progéniture.

Melrose redressa la table pendant que Mme Jessup secouait la tête.

— C'est un démon, lord Ardry. Un vrai démon.

— Je reviens dans une minute, dit Melrose, prenant la direction du petit salon.

Où Mme Babcock rouspétait, disant :

— On n'aurait jamais dû lui donner du cake, à cette petite, avec son taux de glycémie…

— Son taux de glycémie ? souffla Melrose dans son dos.

Mme Babcock pivota et lui décocha un regard tranchant.

— Elle est limite diabétique !

— Vraiment ? C'est pour ça que vous lui achetez des sucettes ?

Mme Babcock se raidit de quelques crans supplémentaires. Elle était maintenant si hérissée que Melrose se demanda s'il n'allait pas pouvoir s'en servir comme d'une brosse pour cirer ses bottes.

— Les enfants, faut bien qu'ils aient une petite gâterie de temps en temps…

— Ne vous inquiétez pas pour son taux de glycémie. Je suis sûr que Dracula se fera un plaisir de lui faire une autre transfusion.

Et il lui adressa un sourire en forme de rictus.

Elle le regarda, bouche bée. Après avoir postillonné d'indignation contenue, elle finit par s'exclamer :

— Ah, ça, c'est trop fort ! Je me plaindrai aux Monuments historiques ! Comptez sur moi !

— Sachez, madame, que ça m'est totalement indifférent. Je ne suis pas payé par cette institution. Je suis ici parce que je le veux bien, uniquement pour leur rendre service. Je vous suggère donc de leur rendre, vous aussi, un service, en quittant au plus vite cette maison.

Il se dirigea à grands pas vers la porte, qu'il ouvrit à la volée.

M. Babcock sortit en marmonnant des excuses.

Quant à Minnie, elle gratifia Melrose d'un substantiel aperçu de sa langue poisseuse à souhait.

42

Mme Jessup faisait de son mieux pour sauver du désastre les tartes et les gâteaux si amoureusement préparés lorsque Melrose réintégra la cuisine.

— Les Babcock sont partis. Bon débarras ! Laissez-moi vous donner un coup de main.

Il s'agenouilla pour tenter de faire glisser sur leur plaque de cuisson une poignée de petits biscuits qui en avaient été éjectés.

— Il vaut mieux les jeter, monsieur.

Mme Jessup ramassait couteaux et cuillers épars tout en commentant à la vitesse de la mitraillette la façon dont on élevait les enfants ces temps-ci.

— Si on s'était conduits comme ça, nous aut', on en aurait eu pour une semaine à pas pouvoir s'asseoir ! On aurait récolté une de ces fessées ! J'arrive même pas à l'imaginer parce que jamais ça se serait produit. Excusez-moi, monsieur, mais voir cette petite flanquer ma pâtisserie par terre, ça m'a mise hors de moi !

Melrose, toujours à genoux, leva les yeux.

— Pourquoi ne pas vous asseoir un instant, madame Jessup ?

Sans prêter attention à la suggestion, elle commença à

s'activer devant l'évier tandis que Melrose, qui venait de récupérer une tartelette au citron, s'efforçait de détourner la conversation de Minnie.

— Vous étiez nombreux, chez vous ?

— Oui, monsieur. On était trois filles, Dora était l'aînée, et un garçon, Bertie.

— C'est sympa d'avoir des frères et sœurs.

Tout en examinant une tranche de cake au pavot, Melrose se prit à regretter une fois de plus son statut d'enfant unique.

— Ils habitent près d'ici ?

— Mes deux sœurs sont mortes. Noyées.

— Oh ! Quelle horreur ! Quelle tragédie pour vous et vos parents !

Melrose se souvint vaguement que Wiggins lui en avait touché un mot.

— Vous étiez à la plage ?

— Non, monsieur. Je n'étais pas encore née. Ça s'est passé pendant la guerre. Le bateau qui les évacuait vers le Canada a coulé. La « traversée maudite », c'est comme ça qu'on l'a appelée.

— C'est affreux, dit Melrose, fronçant les sourcils.

— C'était il y a longtemps. Ce qui m'y a fait penser, c'est cette gamine infernale.

Elle posa sans douceur une casserole dans l'évier.

— Ils s'en mordront les doigts, ses parents, plus tard, quand cette petite peste les fera tourner en bourrique.

Mme Jessup était très remontée. Jamais Melrose n'aurait soupçonné ça de sa part.

— Ecoutez, madame Jessup, pourquoi ne pas souffler un instant ? Vous poser ? Rentrer chez vous, si vous préférez. Les tartes attendront.

Il avait à peine fini sa phrase que la cuisinière secouait farouchement la tête.

— Pas question, monsieur, mais merci quand même. Aujourd'hui, c'est mon jour de pâtisserie. Faut que je m'y attelle.

De ses petits bras musclés, elle avait empoigné un sac de farine pour en verser dans une bassine.

— Je suis une femme d'habitudes, monsieur. L'habitude, la force de l'habitude, y a que ça de vrai, en fin de compte. Il faut toujours faire ce qu'on s'est promis de faire ; c'est le plus sûr moyen de pas se tromper.

Melrose était loin de souscrire à cette ligne de conduite. Les habitudes, lui-même n'en avait cure ; il préférait les inculquer aux autres. Et surtout aux personnes qui étaient à son service. Sa cuisinière Martha, par exemple, était priée de ne mettre que des gâteaux industriels sur le plateau du thé lorsque sa tante Agatha rappliquait pour le five o'clock. Son ermite, M. Blodgett, était prié d'apparaître à la fenêtre du salon lorsque Agatha était là. Le bouc de Melrose, Chaviré, et son cheval, Chagrin, étaient priés d'attendre qu'il se manifeste avec des carottes.

Quant à ses amis, ils avaient pour consigne de se retrouver à onze heures et à dix-huit heures au Jack and Hammer.

Theo Wrenn Browne, pour sa part, était chargé de jouer les idiots de service.

La liste n'en finissait pas. Cette brave Mme Jessup venait de lui faire prendre conscience de l'importance que l'habitude tenait dans son existence. Oui, l'habitude était une vertu. L'habitude qu'on inculquait aux autres, bien entendu.

— Vous avez parfaitement raison, madame Jessup. Jamais rien entendu d'aussi juste.

Elle sourit pour la première fois depuis que l'insupportable gamine avait fait voltiger ses tartes et ses cakes.

Il ramassa un petit pain aux raisins et se dirigea vers la fenêtre donnant sur la vaste pelouse. La pluie avait cessé et le gris de l'après-midi donnait au jardin un air mélancolique. La bignone d'un rouge profond, les roses et le jasmin grimpant à l'assaut du vieux mur de brique, les massifs de fleurs à bulbes et de lys, la lavande bordant la pelouse, les arbres, les buissons, les haies... pas étonnant que Henry James ait adoré cet endroit, quelle tranquillité pour un écrivain...

Regardant toujours dehors, il dit :

— Billy Maples devait adorer Lamb House.

— En effet.

— C'est bizarre, mais personne ne comprend ce qui l'a poussé à reprendre le bail. Un citadin dans l'âme comme lui, s'enterrer dans ce village perdu ?

— C'est à cause de son amour pour Henry James.

Surpris, Melrose pivota et constata qu'elle s'apprêtait à étaler de la compote de pomme sur sa pâte à tarte.

— Vraiment ?

— Il passait son temps à le lire. Chaque fois que je lui apportais son petit déjeuner ou son thé, je le trouvais plongé dans un roman de Henry James. Il m'a dit que Henry James avait écrit ses trois plus grands livres ici. J'ai oublié le titre... Il n'y en a pas un qui s'appelait *Le Rameau d'or* ?

— *La Coupe d'or*, rectifia Melrose.

— C'est ça. Et les deux autres, c'était quoi, déjà ?

— *Les Ailes de la colombe* et *Les Ambassadeurs*.

Elle finissait de garnir la tourte.

— Il m'a dit une fois que les familles étaient exactement comme ça : manipulatrices et perverses.

— Un peu fort comme vocabulaire, non ? Vous croyez qu'il faisait allusion à sa propre famille ?

Elle eut un rire bref.

— Aucune idée.

— Vous les avez rencontrés ?

— Oh, oui. Le genre gâté-pourri, des gens qui n'ont jamais manqué de rien, qui savent tout sur tout…

Elle était repartie.

— Billy, il était affreusement gâté. Il y avait des choses qu'il mangeait et d'autres qu'il refusait d'avaler. Des gens qu'il acceptait de voir et d'autres à qui il interdisait sa porte. Impossible de savoir ce qu'il avait dans le ventre, ce garçon, il était tellement lunatique.

Elle s'esclaffa.

Melrose fut ravi de la voir retrouver sa bonne humeur.

— Avec M. Brunner, il était allé en Espagne dans cette petite ville où on se jette des tomates à la figure… A la fin, tout le monde en est couvert ! On n'a pas idée !

Nouveau gloussement.

— Ça l'a dégoûté des tomates à tout jamais. Je ne pouvais même pas faire des spaghettis, moi qui en raffole…

Petit rire.

— Le lancer de tomates. Vous parlez d'un sport pour des adultes !

— C'est-à-dire… commença Melrose.

Mme Jessup lui coupa la chique dans la seconde :

— La pire, c'était la grand-mère. Elle se prenait pour la reine. On aurait dit qu'il lui appartenait. La mère de Billy était morte, n'est-ce pas, la première femme de M. Roderick. La grand-mère passait son temps à lui en parler, de sa fille, Mary. C'était pas fait pour le rabibocher avec sa belle-mère, vous pensez. Celle-là, c'est pas quelqu'un de très sympathique non plus. Mme Ames – la grand-mère – lui donnait de l'argent tant et plus, et il le dépensait de même. C'est pas des façons de faire avec un jeune homme.

Melrose, qui avait été soumis au même régime, se garda de broncher. A sa connaissance, il n'avait pas si mal tourné.

— Et son père ?

— M. Roderick ? Un type bien, je crois. Il le serait s'il n'avait pas épousé cette épouvantable bonne femme. Je suis étonnée que vous soyez sorti entier de votre entretien avec elle.

Melrose en resta comme deux ronds de flan. Jamais il n'aurait cru Mme Jessup capable d'autant de perspicacité.

— Vous l'avez vue, monsieur ? Ne me dites pas qu'elle ne s'est pas trémoussée sous votre nez ? On appelait ça des vamps, dans le temps.

Sans se donner la peine d'abonder, Melrose dit :

— Elle aurait essayé de vamper Billy, vous croyez ?

— Ça fait pas un pli. Billy était tellement beau gosse. Dix, quinze ans de moins qu'elle, mais c'est pas ça qui les arrête, ces femmes-là.

Melrose sourit.

— Qu'est-il arrivé à sa mère ?

— Un accident de bateau. Elle s'est noyée alors qu'elle avait à peine plus de trente ans.

— Vous aviez de la sympathie pour Billy Maples ?

Comme elle ne répondait pas immédiatement, Melrose se demanda ce qui la retenait.

— Je crois, oui. On ne se voyait pas beaucoup en

dehors des repas. C'était M. Brunner qui faisait tourner la maison.

— Un type sympathique, ce Brunner.

— Sauf qu'il est allemand.

Melrose sourit.

— Toujours en guerre, madame Jessup ?

Comme elle gardait le silence, il en conclut qu'il avait touché un point sensible et qu'il valait mieux ne pas insister. Il soupira.

— La journée a été longue. Je vais me faire un plaisir de raconter aux Monuments historiques la fin de la visite des Babcock.

Puis, se rappelant un détail :

— La petite peste suçait une sucette quand elle est arrivée. Elle a dû l'apporter à la cuisine mais je ne la vois nulle part. Vous ne l'auriez pas aperçue ?

— Non, monsieur, dit la cuisinière, abandonnant sa pâtisserie un instant. Je ne me souviens pas de l'avoir vue.

— En tout cas, quand ils sont partis, elle ne l'avait plus.

Balayage visuel rapide de la cuisine. Aucune trace de l'infernale sucette. Où Minnie l'avait-elle laissée ?

— Je vais devoir m'efforcer de la retrouver. Encore heureux qu'elle ne me l'ait pas collée dans les cheveux !

Mme Jessup éclata de rire.

— « Petite peste », c'est trop gentil pour un démon pareil. Je la vois bien passer ses journées à noyer des chatons.

Il explorait les rayonnages de la bibliothèque lorsque le téléphone sonna. Jury.

— Je me rends à Londres demain, dit Melrose. J'ai besoin d'un peu de tranquillité. Vivre dans la maison d'un écrivain célèbre a des inconvénients.

Et de relater les festivités de l'après-midi, quêtant la sympathie de Jury.

Il en fut pour ses frais.

— Les enfants ont toujours été ta bête noire. Tu t'obstines à vouloir les raisonner, à discutailler avec eux. C'est contre-productif.

— Discuter ? Je ne discute pas avec les enfants.

Il se tenait maintenant devant le buffet de la salle à manger, ouvrant et refermant les tiroirs.

— Ça t'amuse de chercher l'affrontement avec eux.

— J'aurais voulu t'y voir, avec cette gamine. Tu lui aurais flanqué une belle paire de claques. Mme Jessup était hors d'elle.

Et de narrer la scène à Jury dans les moindres détails.

Et Jury de s'esclaffer.

— Henry James ne mettait pas beaucoup d'enfants dans ses nouvelles, ce n'est pas étonnant.

Melrose feuilletait le journal de James posé sur la table de la salle à manger au cas où la sucette serait restée collée entre les pages. Cette sale gamine était capable de tout.

— Tu savais que James rédigeait son journal dans une prose magnifique ?

— Oui, j'ai jeté un œil au journal en question. Ça t'étonne ?

— Ce n'est pas parce que ses romans étaient magnifiquement écrits que le reste devait l'être aussi.

— Un homme comme lui, dit Jury, devait être incapable d'un quelconque laisser-aller dans le style.

— Sans doute, concéda Melrose. Si c'est pour me

demander si j'ai découvert du nouveau que tu m'appelles, la réponse est non. Oh, mais attends un peu…

— Quoi ?

— La raison pour laquelle Billy s'est installé à Lamb House. D'après Mme Jessup, c'est parce qu'il adorait les bouquins de James. Il était toujours plongé dedans.

— Intéressant. Et surprenant. D'après ce que j'ai cru comprendre, Billy ne semble pas avoir été du genre patient…

— Pas assez patient pour lire James, tu veux dire ? C'est la phrase qui tue, pour un écrivain. Si un livre ne t'empoigne pas immédiatement, il est condamné à finir au pilon, tu ne crois pas ?

— Comme Proust ? Combien de lecteurs se sentent immédiatement empoignés par Proust ? Pour ma part, je ne suis jamais allé plus loin que le début de *Du côté de chez Swann*. La seule œuvre de lui que la plupart des gens aient lue. Une fois la madeleine trempée dans le thé, ils laissent tomber.

— Quoi qu'il en soit, selon Mme Jessup, c'est ça qui l'a poussé à vivre ici. Elle ne pense pas beaucoup de bien de sa famille. Celle qu'elle a vraiment dans le nez, c'est la grand-mère.

— Rose Ames ?

Rire de Jury.

— Mme Ames a critiqué sa cuisine. Mme Jessup n'a pas apprécié. La fille de Mme Ames était la première femme de Roderick. Elle est morte noyée. Un accident de bateau.

— Comme la sœur de Mme Jessup. Ou comme ses sœurs, plutôt. Dora et je ne sais plus qui. Tentative d'évacuation d'enfants vers le Canada. Navire coulé par un sous-marin allemand.

— Les seavacs…

— Pardon ?

— Evacuation par mer.

Silence, pendant lequel Melrose souleva les coussins du canapé du salon.

— Melrose, tu es toujours là ?

— Je cherche la sucette.

— Bien sûr. J'ai mal choisi mon moment pour appeler…

— Non… Ah, la voilà ! s'exclama Melrose, lâchant le récepteur.

Collée sur le gilet de James – sur le portrait du maître. C'était là que se trouvait l'infernale sucette. Fourrée là par cette sale gamine.

Où étaient les fantômes de Miss Jessel et de Peter Quint quand on avait besoin d'eux ?

Derrière lui, le téléphone grésillait.

43

Cette fois, c'est la gouvernante qui vint ouvrir. Avec un sourire quand Jury s'annonça. Il la suivit dans le séjour douillet où sir Oswald Maples lisait, ses cannes appuyées contre le bras de son fauteuil.

La gouvernante s'éclipsa et Jury vit que Maples s'apprêtait à se hisser sur ses jambes. Jury se laissa lourdement tomber dans le fauteuil qu'il avait précédemment occupé et poussa un soupir.

— Excusez-moi si je m'affale. Je suis flapi.

— Je vous en prie, commissaire. Ne voulez-vous pas ôter votre manteau ?

Jury s'aperçut alors qu'il avait encore son manteau sur le dos et se leva pour le retirer.

— Posez-le n'importe où.

— J'aime bien votre gouvernante.

— Dix ans qu'elle est à mon service. Une femme charmante. Pas du genre à faire des manières. Les manières, j'ai horreur de ça.

— Je voulais vous parler de Roderick et de Billy. Roderick savait-il qui était son père ? Savait-il ce qui s'était passé, ce fameux jour à la gare ?

Après un instant d'hésitation, Oswald se lança :

— Il sait que son père biologique était un officier SS. Cela dit, il ne m'a jamais posé de questions. Les SS, sujet délicat. Quant à savoir s'il est au courant de ce que le général Röhm a fait ce jour-là, aucune idée. Il se souvient de son arrivée en Angleterre, bien sûr.

— Billy était-il au courant ?

— Billy ? lâcha Maples, choqué. Non. Je vois mal son père lui raconter tout ça.

— Je pense qu'il est possible que Billy ait été au courant.

— Pourquoi ? dit Oswald, interloqué.

— Il y a un certain temps que vous n'avez mis les pieds chez votre fils, n'est-ce pas ?

— Des années. J'y allais seulement du vivant de Mary.

— Vous n'avez pas vu les tableaux que Roderick a achetés il y a un an ?

— Non. Des tableaux ?

— D'après votre fils, des reproductions. Un Klimt. Et un Soutine. Billy avait des doutes. Il a demandé à une de ses amies, Angela Riffley, de l'accompagner là-bas pour avoir son sentiment. Elle avait été conservateur de musée, entre autres choses. Elle a certifié à Billy qu'il s'agissait de toiles originales. Elle a effectué des recherches pour en déterminer la provenance. Ces deux tableaux se trouvaient sur une liste d'œuvres d'art confisquées par les nazis. Vous savez qu'ils pillaient les musées et les collections particulières, bien sûr…

— La collection Rothschild, notamment, oui.

— Angela Riffley a retrouvé les propriétaires successifs, elle est remontée de l'un à l'autre. L'important, ce ne sont pas les toiles, mais la personne qui les avait en sa possession.

— Röhm… Il a dû les confier en dépôt à quelqu'un si Roderick les a chez lui maintenant. Et vous pensez…

— Que Billy le savait, et qu'il est parti de là pour enquêter. Il a découvert qui était le général Röhm. Si Roderick avait hérité des tableaux dudit Röhm, il y avait lieu de se demander quels étaient les liens qui unissaient les deux hommes. A mon avis, il a trouvé.

Un moment de silence.

Jury reprit :

— Ces œuvres d'art confisquées, le symbole de ce que Röhm et la Schutz… quel est le mot, en allemand, déjà ?

— La Schutzstaffel. Les SS.

— Cela pourrait expliquer le comportement de Billy vis-à-vis de l'art et des artistes, sa générosité. Tentative pour compenser l'atrocité du passé, effacer les actions de son grand-père. Billy avait une conscience. Il se sentait coupable, même si lui-même n'avait rien fait de répréhensible.

— Je vois. A condition que votre théorie tienne la route. Elle est très astucieuse mais…

— Ce n'est pas une théorie, contra Jury. Je sais qu'elle est exacte.

— Comment ?

— Mes sources sont sûres : un prêtre.

Oswald cligna des yeux comme sous l'effet d'une lumière trop vive.

— Si vous le dites… Mais vous avez raison, cela expliquerait son comportement.

— Il faut que j'y aille, dit Jury, se mettant debout. Non, restez assis. Encore une question, cependant, à laquelle je n'ai pas trouvé de réponse. Lorsqu'il a entrepris ces recherches – son père, les tableaux, son grand-père –, comment se fait-il qu'il ne se soit pas adressé à vous ? Si quelqu'un détenait les réponses, c'était vous.

— Oui. J'avoue que ça me turlupine, moi aussi. Ou bien il pensait que je ne savais rien, ou alors il n'avait pas confiance en moi.

— Non aux deux éventualités, dit Jury. Je crois avoir deviné la réponse.

Sir Oswald se leva malgré l'injonction de Jury.

— Eh bien ?

— Il voulait vous protéger, dit Jury. Il n'a pas voulu vous faire partager ses soupçons ni, par la suite, ses certitudes. Il a supposé que vous n'étiez pas au courant. Et de votre côté, vous l'avez protégé pour les mêmes raisons. Je ne sais pas ce que vous en pensez ; mais en ce qui me concerne c'est d'une importance capitale. Au revoir, sir Oswald.

Jury lui adressa un léger salut et sortit.

44

Trevor, œnologue distingué, tendit la bouteille à Harry Johnson pour qu'il l'examine.

Jury prit place au bar près de Harry en disant :

— Collez-lui donc celle-là, Trevor. Elle vaut au moins cent livres, non ?

— En effet, dit Trevor, jouant du tire-bouchon.

— Salut, Mungo, ajouta Jury.

Le chien émergea de sous le tabouret de son maître. Jury lui gratta la tête.

Il faisait chaud cet après-midi-là à l'Old Wine Shades. Très chaud. Trevor prit un second verre sur l'étagère derrière lui et versa du vin dans les deux verres.

— L'obstination de la fine fleur de la police londonienne ne cessera jamais de m'étonner, dit Harry avec un sourire aimable encore que teinté d'une certaine méfiance. Personnellement, je n'y vois rien à redire. Encore que… Vous ne m'empêcherez pas de penser que vous avez peut-être des affaires plus intéressantes à vous mettre sous la dent.

Il but une gorgée, fit un bruit de bouche appréciateur.

— Bon sang, Harry, que peut-il y avoir de plus intéressant qu'un psychopathe cultivé et bourré de fric ?

— Diable, Richard, faites-moi signe quand vous en trouverez un. Mais les psychopathes, on finit par s'en lasser, au bout d'un moment, non ?

— Détrompez-vous. Nous sommes en train de voir si les gamins que vous avez kidnappés sont en mesure de reconnaître votre voix.

— Vraiment ? Où sont-ils ?

Harry fit mine de regarder derrière le bar, autour de lui et sous les tabourets.

Aboiements de Mungo.

— Personne. Rien que Mungo.

— Nous avons une bande magnétique, Harry. Nous allons la leur faire écouter.

— Quand avez-vous réussi à m'enregistrer ?

Jury aurait aimé que l'autre manifeste un réel étonnement.

— Ici même, lors de mon dernier passage.

Oh ce mensonge. Encore plus gros que le précédent.

— J'hallucine ! Vous êtes venu dans ce bar équipé d'un micro ?

Et Harry d'éclater de rire.

— C'est exact.

Indignation feinte de Harry.

— Vous violez mes libertés civiques. A moins que je ne confonde avec les States ? De toute façon, c'est illégal.

— Bien peur que non, Harry.

— Et les mômes, qu'est-ce qu'ils racontent ?

— Je ne le sais pas encore.

Harry alluma un cigarillo et, se rappelant que Jury ne fumait pas, chassa la fumée. Le détail qui tue, songea Jury. Ce type était un meurtrier, un kidnappeur d'enfants, un escroc, un timbré, mais il veillait à ne pas enfumer un non-fumeur.

— Ça m'étonnerait qu'ils reconnaissent ma voix.

— Pourquoi ça, Harry ?

Allez, vas-y, dis-le : « Parce que je ne leur ai pas parlé. » Bon Dieu, dis-le, merde !

— Parce que je n'étais pas là.

Re-merde.

— Pas là « où » ?

— Il doit bien y avoir un endroit où cette scène s'est déroulée. Ou êtes-vous reparti dans les dix dimensions ?

Harry fit signe à Trevor d'approcher.

— Excellent, ce vin.

Et à Jury :

— Vous voyez du mystère partout. C'est plus fort que vous. Vous bossez sur quoi en ce moment ?

Trevor remplit les verres et fila à l'autre bout du bar.

— Ça ne regarde que la police.

— Les flics et les voleurs, commissaire, c'est une obsession chez vous. Evidemment que ça regarde la police, sinon je ne vous aurais pas posé la question.

— Un petit meurtre assez banal. Rien de comparable avec le vôtre.

— Puisque je me tue à vous dire que je n'ai assassiné personne, s'énerva Harry.

— Et je persiste à ne pas vous croire. L'inspecteur Dryer ne vous croit pas, lui non plus. N'allez pas vous imaginer qu'il a laissé tomber l'enquête.

— Ah. Je l'ai trouvé extrêmement intelligent. Plus que vous, peut-être. Mais moins soigné de sa personne.

— Trop aimable.

— Alors, c'est quoi, votre nouveau meurtre ? La victime a-t-elle été poignardée ? Tabassée ? Etranglée ?

Au lieu de répondre, Jury dit :

— Etes-vous déjà allé au Dust ? Un club.

— Dans Clerkenwell Road ? Un club branché avec de la musique à fond. Des barmen en tee-shirts destroy, ce genre de truc.

— En face, il y a un hôtel…

— Le Zetter, oui. J'y ai mangé. Restaurant très chic. Cuisine fabuleuse.

Il consulta sa montre :

— Ça vous dit d'y aller ?

— Non, merci. J'ai une montagne de paperasse en retard. Vous me refaites le coup du dîner ?

— Pourquoi pas ? C'est un endroit génial.

Mungo sortit de sous le tabouret pour regarder Jury. Jury eut l'impression qu'il roulait des yeux. Après quoi, le chien se glissa de nouveau sous le tabouret.

— C'est là que le meurtre a été commis. Au Zetter.

— La victime a été abattue ?

— Exact.

Presque malgré lui, Jury lui raconta l'histoire. Il s'y sentait obligé. Harry était de ces gens qui vous poussent à raconter des histoires. Même si le meilleur raconteur, c'était lui – et de loin.

Harry fixa le miroir derrière le bar et fit des ronds de fumée pendant le récit de Jury. Harry était également très doué, pour les ronds de fumée.

— Le grand-père Maples, dit-il finalement. Il était au service du chiffre, m'avez-vous dit ?

— Bletchley Park.

— Comment pouvez-vous être sûr qu'il dit la vérité ?

Rire de Jury.

— Tout le monde n'est pas comme vous, Harry.

— Sérieusement, poursuivit Harry, comment pouvez-vous être sûr qu'il s'agit d'un... crime de famille, si l'on peut employer cette expression ? Il y a peut-être une autre explication. J'ai l'impression qu'il y en a une autre.

— Je vous reconnais bien là, Harry. Pourquoi faire simple quand on peut faire compliqué ?

— Tout ce que je veux dire, c'est qu'il y a peut-être des implications plus vastes...

— Lesquelles ?

Jury fit signe à Trevor.

Trevor rappliqua, cueillant la bouteille au passage.

— Les codes, le décryptage, c'est du ressort du MI, non ? Il y a peut-être quelque chose qui se mijote quelque part...

— Il y a toujours quelque chose qui se mijote quelque part, Harry.

Jury regarda Trevor verser le reste du vin dans le verre de Harry.

— Vous devriez retourner le voir, l'interroger de nouveau, en ayant ça présent à l'esprit.

— « Ça » ? Quoi, « ça » ? dit Jury, s'énervant malgré lui.

Cela lui valut un regard condescendant.

— Vous avez du mal à suivre ? Moche, ça, pour un flic.

Harry alluma un autre cigarillo.

— Dites-vous en lui reparlant que vous vous êtes peut-être fait une opinion trop hâtivement, que vous vous focalisez sur le mauvais truc. Il y a peut-être autre chose.

Jury reposa son verre et fixa Harry.

— C'est exactement ce que vous avez fait, Harry. Vous m'avez amené à me focaliser sur le mauvais truc.

— J'ignore de quoi vous parlez, sourit Harry.

— Foutaises. Vous savez exactement ce que je veux dire. Allez, on n'est que tous les deux.

— Certainement pas.

— Si c'est au micro que vous pensez…

Jury ouvrit sa veste.

— Je vous ai dit que je ne portais pas de micro.

— Je ne vous crois pas, mon vieux. S'il y a quelqu'un à qui je ferais confiance, c'est Mungo. Pas vous.

— Merde, j'en ferais autant.

Mungo sortit de sous sa cachette et regarda Jury. Puis Harry. Puis les deux, alternativement.

— Sortons d'ici et allons marcher. Trevor !

Harry agita un billet de dix livres comme on agite un drapeau. Trevor hocha la tête. Harry posa le billet sur le bar.

Jury jeta un œil à sa montre. Il avait une heure devant lui avant de retrouver Phyllis au Ruiyi.

— Allez, venez.

Harry s'était levé et enfilait son manteau de cachemire noir. Les dix livres, c'était le pourboire de Trevor. La bouteille, on la mettrait sur son compte. Harry en avait forcément un. Il devait claquer des milliers de livres dans cet établissement. Trevor ne choisissait pas de la piquette. Le bar à vins était le repaire favori de Harry, bien qu'il fût assez éloigné de sa résidence de Belgravia.

Jury mit son manteau – pas du cachemire –, son vieux Burberry avec une doublure pour le froid. On avait beau être en avril, il faisait frisquet.

Mungo les suivit.

Ils longèrent Cannon Street, agressivement moderne et trendy après l'atmosphère enfumée de l'Old Wine Shades, et Martin's Lane, rue qui évoquait des temps anciens.

— Qu'est-ce qu'on fabrique, à se balader comme ça ?

— On se balade.

— Réponse éclairante ! Pourquoi marcher ?

— La marche favorise la conversation.

— S'asseoir sur un tabouret de bar aussi.

Harry fit non de la tête, comme pour faire comprendre à Jury que, décidément, il n'était pas très vif d'esprit.

— Ça dépend à côté de qui on est assis.

— Quoi ? Il n'y avait personne à côté de moi.

— A côté de moi, si.

— Qui ?

— Oh, pour l'amour du ciel, je n'en ai pas la moindre idée. C'est bien là le problème.

Jury s'immobilisa. Imité par Harry et par Mungo.

— Jamais rencontré un type aussi parano, Harry.

Harry ne se donna pas la peine de nier.

— Vous vous demandiez comment il se faisait que les codes et le décryptage me soient familiers. Eh bien, c'est parce que mon père y travaillait.

Ils étaient devant le cimetière de Saint Paul et Jury stoppa net.

— Quoi ? Votre père était à Bletchley ? Vous rigolez !

— Qu'est-ce que cela a de si incroyable ? C'était un ami d'Alan Turing…

Jury se remit en route, suivi de Harry et de Mungo.

— Harry, y a-t-il un domaine auquel vous ne soyez

pas relié d'une façon ou d'une autre ? Suis-je condamné avec vous à nager dans un océan de coïncidences ? A moins que ce ne soit un tissu de mensonges...

— Vous n'êtes pas fatigué des gens qui disent toujours la vérité ?

— Je suis commissaire de police. Personne ne me dit la vérité.

Ils remontaient Ludgate Hill.

— Et vous, encore moins.

Cette remarque lui valut un profond soupir.

— Quel cynique vous faites ! C'est mauvais pour un flic. Croyez-le ou non, mon père était à Bletchley Park. Vous savez ce que les Polonais ont dit d'Enigma ?

— Aucune idée.

— Pour « craquer » Enigma, il faut un contre-Enigma.

— Où voulez-vous en venir ?

— Je dirais que vous avez besoin de moi.

Jury stoppa net de nouveau. Près de Ludgate Circus, il balaya des yeux les alentours comme à la recherche de quelqu'un – n'importe qui – qui serait capable de lui expliquer la duplicité contenue dans cette suggestion.

— Allons, poursuivit Harry. Vous savez comme je suis futé.

— Oui, ça je le sais. Et si vous étiez sain d'esprit, je dirais que vous avez un avenir exceptionnel devant vous.

Les yeux dans ceux de Harry, Jury ajouta :

— Vous savez que je sais que vous savez que toute cette histoire était un tissu de mensonges. C'était d'une intelligence démoniaque.

Bâillement de Harry.

— Vous avez une vie riche de fantasmes, Richard ; et vous refaites la même erreur que précédemment.

Jury se remit en route. Comment diable avaient-ils réussi à atteindre Farringdon Road ?

— Quelle erreur ?

— Vous avez oublié votre Gödel.

— Je ne m'en suis jamais souvenu. Je n'y comprends rien.

— Mais si. Vous avez vite pigé, même. Le théorème de l'incomplétude de Gödel : on ne peut pas prouver la cohérence d'un système arithmétique à l'intérieur du système.

— Qu'est-ce que vous racontez ? Ce n'est pas de l'arithmétique.

Profond soupir de Harry.

— Si. Ecoutez : vous avez la victime, le méchant, et pour une fois ce n'est pas moi, du moins pas encore, les suspects, l'innocent, vous, moi, votre sergent, etc., des gens en marge comme Trevor – et les suspects qui se révèlent innocents.

Harry sourit.

— C'est le problème, n'est-ce pas ? Souvenez-vous du chat de Schrödinger.

A ces mots, Mungo se mit à arpenter le trottoir de long en large comme s'il essayait de trouver une solution.

Jury leva la tête pour contempler la lune. Etait-il condamné à écouter Harry Johnson ? Conscient de se laisser embarquer, il posa malgré tout la question :

— Qu'est-ce que le chat de Schrödinger vient faire là-dedans ?

— C'est évident : le chat est mort, le chat est vivant. Votre homme est coupable, votre homme est innocent.

Simultanément. Et vous – l'enquêteur –, vous errez dans cette énigme…

— Rendez-moi un service, Harry : bouclez-la.

— … et vous changez les données. Les acteurs ne sont pas ce qu'ils étaient avant.

— Vous pensez que je ne suis pas objectif, c'est ça ?

Harry s'administra une claque sur le front.

— Non, non, non. Ce n'est pas ce que j'ai voulu dire. Vous vous imposez sur la scène. La scène de crime. Et de ce fait, vous la modifiez. Elle n'est pas comme elle était à l'origine. Le théorème d'incomplétude.

— Harry, jamais entendu des énormités pareilles auparavant. Si Gödel était là, il vous botterait le cul jusqu'à Clerk…

Jury regarda autour de lui.

— Diable, comment avons-nous fait pour nous retrouver dans Clerkenwell Road ?

Harry tendit le doigt.

— Voilà le Zetter. Dîner ?

Jury fonça sur la chaussée.

— Et voilà un taxi. Bonne nuit.

45

Encore une fois en retard.

Le Ruiyi était bondé, comme d'habitude. Phyllis était assise à une table du fond, l'air de n'attendre personne. Elle lisait un livre tout en mangeant. Jury avait réussi à passer la porte malgré les regards furibonds des gens qui faisaient la queue.

— Désolé, Phyllis. Longtemps que tu es là ?

— Des heures !

Elle regarda sa montre.

— Vingt minutes, en fait.

Tout en riant, elle désigna son assiette du bout de sa fourchette.

— Délicieux. J'étais morte de faim, j'ai commandé. Tu ne m'en veux pas ?

Si, justement, tout en se demandant de quel droit il lui en tenait rigueur. Il aurait préféré qu'elle poireaute, pianote d'énervement sur la nappe. Ridicule.

— Bien sûr que non, dit-il en posant son manteau sur le dossier de sa chaise.

— Pourquoi cette mine sinistre, alors ?

— Moi, sinistre ? Tu te trompes.

Mais son sourire n'éclaira pas ses yeux.

Il jeta un regard machinal au menu, sachant qu'il allait commander du canard pékinois. Il était presque aussi agaçant que Wiggins, qui examinait le menu en détail chaque fois qu'ils venaient ici… et commandait toujours le poisson frit.

— Ah, tu souris, là.

— Je pensais à Wiggins. C'est son restaurant préféré.

— Il n'est pas le seul, à voir la queue dehors. C'est toujours comme ça, ici. On pourrait penser que les clients prendraient leurs précautions.

— Et feraient des réservations ? Danny ne prend pas les réservations. Ou qu'ils arriveraient plus tôt ? Il faudrait qu'ils se pointent à huit heures du matin. On se croirait à un concert de U2.

— Ou alors qu'ils travaillent à la Metropolitan Police.

Elle sortit sa carte de son fourre-tout.

— J'ai eu une table tout de suite. Grisant, de pouvoir faire un truc comme ça.

La petite serveuse de la taille d'un dé à coudre s'inclina devant Jury et son menu.

— Sir ?

Jury lui sourit et commanda le canard pékinois et une autre théière.

— Tiens, dit Phyllis. Sers-toi.

Il y avait une seconde petite tasse. Phyllis avait pensé à tout. Elle le servit.

Il la regarda faire et sentit le thé lui réchauffer les entrailles.

— Merci.

Phyllis était de ces gens prévenants qui savent avant vous ce dont vous allez avoir besoin. Sur une scène de crime. Ou au restaurant. Il lui adressa cette fois un sourire plein de chaleur.

— Si tu me parlais de Billy Maples ?

— J'ai rencontré Oswald Maples aujourd'hui. Je comprends les raisons qui poussaient Billy à se montrer généreux envers les artistes.

Et de lui parler des tableaux.

— Cette Mme Riffley, qu'en penses-tu ? demanda Phyllis lorsqu'il eut fini. Il y a tellement de femmes dans cette affaire…

Petit ballet des sourcils.

Jury remarqua qu'elle ne citait pas de nom en particulier.

— « La talentueuse Mme Ripley », pour reprendre l'expression de Melrose.

Eclats de rire de Phyllis.

— Nous ne sommes pas plus avancés concernant l'identité du meurtrier de Billy, cela dit.

Il jeta un œil au biscuit à message de Phyllis et décida de ne pas y toucher. Son avenir ne regardait qu'elle.

— Je suis pratiquement certain qu'il s'agit d'une vengeance.

— Vengeance ? Qu'a-t-il bien pu faire ?

— Pas Billy. Billy a payé les pots cassés. Une vengeance dirigée contre sir Oswald.

— Pourquoi ?

— Là, j'avoue que je nage. Tout ce que je peux dire, c'est que ce meurtre a des ramifications assez lointaines. L'argent n'est pas le mobile, ça, au moins, c'est clair.

— L'amour, alors ? Un crime passionnel ?

Jury n'avait nulle envie de s'engager sur ce terrain. Il s'éclaircit la gorge.

— Je ne crois pas.

Et de lui raconter tout ce qu'il avait appris des uns et des autres.

— Ce Kurt Brunner... dit Phyllis quand il eut terminé.

— Il n'était pas impliqué dans le Kindertransport. Il s'est juste trouvé à la gare ce jour-là. Ce n'était qu'un môme. Non, il a rencontré Billy à Berlin. Ça a fait tilt entre eux, et Billy lui a offert le job. Kurt détestait l'enseignement et il voulait démissionner. Je ne sais pas si je dois le croire.

— Mais si tu acceptes l'histoire de sir Oswald concernant Roderick, ne dois-tu pas accepter celle de Brunner ?

— Pourquoi ?

— Parce que c'est plus logique. Elles se confortent l'une l'autre.

La petite serveuse était revenue sans qu'il s'en aperçoive. Elle déposa le canard devant lui. Il la remercia.

— Tu dis ça parce que Roderick était le fils du général SS et que Kurt était le fils de Brunner, tu en déduis qu'ils doivent être liés par la fusillade de la gare. Je ne crois pas. Il y a une faille logique là-dedans. C'est comme si on disait : « Toutes les femmes sont belles ; Phyllis est belle ; donc Phyllis est une femme. »

— Parfaitement logique à mes yeux.

Il rit.

— Sacrée coïncidence, quand même, reconnut Phyllis.

— Exactement.

— Donc, ces tableaux avaient été raflés par les nazis, et le général Röhm a fait main basse dessus. Il les a planqués quelque part, et c'est récemment seulement que Roderick en a pris possession.

— Je vais dire à Lu de demander un mandat pour les examiner.

— Lu ? Qui est Lu ?

— Aguilar. La police d'Islington. Tu l'as rencontrée.

— Ah, oui. Cette femme superbe. Si ton syllogisme tient la route, c'est une femme, j'imagine.

Jury jugea préférable de se concentrer sur son canard.

— Quelle est la chose que tu désires le plus, Richard ?

Il releva vivement le nez. Etait-ce une mise en demeure ? Le moment de choisir serait-il venu, Richard ?

— Que veux-tu dire ?

— Rien d'autre que ce que je viens de dire : que désires-tu le plus au monde dans la vie, Richard ?

Petit sourire. Il s'empara du biscuit à message de Phyllis. L'ouvrit.

— Le réconfort.

— Ce n'est pas ce qui est écrit.

— Tu te souviens de ce film génial avec Bette Davis, *Eve* ? La scène où Eve, la grande manipulatrice, après avoir soufflé son rôle à Margo, décroche une critique dithyrambique. Margo est dans tous ses états. Elle est en larmes. Le metteur en scène déboule chez elle, la prend dans ses bras et dit : « J'ai couru tout le long du chemin pour être plus vite là. »

Jury sourit.

— C'est ça que je veux.

Elle resta à le regarder, sans un mot.

— La vie est trop dure, dit-il. On perd trop de choses en route. « J'ai couru tout le long du chemin. »

Puis, avec un pâle sourire :

— Le réconfort.

46

— Commissaire Jury ! s'exclama le colonel Joss Neame en levant le nez de son *Telegraph* et en posant son verre de whisky.

La présence de Jury le rendait toujours exubérant.

— A la recherche de votre ami ?

— Bien vu, colonel. Jury regarda autour de lui. Où est le major Champs ?

Les deux gentlemen se déplaçaient généralement en tandem, comme dans une comédie de boulevard.

— Un peu patraque.

Le colonel se plaqua une main devant la bouche pour confier :

— Si vous déjeunez ici, un conseil : évitez le pâté de poisson.

— Qu'y a-t-il d'autre au menu ? s'enquit Jury.

Ses yeux pesaient une tonne et le moelleux fauteuil de cuir dans lequel il se laissa tomber l'emprisonna dans l'étreinte de ses bras couleur lie-de-vin. Il s'efforça de ne pas penser à Lu. Raté, bien sûr.

— Le champignon portobello est très acceptable.

— Mais pas le poisson ?

— Non. Et dire que c'est un pâté à la mode des étoiles, mon préféré…

— Qu'est-ce que c'est ?

— Une variété de pâté : plusieurs têtes de petits poissons agencées de façon à pointer hors de la croûte pour contempler les étoiles. Ou du moins, c'est l'effet que ça me fait. C'est du dernier chic en Cornouailles.

— Il y a beaucoup de choses très chic en Cornouailles. J'ai eu un autre entretien avec votre ami, sir Oswald Maples, récemment. Vous m'aviez parlé de lui, vous vous souvenez ?

— Maples, un type brillantissime. Officier de l'Empire britannique, non ?

— Possible. Vous connaissiez sa famille ?

— Pas vraiment. Qu'est-ce que vous… attendez une minute.

Le colonel Neame attrapa son journal.

— Je lisais justement… Tenez. Un Billy Maples a été abattu dans un hôtel de Clerkenwell. Vous ne voulez pas dire que…

— Si. Billy Maples était son petit-fils.

— Seigneur.

Le colonel quitta des yeux l'entrefilet pour fixer Jury.

— Seigneur.

Puis, la curiosité l'emportant sur la compassion :

— Vous êtes sur cette affaire, commissaire ?

— Oui. Connaissiez-vous la famille de sir Oswald ?

Le colonel Neame fit non de la tête.

— On ne parlait jamais de notre vie privée, là-bas. La vie privée et la Station X, ça ne faisait pas bon ménage.

— La Station X ?

— Bletchley Park. C'est comme ça qu'on l'appelait entre nous.

— Dites-moi, dans ce milieu, la compétition devait être féroce ; le stress, terrible. Sir Oswald aurait-il pu s'y faire des ennemis ?

— S'il l'aurait pu ? Bien sûr.

Le colonel fronça les sourcils.

— Que saviez-vous sur Oswald Maples ?

— Un garçon brillant, de l'avis général.

— Vous étiez censés ne pas parler de votre vie privée. Vous respectiez la consigne ?

Bref éclat de rire de Neame.

— On était plutôt limités, question vie privée.

— Vous deviez être nombreux à avoir des enfants, une femme. On vous autorisait à leur rendre visite ?

— Je n'étais pas encore marié à l'époque. Et tant mieux car ce n'étaient pas les jolies femmes qui manquaient là-bas. Quant aux visites des épouses, il n'en était absolument pas question.

Jetant un regard incrédule à Jury :

— Vous soupçonnez Maples d'avoir été un coureur de jupons ?

L'expression désuète fit rire Jury.

— Absolument pas. Je me demande seulement si vous aviez du temps à consacrer à votre vie personnelle.

— Très peu. Et Maples encore moins que les autres. Il avait un rôle trop important. Ce n'est pas qu'on l'avait mis sous clé, entendons-nous bien ; seulement, il était indispensable et nous…

— Ah, te voilà ! dit Melrose Plant en se campant derrière le fauteuil de Jury. Tu te tuyautes sur le menu ?

Il s'assit et confia au colonel Neame :

— Il triche depuis le début. Il vous extorque des renseignements et ensuite il parie en fonction de ce que vous lui avez appris. Pas étonnant qu'il gagne à tous les coups !

Rire du colonel Neame.

— Je ne déteste pas parier à l'occasion. La roulette, j'adore. Vous savez qu'il y a une grande salle au fond qui ne sert à rien. J'ai essayé de persuader les membres d'en faire une sorte de casino. On pourrait installer quelques tables. Black-jack, poker, roulette. Engager un croupier. Et surtout pas de ces horribles machines à sous. Trop bruyantes et trop vulgaires. Des tas de gens verraient d'un bon œil l'installation d'un casino dans ces murs.

— La brigade des mœurs s'y intéresserait également de très près, colonel.

— Allons, allons, coupa Melrose. Les champignons portobello nous attendent.

Ils laissèrent tomber les champignons et commandèrent un club sandwich.

Higgins le Jeune apparut avec le vin, en versa un soupçon dans chaque verre et resta planté près d'eux.

Melrose en but une gorgée.

— Un peu boisé, non, Higgins ?

Il reposa son verre.

Higgins, saisi, recula d'un pas. Il approcha le verre de son nez, escamota la bouteille, disparut également.

— Boisé ? dit Jury, goûtant à son tour. Qu'est-ce que ça signifie ?

— Aucune idée. Ça m'est venu tout d'un coup. Quoi que l'on dise sur le vin, une chose est sûre : ça ne laisse pas les serveurs indifférents.

Melrose reposa son verre.

— Fameux, en fait. De quoi parlais-tu avec le colonel Neame ?

— Des transports d'enfants pendant la guerre.

— Sujet déplaisant.

— Je pensais à Kurt Brunner. Il semble qu'il ait été un véritable ami pour Billy. Cette façon de se souvenir de conversations remontant à huit ans. Et dans les moindres détails. Je serais bien en peine de me rappeler celles que j'ai eues avec toi il y a huit minutes.

— Trop aimable.

— D'après Malcolm, Billy se rendait souvent au musée de la Guerre. A Lambeth. Avec tous ces souvenirs de la Seconde Guerre mondiale, ces armes, tout ça.

— Pourquoi Billy s'y intéressait-il autant ?

— A cause de son grand-père, j'imagine. Il faut bien que je m'en remette à mon imagination dans cette affaire, et à mon intuition. Ces tableaux, le Klimt et le Soutine. Angela Riffley retrouvant leurs propriétaires successifs.

— Oui, et cette talentueuse Mme Ripley, tu ne t'interroges pas à son sujet ? Elle était amoureuse de Billy Maples. Elle l'avait perdu. Ça pourrait être un mobile.

— Oui. Et la vengeance pourrait en être un autre.

— Vengeance ? Pour quel motif ? Contre qui ? fit Melrose, interdit.

— Oswald Maples, peut-être. Le meurtre de son petit-fils lui a porté un coup terrible. Il adorait Billy.

— Ainsi Billy pourrait avoir été assassiné par défaut ? La punition la plus terrible infligée à sir Oswald serait non pas sa propre mort mais celle de son petit-fils… Très raffiné, comme cruauté. Le problème, c'est qu'aucun de ces personnages n'a été éliminé de la liste des suspects. Ils n'ont pas d'alibi.

— Je crois que sir Oswald en a un. Non parce qu'il peut prouver où il se trouvait à l'heure de la mort mais parce qu'il est perclus d'arthrose. Il lui faut parfois s'aider de deux cannes pour atteindre la porte d'entrée. Non, je crois qu'il n'est pas dans le coup.

— Et la talentueuse Mme Ripley ?

— Oui ? dit Jury en riant.

— Je me demande si je ne vais pas aller la voir, lui exposer cette énigme, et voir ce qu'elle en dit. Elle a tout fait, non ? Elle sait tout, elle est très inventive…

— Son inventivité ne concerne que sa propre personne.

— Je pourrais y aller demain matin…

— Je ne peux pas t'envoyer chez elle en chargé de mission sous couverture.

— Je ne te le demande pas. Je me contenterai d'être moi-même.

Bref éclat de rire de Jury.

— Tu verras bien où ça te mène.

— Merci. Mais si Billy l'a plaquée, elle a un mobile.

— Possible. Encore que j'imagine mal Angela Riffley capable de sentiments aussi violents. Il en faut, de la passion, pour débouler chez l'homme qu'on aime et le descendre.

Soupir de Melrose.

— Très juste. Et que savons-nous de la passion ?

— Qu'en savons-nous, tu as raison.

Avec un sourire, Jury but son vin.

47

Lorsqu'il regagna Islington, elle l'attendait sur les marches du perron, jouant avec son trousseau de clés.

Jury avait téléphoné au commissariat mais elle n'y était pas. Il s'apprêtait à l'appeler sur son portable quand il la vit.

Il sortit de la voiture, qu'il ferma à clé, et traversa.

— J'allais me rendre au commissariat. Ça va nous faire gagner du temps.

— J'en doute, dit-elle, se levant et défroissant sa jupe.

Dans l'escalier, elle dit :

— Une fille ravissante m'a croisée pendant que j'étais là à t'attendre. Elle habite ici ?

— En haut, dit Jury, mettant la clé dans la serrure. Dernier étage.

Il ouvrit, elle entra et ce qu'elle avait d'autre à dire sur la ravissante voisine de Jury s'évanouit dans un baiser. Leurs lèvres se soudèrent plus qu'elles ne se joignirent. Elle lui passa les bras autour du cou, serra. Il s'émerveilla de la facilité avec laquelle tombaient leurs vêtements : ils semblaient s'éparpiller sous la poussée du vent entrant par la fenêtre.

Ils se retrouvèrent bientôt sur le lit et ce qui leur avait paru si urgent passa au second plan.

— Pourquoi cet air solennel ? dit-il en écartant de son visage les mèches brunes.

— Solennelle, moi ?

— Oui, même au beau milieu de ce…

— Ce quoi ?

Il appuya sa tête sur son bras, la regarda.

— Tu n'as jamais l'air heureuse.

— Parce que c'est le genre d'exercice qui rend heureux ?

Elle roula sur lui.

— C'est tellement incontrôlable. Ce feu qui nous dévore. Ça me révolte.

Coup de sang de Jury. Il la repoussa, se leva.

— Bon, si ça ne nous rend pas heureux, pourquoi est-ce qu'on le fait ? Si ce n'est qu'une pulsion incontrôlable ?

Il avait enfilé son caleçon, cherchait son pantalon – par quel mystère avait-il atterri dans la salle de bains ?

— Putain de merde. On joue avec le feu. On se ferait virer de la police en deux temps trois mouvements. Ça interfère avec ce qu'on est censés faire…

Il s'arrêta. Elle avait l'air accablée. Il s'assit sur le lit, elle se rapprocha, posa la tête contre son dos, l'entoura de ses bras, dit qu'elle était désolée, désolée, qu'elle croyait qu'il éprouvait la même chose qu'elle.

Et c'était le cas : d'où son mouvement de colère.

Il posa ses mains sur les siennes.

— C'est moi qui devrais être désolé. Ecoute : habille-toi. J'ai quelque chose à te dire.

Il gagna la cuisine, sortit deux bières du réfrigérateur, les ouvrit. Lorsqu'il les apporta dans le séjour, elle mettait sa jupe. Il lui rapporta tout ce qu'il savait sur les tableaux.

— Ça ne nous rapproche pas nécessairement du tueur. Qu'en penses-tu, toi ?

Jury fourra sa chemise dans son pantalon, but une gorgée de bière. Elle ne répondit pas ; elle semblait se concentrer.

— Lu ?

— Elle est rudement sexy, cette fille, non ?

Jury fronça les sourcils pour dissimuler un sourire.

— Qui ça ?

Les coups frappés à la porte, c'était sûrement Mme Wasserman venue une fois de plus lui faire part de ses craintes quant à un éventuel rôdeur.

Il se plaqua un sourire sur le visage et ouvrit.

— Il y a eu un raffut terrible, dit Carole-Anne, examinant la pièce. Mme Wasserman est morte de trouille.

Elle se glissa dans le séjour, silhouette vêtue de citron avec un volant genre meringue bordant son décolleté. Ses cheveux roux flamboyèrent à la lueur de la lampe lorsqu'elle s'assit sur son canapé – son siège préféré lorsqu'elle discutait de la vie de Jury. Laquelle englobait Mme Wasserman, Stan Keeler, Stone. La vie de Jury ne lui appartenait pas en propre, tous ses voisins fourraient leur nez dedans. Surtout Carole-Anne.

— Quel raffut ? La table renversée ?

Il désigna le meuble fautif, pour l'heure placé sous la fenêtre et sur lequel étaient disposés des magazines, des journaux et une vieille lampe.

— Elle a dû se renverser plusieurs fois, à en juger par le bruit, qui s'est répété.

Elle examina ses ongles comme si elle songeait à ôter le vernis pour se faire une manucure. Elle aimait se faire les ongles chez Jury.

Jury s'était assis en face d'elle, une jambe par-dessus l'autre.

— Carole-Anne, toi qui es tellement douée pour les questions, tu pourrais peut-être m'aider à résoudre ma dernière affaire ?

Elle avait retiré ses sandales et contemplait ses ongles de pied. Une pédicure, maintenant ?

— Je ne demande pas mieux, une fois que tu m'auras expliqué la cause de tout ce boucan.

Se penchant, un coude sur le genou, elle le fixa.

Jury leva les bras en signe de capitulation.

— J'avoue : j'ai donné une petite fête et on étais tous bourrés.

— Une fête, toi ? Raconte pas de bêtises ! Si ç'avait été une fête, j'aurais été invitée.

Regard légèrement interrogateur à Jury.

Qui le lui rendit d'un air agacé. Dans deux secondes, il allait tout lui raconter. Et puis non, pas question. Il n'avait pas envie de voir Carole-Anne le fixer, la mâchoire pendante.

— Ecoute, tu n'as rien entendu. Tu te fies à ce que Mme Wasserman t'a raconté. Et elle exagère, tu le sais. Elle est parano.

— Qu'est-ce que la parano vient faire là-dedans ? Si

un morceau de mon plafond me tombait dessus, tu me traiterais de parano si je te faisais part de la chose ?

— Cette question est totalement illogique.

— En tout cas, ne va pas lui dire que je t'ai répercuté ce qu'elle m'avait raconté, parce que tu lui as dit que tu ne voulais pas qu'elle le dise.

Jury se rencogna dans son siège, un pied sur le genou.

— Le temps que je comprenne cette phrase, je pourrais boucler mon enquête.

— Quoi ?

— « Ne va pas lui dire que je t'ai répercuté ce qu'elle m'avait, etc. »

— Exactement, abstiens-toi. Elle est suffisamment perturbée comme ça sans que tu ailles te plaindre.

— Je ne me plains pas.

— Au cas où tu te plaindrais de ses plaintes.

Jury se leva, agitant les bras en signe d'impuissance.

— C'est fou ! J'ai toujours l'impression d'être coincé dans une porte à tambour, avec toi !

Elle se mit debout, s'étira, l'air d'une personne souffrant d'ennui au stade terminal.

— Tu serais bien trop content.

48

La réceptionniste de service ce jour-là examina avec soin les cartes de Jury et de Wiggins.

— Il y a déjà un autre policier là-haut, dit-elle avec un froncement de sourcils.

Comme si au Zetter on avait pour principe de n'en laisser entrer qu'un à la fois.

— Nous n'appartenons pas à la même unité, fit Jury avec un sourire.

L'autre policier s'avéra n'être autre que l'inspecteur Aguilar. La dernière fois qu'il l'avait vue, elle sortait de chez lui.

Jury n'en fut pas étonné. Elle était du genre à penser que si on fouinait suffisamment longtemps, on finissait par tomber sur quelque chose. Et que plus il y avait de gens qui l'imitaient, plus on avait de chances d'arriver à un résultat.

Elle était seule.

Pas Jury.

Dieu merci.

La bandelette de scène de crime était toujours en

place, il leur fallut passer dessous. Alors qu'ils franchissaient le seuil, Aguilar entra dans la chambre, venant de la terrasse.

— Le truc que je n'arrive pas à comprendre, dit-elle comme poursuivant une conversation, c'est le second plateau, le café.

Coup d'œil à l'étagère où les plateaux avaient été posés.

— Pourquoi la personne attendue ne s'est-elle pas pointée ?

Prenant part à la conversation, Wiggins remarqua :

— La personne qu'il attendait lui aura posé un lapin. C'est fréquent.

Haussant les épaules, il se mit à sucer sa dernière pilule miracle.

L'inspecteur Aguilar le dévisagea.

— Billy Maples s'est assassiné tout seul, alors ?

Jury regretta qu'elle ait pris ce ton acide.

Wiggins ne parut pas s'en émouvoir.

— Quelqu'un d'autre l'aura tué. Quelqu'un à qui Maples n'avait pas donné rendez-vous.

Et de mastiquer de plus belle.

Regard interdit de Lu Aguilar.

— Une troisième personne ?

Elle réfléchit.

— Pour l'instant j'en suis à supposer qu'il a été interrompu pendant son dîner, qu'on l'a abattu et ensuite allongé sur la terrasse, ou peut-être qu'ils sont allés dehors tous les deux.

Elle fit lentement le tour de la pièce, comme elle l'avait déjà fait la fameuse nuit, passant les doigts sur les murs, les meubles.

— Le rasoir d'Occam, sourit Jury. C'est ce que dirait

sûrement votre sergent. L'explication la plus simple est toujours la meilleure.

— Peut-être, concéda-t-elle. Je retourne au commissariat.

— Il est tard, Lu. Allez plutôt au lit.

— Pas le temps, dit-elle en souriant.

Très drôle.

Ils avaient garé la voiture dans Farringdon Road, à un pâté d'immeubles de là. Ils traversèrent Clerkenwell Road, réussissant à éviter les quatre bus qui arrivaient en même temps et freinèrent dans un hoquet. Wiggins avait certainement une théorie sur cet « empilement » de bus orchestré par la régie des transports londoniens, mais Jury n'avait aucune envie de la connaître.

Dans Cowcross Street, avisant un McDonald's, Jury se tourna vers Wiggins.

— Vous n'avez pas un petit creux, Wiggins ? Parce que moi…

Jury savait qu'en s'arrêtant dans un McDonald's il s'exposait à subir une nouvelle tirade de son sergent sur le fléau américain qui étendait ses tentacules le long des autoroutes dans le but d'éliminer la chaîne des Happy Eater. Il ne fut pas déçu : à peine étaient-ils dans la queue que Wiggins s'en prit au Burger King.

— Wiggins, le coupa-t-il, vous m'avez révélé cet abominable complot pendant le trajet jusqu'à Rye, vous vous rappelez ? Mais rassurez-vous, les Burger King serviront un menu anglais. Haricots sur toast et tomates grillées.

Lorsque son tour arriva, Jury commanda un Big Mac, une petite portion de frites et du café. Wiggins étudiait les propositions placardées derrière le comptoir comme s'il en attendait une surprise. La fille au comptoir avait l'air de s'ennuyer ferme.

— Je vais prendre…

La caissière se prépara à taper sur les touches adéquates et Jury eut envie de la prévenir : « Non, attendez, il n'a pas encore fait son choix. »

Soudain réduit au silence, Wiggins balaya de nouveau le menu du regard tandis que, derrière lui, un couple tout cuir noir et piercings dansait d'un pied sur l'autre, attendant avec une patience telle que Jury finit par se dire qu'ils étaient tous les deux dans les vapes.

— … un Big Mac avec une grosse portion de pommes de terre frites et un Coca light.

Secouant la tête, Jury s'en fut sans plus attendre en quête d'une table. Wiggins, il le savait, allait s'arrêter pour prendre de la moutarde, du sucre et du lait.

Wiggins se glissa sur la banquette et Jury lui dit :

— Vous avez pris la même chose que moi. Mais moi, je n'ai pas eu besoin d'éplucher le menu pendant des heures.

Tendant le bras vers le plateau du sergent, il lui piqua un sachet de moutarde et un autre de ketchup.

Wiggins arrosait déjà de ketchup ses pommes de terre.

— L'idée de mettre de la sauce tomate sur mes frites m'a toujours révulsé. C'est seulement en goûtant à celles-ci que je m'y suis mis.

Jury, qui venait de mordre dans son Big Mac, faillit s'étouffer. Il empoigna son Coca light pour faire descendre la bouchée qui lui était restée coincée dans la gorge.

Wiggins cessa, du coup, d'asperger son hamburger.

— Ça va, patron ?

— Il ne l'a pas mangé.

Jury fixait Wiggins.

— Je vous demande pardon, chef ?

— Billy Maples n'a pas mangé ce hamburger et ces pommes de terre. Il y avait du ketchup sur les deux. Billy n'aurait jamais mis de ketchup sur sa nourriture. D'après Mme Jessup, il détestait la tomate sous toutes ses formes. Quelqu'un d'autre a touché à ce repas.

— Mais… pourquoi ? fit Wiggins.

— Pour faire croire que Billy était en train de manger.

Froncement de sourcils de Wiggins.

— Pourquoi cela ? Une question de timing ? Un rapport avec un alibi ?

Jury s'adossa au box.

— Pour faire croire que quelqu'un était venu et l'avait interrompu.

— Mais la commande de café… pour deux personnes. Il attendait quelqu'un, non ?

— Ça tient encore moins bien la route. Le café n'a jamais été servi.

Jury appuya son front dans la paume de sa main comme pour forcer un souvenir à reparaître.

N'essayez pas de vous mettre à faire le détective privé quand vous serez à la retraite, venait de dire Harry Johnson.

— *Vous me croyez bête à ce point-là ?*

— *Oui. D'une bêtise qui est celle du détective. Alors que par ailleurs vous êtes un type brillant.*

Jury fit signe à Trevor de le resservir. Ce soir, on

buvait un premières-côtes-de-bordeaux, non, un saint-émilion-figeac, non, un médoc, ou bien… Il y en avait tellement, il était noyé.

— *Supposons*, poursuivit Harry, *que vous ayez une photo et un négatif. Deux objets distincts et pourtant identiques. Vous, mon cher enquêteur, n'arrivez pas à les apparier. Vous êtes toujours à un doigt d'y parvenir. Autant dire à un kilomètre. Pourtant c'est la même photo, le même sujet, le même…*

— *Attendez une minute. J'ai l'impression que le chat de Schrödinger ne va pas tarder à faire son apparition…*

— *Mais non, voyons ! Le chat est mort, le chat est vivant – ce sont des opposés polaires –, deux états différents. Alors que vos deux états sont identiques. Vous avez la victime, le dîner, le serveur, le café et le second serveur. Mais vous avez aussi un autre acteur – une pièce d'un jeu d'échecs. Laquelle ? Et puis il y a ce repas que la victime n'a pas consommé. Quelqu'un d'autre l'a mangé. C'est certain. Ce quelqu'un d'autre ne peut être que le tueur…*

Les voix s'estompaient de plus en plus, comme s'estompe progressivement la mire quand on éteint la télé.

Jury la ralluma.

— *Et vous savez qui c'est, bien sûr.*

— *Seul un imbécile l'ignorerait, arrivé à ce stade*, laissa tomber Harry Johnson, péremptoire.

— *Allez vous faire foutre, Harry.*

Jury coupa le courant, se tourna sur le côté et essaya de dormir.

49

Je serai moi-même. Enfin, presque, se promit Melrose en appuyant sur la sonnette de la maison de Mayfair. Il n'eut pas à attendre longtemps.

Angela Riffley ouvrit la porte, toute de vert et de jaune vêtue. A la vue de Melrose, elle jeta un coup d'œil par-dessus son épaule comme si quelqu'un la suivait.

Du danger dans l'air ? Melrose faillit rire.

— Mme Riffley ? Angela Riffley ?

Haussement de sourcils étonné : quelqu'un à qui elle n'avait pas donné son nom le connaissait.

— C'est au sujet d'un ami à vous. Billy Maples.

De l'étonnement, elle passa au soupçon, une lourde sensualité imprégnant ses réactions. L'artiste de James dans « Une authentique aristocrate » aurait pu, en peignant son visage, gagner une fortune.

— Mon nom est Digby Plant. Je suis détective privé. Je crois savoir que vous connaissiez Billy Maples mieux que quiconque.

La formule lui plut – il s'en était douté – et elle recula, lui faisant signe d'entrer.

Dans l'entrée l'attendait un mélange éclectique de ce qu'il prit, au premier abord, pour une infâme camelote.

Au deuxième ou au troisième coup d'œil, le non-initié continuerait sans doute à ne distinguer là que de la pacotille. Au vu des sombres icônes tapies dans leurs niches, il ne put s'empêcher de penser que l'initiation devait avoir joué un rôle capital dans la vie de Mme Riffley. De ce mélange hétéroclite, on pouvait en tout cas déduire à coup sûr qu'il était l'œuvre de quelqu'un qui, ayant abondamment voyagé, ne trouvait rien à redire (entre autres) à la chouette pétrifiée sur un moignon d'arbre, pas plus qu'à la peau de guépard accrochée au mur à côté d'une affiche de *L'Ange bleu*. Même si, tout bien réfléchi, Marlène Dietrich n'avait pas possédé de guépard dans le film.

Il la suivit dans une manière de bureau-bibliothèque où deux causeuses recouvertes de peaux de zèbre se faisaient face. Séparant les sièges, une table basse, sculptée dans un bois noueux protégé par un plateau de verre et supportant un morceau de bois tout aussi noueux et parfaitement énigmatique.

Sous le verre, des pages d'un manuscrit en lambeaux, rédigées en arabe, en sanscrit ? Les caractères chantournés lui semblèrent bien nets et bien contrastés pour un document dont elle lui dirait sûrement qu'il datait de plusieurs milliers de siècles. Ce n'étaient pas les sujets de conversation qui manquaient, dans cette pièce.

— Vous en voulez un ?

Elle buvait quelque chose de vert, de l'herbe broyée sans doute. Non, merci.

— Un verre d'eau m'irait à merveille.

Nul doute que la talentueuse Mme Ripley allait lui dénicher en matière d'eau minérale quelque chose de pas banal.

— Robinet ? Puits ? Source ? J'ai de l'excellente eau

minérale de Zandinski, que je fais venir de Saint-Pétersbourg. Un doigt de vodka la rend encore plus délicieuse.

— Si vous avez de la San Pellegrino, ce sera parfait.

— Bien sûr que j'en ai.

Une femme qui n'avait pas ça chez elle n'était pas une maîtresse de maison digne de ce nom.

Posant son breuvage verdâtre sur la table, elle se leva. S'éloigna dans un froissement de tissu. Elle portait un sarouel. Jaune. Avec un haut à paillettes de la couleur de sa boisson.

Son hôtesse partie, Melrose examina les lieux. Les petits objets noirâtres accrochés au mur entre les diverses têtes d'animaux l'intriguèrent tout particulièrement. Il se demanda ce que ça pouvait être, tout en se gardant d'aller y voir de plus près. Partout sur les murs, des photos. Un cliché d'une chaîne de montagnes devant laquelle se tenaient des gens qui s'apprêtaient à l'escalader, en revenaient ou se tâtaient pour savoir s'ils allaient s'y risquer. Les Alpes ? L'Annapurna ? Le Kilimandjaro ? La colline derrière le rond-point, à l'entrée de Northampton ?

Elle revint avec la San Pellegrino, qu'elle posa sur la table.

— Impossible de trouver des domestiques de nos jours. Surtout si on veut une bonne qui parle l'anglais sans accent. Les moindres boutiques sont tenues par des étrangers. Heureusement que Fortnum's résiste ! Leur rayon traiteur est sublime. D'ailleurs, j'y achète la plupart de mes repas.

— J'ai un faible pour celui de Harrods, dit Melrose qui n'y avait jamais fourré les pieds, histoire de lui montrer qu'elle n'était pas la seule à se fournir chez les commerçants de luxe.

— Oh, je vous comprends ! Ma cuisinière m'a quittée pour se marier au bout de vingt ans de service et s'est installée à Haworth, pauvre petite.

— Ah, Haworth. J'ai eu l'occasion d'y séjourner, il y a quelques années.

Tout ce qu'il se rappelait de Haworth, ce n'était pas la maison des Brontë, qu'il avait zappée, mais le syndicat d'initiative et cet odieux gamin.

— Billy avait une excellente cuisinière, ajouta Mme Riffley.

— Mme Jessup ?

Cela lui avait échappé.

Comment pouvait-il connaître Mme Jessup ?

Là, la surprise de Mme Riffley ne fut pas feinte.

— Vous connaissez Mme Jessup ? C'est extraordinaire. Quoique… dans votre branche, vous devez parler à toutes sortes de gens.

Il la bénit silencieusement de lui avoir fourni une échappatoire même si, à l'entendre, le boulot de détective n'était guère plus relevé que celui de boutiquier.

— Quand on mène une enquête, on interroge toute la maisonnée. Les domestiques en savent souvent plus que la femme ou le mari.

Eclatant de rire, elle abonda :

— Certes ! C'est l'une des raisons pour lesquelles j'étais contre l'idée d'épouser Billy.

Froncement de sourcils de Melrose :

— Mme Jessup ? La cuisinière ? Qu'est-ce qu'elle…

— Non, non. Son assistant. Kurt Brunner. Il avait des allures de garde du corps. Je me suis toujours demandé ce qu'il était vraiment. Billy disait qu'il l'avait engagé pour mettre de l'ordre dans ses affaires.

— Qu'en pensiez-vous ? dit Melrose avec un sourire qu'il espérait complice.

— J'essayais de ne pas y penser, rétorqua Angela Riffley. Mais tout ça était tellement ambigu.

Melrose attendit qu'elle précise sa pensée.

— Kurt avait trop d'influence.

Attrapant le morceau de bois noueux, elle alluma une cigarette.

— Comment ça, de l'influence ?

Elle exhala un filet de fumée aussi tarabiscoté que ses vêtements.

— Sur Billy. Sur ce qu'il faisait.

— Billy Maples avait-il besoin de conseils ?

— Bien sûr que non. Il était parfaitement capable…

Elle sortit un mouchoir de sa manche.

Dieu seul savait ce qu'elle y dissimulait encore… Apparemment elle venait de se rappeler que Billy et elle avaient été très très proches, qu'il était mort, et qu'elle avait beaucoup de chagrin.

— C'est horrible. Il aurait dû rester…

Melrose attendit de nouveau mais rien ne vint.

— Il aurait dû rester ?

D'un coup de mouchoir, elle balaya la question, mais Melrose insista :

— Rester à Londres ? Ou à Rye ? Vous êtes allée là-bas, à propos ?

— Non. Il voulait que je vienne mais…

Encore une phrase restée en suspens. Melrose désigna de la tête la photo près de la cheminée.

— C'est vous, là, avec le groupe ?

— Oh, oui. Le Monte Bianco. Différents pays se disputent toujours son sommet. L'alpinisme, quel enfer ! J'ai bien failli y laisser ma peau.

— Vraiment ? se contenta de dire Melrose.

— C'était une de mes premières expériences dans ce domaine. J'ai failli tomber dans une crevasse. Quand on n'a pas d'expérience, on ne s'attaque pas au Mont-Blanc.

Tiens, il était devenu français, maintenant. Soupir de Melrose.

— Voyons, enchaîna-t-elle, qui vous a dit que je connaissais bien Billy ?

— Je ne peux pas vous le dire. Je dois protéger mes sources.

— Ah. Je crois que je vois.

Sourire.

— C'est vrai, je connaissais Billy probablement mieux que quiconque.

— Et pourquoi cela ? dit Melrose avant de boire une gorgée d'eau minérale.

— Parce que, avec moi, il pouvait être lui-même.

Avec Mme Riffley des tas de choses devaient être possibles. Mais l'authenticité, la possibilité d'être soi-même ? Melrose en doutait.

— Peu de gens savaient à quel point Billy était porté à l'introspection. Il avait un tel fond de sérieux. C'est pour ça, je crois, qu'il était si changeant.

— Changeant ?

— Oui. Il y a certaines choses que je pourrais vous confier…

Et d'aller s'asseoir de l'autre côté de la table basse, non loin de Melrose.

— Mais sans doute que je ne devrais pas.

— Dommage. Vous avez parlé de tout cela à la police ?

— Oui. Mais il y a des choses que j'ai gardées pour moi…

— Il ne faut pas, dit-il en se rapprochant, vous croire tenue à autant de discrétion avec moi.

Et de lui glisser un sourire plein de sous-entendus.

— Vous êtes peut-être un homme dangereux, monsieur Plant, dit-elle avec un rire suggestif.

— Nullement, nullement.

Quelque chose qu'elle avait dit intriguait Melrose. Ah, oui. La cuisinière. Mme Jessup.

— Je croyais vous avoir entendue dire que vous n'étiez jamais allée à Lamb House… Comment se fait-il que vous ayez rencontré Mme Jessup ?

— La cuisinière de Billy ? Je l'ai vue ici. A l'appartement de Sloane Street. Elle venait cuisiner pour lui. Pour eux.

Etonnement de Melrose.

— Elle faisait tout ce trajet depuis Rye ? Elle devait lui être très attachée.

— Franchement, je n'ai jamais eu l'impression qu'elle aimait beaucoup Billy. Qu'elle l'approuvait, je veux dire. Il lui arrivait de se rendre à Londres. Sa famille habite à Lambeth. Quelle horreur !

— Oui, quelle horreur, Lambeth ! enchérit Melrose, lui faisant le coup de la complicité. Et c'était quand, ça ?

— Je ne sais pas trop.

Inclinant coquettement la tête, elle ajouta :

— Pour un détective privé, si je puis me permettre, vous ne savez pas grand-chose.

— Et vous, pour quelqu'un qui n'en est pas un, vous en savez beaucoup.

— Moi ? Oh, je ne sais rien.

Il fit mine de réfléchir.

— Vous avez bien une idée sur ce qui s'est passé ?

— Sûrement pas la même que la vôtre.

— Je me borne à recueillir des informations.

— Vous avez rencontré Rose Ames ?

— Sa grand-mère ?

— Il l'aimait beaucoup. Il aimait beaucoup ses grands-parents. Les deux qui sont encore en vie.

— Mme Ames n'était-elle pas la bête noire de la cuisinière ?

— Ah, une curieuse petite femme.

— Mme Ames ?

— Non, Mme Jessup. Je n'arrive pas à la cerner.

— Son antipathie à l'égard de Mme Ames me paraît un peu excessive.

— Vous en savez, des choses, finalement. Je ne pense pas qu'elle ait considéré d'un bon œil quelqu'un de Lambeth.

Froncement de sourcils de Melrose :

— Mme Jessup ?

— Non ! Mme Ames. Rose n'a pas une tête à sortir de Lambeth. Vous lui avez parlé ?

— Bien sûr. On dirait que nous avons du mal à nous comprendre, là, non ?

— Ou alors c'est que vous avez la tête ailleurs. La cuisinière habite ou plutôt habitait à Lambeth avec son frère.

Se levant, elle ramassa les verres.

Là, il était en terrain sûr.

— Ah, oui, Bertie.

Cette fois, il lui avait fait la pige en matière de détails.

— Bertie ? Oh, oui, Gilbert.

La flèche du Parthe.

Il la fixa.

— Attendez !

Pivotant, elle le sonda de ses grands yeux bleus.

— Quoi ? J'ai dit quelque chose ?

Et avec un sourire, elle ajouta :

— Enfin ?

Elle est bien bonne, celle-là, se dit-il alors qu'elle revenait s'asseoir sur le canapé, reposant les verres vides sur la table.

— Gilbert. Ce ne serait pas Gilbert Snow par hasard ? Son frère ?

Elle ne parut pas voir où il voulait en venir mais confirma toutefois :

— C'est exact.

Comme elle n'avait cessé de se rapprocher de lui depuis qu'il était arrivé, il se dit qu'elle ne protesterait pas. Tendant le bras, il la prit par la nuque et l'attira à lui. Après un long et fort agréable baiser, Melrose chuchota :

— La talentueuse Mme Ripley. Voilà ce que vous êtes.

Elle se redressa, le dévisagea, incapable pour une fois d'articuler une parole.

Il lui dit au revoir, sortit, passa la porte, se retrouva dehors.

Là, il se plaqua le portable contre l'oreille comme on claque un baiser sur une joue.

50

Plus tôt, le même jour.

— Où est l'inspecteur Aguilar ? s'enquit Jury, le récepteur coincé entre épaule et menton, une main sur l'anse de son mug de thé et tentant de l'autre de rentrer sa chemise dans son pantalon.

Neuf heures passées, il n'avait pas entendu le réveil. Il était pressé.

— J'ai essayé de l'avoir sur son portable, mais ça ne répond pas.

— Je ne sais pas, dit Chilten. Elle a dû passer la nuit au commissariat.

— Non. J'ai également essayé de la joindre là-bas.

— Elle a une vie privée ? Si oui, je ne suis pas au courant.

Jury ne moufta pas et se contenta de dire :

— Retrouvez-moi au Zetter… Non, attendez. Amenez-moi Gilbert Snow, que je l'interroge. Rendez-vous au commissariat.

Silence de Chilten. Qui reprit, d'un ton hésitant :

— Vous avez bien dit Gilbert Snow ? Le serveur ?

— Exact. C'est lui qui a descendu Billy Maples.

Jury avala une gorgée de thé. Nouveau silence au bout du fil.

— Ron ? Vous êtes là ?

Ron Chilten s'éclaircit la gorge.

— Snow l'a descendu ? Bon Dieu, pourquoi ?

— Si je le savais et si j'avais des preuves, je vous aurais dit de l'arrêter.

Jury réfléchit.

— L'inspecteur Aguilar a bien fait emballer le dîner de Maples dans un sac plastique, n'est-ce pas ?

Elle est brillante, cette Lu.

— Ouais, concéda Chilten.

— Portez-le au labo pour des tests d'ADN.

— Mais c'est Billy Maples…

— Non. Ce n'est pas lui qui l'a mangé.

Jury prit le silence qui suivit pour un acquiescement, reformula sa requête et raccrocha.

Il finit son thé, songeant à Lu qui avait fait emballer le dîner.

« Pourquoi ? — Pourquoi pas ? On ne sait jamais. »

Ça, c'était bien vrai.

Jury enfila son manteau et sortit.

Ils placèrent Gilbert Snow dans une petite pièce lugubre du commissariat d'Islington. La plus petite. Jury la préférait aux autres en raison de son atmosphère propice à la claustrophobie. Ils s'assirent en face de Snow, devant une table maculée de taches.

— J'sais pas de quoi vous parlez, dit Gilbert avec le plus grand calme, comme si assassiner Billy Maples était totalement hors de sa portée et également hors de la portée de quelqu'un d'autre.

Il y alla même d'un petit rire reniflé.

— Mais si, Gil, contra Jury. Récapitulons. Qui a enregistré la commande prétendument passée par Billy Maples pour son dîner ? Qui a dit qu'il avait demandé du café pour deux ? Qui nous a précisé que Maples avait bien insisté pour avoir ce café ? C'est vous, et personne d'autre. Il ne s'est trouvé personne pour vérifier qu'une commande avait été passée, que ce soit pour le dîner ou pour le café. Il vous fallait un prétexte pour monter dans sa chambre et faire croire qu'il attendait une visite. La visite de quelqu'un d'important. Nous nous mettrions alors en quête de cette personne qui était vraisemblablement l'assassin de Billy.

Jury faisait les cent pas maintenant.

— Pourquoi avoir abattu Billy ? Quels liens y a-t-il entre vous et lui ? A moins que ce ne soit entre vous et Brunner ?

Gilbert Snow ne bougeait pas d'un pouce, suivant d'un œil morne les allées et venues de Jury. La question à propos de Brunner lui arracha un sourire glacial.

Adossé contre le mur, Jury réitéra ladite question :

— Un rapport entre vous et Brunner ?

— Aucun, lâcha Snow. Je ne l'ai jamais rencontré. Je veux un avocat.

Il croisa les bras sur la poitrine.

— Je ne suis pas tenu de répondre à vos questions en dehors de la présence d'un avocat.

— Et pourquoi voulez-vous un avocat, Gil ? intervint Ron Chilten. Il y a un problème ?

Nouveau rire guttural de Snow. Il se laissa aller contre le dossier de sa chaise et les fixa de ses yeux aux paupières lourdes.

Une tortue, songea Jury. Lent, lourd, mais sachant pertinemment où il va.

Personne ne souffla mot.

C'est au milieu de ce silence que débarqua l'inspecteur Aguilar.

Comme si le proviseur de son lycée l'avait surpris dans les toilettes à fumer un pétard, Jury se décolla du mur.

Lu Aguilar se tenait sur le seuil, menton dirigé vers Jury, lui faisant signe de sortir.

Jury s'exécuta après avoir précisé pour l'enregistrement qu'il quittait la pièce.

— Qu'est-ce que vous foutez là, commissaire ? jeta Aguilar.

Les gros mots. Et elle lui redonnait du commissaire.

— Vous avez arrêté ce type, Snow, sans preuves. Pas d'arme du crime. Pas de mobile.

— Peut-être, mais ce ne sont pas les occasions qui lui ont manqué !

— C'est exact, concéda-t-elle. Mais j'ai une nouvelle pour toi : l'arme du crime vient d'être retrouvée dans le bureau de Brunner ; et Brunner, lui, a un mobile. Alors que ce gars-là (doigt tendu vers la salle d'interrogatoire) n'a ni l'un ni l'autre. Qu'est-il arrivé au rasoir d'Occam ? Comptez-vous nous amener Benny Keegan ici demain ? Ce serait tout aussi débile.

— Ce n'est pas une question de territoire, j'espère, Lu ? C'est toi qui m'as demandé de rester sur le coup.

— Territoire ? Bon Dieu de merde, tu n'as pas entendu ce que je viens de te dire ?

— Tu veux entendre ce que j'ai à te dire, moi ? Ou tu préfères qu'on fasse un concours de regards meurtriers ?

Elle se calma, sans cesser de le fixer. Jury soutint son

regard. Auraient-ils détourné les yeux si Ron n'était pas venu les rejoindre ?

— Il fait un foin du diable. Il veut un avocat.

Et de regagner la petite pièce.

Lu ouvrait la bouche lorsque son portable sonna. Elle écouta, remercia d'un ton lugubre, referma le portable.

— Le labo. Les tests ADN vont prendre une semaine. Minimum.

Gros soupir.

— C'est Snow qui a mangé ce hamburger, dit Jury. Personne d'autre n'aurait pu le faire. Personne d'autre ne l'aurait fait. Ça explique la veste. Billy ne l'a pas retirée parce qu'il n'a pas mangé. Débrouille-toi pour avoir les aveux de Snow. C'est tout ce qu'il nous faut.

— C'est tout ? ironisa Aguilar. Je me suis déjà fait taper sur les doigts à propos de ma façon d'interroger les suspects. Les assiettes que je leur brisais sur la tête, ce genre de truc…

Haussement d'épaules.

— Cela dit, entre avaler un dîner et descendre un homme, il y a de la marge.

Elle se mordilla le pouce.

— Quelle raison Snow avait-il de manger le hamburger si ce n'est pour faire croire que Billy l'avait avalé ?

— Mais nous n'en avons pas encore la preuve.

— Peut-être. Mais ça, il l'ignore, non ?

Une femme policier s'approcha d'eux.

— Un appel pour vous, commissaire.

Jury prit le récepteur.

— Jury à l'appareil.

— Seigneur, te voilà ! exhala Melrose Plant.

— Tu me flattes. Je t'écoute, mon vieux.

— On m'a baladé de poste en poste. Pourquoi faut-il passer par une quinzaine de sous-fifres pour te joindre ?

— C'est la vie du détective privé, Digby. Du nouveau ?

— Oui. Je suis étonné que tu ne saches pas ça. Franchement je ne comprends pas comment vous fonctionnez dans la police. Vous n'enquêtez jamais sur les antécédents des suspects et tout le bazar ?

— Que je ne sache pas quoi ?

— Gilbert Snow est le frère de la cuisinière de Billy.

Jury en resta bouche bée deux bonnes secondes. Puis :

— Mme Jessup est sa sœur ?

— On peut dire ça comme ça. S'il est son frère, elle est sa sœur. Ça ne fait pas un pli.

Lu Aguilar ouvrait la bouche, formant silencieusement le mot « quoi ? ».

— Comment se fait-il qu'Angela Riffley sache ça ?

— Parce que c'est la talentueuse Mme Ripley.

— Merci, Melrose.

Jury raccrocha, dit à Lu :

— Nous tenons le lien entre Snow et la victime.

Et de lui rapporter l'info fournie par Plant.

— Allons-y, inspecteur, c'est le moment de casser des assiettes.

Snow, lorsque Aguilar prit place en face de lui, l'examina avec la plus extrême condescendance. Une femme inspecteur. *Pfffft*. L'ayant toisée, il pinça les lèvres.

De nouveau adossé au mur, Jury sentit son poing se crisper. Il se demanda si Aguilar était souvent confrontée à ce genre de réaction.

Tendant le bras, elle éteignit le magnétophone, se pencha et empoigna le serveur par le col de la chemise.

— Ecoutez-moi bien, Snow : nous ne « pensons » pas que c'est vous qui avez tiré, nous le « savons ».

L'air de s'étrangler, il repoussa sa main.

Elle le lâcha et remit le magnéto en marche.

— Monsieur Snow, nous venons de retrouver l'arme du crime chez Kurt Brunner. Vous avez quelque chose à nous dire à ce propos ?

Tout en se frictionnant le cou, il éructa :

— Alors que le flingue n'est pas à moi ? Vous feriez mieux de vous adresser à ce putain de Brunner !

— Il y a un truc bizarre à propos de ce flingue, Gilbert. Vous savez quoi ? Il ne porte pas d'empreintes.

Gilbert Snow s'arracha un de ses rires rauques.

— Forcément. Brunner les aura effacées.

— Et il aura placé l'arme dans un tiroir de son bureau ?

— Les gens font des trucs bizarres, dit Snow, inspectant ses ongles comme au sortir de chez la manucure.

— Non. Ils font des trucs idiots. Dans votre hâte à faire disparaître vos empreintes, vous avez effacé *toutes* les empreintes. Vous avez des frères et sœurs, Gilbert ?

Surpris par ce changement de sujet, Snow perdit quelque peu contenance :

— Comment ça ?

— Oui, des frères, des sœurs ?

Snow se demandait, comprit Jury, à quel stade ils en étaient de leur enquête, ce qu'ils avaient découvert. Il ne pouvait nier une chose aussi facile à vérifier.

— J'ai une sœur, oui. Pourquoi ?

Lent sourire de Lu.

— La curiosité.

Elle ouvrit la chemise posée devant elle, fit semblant de lire, le laissant mijoter dans son jus. Puis :

— Revenons-en à l'arme.

De nouveau, elle se pencha vers lui, comme pour partager un secret, cette fois.

— C'était vraiment stupide de laisser cette arme dans le meuble de Brunner. Sans ça nous n'aurions jamais fait le lien entre le meurtre et vous. Et si nous ne l'avions pas fait, nous n'aurions jamais su pour votre sœur. Annie Jessup… La cuisinière de Billy. Alors, Gilbert, pourquoi ne pas nous dire quel rôle elle a joué dans tout ça ?

Le visage de Snow était écarlate.

— Je veux un avocat. Je connais mes droits.

— Certainement. Vous en aurez un. Dieu sait que vous allez en avoir besoin. Mais tâchez de regarder les choses sous cet angle : il n'est pas impossible qu'Annie Jessup n'ait rien à voir dans cette affaire. Annie est peut-être innocente ou, si elle a agi pour votre compte, elle l'a fait en toute ignorance. Si vous nous expliquez son rôle, cela nous fera gagner du temps, et nous en tiendrons compte. Nous pourrions même conclure un accord avec votre avocat. Quand il arrivera.

— Je connais mes droits, s'obstina Snow, le visage toujours aussi rouge et rigide.

— Très bien.

Elle annonça que l'interrogatoire était terminé et éteignit le magnétophone.

Puis, se levant et le toisant :

— Mauvaise décision, Gil.

Ils sortirent de la salle.

— Est-ce qu'on a de quoi le serrer ? questionna Jury, connaissant déjà la réponse.

— Richard, on va déjà avoir assez de mal à le garder ici. Je dispose de soixante-douze heures. Après, il me faut du concret. Des résultats d'ADN, par exemple.

— En soixante-douze heures, tu es capable de faire cracher du sang à un navet.

— Qui est le navet ? Lui ou moi ?

Ils se mirent à arpenter la pièce vide.

S'arrêtant, elle dit :

— On est absolument sûrs que ce n'est pas Kurt Brunner ?

— Oui. L'attitude de Snow, le fait qu'il a omis de nous dire que Mme Jessup était à Lamb House, le dîner resté en plan – on en est sûrs. Nous pouvons l'interroger, elle, en tout cas.

Pause de Jury. Puis :

— Attends une minute. Si la police déboule à Lamb House…

Jury s'empara du portable de Lu resté sur la table, consulta sa montre, composa le numéro du Boring's.

Ce fut le jeune serveur rouquin qui répondit, Jury le reconnut à sa voix geignarde :

— Ici le Boring's.

— M. Plant, je vous prie.

Malaise au bout du fil, à croire qu'ils ne savaient comment se dépatouiller de cette requête.

Finalement, Plant prit la communication. Il semblait fort content de lui.

— Ta mission n'est pas terminée, lui annonça Jury. Tu retournes à Lamb House.

— Quoi ?

— Arrange-toi pour faire parler Mme Jessup, la mettre en confiance. Vois ce que tu peux en tirer.

— Tu veux savoir où elle en est par rapport à son frère ? Suppose qu'elle ignore tout ? Qu'elle n'ait rien à voir dans l'affaire ?

— C'est possible mais je te parie qu'elle a trempé dedans. Il va la contacter. Il n'arrête pas de réclamer un avocat, il va vouloir un téléphone.

— Elle comprendra qu'on la soupçonne de quelque chose, non ?

— Oui, mais elle ne s'inquiétera pas, car Gilbert Snow sera dehors.

Jury regarda Aguilar essayer d'avaler cette précision. Il répéta à Melrose de retourner dare-dare à Rye et ferma le portable.

— Il va falloir que tu le relâches.

— Quoi ?

« Quoi ? » Ils n'avaient que ce mot-là à la bouche, décidément.

— Il faut que Mme Jessup ne se doute de rien. La convaincre que rien de fâcheux n'est arrivé à son frère. Que nous sommes toujours aux trousses de Kurt Brunner.

— Qui est ce M. Plant ? Et pourquoi confier à un de tes amis le soin de tirer les vers du nez de Mme Jessup ?

— Parce que nous, on ne peut pas.

Elle se remit à faire les cent pas, bras croisés sur la poitrine.

— Je n'aime pas ça.

— Moi non plus, Lu. Mais quelle autre solution avons-nous ? Si l'un d'entre nous se pointe là-bas, ou quelqu'un de la police locale, elle saura immédiatement que quelque chose cloche. Ecoute, cela devrait régler le problème des soixante-douze heures, non ?

Elle fut bien obligée d'en convenir.

— Cet ami à moi, c'est celui qui a découvert que Mme Jessup était la sœur de Snow.

— Ah oui ?

Jury hocha la tête.

— Rien à voir avec un timbré qui se prendrait pour Sherlock Holmes.

En réalité, c'était exactement ce que faisait Melrose. Mais ça, Jury se garda bien de le dire à Aguilar.

51

— Je n'arrive pas à imaginer Kurt Brunner faisant une chose pareille, dit Melrose, assis dans la cuisine de Lamb House. Franchement, j'ai été choqué.

Il regardait Mme Jessup, le visage rosi par l'effort, découper la viande du dîner. Pourquoi tant d'efforts ? Ce n'était qu'un gigot, après tout. A l'autre bout de la table réservée à la pâtisserie s'alignaient tartes au citron, tartes à la custard et petits gâteaux aériens. Il y avait deux gros moules dans le four. L'odeur des tartelettes aux figues et des mendiants était affolante. Cela dit, il se demanda ce qu'elle fabriquait avec tous ces gâteaux, car lui-même n'en consommait qu'une infime partie.

— Je ne l'ai pas crié sur les toits, mais je n'ai jamais aimé M. Brunner. Je l'ai toujours trouvé mystérieux. Trop cachottier.

— Vraiment ? dit Melrose qui mâchonnait un biscuit avec son thé. Je l'ai trouvé réservé, de fait, mais pas cachottier.

Elle lui adressa un petit sourire que Melrose trouva déplaisant. Mais peut-être se laissait-il influencer par les révélations de Jury, qui portaient à croire qu'elle avait trempé dans l'assassinat de Billy Maples.

« Gilbert Snow n'est pas assez futé pour avoir manigancé tout ça tout seul. »

La cuisinière reposa son couteau et alla jeter un œil aux tartelettes, qu'elle sortit du four.

— C'est peut-être des préjugés, mais je n'ai pas de sympathie pour les Allemands.

Elle posa la plaque de cuisson chargée de pâtisseries sur la table.

— Ce n'est pas la première fois que je vous entends dire ça.

Il posa sa tasse.

— C'est à cause de la guerre ?

— Oui.

— Une guerre qui commence à dater, non ? Et vous êtes toujours focalisée dessus ?

Il éclata d'un rire forcé dans l'espoir de la faire parler.

Elle s'arrêta de découper le gigot.

— Nous qu'on l'a vécue, on devrait l'oublier, c'est ça ?

Mme Jessup n'avait manifestement pas oublié, elle. Il lui servit un autre lieu commun, histoire de la titiller davantage :

— Ne vaudrait-il pas mieux tirer un trait sur le passé ?

— Sûrement pas.

On sonna à la porte.

— Qui ça peut-il être ? On n'est pas mercredi.

— Qui, en effet ? reprit gaiement Melrose. Je vais voir.

Et il quitta la cuisine.

A son retour de Londres, la veille, il s'était installé dans le bureau pour réfléchir. De temps à autre il prenait le livre posé à cheval sur l'accoudoir et lisait.

Le Tour d'écrou. Il cherchait l'inspiration dans Henry James. L'intendante, une certaine Mme Grose – une femme ordinaire, à l'esprit lent, sans une once d'imagination –, faisait une bien piètre compagnie pour la gouvernante, qui avait, elle, trop d'imagination. Du moins est-ce ainsi que Melrose la percevait. Il pouvait se tromper ; peut-être que les deux enfants, Miles et Flora, faisaient tout leur possible pour l'inciter à partir.

Melrose arpentait la pièce, tournant comme un fauve en cage.

Allez, Henry, donnez-moi une idée ! Ce problème aurait certainement passionné le Maître. Allez, c'est dans vos cordes, mon vieux !

Des enfants comme Miles et Flora, ça n'existait pas. Pourquoi le lecteur était-il tenté de les croire ? A cause de l'ambiguïté ? Parce que les événements pouvaient être interprétés de deux façons différentes ?

Melrose essaya d'imaginer Henry James aux prises avec l'odieuse Minnie Babcock. Dans un roman. Sinon dans la réalité. Il voyait mal James aux prises avec des enfants dans la vraie vie. Melrose se représenta Henry James se dirigeant vers la cuisine d'où s'échappait un affreux vacarme. Vaisselle et verres brisés.

Melrose rembobina la bande. Le verre se brisant, comme balayé de la table par inadvertance, des éclats volant çà et là. Henry James aurait consigné jusqu'au dernier des morceaux de verre.

Mets-toi dans la peau d'une de ces personnes à qui rien n'échappe !

Et soudain, l'illumination.

Il se pencha si brusquement en avant qu'on l'eût dit transpercé par une balle tirée à bout portant.

Il ignorait seulement l'identité du meurtrier d'origine.

Il repensait à cette peste de Minnie Babcock, à l'effet qu'elle avait produit sur Mme Jessup. Oui, il était pratiquement certain d'avoir trouvé. Ou du moins d'avoir mis le doigt sur ce qui avait plongé la cuisinière dans cette rage folle.

C'est pourquoi, la veille au soir, de retour de Londres, avec un sourire à la Peter Quint, il avait décroché le téléphone.

Présentement, on sonnait.

« Qui ça peut-il être ? On n'est pas mercredi.

— Qui, en effet ? Je vais voir ! »

Melrose faillit courir jusqu'à la porte.

Ouvrit. Baissa le nez.

— Bonjour, Malcolm. Bonjour, Waldo. Entrez.

Malcolm s'exécuta, mais Waldo prit le temps de lever la patte et d'arroser d'urine le perron.

Melrose vit là un présage favorable.

Il les entraîna dans le bureau.

— Malcolm, je t'autorise à aller et venir à ta guise, à tourner le dos aux règles les plus élémentaires de la politesse et de la bienséance.

Malcolm ralentit le masticage de son chewing-gum comme si ledit chewing-gum ne voulait pas perdre une miette de cette étonnante harangue. Repoussant la mèche rebelle qui lui tombait sur le front, il dit :

— Vous devriez prêcher à Hyde Park.

— Je sais. Cette liberté de mouvement, tu l'exerceras uniquement dans la cuisine et le jardin. J'imagine que tu dois avoir envie de faire un peu de rappel. Il y a un bon vieux mur de pierre pour ça.

Waldo fit entendre un grognement étouffé. Le gamin et le chien considérèrent Melrose d'un air perplexe.

— Pourquoi vous voulez que je fasse ça ? s'enquit Malcolm.

— Je te le dis si tu n'en parles à personne.

— A qui j'en parlerais ? Y a personne d'autre que nous, ici.

Waldo s'éloigna pour flairer les meubles. Avait-il senti une présence ?

— N'oublie surtout pas une chose : cette maison a été celle d'un homme célèbre, tout ce qu'elle contient est donc précieux.

— Mais pas la cuisine ?

A la bonne heure, Malcolm était un rapide.

— En effet. Je veux que tu t'arranges pour te conduire de la façon la plus odieuse possible étant donné les circonstances.

— Ça marche. Mais de quelles circonstances s'agit-il ?

— Bonne question. Je veux que tu fasses sortir la cuisinière de ses gonds – que tu lui fasses perdre la boule. Non, pour être clair : je veux que tu la rendes folle de rage.

Malcolm plissa le front et afficha un sourire rusé.

— Pas de problème. Pourquoi ?

— Je veux qu'elle se trahisse.

Malcolm écarquilla les yeux et gonfla les joues. Pour lui, c'était une occasion inespérée de se distinguer.

— Le policier de Scotland Yard est dans le coup, hein ?

— Tu as raison.

— Ç'a un rapport avec le meurtre de Billy ?

— Absolument. Si tu arrives à déstabiliser cette Mlle Jess... Mme Jessup, ça nous permettra de résoudre l'affaire.

Mine épanouie de Malcolm, bien décidé à faire le maximum.

— Sûr qu'elle voudra pas de Waldo dans sa cuisine.

Et d'y aller d'un de ses petits rires.

— Tu peux en être certain. Mais d'abord...

Melrose prit la corde qu'il avait cachée près du journal de Henry James.

— ... il y a un super mur de brique au fond du jardin. Allez.

Melrose regagna la cuisine où le gigot, bien rose et appétissant à souhait, reposait, coupé en tranches régulières, sur un plat de service. Cela lui rappela une anecdote que lui avait racontée Jury au sujet de Mme Jessup et lui inspira aussitôt une réflexion qui, c'était certain, n'allait pas plaire :

— Ce n'est pas très prudent, madame Jessup, de servir de la viande saignante. On ne vous l'a jamais dit ? Des bactéries peuvent s'y fourrer dont j'ai oublié le nom, mais ça peut être mortel.

La remarque fit mouche dans la seconde.

— Excusez-moi, monsieur, ce n'est pas la première fois que j'entends ça, et franchement, je n'apprécie pas. Vous vous figurez que je vais vous empoisonner, c'est ça ?

Il tendit les mains, paumes en l'air, protestant :

— Désolé, loin de moi l'idée de critiquer votre cuisine, je...

— Qu'est-ce que c'est que cè gamin, qu'est-ce qu'il fabrique dehors ?

Oublié l'agneau, elle était campée devant la fenêtre. Melrose la rejoignit.

— Ça ? C'est Malcolm. Vous ne le reconnaissez pas ? Un cousin de Billy Maples. Le neveu de Roderick. Chez qui il habite. Il va dîner avec moi ici ce soir. Je me demande comment il va escalader ce mur. Et avec ce chien ?

Mme Jessup dévisagea Melrose. Elle perdit momentanément l'usage de la parole en comprenant que Melrose était non seulement au courant des agissements du gamin mais qu'il les avait encouragés.

— Vous allez me faire le plaisir de dire à ce garnement de sortir du jardin, monsieur !

Ah, voilà qui était prometteur : elle s'était oubliée au point de donner des ordres à lord Ardry.

— Si vous insistez, soupira Melrose.

— C'est juste histoire d'amorcer la pompe, dit-il à Malcolm qui détachait son extrémité de la corde.

Waldo se libéra tout seul.

— De toute façon, Waldo ne se serait certainement pas hissé à mi-mur étant donné la façon dont tu l'avais attaché.

— C'était pour la frime, dit Malcolm sans se troubler.

Malcolm et Waldo, l'air boudeur, suivirent Melrose dans la cuisine.

— Les voilà ! lança Melrose triomphalement, comme si Mme Jessup les avait conviés à prendre le thé.

Il fit les présentations tandis que, les poings sur les hanches, Mme Jessup fulminait en silence.

— Je peux savoir ce que vous faites, jeune homme ?

Malcolm s'était immédiatement dirigé vers les pâtisseries empilées sur la table.

— Je suis venu en train, répondit Malcolm sans rime ni raison tout en raflant une tartelette.

Waldo reniflait partout comme un malade, sans oublier les chevilles de Mme Jessup.

Elle lui décocha un méchant coup de pied.

— Pas question que j'aie un chien qui rôde dans ma cuisine !

— Pourquoi ? dit Malcolm, la bouche pleine. Il a rien fait.

Melrose regarda Malcolm s'emparer d'un petit gâteau en attente de glaçage. Malcolm trempa le doigt dans le bol et le glaça lui-même.

Bravo ! Melrose faillit applaudir.

Le visage de Mme Jessup prit une belle teinte vermillon.

Ce qui lui valut un sourire de Malcolm. Après quoi, il lorgna la table et ses pâtisseries, recula... et d'un mouvement soigneusement étudié, il battit le record précédemment établi par Minnie : son coup de pied, magistral, renversa table et contenu – gigot inclus –, faisant dégringoler le tout par terre.

Le vacarme fut atroce.

— Non ! Non ! Dora ! Janie ! Vieux démon ! hurla Mme Jessup.

Elle s'était emparée du couteau à découper et se serait jetée aussi sec sur Malcolm s'ils n'avaient été séparés par la table, et si Melrose et Waldo ne s'étaient rués vers elle – Waldo battant Melrose d'une courte tête.

Le plus dramatique, dans cette scène, ce n'était pas tant le geste que les cris de la cuisinière. « Dora ! Janie ! Vieux démon ! » Car ce que Melrose entendait en réalité, c'était une autre voix, celle de la gouvernante hurlant : « Peter Quint, espèce de démon ! »

Henry James était toujours bien présent dans la cuisine de Lamb House.

Les Monuments historiques, s'ils étaient malins, trouveraient sûrement un moyen d'exploiter le filon.

52

La police de Rye conduisit Annie Jessup au commissariat, où ils attendirent que Londres vienne la chercher. Londres, en l'occurrence Richard Jury et Ron Chilten. Une femme policier du Sussex avait accompagné Mme Jessup chez elle afin qu'elle rassemble les quelques affaires dont elle aurait besoin une fois à Londres. Combien de temps y resterait-elle ? Mystère. Tout se passa comme sur des roulettes, Mme Jessup ne protestant pas, ne disant rien.

Rien, c'est exactement ce qu'avait dit son frère, le matin, à Islington. Ils semblaient tous deux persuadés que le salut était dans le silence.

Assis en face d'elle dans l'une des salles du commissariat de Cinque Port Street, Jury lui fit remarquer qu'elle se trompait, que le salut n'était pas dans le silence. Que son silence pouvait même la couler définitivement.

— Si vous ne nous aidez pas, Annie, vous serez accusée de complicité de meurtre, même si ce n'est pas vous qui avez pressé la détente.

Jury s'était penché au-dessus de la table.

— Nous savons ce qui s'est passé. Le fait que vous

restiez muette comme une carpe n'arrangera pas les choses. Au contraire.

Elle était assise, son grand sac en similicuir plaqué telle une armure contre sa poitrine, bras croisés, avec l'air sévère de quelqu'un qui, après avoir embauché des domestiques, regrette d'avoir porté son choix sur eux. Elle paraissait les considérer comme des paysans mal dégrossis à qui elle allait devoir enseigner les finesses du métier.

Jury s'adossa à sa chaise ; cette femme lui hérissait autant le poil que Gilbert Snow. Ces deux-là semblaient se croire au-dessus des règles les plus élémentaires de la politesse.

— Wiggins, dit Jury, invitant le sergent à prendre la parole.

— C'est cette traversée tragique. Quand vous m'en avez parlé, vous avez dit que deux de vos sœurs s'étaient noyées. Que certains des plus grands avaient écarté les plus petits des canots de sauvetage, qu'ils les avaient poussés à la mer, et même qu'ils avaient poussé dans l'eau ceux qui étaient déjà à bord. C'est ce qui est arrivé à Janie et Dora, n'est-ce pas ? On les a chassées du canot. Ç'a dû être horrible, atroce. Mais ce n'étaient que des enfants, après tout. Et, dans de telles circonstances, vous n'auriez pas dû vous attendre à autre chose de leur part.

Jury vit qu'Annie Jessup commençait à bouillir. Elle bataillait ferme pour tenir sa langue. Minimiser la responsabilité des enfants « pousseurs » lors de cette tragédie : Wiggins n'aurait pu mieux choisir comme entrée en matière.

— Vous allez être accusée de complicité de meurtre, vous en êtes consciente, enchaîna Jury. C'est Gilbert qui a tiré mais c'est vous qui avez mis l'arme dans le bureau de Kurt Brunner. Pas très malin de votre part, entre nous. Il vous était facile de vous introduire dans l'appartement de Sloane Street ; vous y étiez allée à maintes reprises et vous en aviez probablement la clé.

Elle se contenta de le fixer. On aurait dit une sorcière. Jury se leva. Imité par Wiggins.

— Le sergent Chilten va vous conduire à Londres, dit Jury.

Ils sortirent.

— Ils vont se couler tous les deux, avec leur refus de parler, dit-il à Ron. Votre patronne tirera peut-être quelque chose de cette femme, étant femme elle-même.

— Je ne sais pas si ma patronne apprécierait cette façon de voir les choses, mais je vais lui transmettre le message, dit Chilten.

Sourire de Jury.

— Il faut que je l'appelle. Vous avez votre portable ?

— Vous êtes pire que les mecs qui mendient sans arrêt des clopes.

Ron tendit son portable à Jury. Puis ajouta :

— Ecoutez, je pige toujours pas. C'est qui, le coupable, dans cette affaire ?

Jury composait un numéro avec son pouce.

« Il n'y a qu'une personne qui peut avoir fait ça. Vous avez une photo et un négatif… Vous n'arrivez pas à les faire coïncider. » Jury entendait encore Harry Johnson. Il avait raison. Les deux éléments qui ne collaient pas, à un poil près, c'étaient les deux tentatives d'évacuation des enfants : le Kindertransport et le *City of Benares*.

Des enfants originaires d'Allemagne, des enfants originaires d'Angleterre.

Jury s'éloigna. Lorsqu'elle répondit, il lui résuma ce qui s'était passé et lui dit ce qu'il voulait qu'elle fasse.

Sans protester, sans discuter, elle dit qu'elle s'en occupait aussitôt, et elle raccrocha.

Jury rendit son portable à Ron, qui parlait avec le sergent Wiggins.

— Vous allez ramener le gamin chez lui ?

Ron désigna du regard Melrose et Malcolm, qui attendaient sur un banc.

— Lequel ? fit Jury.

Grognement de Wiggins.

— Patron, vu qu'ils ont résolu la moitié de l'affaire, vous pourriez leur témoigner un peu plus de considération.

Wiggins bichait de voir que Jury s'en prenait à d'autres que lui.

— Vous avez raison, Wiggins. Allons-y.

— Je suis peut-être dur à la détente, mais c'était qui ? demanda Melrose alors qu'ils se tenaient près de la voiture.

Jury, qui tenait Waldo, l'empêcha in extremis d'uriner sur la jambe de la femme policier.

— C'était qui quoi ?

Wiggins avait ouvert la portière, Jury jeta le chien sur la banquette.

— Attention ! s'écria Malcolm. Il est fragile.

Fragile, Waldo ? Elle était bien bonne, celle-là ! Pas quand il fallait lui faire faire du rappel, apparemment.

— Tu sais très bien, dit Melrose, montant derrière

avec Malcolm, de qui je veux parler. Celui qui était dans le canot, le gamin qui poussait les autres dans l'eau.

Installé sur le siège du passager, Jury pivota vers l'arrière :

— Réfléchis…

— Non, je n'ai pas envie de réfléchir, je veux la solution.

Jury secoua la tête.

— Pas question. Fais fonctionner tes méninges. Il n'y a qu'une personne qui corresponde. Une seule.

Et, tourné vers Wiggins :

— Surtout ne lui dites rien, Wiggins.

Wiggins n'en avait jamais eu l'intention, et pour cause : il essayait lui-même de deviner.

Ce fut Malcolm qui pointa le doigt vers le Happy Eater baigné de lumière. Le dîner promis à Lamb House lui était passé sous le nez. Bon prince tout de même, il avait accepté les excuses de Melrose : mettre la main au collet du meurtrier de Billy passait avant les agapes.

Quoi qu'il en soit, il y avait des limites. Il voulait bien être gentil mais là, il avait un sérieux creux, et le Happy Eater tombait à pic.

Jury lui dit qu'il avait de la chance que le sergent Wiggins soit au volant. Jamais Wiggins ne serait passé devant un Happy Eater sans s'y arrêter.

Ils se garèrent, descendirent de voiture et atteignirent bientôt les riants abords du Happy Eater où ils avaient fait halte en se rendant à Rye quelques jours plus tôt.

Une éternité, songea Jury.

Ils avaient pris place devant des cafés et du thé. Malcolm avait insisté pour avoir du café.

— Que Dieu bénisse Minnie Babcock, dit Melrose. Seulement je m'arrangerai pour ne pas être dans les parages quand Il le fera. C'est cette table renversée…

— Qui c'est, Minnie Babcock ? La table, c'est moi qui l'ai renversée, je vous signale, protesta Malcolm, refilant un morceau de pain à Waldo sous la table.

— C'est exact, concéda Melrose. Même que tu as fait plus fort qu'elle.

— A tous les coups, enchérit Malcolm.

— On ne pourra pas t'accuser de fausse modestie…

— Cela lui a rappelé le canot de sauvetage dont on avait chassé ses sœurs, dit Wiggins, jetant un regard entendu à Jury.

Lequel ne broncha pas.

— Je vous en ai parlé, patron, de cette traversée tragique, hein ? Mais vous étiez tellement focalisé sur le Kindertransport que vous n'y avez pas prêté attention.

Un sacré donneur de leçons, ce Wiggins, quand il s'y mettait !

— Je sens comme un reproche dans vos paroles, Wiggins.

Wiggins tourna et retourna la phrase. Sarcastique, le patron ?

— Je suis sérieux, ajouta Jury.

La serveuse – la même que l'autre jour – leur apporta leur commande : œufs et frites, œufs, saucisse et frites, haricots sur toast, montagne de pain grillé, énorme hamburger. Le hamburger, c'était pour Malcolm.

— Les hamburgers, je ne peux plus les voir en peinture, laissa tomber Jury.

— Quand les Happy Eater fermeront, dit Wiggins, et

que les Burger King les remplaceront, vous n'aurez pas fini d'en voir.

Grands yeux écarquillés de Malcolm :

— Ils vont fermer, les Happy Eater ?

Et Wiggins de lui expliquer la situation. La reprise par Burger King.

— Ils peuvent pas faire ça ! s'exclama Malcolm, scandalisé.

Pendant tout le reste du repas, ces deux cœurs qui battaient à l'unisson ignorèrent complètement leurs compagnons.

Roderick Maples, qui était posté près d'une fenêtre, vint à leur rencontre lorsque la voiture s'arrêta. Heureux de voir Malcolm, qui, à la faveur de cette affaire, avait acquis un certain prestige.

Toutefois le gamin refusa de s'en attribuer tout le mérite.

— Waldo a joué son rôle, lui aussi. Il l'a fait sortir de ses gonds ! Plaf !

Waldo, entendant ça, se précipita vers un pilier, la patte levée.

— Je pourrais vous dire un mot, monsieur Maples ? dit Jury.

— Certainement.

Ils passèrent dans le séjour.

Oui, le Klimt et le Soutine avaient été confiés à la garde d'amis de son père. Il était resté en contact avec cette famille. Leur fils, qui avait l'âge de Roderick à l'époque, quand il avait découvert à qui ils appartenaient vraiment, les avait emballés et expédiés dans le Sussex.

— Savez-vous comment ils sont tombés entre les mains de votre père ?

Au lieu de répondre, Roderick s'enquit :

— Et comment en êtes-vous arrivé à savoir tout ça ?

— Billy était au courant.

Il n'aurait peut-être pas dû dire ça ; qu'avait-il à y gagner, si ce n'est le regard lourd de chagrin de Roderick ?

— Je suis désolé, monsieur Maples. Nous allons vous laisser. Malcolm nous a donné un sacré coup de main.

— J'en suis heureux.

Roderick se leva pour serrer la main de Jury.

— Nous devrions nous occuper davantage de lui.

— Oui, il le mérite.

Jury tendit la main à Malcolm.

— Merci, Malcolm. Tu as été génial.

Malcolm se saisit de la main tendue. Il avait l'air de quelqu'un qu'on a sorti d'un puits de mine et ramené à l'air libre.

— Merci à vous aussi, dit-il.

Et prenant Waldo sous le bras, il rentra.

A la même heure, à Londres, l'inspecteur Aguilar frappait à une porte. Une lumière s'alluma dans le couloir, la porte s'ouvrit.

— Madame Ames ? Rose Ames ? Vous vous souvenez de moi ?

53

Le téléphone sonna alors qu'elle éteignait les plafonniers dans la salle d'autopsie. Le grésillement des rampes fluorescentes mourut en douceur. Les néons s'éteignaient parfois tous en même temps, parfois par paliers. Elle aimait assez ça. C'était comme si l'éclairage était doté d'une vie propre, prouvant ainsi qu'ici, tout n'était pas encore mort.

Elle était toujours la dernière à quitter la morgue ; la dernière à essuyer l'une ou l'autre des tables d'acier. Elle tenait à ce que la salle soit d'une propreté immaculée. N'était-ce pas le moins que l'on pût faire pour les défunts ?

Pour elle, les morts n'étaient vraiment morts que si on les oubliait. Après avoir rassemblé son manteau, son sac, son écharpe, ses chaussures de ville, elle souhaita bonne nuit aux tiroirs d'acier. Elle leur disait toujours bonne nuit, récitant parfois du Dylan Thomas, du Shakespeare, un vers ou deux, parfois chantant quelques mesures d'une chanson.

Le téléphone sonna alors qu'elle franchissait le seuil, un peu après minuit. Soupir. Il y avait toujours quelque chose. Quelque chose d'épouvantable. Elle n'en revenait pas, que les gens réussissent à vivre au-delà de dix ans. Elle sortit son portable de son sac, se dirigea vers sa voiture, seul véhicule sur le parking.

— Dr Nancy à l'appareil.

Elle écouta, stoppa net.

— Oh, mon Dieu, non. Je suis là dans cinq minutes.

C'était court pour faire le trajet entre Saint James's et Islington.

Elle courut à sa voiture, démarra en hâte. Elle brûla trois feux rouges, refusa la priorité aux ronds-points, doubla de nombreuses voitures, appuyant à fond sur le klaxon.

Une fois à Upper Street, il ne lui fut pas difficile de repérer le lieu de l'accident. Sous un luxe de lumières bleues, rouges et blanches, elle stoppa, laissa le moteur tourner, se rua hors de son véhicule, se fraya un chemin à travers les curieux agglutinés qui, de leurs yeux avides, contemplaient l'épave. Elle rejoignit les ambulanciers et leur véhicule.

— Impact latéral, dit l'un des policiers. Il est mort.

Désignant de la tête une Hillman, il ajouta :

— Pas elle. Pas encore.

Un miracle, songea Phyllis, que Lu Aguilar respire encore, compte tenu du traumatisme massif subi. Fractures aux deux jambes, des fragments d'os pointant à travers les lacérations. La poitrine ? Un poumon perforé ? D'autres dégâts ? Difficile à dire. Les ambulanciers secouristes avaient fait le maximum.

La respiration de Lu était hachée mais elle respirait.

Elle était consciente, désorientée, terrorisée. Tout cela se lisait dans son regard. Phyllis s'agenouilla.

Elle glissa un bras sous la nuque de Lu, se pencha, murmura :

— Ça va, ma grande. Ça va aller, vous allez vous en sortir. Je suis le meilleur médecin de Londres.

Chose étonnante, Lu eut un petit sourire, un coin de sa bouche se relevant imperceptiblement. Et sa peur parut se dissiper en partie. Phyllis passa la main sur le front de Lu, repoussant les cheveux qui lui tombaient sur le visage. Phyllis échangea un regard avec les ambulanciers, hocha la tête. Elle tint la main de Lu pendant qu'on la transférait sur un brancard.

Il avait commencé à pleuvoir. Des yeux, elle chercha quelqu'un de connaissance, ne vit personne. Elle prit son portable, composa le numéro de Richard Jury. Cela sonna, et sonna. Au diable Richard ! Son appartement n'était pas loin d'Upper Street. Elle retourna à sa voiture, verrouilla la portière. Elle aurait du mal à manœuvrer au milieu de cet embouteillage, de tous ces gens. La pluie tombait plus dru maintenant.

Phyllis ferma le col de son manteau et se mit tout bonnement à courir.

Richard Jury avait déposé Melrose Plant au Boring's. Ils avaient pris un dernier verre. Et il était rentré chez lui. Minuit passé, il n'y avait pas plus de quinze minutes qu'il était à la maison, il avait échappé à la grosse pluie qui fouettait maintenant ses fenêtres comme pour lui chercher noise personnellement.

Il entendit une cavalcade dans l'escalier. Carole-Anne, fuyant l'averse ? Carole-Anne, à coup sûr, quand il entendit frapper. Elle avait du mal à passer devant sa porte sans s'arrêter. Il alla ouvrir.

— Phyllis !

Il n'avait jamais vu personne d'aussi trempé, d'aussi essoufflé.

— Un accident, dit-elle. Lu Aguilar… Non, attends, pas morte… Blessée… Essayé de te joindre, mais ton portable était éteint…

Elle inspira un grand coup, s'appuyant contre le chambranle.

— J'ai couru tout le long du chemin.

Composé par Facompo
à Lisieux, Calvados

Imprimé en Espagne par
LITOGRAFIA ROSÉS
en décembre 2010

POCKET - 12, avenue d'Italie - 75627 Paris cedex 13

Dépôt légal : janvier 2011
S20889/01